rororo

CHRISTIAN Y. SCHMIDT, geboren 1956, war von 1989 bis 1996 Redakteur der «Titanic». Seitdem arbeitet er als freier Autor (u. a. für FAZ, SZ, taz, «Stern», «konkret», NZZ, «Zeit» sowie für verschiedene Fernsehredaktionen). Er ist Senior Consultant der Zentralen Intelligenz Agentur und war Gesellschafter und Redakteur des Weblogs «Riesenmaschine». 2003 zog er nach Singapur, 2005 nach China. Er lebt heute in Berlin und Peking.

rororo

«Ein herzverheerend schöner Verwirrroman ... ein Glanzstück.» FAZ

«Ein total abgefahrener Trip.» MDR KULTUR «UNTER BÜCHERN»

«Christian Y. Schmidt zündet ein Feuerwerk von skurrilen Einfällen und surrealistischen Bildern.» RBB KULTURRADIO

«Die Fabulierlust und die kreative Sprache machen das Buch zum Pageturner.» SWR 2 «LESENSWERT»

«Ein wunderbar verrücktes Buch ... Schmidt entwickelt eine kreative, kunstvolle Geschichte, deren Ende überraschend und lange nicht absehbar ist.» WAZ

CHRISTIAN Y. SCHMIDT

DER LETZTE HUELSENBECK

ROMAN

ROWOHLT
TASCHENBUCH
VERLAG

Veröffentlicht im Rowohlt Taschenbuch Verlag,
Hamburg, November 2019

Covergestaltung any.way, Hamburg,
nach einem Entwurf von Anzinger und Rasp, München
Coverillustration Simon Prades / Début Art
Satz aus der Pensum Pro Regular
Gesamtherstellung CPI books GmbH, Leck, Germany
ISBN 978-3-499-27351-3

FÜR AUGUST, DAVID UND STANLEY.
UND YINGXIN NATÜRLICH.

AN ALLEM IST ZU ZWEIFELN.

1

ALS FÜNFTES RAD AM MASSENGRAB

Ich weiß nicht. Ob ich auch zu Viktors Beerdigung gekommen wäre, wenn ich geahnt hätte, dass das eine Kette von Ereignissen in Gang setzen würde, an deren Ende ich tot daliegen würde? Ich hatte sowieso keine Lust, wie Falschgeld auf dem Friedhof rumzustehen und mir Reden auf jemanden anzuhören, mit dem mich schon lange nichts mehr verband. Inzwischen wussten jedoch viele in der Stadt, dass ich wieder da war, und so konnte ich mich schlecht drücken. Das war der eigentliche Grund, weshalb ich an diesem April-Sonntag einen schwarzen Anzug trug, neben meinem Bruder Frank im Regen stand und versuchte, betrübt dreinzukucken.

Natürlich regnete es, ich hätte damit rechnen müssen. Die ganze Kindheit hatte es geregnet. Hier am Südhang mussten die Wolken einfach abregnen, die vom Meer herüberkamen. Das hatten wir schon in der Schule gelernt. Frau Schlottmann. Heimatkunde. Dritte Klasse. Volksschule war das noch, nicht Grundschule. Eigentlich hätte man in der Stadt zweitausend Worte für Regnen haben müssen. Wir hatten aber nur ein paar: plästern, pladdern, prasseln. Schnüre regnen. Bindfäden auch. Nieseln. Tröpfeln. Fisseln. Meine Mutter sagte immer: «Wenn es fisselt, pissen die Ameisen im Himmel.»

An diesem Sonntag fisselte es nicht. Es plästerte. Über die buchenbestandenen Hänge im Norden schob sich ein Krokodil mit aufgerissenem Maul, das nach kleinen grauen Fetzen schnappte. Das Krokodil verwandelte sich in einen chinesischen Drachen mit Basedow-Augen, der breit grinste. Hinter und unter ihm jagten Wolkenschlangen mit roten Zungen. Das war jedenfalls das, was ich sah. Ich war natürlich völlig bekifft. Vor der Beerdigung hatte ich mit Frank noch schnell ein kleines Pfeifchen an der Straßenbahnhaltestelle durchgezogen. Ohne zu kiffen, halte ich es schlecht in Gesellschaft aus. Außerdem brauche ich THC inzwischen wie ein Lebensmittel. Gegen das Zucken der Augenlider und um die ganzen Hongkonger Querelen zu vergessen. Ich habe die Trennung von einer Frau immer sehr schlecht verkraftet.

Als ich die Mail mit der Todesnachricht erhielt, erschrak ich doch wirklich etwas. Normalerweise erfüllen mich Todesnachrichten mit einer gewissen Befriedigung. Diese Reaktion war mir immer etwas unangenehm. Ich würde auch lieber Trauer empfinden, so wie es – glaube ich zumindest – andere Leute tun. Aber das hat bei mir nie funktioniert. Immer wenn ich von einem Todesfall erfuhr, jubilierte in mir etwas: Wie schön, den hast du jetzt auch überlebt. Und was für ein Glück, dass nicht du es bist, durch dessen Körper jetzt weiße Maden ihre Bahnen ziehen. Für einen kurzen Moment vergaß ich meine ganzen Probleme und freute mich: über das schöne Wetter, ein lustiges Kind, das vorbeitrottenden Hunden auf der Straße ein Bein stellte, oder wie gut doch gerade die Nudeln mit billiger Dosentomatensoße schmeckten.

Dass ich es bei Viktor anders empfand, lag sicher auch daran, dass er zwei Jahre jünger gewesen war als ich. Und außerdem war er eben der große Viktor. Ich hatte nie gedacht, dass er einmal sterben könnte. Jedenfalls nicht vor mir. Deshalb musste ich bei Viktors Tod sofort an meinen eigenen denken. Ich dachte: Scheiße, Scheiße, Scheiße ... Jetzt geht das also mit dem Sterben los.

Solche Gedanken hatte ich in Hongkong nie gehabt. Jedenfalls solange das mit Sandy gutging. Die kluge Sandy, geboren in Mongkok, erzogen in den USA, mit vierundzwanzig zurückgekehrt in die duftende Hafenstadt, wo sie zu meiner Rechten saß. Erlöserin von all meinen Übeln. Ach, Quatsch, aber ich hatte mit Sandy einfach so in den Tag hineingelebt, ohne Gedanken an irgendeine Zukunft. Natürlich hatten wir unsere Probleme, wer hat die nicht? Kaum war ich aber dann in Deutschland gelandet, verfinsterte sich alles. Als Erstes erreichte mich die Nachricht von Viktors Tod. Und so stand ich also zum ersten Mal seit der Beerdigung meines Großvaters vor fünfundzwanzig Jahren auf einem Friedhof und sah dabei zu, wie man einen Menschen unter die Erde brachte.

Ich wunderte mich über den Aufwand, der betrieben worden war. Die ganzen Gebinde, Sträuße und Kränze. Als wir noch befreundet gewesen waren, hatte mir Viktor mal erzählt, dass seine Beerdigung eine große Party werden sollte, mit Alkohol und Drogen. Dabei sollten wir seine Asche in die Joints bröseln, sodass er von den Partygästen mit dem Rauch aufgenommen werden würde. So eine typische Siebziger-Jahre-Quatschidee eben.

Nun ja, ich sehe ein, das wäre schlecht gegangen. Aber Viktor wäre sicher der Typ für einen Ruhehain gewesen, wo alles der Natur überlassen wird, ohne Grabstein und ohne Grabpflege. Walter Neumann hatte man in so etwas begraben, Neumann, den sie alle nur Paul genannt hatten, wegen ... na, wohl klar. Eine ziemlich große Nummer damals in der Szene. Er hatte sich erschossen, nachdem er sich ein ganzes Leben lang hatte tätowieren lassen. Erst die Arme, dann den Rücken, dann die Beine, dann den ganzen Rest. Am Ende war Paul ein richtiger Bildband, voller feuerspuckender Monster, Tribals, brennender Herzen und blutender Rosen. Und dann war er eines Nachts aufgestanden, ins Bad gegangen und hatte sich eine Kugel in den Kopf gejagt, mit einer Knarre, die er wer weiß woher hatte. Jedes Mal, wenn mir die Geschichte einfiel, dachte ich: Was für eine Verschwendung. Erst die ganze elende Tätowiererei, und jetzt fressen das die Würmer.

Ich hatte mich mit Frank bewusst etwas abseits der Beerdigungsgesellschaft gestellt. Schließlich konnte ich schlecht kondolieren. Was sollte man auch sagen? «Es tut mir so furchtbar leid»? Tat es doch gar nicht. Und dann ist Sterben an sich ja auch keine besondere Leistung. Selbst wenn einer ziemlich unbedarft ist, am Ende kann er es auch. Außerdem beobachte ich die Dinge gern aus der Distanz.

So fiel mir ziemlich bald auf, dass sich die von außen so einheitlich wirkende Beerdigungsgesellschaft in zwei ganz unterschiedliche Gruppen teilte. Die erste konnte sich gar nicht dicht genug um das dunkle Loch versammeln, in das gleich Viktors Sarg gesenkt werden würde. Die Friedhofsgärtner hatten ringsherum einen kleinen Damm aufgeworfen, damit es nicht voll Wasser lief. Direkt an dieser Grenze drängte sich die Gruppe. Es mussten Viktors Verwandte und engeren Bekannte sein, denn mitten unter ihnen erkannte ich eine Frau mit schwarzen Haaren und Marlene-Dietrichartigen Wangenknochen. Ich war mir sicher, dass das Viktors Witwe Agnieszka war, von der ich schon einiges gehört hatte. Sie war allerdings nicht mit Viktor verheiratet gewesen, sodass ich mich fragte, ob Witwe in diesem Fall die angemessene Bezeichnung war. Mit ihrem schwarzen Gazeschleier sah sie allerdings sehr witwenhaft aus und starrte mit wahrscheinlich verweinten Augen in eine imaginäre Ferne.

Die Leute um Agnieszka entsprachen der üblichen Normalverteilung: ein paar Schlanke, ein paar Fette, ein paar Große, ein paar Kleine, ein paar mit vielen Muskeln, ein paar mit wenigen, ein paar einigermaßen gebildet wirkende Brillenträger, ein paar keineswegs gebildet wirkende Brillenträger, einige Leute ohne Brille, einige Leute ohne Haare, die obligatorischen zwei Rollstuhlfahrer und genau vier Leute mit einem debilen Gesichtsausdruck. Was sie alle verband, war die Tatsache, dass sie bessergestellt zu sein schienen. Das sah man an den Mänteln, bei denen trotz der von der Konvention vorgeschriebenen schwarzen Trauerfarbe gelbes Kamelhaar dominierte, an den diversen kleinen Stolas und vor allem an den Schuhen. Teuer bis sehr teuer, keine Frage.

Ich kannte niemanden von diesen Leuten und wunderte mich, dass Viktor so viele durchschnittliche Gestalten um sich geduldet hatte. Früher hätte er solchen Typen gleich ins Gesicht gespuckt. Okay, das nicht gerade, aber er hätte sie so lange seine Verachtung spüren lassen, bis sie sich aus seinem Umkreis entfernt hätten. Aber gut: Das letzte Mal, dass ich etwas mit Viktor zu tun gehabt hatte, war dreißig Jahre her. Das war noch zur Zeit der Huelsenbecks. Dreißig? Mein Gott, es würden bald vierzig sein.

Die zweite Gruppe auf dem Friedhof kannte ich besser. Die Leute stammten alle direkt aus meiner Vergangenheit. Schon durch ihre billigere Kleidung unterschieden sie sich von der Kamelhaargruppe. Ich wollte sie gerade etwas genauer inspizieren, da baute sich ein Trauerredner am Grab auf und sah sich aufmerksamkeitsheischend um. Der untersetzte runde Mann ohne Kopfbehaarung hatte über dem Nacken eine kleine glänzende Ausbuchtung, als wäre er als Kind einmal trepaniert worden, an der falschen Stelle allerdings. Seine Lippe war zu dick, er lispelte und betonte jedes dritte Wort falsch. Ich versuchte nicht hinzuhören, konnte aber nicht verhindern, dass ein paar Satzfetzen an mein Ohr drangen. Es war die alte Leier: «unsagbar traurig», «ewig in unseren Gedanken», «tönendes Erz», «klingende Schelle» und immer wieder «Viktor», «Viktor» und noch mal «Viktor», als ob er ihn gekannt hätte.

Die wirklich interessanten Dinge erzählte er natürlich nicht. Die Huelsenbecks zum Beispiel erwähnte er mit keinem Wort. Er verriet auch nicht, wie Viktor zu seinem neuen Bekanntenkreis gekommen war. Nichts über Agnieszka, zu der die Lippe ab und zu rüberglubschte. Je länger Lippe redete, desto mehr regte ich mich auf. Dieses Gequatsche, dachte es in mir, hast du doch aus dem Netz zusammenkopiert, bei trauerspruch.de oder meinbeileid.com, und erst ganz am Ende hast du dann den Namen eingesetzt, du dummer, dicker Simpel.

Da waren sie wieder, die bösen Gedanken, die ich nicht loswerden konnte. Ich würde diesem Mann höchstens fünfzehn Minuten zuhören müssen und danach nie wieder. Wieso konnte er mir nicht einfach egal sein? Ich zwang mich, wieder runterzukommen, atmete mehrmals tief ein und langsam wieder aus – und bekam dann doch noch ein paar aufschlussreiche Details mit. Viktor war offenbar an einem Herzinfarkt gestorben – «sein Herz hörte plötzlich auf zu schlagen» –, und das nicht in Deutschland, sondern – ein leises Raunen ging durch die Runde – in Israel nahe dem Gipfel des Berges Tabor.

Tabor. Ein Haus erschien vor meinen Augen, ein Haus in der Anstalt, das diesen Namen trug. Ein großer Klotz aus grauen Feldsteinen und roten Ziegeln, in dem Epileptikerinnen untergebracht waren, mildere Fälle, zum größten Teil älter, mit bunten Kopftüchern über ihren Schutzhelmen. Lippe assoziierte etwas anderes: «Ausgerechnet in Israel, dem Heiligen Land», trompetete er, «und dann noch auf dem Tabor, dem Berg der Verklärung» sei «Viktors Seele zum Himmel aufgefahren». Das war harter Stoff. Nicht für mich, der ich eine solche Sprache von frühester Kindheit an gewohnt war, sondern für die Leiche. Der Viktor, den ich gekannt hatte, hätte auf keinen Fall auch nur die Andeutung einer religiösen Botschaft an seinem Grab geduldet.

Ich blendete den Mann wieder aus. Beziehungsweise war das nicht ich, sondern mein Rücken. Er fing an zu schmerzen, dieser Wirbel direkt über dem Steißbein. Es fühlte sich an, als würde da einer ganz langsam einen Meißel reintreiben. Das musste am nasskalten Wetter liegen, denn seit ich in Deutschland war, bekam ich laufend solche Schübe. Ich hatte das Gefühl, in den wenigen Wochen, die ich seit meiner Landung hier verbracht hatte, um Jahre gealtert zu sein, und überlegte, gleich mit der nächsten Maschine nach Hongkong zurückzufliegen, bis mir wieder einfiel, dass das nicht ging. Damals, auf der Beerdigung, das kommt mir jetzt erst in den Sinn, war mir das offenbar noch klar.

Um mich von dem Schmerz abzulenken, konzentrierte ich mich auf die Leute in der zweiten Gruppe. Sie standen wie Frank und ich etwas abseits, in der Nähe eines kleinen Kiefernwäldchens. Eine Frau, die mich schon zur Begrüßung breit angegrinst hatte, strahlte immer noch wie ein Honigkuchenpferd. Sie war füllig und trug einen Schirm, auf dem Karikaturen dicker, nackter Männer mit Knollnasen abgebildet waren und auf dem *It's raining men! Hallelujah!* stand. Überhaupt hob sich die zweite Gruppe von der ersten auch dadurch ab, dass hier alle unter verschiedenfarbigen Regenschirmen standen, während die Kamelhaarmantelleute einheitlich schwarze Regenschirme hielten. Ich wusste, dass ich das Honigkuchenpferd kannte, versuchte, sie irgendwo einzuordnen, doch umsonst.

Ich überflog die restlichen Gesichter der Gruppe, und mir wurde klar, dass ich eigentlich zu jedem irgendwann mal eine – wie sagt man? – persönliche Beziehung gehabt hatte. Doch mit den meisten ging es mir so wie mit der Dicken. Einige Namen lagen mir auf der Zunge, doch sosehr ich mich auch konzentrierte, ich kam einfach nicht auf sie. Stattdessen tauchten Erinnerungsfetzen auf. Verschwommene, ausgeblichene Bilder, kurze Sequenzen. Zu einer Frau mit faltigem Gesicht und einer Art lila Turban fiel mir ein, dass sie invertierte Brustwarzen hatte, die sich nur bei Erregung nach außen stülpten. Ich hatte das selbst mal erlebt, in meinem Bett, obwohl sie eigentlich mit einem Graphikdesigner zusammen war, der Helmut oder Herbert oder vielleicht auch ganz anders hieß.

Bei einem krank und zerstört aussehenden Mann kam nach langem Kopfzerbrechen wenigstens der Spitzname wieder: der «Leider». Der Typ hatte immer an allem demonstrativ gelitten, der Welt, den Frauen, dem Wetter, diversen Krankheiten der Regierung. Seine Leiden waren offenbar nicht geringer geworden; ich hätte ihn sofort für eine Endzeitserie besetzt oder für einen düsteren Krimi, der im Mississippi-Delta spielt. Neben ihm stand ein Mensch mit aufgeschwemmtem Gesicht, der alle zehn Sekunden nach Luft schnappte. Nie hatte ich verstanden, weshalb er nur «der Frosch» genannt worden war, jetzt begriff ich es. Wenn man ihn genau ansah, hatte er sogar etwas Grünliches im Gesicht. Damals glaubte der Frosch, einen revolutionären Pizzaofen entwickelt zu haben, womit er den Durchbruch schaffen wollte. Das aber hatte nie geklappt. Aufgrund der vielen Verkaufsgespräche, die er nachts in Kneipen geführt hatte, war der grüne Mann dann der Legende nach Alkoholiker geworden.

Ich war erleichtert, als ich Bea in der Menge entdeckte und sofort ihren richtigen Namen wusste. Bea war aber auch schlecht zu vergessen. Dieses blasse, schöne Modemagazin-Gesicht. Wenn sie ihre Augen zu kleinen Schlitzen zusammenkniff, weil sie mal wieder ohne Brille ausgegangen war, sah sie gleich doppelt so gut aus. Ich hatte Beas Schönheit immer nur aus der Ferne bewundert, weil ich etwas Angst vor ihr gehabt hatte. Anfang der Achtziger war sie mit einer Meute von Punks herumgelaufen, in schwarzem Leder, was sehr gut zu ihren rußschwarzen Haaren passte. Männern, die Bea doof kamen, kippte sie ein Glas Bier ins Gesicht oder trat ihnen zwischen die Beine.

Bea hatte mal was mit Viktor gehabt. War etwa auch das kleine blasse Mädchen, das sie an der Hand hielt, von ihm? Es mag ungefähr acht, neun Jahre alt gewesen sein und kniff die Augen immer wieder zusammen, als würde es gerade Zwiebeln schneiden. Eigentlich war sie zu jung, um Viktors Tochter zu sein. Bea und er hatten sich schon vor fünfundzwanzig Jahren getrennt. Aber was wusste ich schon, ich war ja praktisch aus der Welt gewesen.

Die Frau hatte etwas in meinem Kopf freigeschossen, denn jetzt fielen mir immer mehr Namen ein. Sich an die alten Außenseiter unserer Szene zu erinnern war allerdings auch nicht allzu schwer: Mäxchen mit den weißblonden Haaren und dem Totenkopfgesicht, Hugo, der kleingewachsene, kugelige Großdealer mit dem unsicheren Danny-DeVito-Lächeln, das sich über die Jahre nicht verändert hatte, und der transsexuelle Erbser, über den früher nur getuschelt wurde, weil Transsexuelle damals noch Zwitter hießen. Um die drei herum hatten sich längst im Erinnerungsdschungel verschollene Lemuren aus den Vorstädten gruppiert, und ganz außen dann: Eberhard Horstmann, genannt Horsti. Er merkte, dass ich ihn ansah, kuckte zunächst fragend zurück, um dann mit einem Mal das Gesicht zu einem Grienen zu verziehen.

Ich war überrascht, ihn hier zu treffen. Dass sich Viktor und Horsti bis aufs Blut verabscheut hatten, wusste jeder in der Stadt, zumindest jeder über fünfzig. Spätestens seit Horsti eines Nachts aus unbekannten Gründen mit einem Vorschlaghammer den antiken Citroën DS von Viktor zerlegt hatte, war der Riss zwischen den beiden nicht mehr zu kitten gewesen. «Dieses Null-Gehirn steht an der Spitze der Top Ten der Menschen, von denen ich in diesem Leben nichts mehr hören will», hatte Viktor danach jedem gesagt, der ihn auf Horsti ansprach. Was wollte Horsti bloß auf dieser Beerdigung? Zeigen, dass er sich freute?

So ging ich einen nach dem anderem in der Kiefernwäldchengruppe durch, bis ich meinen Rücken wieder spürte. Gleichzeitig merkte ich, dass das Regenwasser, was mir den Nacken hinunterlief, inzwischen beim Gürtel angekommen war. Ich fror, aber Lippe redete immer noch. Herrje, wie lange ging das denn schon? Wurde der Mann nach Zeit bezahlt?

Vielleicht täuschte ich mich aber auch. Stoned dehnt sich die Zeit ja manchmal ins Unendliche. Deshalb dauert ein Kifferleben subjektiv auch viel länger als das eines Nichtkiffers, selbst wenn der Kiffer früher stirbt. Betrachtete man es so, war Viktor gar nicht mit achtundfünfzig Jahren gestorben, sondern mit irgendetwas über hundert. Allerdings wusste ich gar nicht, ob er das Kiffen in den letzten Jahren nicht doch aufgegeben hatte.

Die Leute, die direkt an seinem Grab standen, sahen jedenfalls mehr nach Koks aus als nach Dope. Furchtbare Leute. «Alles soll leben», brummte ich Frank leise zu, «alles soll leben. Aber eins muss aufhören – der Bürger, der Dicksack, der Fresshans, das Mastschwein, der, der, der ...» Der Rest des Zitats fiel mir nicht mehr ein. So wie es aussah, hatte Viktor alles vergessen. Und plötzlich stieg aus meinen Mandelkernen etwas auf, das ich als Ekel identifizierte.

Ich starrte zu Boden. Trotz des Regens krabbelten hier Tausende von Ameisen im Mulch herum. Sie bewegten sich auf einer Straße, die sich von einem Grab zum nächsten erstreckte. Einige schleppten sich mit schweren Fichtennadeln ab, andere liefen ohne ersichtlichen Grund durch die Gegend. Je länger ich sie anstarrte, desto größer schienen sie zu werden. Mit ihren goldenen Härchen und ihren Scheren an den Mäulern erinnerten sie mich an Säugetiere: außerirdische Löwen, die dabei waren, sich die Erde untertan zu machen.

Plötzlich hatte ich Lust, die Ameisen zu zertreten. Ich stellte mir vor, wie sich nach meinem Angriff die überlebenden Insekten ebenfalls um kleine Löcher versammeln würden, an denen Kreuze stünden, die Beerdigungsameisen aus den Fichtennadeln gebastelt hätten. Eine Ameisenlippe würde natürlich auch kommen und stundenlanges Blech von sich geben. Ameisenklageweiber würden Trauer simulieren, und ganz am Rande der Gesellschaft würde eine schwarze, böse Ameise stehen, die schlecht über den ganzen Ameisenrest denken würde.

Ich wollte gerade zutreten, da puffte mich mein Bruder in die Seite. Mit einer Kopfbewegung wies er auf einen Mann neben Bea, der dort eben noch nicht gestanden hatte. Ronny. Dieselben langen Zappa-schwarzen Haare wie immer, in die sich nur wenige graue Strähnen mischten. Ich war also doch nicht der einzige Huelsenbeck. Im gleichen Moment kam Lippe überraschend zum Schluss: «Nur wenige Menschen sind wirklich lebendig, und die, die es sind, sterben nie. Es zählt nicht, dass sie nicht mehr da sind. Niemand, den man wirklich liebt ...» Das in Nachrufen so beliebte Hemingway-Zitat. Kein Wunder, ging es mir durch den Kopf, dass man dem Mann am Ende Elektroschocks verabreichen musste.

Die Träger nahmen den Sarg vom Wagen und ließen ihn in das Loch hinab. Gleichzeitig stellte ein Hagerer mit buschigen Augenbrauen aus der Kamelhaarmantelgruppe eine knallgelbe IKEA-Plastiktüte neben das Grab. Darin war ein iPod mit Boxen. Der Mann fummelte ein bisschen an der Apparatur herum, und dann erklang Johnny Cashs «Ain't no grave». Furchtbar. Nicht der Song, sondern die unappetitliche Idee, ihn hier zu spielen.

Als Erstes trat Agnieszka an den Rand des Grabs. In ihrem schwarzen Kostüm und mit den langen Handschuhen sah sie ein bisschen aus wie Jackie Kennedy bei der Beerdigung ihres Mannes. Sie nahm einen kleinen Spaten und schaufelte etwas Sand ins Grab. So vornübergebeugt sah sie unglaublich gut aus. Ich stellte mir vor, wie sie es mit Viktor getrieben hatte, auf dem Küchentisch oder unter der Dusche. Obwohl mir inzwischen das Regenwasser in die Poritze lief, bekam ich eine leichte Erektion. Und jetzt, so dachte es in mir, lag Viktor dort in diesem Loch, und sein Schwanz würde nie mehr hart werden. Das Bild eines verwesenden Penis tauchte auf, mit schwarzen und grünblauen Stellen. Je stärker ich mir das Bild verbot, desto deutlicher wurde es.

Erst als ich bemerkte, dass Bewegung in die Gruppe hinter Agnieszka kam, löste sich das Kiffgespinst auf. Ich erkannte Ronny, der sich ziemlich rüde seinen Weg durch den Pulk der Bessergekleideten bahnte. Genau hinter der Witwe blieb er stehen. Er konnte schlecht verbergen, dass er nervös war. Für ein paar Sekunden trat er von einem Bein aufs andere.

Er sah aus wie ein kleiner Junge, der durch ein Missgeschick plötzlich fünfzig Jahre älter geworden war.

Die Witwe schaufelte weiter Sand ins Grab, da begann ein Kind zu plärren, das direkt neben Ronny stand. Seine platinblonde Mutter hatte ihm gerade das Handy weggenommen, offenbar, damit es am Grab nicht mehr spielen konnte. Bei dem ersten Plärrton zuckte Ronny zusammen. Dann hielt er es nicht mehr aus. Er trat einen großen Schritt nach vorne, schob die Witwe einfach zur Seite und warf einen Gegenstand ins Grab. Dazu rief er mit lauter, etwas vibrierender Stimme: «Versprochen ist versprochen.»

Ein paar Sekunden später ertönte aus dem Grab ein meckerndes Gelächter. Die Kamelhaargruppe erstarrte. Das Kind, das eben noch geweint hatte, stand jetzt mit vor Überraschung geweiteten Augen da. Ich war keineswegs schockiert, denn ich kannte dieses Lachen gut. Zum ersten Mal hatte ich es Anfang der siebziger Jahre bei Karstadt gehört, in der Spielzeugabteilung im fünften Stock. Hier war ein halbes Regal mit Lachsäcken vollgepackt, ein paar Meter von der Zooabteilung mit den lustigen Kapuzineräffchen entfernt. Der Lachsack war damals der große Renner. Nicht, dass er eine technologische Innovation gewesen wäre. Das Lachen wurde auf einer kleinen Schallplatte aufgezeichnet, wie bei Sprechpuppen, die «Mama» oder «Hab mich lieb» sagen konnten. Es war das ansteckendste Lachen, das da auf der Platte gespeichert war. Später las ich, dass es einem Finanzbeamten aus Nürnberg gehörte, der vom Lachsackproduzenten eintausend Mark dafür bekommen hatte, dass er ihm seine Lache überließ.

Wem das Lachen zum ersten Mal vorgespielt wurde, der musste mitlachen, ob er wollte oder nicht. Trotzdem konnte man sich dabei nicht wohl fühlen. Wer es öfter abspielte und dabei genau hinhörte, merkte auch, weshalb. Das Lachen war das reine Grauen. Am Anfang baute es sich langsam auf. Lachwelle türmte sich auf Lachwelle, bis sich die Wellen zu überschlagen schienen. Dann kippte es in etwas um, das an das Geschnatter einer Gänseherde erinnerte, durch die jemand mit einer Kettensäge ging. Der Schluss aber war das reine Entsetzen. Er klang wie ein Kind, das an einem Keuchhustenanfall erstickte.

Genau dieses Lachen erscholl jetzt aus dem Grab. Dabei war der Sack von Ronny so manipuliert worden, dass er ohne Unterbrechung weiterlachte. Die Lachwellen, die Todesangstgänse und das erstickende Kind wiederholten sich in einer Endlosschleife. Der Sack musste flach auf dem Sarg gelandet sein, wodurch dieser wie ein Resonanzkörper wirkte. So mischte sich das Lachsacklachen in die Stimme von Johnny Cash: «There ain't haaaaaaaaahhaaaaaaa no grave hahahahaaaaahaaaaaa can hold haaaaaaaaahhaaaaaaa my body häääääääääähähähähähä down.» Es war, als würde Viktor seine eigene Beerdigung kommentieren.

Die Witwe starrte Ronny voller Hass an. Dann kam Bewegung in sie. Sie holte mit dem rechten Arm weit aus und versuchte, ihm eine zu knallen. Ronny wehrte den Schlag ab und gab einen leichten Stoß zurück. Agnieszka taumelte und wäre um ein Haar ins Grab gefallen. Das war das Signal für den Mann mit den buschigen Augenbrauen. Er und ein Typ mit Stiernacken lösten sich aus dem Kamelhaarpulk und stürzten sich auf Ronny. So begann die Schlägerei. Sie eskalierte innerhalb weniger Sekunden. Ein paar Kamelhaarmäntel sprinteten mit dem Ruf «Kommt her, ihr Scheiß-Asozialen» zur völlig perplex dastehenden Kiefernwäldchengruppe und teilten sofort aus. Andere, darunter Frauen und Kinder, sammelten Steine und Lehmbrocken vom Boden und begannen, Viktors alten Bekanntenkreis unter Feuer zu nehmen. Der ganze Kamelhaartrupp war offenbar fest überzeugt davon, dass alle in Ronnys Anschlag eingeweiht waren.

Die Kiefernwäldler stoben auseinander. Nur manche versuchten, sich zu wehren. Besonders die alten Außenseiter ließen sich nichts gefallen. Allerdings waren auch sie nicht mehr dieselben wie früher. Ich sah, wie Mäxchens Kopf gegen einen neumodischen Grabstein knallte, der die Form eines USB-Sticks hatte und in den das Wort «Leben» eingemeißelt war. Ich musste kurz in mich hineinlachen. Andere verblüffte der Angriff so sehr, dass sie regungslos verharrten – wie Biber im Taschenlampenkegel. Der dicke Frosch zum Beispiel war von den Kamelhaarleuten einfach umgerannt worden und lag im Schlamm. Die Mehrheit aber tat das einzig Richtige und floh stolpernd über die Gräber in Richtung Ausgang.

Ein Vorteil der Schlacht war, dass ich jetzt auch Leute zu Gesicht bekam, die in der dritten, vierten oder fünften Reihe gestanden hatten. Zum Beispiel die einst gertenschlanken Geschwister Düsselmann: Ulli, Anni und ihr Bruder Speedy. Die Mädchen waren für Heroin auf den Strich gegangen, und mit diesen beiden hatte ich den einzigen Dreier meines Lebens gehabt. Wir waren zusammen vollkommen betrunken auf einer fremden Matratze eingeschlafen und dann mitten in der Nacht aufgewacht. Alles Weitere hatte sich im Halbschlaf ergeben. Niemals hatten wir darüber geredet, und irgendwann hatte ich alles vergessen. Erst als die drei Düsselmanns unter den harten Schlägen zweier Kamelhaarmänner über den Friedhof flohen, fiel mir alles wieder ein.

Hinter den drei Geschwistern kamen die kleine Penny und ihr Freund zum Vorschein, Thomy Helpup, der ewige Punk. Mit ihm hatte ich zum ersten Mal Speed genommen und war dann zwei Nächte durch die Stadt gelaufen, erst durch die

Clubs und Discos, dann auf die Burg rauf und wieder runter, bis ich nicht mehr konnte. Völlig verdreckt, verstunken und zerkratzt war ich einen Tag später wieder aufgewacht. Wolle Kopf erkannte ich eigentlich nur an den Narben im Gesicht, die ihm Babsi Eschengerd vor mehr als dreißig Jahren mit ihren bloßen Fingernägeln zugefügt hatte. Der alte Unglücksrabe hockte auf einem kleinen Bänkchen und blutete kräftig aus der Nase. Auch Claude machte ich aus, eine meiner Exxen. Sie trug immer noch denselben Bubikopf wie damals, nur dass er ihr nicht mehr dasselbe melancholische Aussehen verlieh, und kauerte mit Michis mittlerer Schwester Jenny hinter einem Grabstein-Ensemble aus Reisekoffern, auf denen «Ich bin dann mal weg» (der größte) und «Grandhotel Abgrund» (der kleinste) stand.

Immer deutlicher zeichnete sich ab, dass die Leute aus dem Witwentross überlegen waren. Sie hatten nicht nur das Überraschungsmoment für sich. Sie waren auch jünger und kräftiger als die Kiefernwäldchengruppe. Selbst Horsti war nicht mehr der Alte. Zwei Endzwanziger hatten ihn zu Boden gerungen, wo sie ihn mit harten Hieben bearbeiteten. «Schlagen, schlagen», hörte ich ihn aus der Ferne jammern, «das ist alles, was ihr könnt.» Dass ich einmal ausgerechnet Horsti, der als Türsteher und Bodyguard gearbeitet hatte und in seinem Leben wohl Hunderten von Menschen körperlich zu nahe getreten war, so reden hören würde, hätte ich nicht gedacht.

Ronny schlug sich zunächst recht wacker. Direkt am Grab wurde er von drei Leuten festgehalten, während zwei weitere auf ihn einschlugen. Trotzdem konnte er sich losreißen und ein paar anständige Hiebe verteilen. Schließlich versetzte ihm aber der Stiernackige mit einem Spatenstiel einen Schlag in die Kniekehlen, und Ronny ging zu Boden.

Mich und meinen Bruder beachtete der Kamelhaartrupp gar nicht. Sie hatten offenbar keinen Schimmer, zu wem wir gehörten, weil wir nicht bei den anderen gestanden hatten. Außerdem sahen wir einfach nicht so abgerissen und prekär aus wie das Gros der Kiefernwäldler. Wir mussten nur weiter absolut unbeteiligt tun, dann würden wir für die Schläger unsichtbar bleiben.

Ein großer Vogel flog torkelnd und sehr niedrig über das Getümmel und setzte sich am anderen Ende des Friedhofs auf den Kopf eines großen, oxidierten Bronzeengels. Ein Eichelhäher, wie ich gleich erkannte. Ich habe mich mein ganzes Leben lang für Vögel interessiert, seitdem mir meine Eltern zu meinem achten Geburtstag den großen Kosmos-Vogelführer geschenkt hatten, und die Häher habe ich immer sehr gemocht. Genau unter dem Kopf des Engels, auf dem der Vogel saß und sein schillerndes Gefieder putzte, stand eine junge Frau mit einem Pferdeschwanz, fünfundzwanzig vielleicht oder jünger, der das Prügelschauspiel mindestens so gut zu gefallen schien wie mir. Als sie bemerkte, dass sich mein Blick an ihr festfraß, hob sie die Augen und lächelte mich an.

Ich sah unwillkürlich weg, so wie man sich von einem zu grellen Licht abwendet. Dann schaute ich vorsichtig wieder hin. Das sanft gekerbte Kinn, die Stupsnase, die selbst auf die Entfernung immer noch leuchtenden blaugrünen Augen, die an die Schmuckfedern des Hähers erinnerten, überhaupt die blendende Offenheit ihres Gesichts: Kein Zweifel, ich kannte diese Frau. Nur hatte ich nicht den leisesten Schimmer, wer sie war. Ich wusste nur – was heißt wusste? –, ich ahnte, dass sie einmal wichtig für mich gewesen war. Gleichzeitig schien das ausgeschlossen: Denn dafür, dass wir eine gemeinsame Geschichte hatten, war sie viel zu jung.

Aber dieses Gesicht strahlte mich so an, als hätte es in mir tatsächlich einen alten Bekannten erkannt. Gleichzeitig verbarg sich unter diesem Strahlen so etwas wie Mitleid. Diese Mischung löste etwas in mir aus, das ich schon seit Jahren nicht mehr gefühlt hatte. Es war, als hätte man mir MDMA direkt in die Vene gespritzt, gleich ein paar hundert Milligramm. Eine Glutwelle ging vom Solarplexus aus und lief über beide Schultern in die Armbeugen, in denen sich die Hitze sammelte. Innerhalb von Sekunden wurde ich ein paar Kilo leichter. Ich spürte noch, wie dieses Gefühl in ein anderes umzukippen drohte, als mir auffiel, dass es jemandem gelungen war, den Lachsack zu stoppen. Johnny Cash lief dagegen immer noch. «There is a train that's heading straight» wehte herüber.

In der Erinnerung sehe ich diese Szene immer aus der Vogelperspektive. Ich schwebe über der blau schimmernden Kuppel der Friedhofskapelle, dem offenen Grab und dem Kampfgetümmel. Dann schwenkt mein Blick hinüber zu der etwas abseits stehenden Frau unter dem Bronzeengel. Ich sehe mich auch selbst dort stehen, und zwischen der Frau und mir eine feine, leuchtende Spur wie von diesen Lasern, mit denen die Nippes-Verkäufer abends am Strand von Repulse Bay Kunden anzulocken versuchen. Was ich aber nicht sehe, ist ein Gegenstand, der durch die Luft fliegt und mich hart am Kopf trifft.

Ich wunderte mich nur über einen plötzlichen Schmerz an der Schläfe und ging langsam in die Knie. Dann rappelte ich mich erstaunlicherweise noch einmal auf und betrachtete das Wurfgeschoss: Es schien ein Stein zu sein, mit Hochglanzpapier umwickelt.

Ich weiß noch, dass ich das Papier entfernte und darunter ein großer, grüner Kiesel zum Vorschein kam. Auf dem

Papier selbst stand ein kurzer Text in schwarzen Buchstaben. Ich wollte ihn gerade lesen, als mehrmals hintereinander ein lautes Knacken ertönte, wie von einem elektrischen Gasanzünder. Der Boden unter meinen Füßen wölbte sich, und plötzlich hing der ganze Friedhof senkrecht in der Luft wie eine dreidimensionale Tapete. Danach wurde es sehr dunkel. Andhatāmisra, funkte es aus einem Winkel meines Neocortex. Die blinddunkle Hölle der Hindus, in die Selbstmörder und treulose Eheleute kommen. Dort wird man so lange von der Dunkelheit selbst gefoltert, bis man sogar die Idee von Licht verliert.

2

DER TOD IST EIN MÄRCHEN FÜR KINDER

Ich glaube, bevor ich diesen Bericht fortsetze, muss ich etwas erklären. Die zwölf Jahre in Hongkong sind nicht spurlos an mir vorübergegangen. Unter anderem habe ich mich dort mit Sandys Geisterglauben infiziert – jedenfalls ein bisschen. Das ist ja auch kein Wunder. Jedes Jahr waren wir an Qingming zu ihren Großeltern auf den Pok-Fu-Lam-Friedhof gepilgert. Wir hatten hier Schnaps und Obst vor ihre Grabsteine gestellt, Räucherstäbchen angezündet und Totengeld verbrannt. Auch zu Hungry Ghost verbrannten wir Totengeld, meistens am Strand der Sea-Ranch-Siedlung, nicht weit von unserem Apartment. So gewöhnt man sich an die Gegenwart von Geistern.

Auch die Geschichte, die Sandy immer wieder erzählte, wenn einer in unserem Bekanntenkreis gestorben war, hatte ich verinnerlicht. Ihr zufolge kehrt der Geist des gerade Gestorbenen sieben Tage nach seinem Tod in das Haus zurück, in dem er gewohnt hat. Er überprüft, ob sich auch wirklich alle zu seinem Gedächtnis versammelt haben, und sieht sich noch einmal das ganze Haus an, um es sich einzuprägen. Erst danach zieht er sich endgültig in die Unterwelt zurück. So war ich erst einmal nicht übermäßig erstaunt, als Viktor nach seiner Beerdigung einfach wiederauftauchte und von mir Besitz zu ergreifen schien.

Aber ich greife vor. Erst einmal fehlten mir nach meinem Zusammenbruch auf dem Friedhof gut fünf Stunden meines Lebens. Mein Bruder hat mir nur grob davon berichtet, was in der Zwischenzeit passiert war. Erst hatte er mich aus der Kampfzone geschleppt und dann am Nordtor des Friedhofs einen Krankenwagen gerufen. Zu Franks Überraschung fuhr der mich in das Allgemeinkrankenhaus der Anstalt. Der Fahrer meinte, dass es das nächstgelegene Klinikum sei, obwohl das definitiv nicht stimmte. So landete ich im «Sinai». Ich kannte es sehr gut. Dort war ich geboren und in einem Haus, das keine fünfhundert Meter entfernt stand, aufgewachsen. Der Sinai ist ja der Berg, auf dem Moses Gott in einem brennenden Dornbusch sah und dann die Zehn Gebote empfing. Schon im Kindergottesdienst hatte man uns das eingetrichtert, genauso wie die Geschichten zu den anderen Häusern der Anstalt. Alle trugen sie biblische Namen: «Enon» war eine Stelle am Jordan, an der Johannes der Täufer getauft hatte. In «Arafna» hatte König David einen Altar errichten lassen, und «Mara» war eine bittere Quelle in der Wüste Schur. Jeden Sonntag lernten wir das, und wer es beim nächsten Kirchgang nicht mehr wusste, wurde von den Kindergottesdiensthelfern verspottet und fertiggemacht.

Als ich aus meiner Bewusstlosigkeit erwachte, saß Frank neben meinem Bett und spielte mit dem Handy. Ich hatte keinen Schimmer, wo ich war und weshalb es hier so stank. Ich fragte mich auch gar nicht, wieso mein Bruder auf dem Stuhl hockte. Mich interessierten nur zwei Sachen.

«Hast du gesehen, wer den Stein geworfen hat?», fragte ich als Erstes.

«Keine Ahnung, ich schätze mal, es war einer von den Kamelhaarmänteln.»

«Wer?»

«Die Typen, die mit der Prügelei angefangen haben.»

«Und die Frau?»

«Wer?»

«Na, diese junge, gutaussehende. So viele gab's ja nicht. Die unter dem Engel stand.»

«Welcher Engel?»

«Was hast du überhaupt gesehen?»

«Einen großen Vogel. Eine Krähe oder so was. Flog sehr tief und irgendwie komisch. Und dann bist du umgefallen.»

Auch der Zettel, in den der Stein gewickelt gewesen war, schien verschwunden zu sein.

«Bin ich Altpapiersammler?», hatte Frank nur gefragt. Ich hätte noch einmal fünf Stunden meines Lebens gegeben, um zu erfahren, was auf dem Papier gestanden hatte. Dabei hatte ich den Zettel doch gelesen, bevor ich zusammengebrochen war. Auch im Koma wusste ich den Text noch. Aber nach dem Aufwachen: bumm, alles weg. Fast alles. Ich erinnerte mich noch an ein großes «C» und ein großes «T». Und obwohl mir nicht mehr einfiel, bereiteten mir diese beiden Buchstaben Unbehagen.

Und genau als dieses Unbehagen einsetzte, passierte es: Viktor begann zu lächeln. Ich sah ihn einfach überall. Sein wie bescheuert lächelndes Gesicht legte sich auf alle Dinge: auf den Lilienstrauß neben meinem Bett, auf die Sonnenblumen des Van-Gogh-Drucks an der Wand, auf den Paravent, der mein Bett von dem meines Nachbarn abschirmte, ja sogar über den Duschkopf in der stinkenden Nasszelle. Mir fiel ein, dass Viktor für sein Lächeln schon zu Lebzeiten berühmt gewesen war. Jeder, mit dem ich je über ihn geredet habe, kam sehr schnell darauf zu sprechen. Manche verglichen es mit dem Lächeln, das Malcolm McDowell in «A Clockwork Orange» oder ganz am Ende von «O Lucky Man!» aufsetzte. Und fast alle sagten, einerseits sei es ja wirklich gewinnend, freundlich, sogar eine gewisse Schüchternheit signalisiere es, andererseits habe man auch immer das Gefühl, dass hinter diesem Lächeln Verachtung, Misstrauen oder Tücke lauerten. «Es flackert da etwas», hatte meine Ex Brigitte mal gesagt, «ohne dass ich genau sagen könnte, was. Ich glaube aber, ich will nichts damit zu tun haben.»

Vier Tage später lächelte Viktor immer noch. Da saß ich bereits im ICE nach Berlin, auf dem Weg in mein Kabuff – eine Einzimmerwohnung mit einer winzigen Küche und Dusche im Prenzlauer Berg. Ich hatte sie von meinem letzten Geld gekauft, damals Anfang der nuller Jahre, als Wohnungen in Berlin noch nichts kosteten. Solange ich in Hongkong großzügig auf der Sea Ranch residierte, hatte ich den Verschlag kaum genutzt. Jetzt aber war er das letzte Refugium, das mir noch geblieben war.

Viktor lächelte also, und ich dachte daran, wie ich ihn zum ersten Mal getroffen hatte, im Sommer 1978 – nein, Quatsch, 1977 war das –, am Fuß der Akropolis in Athen. Es war eines dieser Treffen, wie sie damals in den großen Ferien üblich waren. Man trampte durch die Gegend oder fuhr mit Interrail, hatte sich aber schon vor der Abreise verabredet: an einem bestimmten Tag zu einer bestimmten Uhrzeit an einem bestimmten Ort. Auch wenn das heute unbegreiflich ist, klappten diese Treffen immer. Ich weiß gar nicht mehr, mit wem ich verabredet gewesen war. Aber plötzlich stand da auch Viktor. Er war der Einzige von den acht oder neun Leuten, der alleine heruntergekommen war, nur mit einem dünnen Schlafsack und einer Zahnbürste im Gepäck. Viktor war schon damals der große Loner, ein Cowboy, der niemanden brauchte. Ich hatte alle möglichen Gerüchte über ihn gehört; jetzt stand dieser Typ plötzlich wirklich vor mir, mit schulterlangen Haaren und in einem verschwitzten T-Shirt. Er sagte nur: «Hi.» Und lächelte.

Bereits bei diesem ersten Treffen überstrahlte Viktor alle anderen. Ich war beeindruckt, wie man wohl nur in diesem Alter von jemandem beeindruckt sein kann. Ich glaube, gerade das Flackernde, Unbestimmte war es, das mich anzog. Das Treffen in Athen hatte nur ein paar Stunden gedauert, ich hatte es schon fast vergessen. Doch als ich wieder zu Hause war, passierte das absolut Unwahrscheinliche: Viktor, dieser Mythos, wurde Teil unserer Familie.

«Mein Vater ist völlig ausgerastet, als er erfahren hat, dass ich die Schule geschmissen habe», hatte er mir erzählt und hinzugefügt: «Es geht nicht mehr. Ich sterbe zu Hause.»

So etwas hatte ich von dem großen Viktor noch nie gehört. Er schien völlig am Ende. Dabei habe ich bis heute nicht herausgefunden, ob die Geschichte überhaupt stimmte. Ich fragte trotzdem meine Eltern, ob Viktor nicht bei uns wohnen könne.

«Nur vorübergehend natürlich.»

Meine Eltern hatten keine Einwände. Auch das ist heute wahrscheinlich unbegreiflich. Aber es waren die Siebziger, da galten andere Gesetze. Außerdem waren wir Christen: nicht irgendwelche Christen, sondern Anstaltschristen. Bei uns galt: «Liebe deinen Nächsten wie dich selbst.» Und in diesem Fall hieß der Nächste Viktor.

Er durfte also in den alten Kohlenkeller ziehen. Der war für Frank zum Schlagzeugspielen umgebaut worden, nachdem in unserem Haus die Ofenheizungen durch Stadtgas ersetzt worden waren. Der Keller sah halbwegs wohnlich aus. Die Wände waren mit pinker Raufaserfarbe gestrichen, der Boden mit braungelben Teppichfliesen ausgelegt. Viktor machte das genauso wenig aus wie die dicken Gitterstäbe vor den Kellerfensterluken. Er stellte eine alte Truhe in den Raum, in der er ein wenig Wäsche aufbewahrte, und legte eine Matratze auf Europaletten. Auf die Truhe kam eine große Wasserpfeife, die Teppichfliesen wurden von einem Flokati verdeckt. Als einzige Zimmerpflanze platzierte er einen winzigen Peyote-Kaktus auf der Fensterbank einer der beiden Luken.

«Wenn der größer ist», sagte er zu mir, «werden wir ihn gemeinsam essen. Ich habe gelesen, dass man dann wirklich fliegen kann. Ein paar Meter nur. Aber es soll funktionieren.»

Immer noch leicht belämmert von der Ohnmacht und dem Krankenhaus saß ich in meinem ICE-Sessel und staunte, wie gut ich mich plötzlich wieder an diese ganzen Einzelheiten erinnern konnte. Mein Gedächtnis war zeit meines Lebens ein Sieb gewesen, meine Kindheit und Jugend eigentlich komplett ausradiert. Ich hatte das darauf geschoben, dass meine frühen Jahre eben einfach völlig normal und uninteressant gewesen waren. Außerdem hatte ich wohl zu lange in Hongkong gewohnt. Die ganzen Erfahrungen, die ich dort machte, die neuen Freunde und Bekannten, mein Leben mit Sandy, das alles hatte sich wie eine dicke Kruste über meine deutsche Vergangenheit gelegt.

Ich holte das neue Notizbuch aus der Manteltasche und schrieb hastig ein paar Stichworte hinein: «Erinnerungsflash. Viktor in Griechenland. Der Kohlenkeller. Rosa Raufaser. Peyote.» Das Notizbuch war Teil eines Deals, den ich mit Dr. Taessler, dem Arzt im «Sinai», geschlossen hatte. Nach vier Tagen im Bett hatte ich darauf bestanden, entlassen zu werden. Taessler äußerte große Bedenken und hätte mich gerne noch etwas länger dabehalten.

«Wir haben zwar im MRT nichts Außergewöhnliches feststellen können. Aber bei einem Schädel-Hirn-Trauma weiß man nie.»

Ich hatte ihm geantwortet, dass es mir ausgezeichnet ginge und ich unbedingt rausmüsste.

«Dann kaufen Sie sich so'n Moleskine und schreiben alles rein, was Ihnen auffällig vorkommt. Wenigstens in den nächsten Wochen. Sollte es doch noch zu Komplikationen kommen, findet Ihr behandelnder Arzt vielleicht in Ihren Aufzeichnungen einen Hinweis.»

Um meine Entlassung nicht zu gefährden, hatte ich Taessler nichts von Viktors omnipräsentem Dauerlächeln erzählt. Das trug ich jetzt im Notizbuch nach. Ich schrieb: «Viktors Lächeln. Permanent. Scheußlich. Wird aber schwächer.» Tatsächlich sah ich Viktors Lächelballon jetzt nur noch selten verschwommen aufglimmen. Stattdessen wurden die Erinnerungsbilder immer deutlicher. Ich sah, wie Viktor an einem sonnendurchstrahlten Herbsttag Ronny mit zum Essen brachte und meine Mutter ein zusätzliches Gedeck auf den Tisch stellte. Eine Woche später saß auch Ben bei uns am Mittagstisch, ein Abiturient, der noch auf das Gymnasium ging, das Viktor gerade verlassen hatte. Auch er wurde durch den berühmten Mann angelockt. Jetzt hockten wir zu viert bei Viktor im Keller, manchmal bis in die Nacht, immer um die Wasserpfeife herum, die Viktor nie ausgehen ließ. Während Ronny, Ben und ich fast die ganze Zeit bekifftes Zeug quatschten, blieb Viktor ganz ruhig. Nur ab und zu mal sagte er einen kurzen Satz, und in dem ging es immer um das Gleiche: «Wir müssen etwas Großes tun.» – «Wir brauchen eine Idee.» – «Wir müssen besser sein als die Wichser.»

Um diese Zeit muss ich wohl auch das Reclam-Heft in der Alternativbuchhandlung der Stadt entdeckt haben. Es war gerade erschienen und trug den Titel «Dada Berlin». Ein Professor mit dem seltsamen Namen Karl Riha – ich hielt das für ein absurdes Pseudonym – hatte hier Texte und Manifeste dieser Bewegung versammelt. Ich las es in einem Rutsch durch und zeigte es am nächsten Tag Viktor. Gelangweilt schlug er das Heft auf irgendeiner Seite auf und las den ersten Satz, der ihm ins Auge fiel, laut vor:

«Die Dinge müssen sich stoßen: Es geht noch lange nicht grausam genug zu.»

Viktor hatte den Satz extra albern betont, wahrscheinlich um mich und meine Entdeckung vorzuführen, doch schon während er las, hellte sich seine Miene auf.

«Das ist gut. Das ist sogar sehr gut», sagte er. Damit hatte ich freie Bahn. Ich schlug vor, unsere kleine Gruppe «Die Huelsenbecks» zu nennen, nach dem Autor des soeben vorgelesenen Satzes. Viktor war gleich einverstanden, und damit auch Ronny und Ben.

Von nun an machten wir im Keller Pläne. Als Erstes beschlossen wir, dass die Huelsenbecks ein angemessenes Outfit brauchen. Eine Art coole Uniform. Wir fanden sie in der «Brosamensammlung» der Anstalt, wo gespendete Klamotten und anderer Trödel für ein paar Mark verkauft wurden. Hier suchten wir uns die Pelzmäntel aus, die zu unserem Erkennungszeichen wurden. Viktor kaufte einen alten silbergrauen Nerz, der ihm fast bis zu den Füßen reichte, Ronny einen Mantel, der mit Waschbärenfell gefüttert war, und ich eine Seehundjacke mit Persianerbesatz. Dazu holten wir uns schwarze Stiefel, die wir im Keller auf Hochglanz polierten, und weiße Oberhemden mit steifen Kragen.

In der «Brosa» fiel uns Michi auf. Er hatte sich bereits so

ausstaffiert, wie es uns vorschwebte. Das reichte, um ihn mit in den Keller zu nehmen. So fing das also an mit den Huelsenbecks. Fehlten nur noch die Aktionen. Meistens war ich es, der sie sich ausdachte. Dabei versuchte ich, mich von dem gelben Reclam-Heftchen inspirieren zu lassen, das inzwischen jeder Huelsenbeck bei sich trug. Viktor entschied, ob meine Vorschläge was taugten. Nur die Idee mit der Amerikafahrt stammte von ihm selbst. Eines Nachts trug er sie unerwartet im Keller vor: «Wenn wir es schaffen wollen», dekretierte er, «dann müssen wir aus diesem Dreckskaff raus. Und es gibt, meine lieben Huelsenbecks, nur einen Ort auf der Welt, an dem wir es *wirklich* schaffen können. Dieser Ort heißt: Amerika.»

All dies schrieb ich nun hastig auf, um bloß kein Detail der frisch hochgeschwemmten Erinnerungen auszulassen, und machte hinter «Brosa», «Pelze», «Gründung der Huelsenbecks» und «Amerikafahrt» jeweils drei Ausrufezeichen. Eine alte Marotte aus der Zeit, als ich noch professionell geschrieben hatte. Dann verlosch der Erinnerungsblitz ebenso plötzlich, wie er gekommen war. Ich klappte das Notizbuch zu und schrieb in Blockbuchstaben auf den Umschlag: «IRRENJOURNAL – To whom it may concern.»

Der Zug durchfuhr die Porta Westfalica. Die Grenze der Gegend, die schlichtere Gemüter Heimat nennen würden. Das dachte ich jedes Mal, wenn ich hier durchfuhr, als ob einer hinter mir stünde und mir den Satz soufflierte. Es regnete noch immer, und das Wasser der Weser würde bald wieder über die Ufer treten. Häuser und Straßen würden von den Fluten weggespült. Menschen würden auf Hausdächern stehen oder Hubschrauber steuern. Der Ausnahmezustand würde verhängt, und in sämtlichen Medien gäbe es nur ein Thema. Ich freute mich darauf. Ich liebte Katastrophen. Wie oft hatte ich auf der Sea Ranch am Fenster gestanden, dem Taifun bei seinem Wüten zugesehen und gedacht: Stärker, bitte, bitte, stärker.

Der Fokus meiner Augen veränderte sich, und ich sah mein Spiegelbild in der Scheibe. An der Stelle, an der mich der Stein getroffen hatte, klebte ein beeindruckendes Pflaster. Die Wunde darunter war nicht besonders groß und bestimmt schon längst verschorft. Spätestens morgen würde ich das Pflaster abmachen können. Die Narbe würde sicherlich okay sein. Gegen Narben ist nichts einzuwenden. Das Problem war mein Gesicht als solches. Es schien mir in den letzten Tagen übermäßig gealtert zu sein. Der Alterungsprozess vollzieht sich ja in Schüben, das weiß jeder. Jahrelang hat man das Gefühl, dass überhaupt nichts passiert, und dann kommt plötzlich über Nacht einer mit der großen Hässlichkeitswalze. Aber das, was ich in der Scheibe sah, war doch ein bisschen zu viel des Guten. Die ledrigen Falten im Nacken, die labbrigen Wülste am Hals, die aschgraue Haut, die müden, blutunterlaufenen Augen, die zu großen, roten Ohren: Es war schwer zu akzeptieren, dass dieses Gesicht mir gehörte.

Ich drehte meinen Kopf so schnell weg, dass einer meiner Halswirbel leise knackte. Auf dem Sitz neben mir lag eine Ausgabe der städtischen Tageszeitung. Die Schlägerei auf Viktors Beerdigung hatte es auf die zweite Seite des Lokalteils geschafft. In der Kurzmeldung hieß es, bei dieser «unwürdigen Keilerei» seien fünf Menschen verletzt worden, «darunter einer schwer». Keine Ahnung, ob ich damit gemeint war. Ich hatte die Zeitung längst ausgelesen; sie lag nur da, damit sich keiner neben mich setzte. Zum Beispiel so ein Typ wie dieser «Kreative» ein paar Sitze vor mir, erkennbar an dem Scheißvollbart, den man ja in dieser Szene seit ein paar Jahren tragen muss. Der Typ schien mir sehr groß, unerträglich gesund und eingebildet jung. Dabei habe ich nichts gegen junge Menschen. Aber kein Huelsenbeck war je auf diese widerliche Art jung gewesen. Wir hätten uns zu Tode geschämt.

Der Typ quatschte ohne Unterbrechung in sein Handy, mit einer überenthusiastischen Stimme, die einfach nicht auszublenden war. «Wir haben das mobile Marketing gerockt. Dann phat eingecasht. Ab ging's mit dem Flieger nach New York. Zum Marathon, du weißt schon. NEW YORK MARA-THON. Also ich bin da mehr so mitgefedert.»

«Geil» sei das gewesen, «obergeil», aber auch «total flashy». Schließlich erhöhte sich die Tonlage seiner Stimme noch um eine weitere halbe Oktave: «Ich sag dir, da kommt ein Spirit rüber bei den Amis, das ist überhaupt nicht mit Deutschland zu vergleichen. Diese funky freshness. Ganz andere Liga.»

Diese Sätze reichten, um mich innerlich zum Kochen zu bringen. Früher wären wir mit so einem ganz sicher anders umgesprungen. Viktor wäre zu ihm rübergegangen, hätte sein Gesicht nur wenige Zentimeter vor dem des Typen positioniert, hätte ihn für einige lange Sekunden angelächelt und ihm dann ins Gesicht gezischt: «It's fuck-off time, mein Lieber.»

Das war Viktors Spruch, mit dem er auf Partys oder bei anderen Gelegenheiten Leute vertrieb, die ihm aus irgendeinem Grund nicht passten. Das Erstaunliche an solchen Auftritten war: Der Spruch wirkte jedes Mal. Ich hatte mehrmals beobachtet, wie Leute, die so bearbeitet worden waren, Land gewannen. Viktor strahlte immer etwas Ultimatives aus. Auch das hatte ihn für die Huelsenbecks so wichtig gemacht.

Statt den Kreativen anzumachen, zog ich meinen iPod

heraus, schob mir die Kopfhörer über die Ohren und drückte auf Play. Robert Plant begann zu singen: «Babe, I'm gonna leave you», ein Blues, von Led Zeppelins Debütalbum. Ich hatte zeit meines Lebens wirklich keinen guten Musikgeschmack. Wahrscheinlich lag das an den vielen Chorälen in meiner Kindheit, den ganzen Oratorien und Passionen. In der Kirche muss es ja musikalisch immer knallen, damit von der Predigt etwas hängenbleibt. Das führte zu meiner Vorliebe für musikalischen Bombast.

Mir wurde gleich besser. Ich drehte die Lautstärke so laut auf, dass ich keinen anderen Laut mehr hören konnte, und allmählich gelang es mir, mich zu entspannen. Ich griff zum Bahn-Magazin und blätterte, die übliche einschläfernde Mischung: ein Interview mit einem Drei-Sterne-Koch, der einen Pferdeschwanz trug und die «tausendundein Geheimnisse der veganen Küche» verriet. Das Porträt einer jungen, blonden Schauspielerin, von der ich noch nie etwas gehört hatte und die auf jedem Foto einen hysterischen Eindruck machte. Die vom Verlag selbst bezahlte Rezension eines Buches, das wie immer «mit präziser Beobachtung, Witz und Selbstironie» geschrieben war. Genau das Sedativ, das ich jetzt brauchte.

Bei einem Artikel über die mexikanische Stadt Mazatlán blieb ich dann aber doch hängen. Was für ein Zufall. Mazatlán war eine Station auf der Amerikareise der Huelsenbecks gewesen. Natürlich bestand auch dieser Artikel nur aus den üblichen Phrasen, die man inzwischen in jedem Reisebericht unterbringen musste. Die aus irgendeiner kosmischen Zentrale ferngesteuerten Reiseredakteure verlangen von allen ihren Autoren Formulierungen wie «schimmerndes, türkisblaues Wasser», «mit Palmen bestandener Paradiesstrand», «der prächtige Malecón der Stadt» oder «Pedro Gonzales (89) bastelt trotz seines hohen Alters noch täglich phantasievolle Alebrijes aus Pappmaché und Kuhmist». Ich konnte so etwas wirklich nicht zu Ende lesen. Dafür sah ich mir die Fotos ganz genau an und prüfte, ob mir nicht irgendetwas bekannt vorkam. Doch Fehlanzeige. Alles wirkte fremd.

Das wunderte mich nicht. Ich erinnerte mich an diese Amerikareise genauso vage wie an den Rest meiner Jugend. Vielleicht hatte ich sie auch extra stark verdrängt. Die Reise, die im Sommer 1978 der Beginn eines weltweiten Aufstiegs der Huelsenbecks werden sollte, besiegelte in Wirklichkeit bereits das Ende unserer kleinen Gruppe. Rund 15 000 Kilometer waren wir in einer für ein paar Dollar gekauften Schrottkarre durch die Gegend gefahren, von der Ostküste nach Kalifornien und von dort dann weiter nach Mexiko. Mazatlán war der südlichste Punkt unserer Reise gewesen. Von hier fuhren wir über die Ostküste Mexikos zurück in die USA und flogen wieder nach Hause. Aber was genau hatten wir unterwegs gemacht? Ich hatte nur noch vor Augen, wie wir uns praktisch ununterbrochen gestritten hatten. Fünf blutjunge Idioten mit Dauerlagerkoller. Anders als geplant hatte die Reise deswegen ja auch nur – wie ich zumindest damals noch dachte – fünf oder sechs Wochen gedauert.

Was für ein Aufwand, dachte ich, nur um sich mal so richtig streiten zu können. Die Idiotie der Jugend. Dann fiel mir doch noch eine konkrete Situation ein, die sich schon ganz am Anfang der Reise zugetragen hatte, auf dem Weg nach London. Viktor spielte natürlich wieder die Hauptrolle. In London wollten wir einen Billigflieger nach New York nehmen. Wir hatten die ganze Nacht auf der Fähre von Ostende nach Folkestone mit Whisky Cola durchgemacht und uns dabei prächtig mit einem deutschen Pärchen unterhalten, das auf Heroin war. So wie der Typ gelallt und die Frau mitten im Satz ganz beiläufig gekotzt hatte, stand das außer Frage. In Folkestone waren wir dann vollkommen verkatert an Land gegangen. Doch Viktor wollte plötzlich umkehren.

«Ich hab die Schnauze voll», schrie er morgens um fünf. «Ich kann mit so was wie euch nicht zusammen reisen.»

Jeder von uns zog gerade einen unten am Hafen geklauten Gepäcktrolley eine kleine Steigung hinauf. Am Ortsausgang wollten wir dann trampen, kamen jedoch kaum vorwärts, weil Viktor dauernd schrie, woraufhin auch Ronny zu schreien begann, und irgendwann dann auch ich. Wenn ich mich richtig erinnere, war Viktor sauer, weil wir uns mit dem Junkie-Pärchen auf der Fähre nicht cool genug unterhalten hatten. Wir? Hauptsächlich wohl ich.

«Mensch, das waren Junkies. Mit denen redet man nicht über so was wie Werktherapie in der Anstalt, du Wicht.»

Der ICE reduzierte seine Geschwindigkeit, und draußen begann Wunstorf vorbeizukriechen. Robert Plant schrie in mein Ohr: «We gonna go walkin' through the park every day.» Der Schrei holte mich zurück in den Zug. Ich stopfte das Bahn-Magazin wieder in das Netz der Rückenlehne, kramte mein Notizbuch noch einmal heraus und schrieb: «Mazatlán. Die Folkestone-Schreierei. Du Wicht.» Dann stand ich auf, um ins Bordbistro zu gehen. Als ich den Kreativen passierte, drehte ich mich um, um einen Blick auf ihn zu werfen. Ich war verblüfft. Woher kannte ich diesen Vollbart?

Im Bistro bestellte ich mir einen Kaffee bei einer schlechtgelaunten, korpulenten Kellnerin. Sie war so dick, dass sie kaum hinter den Tresen passte. Nicht dass ich etwas gegen Dicke habe – ich selbst war zu diesem Zeitpunkt schon lange nicht mehr schlank –, aber wird man eigentlich dick, nachdem einen die Deutschen Bahn eingestellt hat, oder ist das Einstellungsvoraussetzung? Beim Zahlen fiel mein Blick auf ihr Namensschild: «Evelyn Webster». Ich starrte der Frau etwas zu lange auf den kissengroßen Busen.

«Noch etwas vergessen?», fragte sie patzig.

«Äh, nein», stotterte ich.

Das Gegenteil war richtig. Evelyn Webster? So hieß doch die Mutter in der Familie, bei der wir ganz am Anfang unserer USA-Reise untergekommen waren. Da an der Ostküste in Rockland, dieser kleinen Stadt bei Brunswick. Als Austauschschüler hatte Michi hier ein paar Jahre zuvor gewohnt, also vor unserer Reise. Aber hatte die Frau nicht völlig anders ausgesehen, mehr wie eine etwas verlebte Doris-Day-Amerikanerin? Auch das Alter der Bahn-Trulla passte nicht. Und Webster ist schließlich auch kein seltener Name. Sogar ein Wörterbuch heißt so. Trotzdem: Was sollte das? Warum erinnerte mich hier alles an die Amerikareise der Huelsenbecks?

Der Zug hielt in Hannover. Durch das Fenster sah ich, wie der Vollbart ausstieg. Ich bemerkte, dass er leicht hinkte. Eine funkyfreshe Verletzung, die er sich beim Marathon zugezogen hatte? Ich ging an meinen Platz zurück, um auch das Erlebnis mit der Kellnerin zu notieren. Kurz vor Hildesheim kam dann die übliche Durchsage: «Oberleitungsprobleme ... Halt auf unbestimmte Zeit». Wahrscheinlich lag es am Regen, der in Hannover noch einmal stärker geworden war.

Eine halbe Stunde lang starrte ich aus dem Fenster auf ein Graffito, das jemand eher unbeholfen auf die Lärmschutzwand gesprüht hatte. Wohl eine Kuh, die von einem großen, schwarzen Vogel angegriffen wurde. Vielleicht sollte es eine Krähe *(Corvus corone)* oder ein Rabe *(Corvus corax)* sein. Der Vogel stand im Begriff, der Kuh ein Auge auszuhacken.

Je länger ich das Bild ansah, desto mulmiger wurde mir.

Ich schloss die Augen und versuchte, mich auf die Musik zu konzentrieren. Doch irgendetwas zwang mich, die Augen wieder aufzumachen und das Splatterbild zu betrachten. Die Hilflosigkeit der Kuh rührte mich, doch hinter dieser Rührung kroch langsam eine Angst in mir hoch, die ganz unten aus dem Kleinhirn zu kommen schien. Als ich die Augen wieder schloss, setzte sich der Zug in Bewegung. Und als ich sie erneut öffnete, war die Lärmschutzwand verschwunden. Ich sah eine Weide, auf der echte Kühe grasten.

Etwa fünfzehn Minuten später verlangsamte der ICE sein Tempo wieder, um den Bahnhof von Wolfsburg zu passieren. «Der schönste Bahnhof Deutschlands», sagte der Souffleur in meinem Kopf, und ich freute mich an den geschwungenen Bahnsteigdächern, den runden, schwarz gekachelten Wartehallen und der eleganten Typographie der Bahnhofsschilder. Vermutlich mochte ich diesen Bahnhof auch deshalb so sehr, weil er genauso alt war wie ich.

Aber irgendetwas schien heute anders. Ich sah nicht gleich, was es war. Dann wurde mir schlagartig klar: Praktisch jeder erwachsene Mann auf den Bahnsteigen rauchte. Und das war nicht alles. Es gab keine digitalen Anzeigetafeln mehr, keine Behindertentoilettenschilder, keine Warteglaskästen und keine weiße Linie an der Bahnsteigkante. Auch der Kiosk hatte geöffnet. Der Bahnhof sah genauso aus, wie Bahnhöfe in den siebziger Jahren ausgesehen hatten. Offenbar stammten auch die Leute auf dem Bahnsteig aus dieser Zeit. Nicht nur, dass sie überall rauchten. Sie trugen auch diese typischen Siebziger-Jahre-Frisuren. Die Haare der jüngeren Männer waren deutlich länger als heute, keiner stand mit unbedeckten Ohren da. Die meisten jungen Frauen trugen ihre Haare ebenfalls lang und offen, überall nur Hosen mit Schlag. Bloß die Alten sahen noch so aus, wie sie schon in den Fünfzigern und Sechzigern ausgesehen haben mussten.

Ich staunte diese seltsame Szenerie an und scannte mit den Augen den ganzen Bahnhof, um bloß keine Einzelheit zu verpassen. Und so entdeckte ich schließlich ihn, kurz bevor der Zug wieder beschleunigte, am hintersten Ende des Bahnsteigs. Er war eigentlich auch nicht zu übersehen, denn mit seinen hennaroten, fast hüftlangen Haaren und seinem glänzenden Nerzmantel fiel er selbst aus diesem Rahmen. Ich konnte es kaum fassen, aber dieser Mann war ... Viktor. Er trug genau dieselben Sachen wie damals als einer der Huelsenbecks und war im selben Alter. Auch er schien mich im Zug entdeckt zu haben und grinste mich fröhlich an. Ich sah, wie sich sein Mund bewegte, und obwohl ich nicht hören konnte, was er sagte oder rief, las ich es ohne große Schwierigkeiten von seinen Lippen ab: «Daniel. It's fuck-off time.»

Ich existiere nun schon längere Zeit ohne Körper, das heißt auch ohne Hormone und Neurotransmitter, ohne Gefühle. Deshalb fällt es mir schwer, den Schrecken zu beschreiben, den diese Drohung des toten Viktors in mir auslöste: Als würde eine eiserne schwarze Faust sich um meinen Magen legen und ihn zusammenpressen. Mir wurde entsetzlich schlecht.

Ich sprang auf und hastete zur Toilette. Dabei lief ich gegen eine der Glastüren, die sich nicht gleich öffnen wollte. Fast hätte ich gegen die Scheibe gekotzt. Auf dem Klo ging es mir dann in der Hocke wieder etwas besser. Zumindest war der Brechreiz weg. Ich kramte mein Piece aus der Hosentasche und meine kleine Scheckkartenpfeife aus dem Geldbeutel. Ich erhitzte das Dope ein wenig mit dem Feuerzeug und bröselte es auf das kleine Pfeifenloch. Dann nahm ich ein paar tiefe Züge und wartete darauf, in eine Welt zu wechseln, in der ich wieder nachdenken konnte. Es dauerte eine Weile, bis das Dope zu wirken begann.

Es gab zwei Möglichkeiten, das zu verstehen, was ich gerade erlebt hatte. Nummer eins: Alles war wirklich wahr. Viktor war jetzt so etwas wie ein Geist, der mich heimsuchte, um mir Angst einzujagen. Wahrscheinlich wollte er mir auch etwas mitteilen, mich vor etwas warnen; das ist, hatte mir Sandy erzählt, was Geister tun, wenn sie nicht zur Ruhe kommen. Möglichkeit zwei: Mein Kopf hatte unter dem Steinwurf doch mehr gelitten, als ich wahrhaben wollte. Dann war der Viktor auf dem Wolfsburger Bahnsteig genauso eine Halluzination wie der lächelnde Viktor in meinem Kopf. Ich war auf dem besten Wege, verrückt zu werden.

Damals tendierte ich noch zu Möglichkeit zwei. Ich kannte das Verrücktsein von Kindesbeinen an aus der Anstalt und wusste: Es ist nicht weiter schlimm, manchmal sogar recht unterhaltsam. Oft ist es sogar heilbar. Mit diesen Gedanken beruhigte ich mich. Kaum schlug mein Herz im gewohnten Rhythmus, stellte sich der Kifferheißhunger auf Süßes ein. Ich öffnete vorsichtig die Toilettentür und kehrte zurück zum Bordbistro. Seltsamerweise stand jetzt ein hagerer, junger Mann hinter dem Tresen, der ähnlich aussah wie Iggy Pop auf dem Cover von «Raw Power». Wieder war ich schwer verdattert.

«Äh, wo ist denn Frau Webster? Ist die ausgestiegen?»

«Wer soll das sein?», fragte Iggy zurück.

«Evelyn Webster. So eine etwas ... äh ... Breitere. Sie hat mich eben noch bedient.»

Iggy sah mich an, als sei ich eine seltene Dohlenart.

«Junger Mann, das kann nicht sein. Ich bin seit Hamm im Zug. Ich und der Kollege da drüben.» Er zeigte auf den Gang hinter sich, an dessen Ende sich gerade der Speisewagenkellner zu schaffen machte.

«Aber ...»

«Heute hatten wir überhaupt keine Frau im Team. Das wüsste ich. Und was soll's jetzt bitte sein?»

«Äh ... ein Snickers, bitte.»

3

AUF DIE VERBINDUNG KOMMT ES AN, UND DASS SIE VORHER EIN BISSCHEN UNTERBROCHEN WIRD

Wer wollte, konnte mich in den nächsten zwei Tagen durch den Volkspark Friedrichshain laufen sehen. Ich rannte am Denkmal des polnischen Soldaten in den Park hinein, dann am Spielplatz den Hang hoch und, oben angelangt, wieder runter. Ich rannte um den großen Teich und an den Gästen des Schoenbrunns vorbei, die unter Schirmen saßen und trotz des Regens Kaffee tranken, bis zum Märchenbrunnen. Von dort lief ich wieder zurück. Ich joggte diese Route immer wieder entlang. Ich störte mich nicht am kühlen Dauernieselregen, mir war egal, dass ich genauso peinlich aussah wie all die anderen joggenden Idioten (wenigstens hatte ich unpassende Kleidung an), ich achtete nicht auf die mitleidigen Blicke der Frauen und das Ziehen in den Waden. Ich lief und lief, bis meine Bronchien rasselten und ich völlig erschöpft war.

Das Laufen hatte mir eigentlich immer geholfen, wenn ich merkte, dass mit mir etwas nicht stimmte. Und nach der Zugfahrt stimmte einiges nicht. Mein Puls fing häufig grundlos an zu rasen, und mein Rücken fühlte sich an, als wäre er ein Schildkrötenpanzer. Bei jeder noch so kleinen Gefühlsregung liefen mir Schauer über Arme und Beine. Auch fiel es mir schwer, mehr als zwei einfache Gedanken hintereinander zu fassen, weil mich dann immer eine graue Panik überkam. Selbst das Kiffen beruhigte mich nicht mehr, weshalb ich es zumindest tagsüber seinließ. Stattdessen nahm ich Perlenpulver aus meiner chinesischen Apotheke, zweimal täglich je dreihundert Milligramm mit viel Wasser. Ein altes Hausmittel zum Runterbringen, das mir Sandy immer verabreicht hatte, wenn ich durcheinander war. Ich verzichtete auch auf Musik. Laute Geräusche vertrugen meine Nerven einfach nicht mehr.

Schon am ersten Tag begann das Programm zu wirken. Ich halluzinierte nicht mehr. Langsam schwand die Angst, dass mich Viktor aus einem Gebüsch des Volksparks angrinsen oder die dicke Frau Webster um die Ecke biegen könnte. Auch die Schauer und Verkrampfungen ließen nach. Die nächste Nacht schlief ich sogar ganz passabel.

Mein Zustand war also gar nicht mehr so übel, bis in der dritten Nacht nach meiner Rückkehr ein Traum alles wieder zunichtemachte. Er spielte im Keller unseres alten Hauses. Ich beobachtete Viktor durch einen Spalt in der Tür. Er goss gerade etwas in Kunstharz ein. Anfangs konnte ich nicht erkennen, was es war. Doch als sich meine Augen an das orangefarbene Dämmerlicht gewöhnt hatten, sah ich, dass es sich um einen Frosch handelte. Irgendwie hatte ihn Viktor mitten im Sprung fixiert.

Ich erschrak und hatte Angst, hinter der Tür entdeckt zu werden. Ich atmete flach und rührte mich nicht. Viktor bemerkte mich trotzdem. «Komm rein», forderte er mich auf und lächelte dabei sein Lächeln. In der nächsten Einstellung war ich plötzlich selbst der fixierte Frosch. Ich wollte laut um Hilfe schreien, doch aus meinem Mund kam nur ein kaum hörbares, trockenes Quaken. Als das Harz in meinen zum Schrei geöffneten Mund zu tropfen begann, erwachte ich.

Am nächsten Tag konnte ich so lange durch den Park rennen, wie ich wollte, das Traumbild ging mir nicht aus dem Kopf. Immer wieder öffnete ich den Mund, immer wieder versuchte ich zu schreien, immer wieder hörte ich das trockene, Kermit-artige Quaken. Mir fiel ein, dass Viktor in seinem Keller tatsächlich mit Kunstharz gearbeitet hatte. In den Siebzigern war es ein weitverbreitetes Hobby gewesen, Dinge in Kunstharz zu gießen. Viktor aber hatte daraus eine echte Profession gemacht, wie er überhaupt alles, was er tat, mit großer Entschlossenheit anging. Er goss nicht nur Steine oder Pflanzen ein, sondern auch Insekten, Käfer, sogar Vögel. Die fertigen Kunstharzblöcke verkaufte er als Briefbeschwerer auf dem Flohmarkt, wo sie reißenden Absatz fanden.

Einen Block mit einer weißen Maus hatte ich trotz meines miserablen Gedächtnisses nie vergessen. In ihrem aufgerissenen Maul konnte man die kleine rosa Zunge deutlich erkennen. Es sah so aus, als sei auch die Maus beim Hochspringen eingegossen worden. Auf meine Frage, ob sie noch gelebt habe, ging Viktor nicht ein. Stattdessen zitierte er nur einen Huelsenbeck-Satz: «Die Dinge müssen sich stoßen: Es geht noch lange nicht grausam genug zu.» Dann schob er hinterher: «Das ist Dada-Kunst, verstehst du? Alles, was ich mache, ist Dada.»

Die nächste Nacht lag ich wieder wach, und je länger ich an die Decke starrte, umso wacher wurde ich. Machte ich das Licht an und versuchte, mich mit etwas anderem zu beschäftigen, liefen mir nach zwei Minuten Tränen übers Gesicht. Löschte ich das Licht, war ich wacher als auf Speed. In einem solchen Zustand dehnt sich die Zeit ins Unendliche, genauso wie der Raum, in dem ich lag, sich ins All hinein weitete. Irgendwann hatte ich das Gefühl, dass meine Beine nicht mir, sondern einem anderen Wesen gehörten, das auf den eiskalten Fäden eines riesigen Spinnennetzes durch die Dunkelheit lief. Als ich gegen fünf Uhr morgens dann schließlich doch noch einmal für eine halbe Stunde wegdämmerte, träumte ich gleich wieder.

Dieser Traum bestand nur aus einer einzigen Einstellung. Ich fuhr mit den anderen Huelsenbecks durch die USA. Viktor saß am Steuer und raste eine schnurgerade, sehr schmale Straße entlang. Die Hügellandschaft war wie ein Meer, Welle folgte auf Welle, und das Auto fuhr eine nach der anderen hinauf und wieder hinab. Die Insassen des Wagens tranken Bier aus Dosen und lachten so, wie nur Jungs lachen können: roh und etwas dümmlich. Plötzlich tauchte aus einem Wellental direkt vor uns ein großer, roter Truck auf, der voll auf unser Auto zuhielt. Viktor wurde blass. Es war klar, dass es gleich krachen würde. Doch kurz vor dem Crash wachte ich wieder auf, nassgeschwitzt und mit verkrampften Händen.

Ich lag da und wurde das Bild von dem Truck nicht los. Waren wir in den USA nicht tatsächlich beinah mit einem Lkw kollidiert, und saß dabei nicht Viktor am Steuer? Aber wo sollte das gewesen sein? Weil ich jetzt auf keinen Fall mehr einschlafen konnte, suchte ich nach meinem alten Schulatlas. Darin hatte ich damals unsere Route durch Amerika mit dem Filzstift eingezeichnet. Vielleicht hatte ich ja auch die Beinahunfallstelle markiert?

Den Atlas zu finden war nicht einfach. Mein Kabuff maß zwar maximal zehn Quadratmeter, war aber bis zur Decke vollgestopft mit Schrott, der keinen Platz auf dem Dachboden gefunden hatte. Unmittelbar nach dem Kauf der Wohnung hatte ich all mein Zeug wahllos in die Regale geräumt und dabei gedacht, dass ich es irgendwann mal in die richtige Ordnung bringen würde. Aber diese Zeit kam nie. Gut ein halbes Jahr später zog ich nach Hongkong. Sandy hatte mir die Pistole auf die Brust gesetzt: «Entweder kommst du jetzt, oder du vergisst das mit uns.» Es war noch nicht einmal Zeit geblieben, mich richtig von meiner Familie zu verabschieden.

Ich fand den Atlas schließlich eingeklemmt zwischen Alfred von Meysenbugs «Super-Mädchen» und dem «Buch Mormon». Als ich meinen in blauer Tinte und ungelenker Schrift geschriebenen Namen auf dem Vorsatzpapier las, packte mich so etwas wie Rührung. Ich war neun Jahre alt gewesen, ein völlig anderer Mensch, als ich den Namen in diesen Atlas geschrieben hatte. Meine Mutter hatte ihn danach in Folie eingeschlagen. Ich unterdrückte meine Sentimentalität, so gut ich konnte. Sicherlich war es nur der Schlafentzug, der mich so gefühlig machte. Wie ich das hasste. Ich schlug den Atlas bei Nordamerika auf und starrte auf den Kontinent: die großen Seen im Norden, die grünen Ebenen im Süden, die gelben Rocky Mountains in der Mitte, der Florida-Zipfel rechts unten, alles eingerahmt von den beiden Ozeanen. Das ganze weite Land durchzogen von einem feinen roten Netz, den Straßen. Aber da fehlte was.

Ich konnte mich genau daran erinnern, wie oft ich früher diesen Atlas hervorgeholt hatte, um Freunden zu zeigen, wo wir damals in Amerika gewesen waren. Jedes Mal fuhr ich mit dem Finger an einer dicken, blauen Filzstiftlinie entlang, die ich direkt nach der Fahrt selbst eingezeichnet hatte. Doch jetzt war da nichts, kein einziger Strich. Nur einen kleinen Fleck bei Denver konnte ich ausmachen. Ich sah genauer hin: Es war eine eingetrocknete Ameise, die irgendwie zwischen die Seiten geraten war.

Drei Stunden später rutschte ich in einem Wartezimmer am Kreuzberger Mehringdamm auf meinem Stuhl herum und starrte auf zwei Monde, die von der Wand auf mich herabschienen. Das Zimmer gehörte zur Praxis von Dr. Gautzsch, und die Monde umkreisten den Planeten Arrakis. Sie waren auf einem Plakat von David Lynchs «Der Wüstenplanet» abgebildet. Ich studierte die dunklen Schatten auf beiden Monden besonders intensiv, um mich von der blutjungen Sprechstundenhilfe abzulenken, die mit traurigen Augen am Empfangstresen etwas in den Rechner hackte. Sie hatte eine verblüffende Ähnlichkeit mit Audrey Horne, der schönsten Frau aus «Twin Peaks», dieselben hochgezogenen, fast rechtwinkligen Brauen und sogar dasselbe Muttermal neben dem linken Auge. Weil ich trotzdem immer wieder zu ihr hinsehen musste, schlug ich irgendwann das «Irrenjournal» auf. Vor Verlassen des Hauses hatte ich eine Liste aller Symptome aufgeschrieben, die ich am Morgen registriert hatte. Ich stellte fest, dass die Notizen zum größten Teil unleserlich waren, so hastig hatte ich sie hingeschmiert. Nur noch ein paar Wörter konnte ich entziffern: «papiertrockene Zunge», «Schwindel», «Pelz auf den Armen», «die Beine eines anderen», dekoriert mit den üblichen Ausrufezeichen. Anderes konnte ich zwar lesen, wusste aber nicht mehr, was es bedeutete: Was sollte zum Beispiel «das Stampfen eines Wasserrades»?

Ich zuckte zusammen, als mich die Sprechstundenhilfe schließlich aufrief. Ihr Berliner Hinterhofdialekt passte so gar nicht zu ihrer ätherischen Erscheinung. Auch die Begrüßung durch den Doktor quälte mich.

«It's Henry, isn't it?», schmetterte er mir gut gelaunt und viel zu laut entgegen.

«Yes, it's Henry», gab ich matt zurück.

Vielleicht hätte ich erwähnen sollen, dass ich den Doktor kannte. Vor vierzehn Jahren, nachdem Inga – die unbarmherzige Inga, meine letzte deutsche Freundin – über Nacht verschüttgegangen war, war ich nach wochenlangem Ärztehopping bei ihm hängengeblieben. Als ich damals sein Wartezimmer betrat, war mir sofort klar, dass wir miteinander auskommen würden. Überall Plakate von David-Lynch-Filmen, nicht nur «Der Wüstenplanet», sondern auch «Blue Velvet», «Twin Peaks», «Eraserhead», «Der Elefantenmensch», «Wild at Heart» – wirklich erstaunlich, selbst für die Praxis eines Psychiaters. Auf viele Patienten musste dieser Dekor furchteinflößend wirken. Doch Dr. Gautzsch, ein Althippie wie aus einem Gilbert-Shelton-Comic, gab nichts auf solche Bedenken.

«Wer wirklich irre ist, der sieht das entweder gar nicht, oder ihm gefällt's. Und ich will nur die wirklich harten Fälle. Nicht diese Mode-Irren, die man in Berlin an jeder Ecke trifft.»

Den Namen Henry hatte er mir bei unserem zweiten oder dritten Termin gegeben, nachdem auch ich mich als «Eraserhead»-Fan geoutet hatte. Die Hauptfigur des Films trägt diesen Namen. Auch unser kleiner Begrüßungsdialog stammt aus diesem Film. Der Doktor hatte schon vor vierzehn Jahren nicht genug von diesem kindischen Ritual bekommen können.

«Nimm Platz, Henry», sagte er und zeigte auf den freien Stuhl. «Ich sehe, dein Kopf ist immer noch dran. Aber jetzt mal im Ernst: Was kann ich für dich tun?»

Als Hippie duzte er mich natürlich. Ich stammelte ein wenig herum, wie ich es immer tue, wenn ich nicht weiß, wo ich anfangen soll. Dann schilderte ich ihm so kurz und knapp wie möglich, was geschehen war und – nach einem Blick ins Journal – welche Symptome sich bei mir zeigten.

«Hmmm», erwiderte Dr. Gautzsch und strich sich durch den Vollbart, den bereits ein paar graue Strähnen durchzogen – nur solche Vollbärte akzeptiere ich –, «das hört sich nach einem richtig schweren Rückfall an. Letztes Mal war es eine

Frau, nicht wahr? Jetzt also ein Mann. Ist sonst noch irgendwas Wichtiges in den vergangenen ...», er sah in meine Akte, «... in den vergangenen vierzehn Jahren passiert?»

«Nicht, dass ich wüsste. Also nichts Psychisches. Ich habe die meiste Zeit in Hongkong gelebt. Mir ging's da gut. Ziemlich gut. Na ja, am Schluss ... Ich habe mich von meiner Frau getrennt.»

Ich redete wie automatisch.

«Das war eher unerfreulich und hat mich etwas deprimiert. Ist aber normal, oder?»

«Normal gibt es nicht», murmelte der Doktor und verfiel, die Augen zu Boden gerichtet, in ein kurzes Schweigen. Ich folgte seinem Blick. Erst jetzt bemerkte ich, dass das Parkett in einem schwarzweißen Rautenmuster gelegt war. So sah der Fußboden der «Black Lodge» in der letzten Folge von «Twin Peaks» aus. Mein Gott, konnte es sein, dass mein Psychiater in den letzten Jahren selbst verrückt geworden war?

Ich ließ mir nichts anmerken: «Kann denn der Stein, den ich an den Kopf bekommen habe, nicht die Ursache für die Halluzinationen sein? Ich war immerhin für ein paar Stunden bewusstlos.»

«Kann schon. Aber meistens ist es nicht so einfach. Da war zum Beispiel dieser Mann. Er wollte am Morgen zum Bäcker und fuhr dann mit seinem Fahrrad von Bottrop nach Frankfurt am Main. Auf dem Weg vergaß er nicht nur den Namen seiner Frau und wer er selbst war. Ihm entfiel auch, dass er an Asthma gelitten hatte. Plötzlich war das weg. Der hatte keinen Stein an den Kopf bekommen.»

«Er hat vergessen, dass er Asthma hatte? Ernsthaft?»

«Toll, oder?», bestätigte der Doktor. «Und das Beste ist: Seine wahre Identität kam erst heraus, als er wieder heiraten wollte. Dieses Mal einen Mann.»

Die Augen des Doktors leuchteten.

«Tja, der Mensch ist das, was er zu sein glaubt. Aber zurück zu dir. Auf dieser USA-Reise, von der du geträumt hast, da hat sich nichts ereignet, das dich heute noch beschäftigt?»

«Nein, eigentlich nicht. Ich meine, wir waren einfach nur fünf junge Vollidioten, die nicht wussten, was sie wollten. Wir haben uns die ganze Zeit gestritten. Wir haben kaum angehalten, immer nur auf Rastplätzen übernachtet und praktisch keine Leute kennengelernt. An viel mehr kann ich mich nicht erinnern. Aber wenn da wirklich was Schwerwiegendes gewesen wäre, wieso sollte mir das erst jetzt zu schaffen machen?»

«Hmmm. Die Seele ist ein weites Land», sagte der Doktor. «Und die Evolution favorisiert Wesen, die unangenehme Informationen über sich selbst verdrängen können. Nur ewig geht das leider nicht. Dann fangen die Informationen an, Probleme zu machen.»

Er öffnete seine Hand und warf mir ganz unvermittelt etwas zu. Ich reagierte wie ein dressiertes Hündchen und fing den Gegenstand. Es war eine Zwei-Euro-Münze.

«Was hast du gerade gesehen, Henry?»

Ich vermutete einen von Gautzschs Psychotricks.

«Eine Zwei-Euro-Münze, die durch die Luft flog?», fragte ich vorsichtig.

«Ausgezeichnet», freute sich der Doktor und kritzelte etwas in meine Akte.

«Darf ich fragen, wieso das ausgezeichnet ist?»

«Du hast gesehen, wie die Münze flog. Das ist ein verdammt komplizierter Wahrnehmungsvorgang. Der Thalamus leitet die Augen, um die Münze zu verfolgen. Neuronen, die am Eingang zum Kortex liegen, erfassen ihre räumliche

Position. Andere Neuronen registrieren die Kanten, wiederum andere ihre Farbe und nochmals andere ihre Bewegung.»

Ich sah den Doktor verständnislos an.

«Ja, und?»

«Nix ‹Ja, und?›. Es hat alles geklappt bei dir. Du hast den Flug der Münze als kontinuierlich wahrgenommen. Die Farbe flog nicht schneller als die Form, der Flug der Münze war nicht in Einzelbilder zerhackt.»

«Also bin ich in Ordnung?»

«Das habe ich nicht gesagt. Deine Hardware scheint intakt zu sein. Aber was ist mit der Software? Ich würde eine Psychotherapie vorschlagen.»

Ich hatte geahnt, dass Gautzsch mir damit kommen würde. Auch das letzte Mal hatte er mich zum Therapeuten geschickt. Doch die Sitzungen bei dem Psychoheini waren reine Zeitverschwendung gewesen. Inga war von den ganzen Hausaufgaben und dem Gequatsche jedenfalls nicht zurückgekommen. Dieses Mal, das hatte ich mir schon auf dem Weg in die Praxis geschworen, würde ich mich nicht darauf einlassen. Gautzsch sollte mir einfach ein paar Pillen geben. Als ich wegen Inga durch den Wind gewesen war, hatte das am Ende auch funktioniert.

Gautzsch lenkte überraschend schnell ein. «Na gut», brummte er. «Du musst ja erst mal runterkommen. Sonst machst du mir noch den Harkonnen.» Dann verschrieb er mir eine Hunderterpackung Opipramol und eine Zwanziger Alprazolam.

«Das Erste ist so eine Art Hausfrauenantidepressivum. Das nimmt fast jeder in Berlin. Wirkt schnell, sauber und hat praktisch keine Nebenwirkungen, wenn man nicht gerade ein Totalpsycho ist. Das andere ist das, was bei den Amis Xanax heißt. Das entspannt vor allem deine Muskulatur und macht so ein leichtes Wattefeeling. Das nimmst du in den ersten zwei Wochen nach Packungsbeilage. Ich denke, damit sind wir im grünen Bereich.»

Kaum war ich aus der Praxis raus, ging ich in die nächste Apotheke. Noch im Verkaufsraum riss ich die Packungen auf, schluckte eine Opi und eine Alpra. Um die Zeit bis zum Andocken der Wirkstoffe an die Hirnsynapsen zu überbrücken, fing ich an zu laufen. Ich wanderte ziellos durch Kreuzberg: über die Friedhöfe am Halleschen Tor, die ich einst mit Inga durchstreift hatte, am Grab von E. T. A. Hoffmann vorbei zum Urbanhafen und weiter bis zum Kotti. Nach einer Stunde merkte ich, dass sich mein Zustand besserte. Ich roch plötzlich frischen Teer. Eigentlich nicht verwunderlich, die Adalbertstraße zu meiner Linken wurde gerade ausgebessert. Eine Walze planierte den noch dampfenden Asphalt. Aber in der Verfassung, in der ich zuvor gewesen war, hatte ich rein gar nichts mehr gerochen.

Auf der Fahrt nach Hause kam ich weiter runter, und als ich am Alexanderplatz aus der U-Bahn stieg, hatte ich ein paar Entschlüsse gefasst, die mir helfen sollten, wieder in geregeltes Fahrwasser zu kommen. Am wichtigsten schien mir zu sein, mich sofort mit den anderen Huelsenbecks in Verbindung zu setzen. Vielleicht hatte Gautzsch ja recht, und es war irgendetwas auf der Amerikareise vorgefallen, das schuld an dem ganzen Schlamassel war. Vielleicht würde das sogar Viktors frühen Tod erklären. Noch auf dem Alex griff ich zum Handy und versuchte es bei Ben. Er war der einzige Huelsenbeck, dessen Telefonnummer ich immer noch gespeichert hatte. Es war kein Freizeichen zu hören. Ich probierte es ein paarmal, dann gab ich auf. Die Nummer, die ich hatte, war offenbar veraltet.

In den nächsten Tagen telefonierte ich quer durch Deutschland, um an die Nummern der drei anderen Huelsenbecks zu kommen. Eine ziemlich umständliche Angelegenheit, weil auch die meisten Nummern meiner Freunde und Bekannten nicht mehr stimmten. Ein paar Angerufene waren auch schon tot, und die Frauen schluchzten bei der Erwähnung ihrer verstorbenen Männer. Gleichzeitig versuchte ich, auf anderen Wegen mehr Einzelheiten über die vergessene Amerikafahrt in Erfahrung zu bringen. Ich setzte mich in meinem Kabuff an den Schreibtisch, klappte das Laptop auf und ging auf Google Maps. Es konnte doch nicht so schwer sein, die Reiseroute von 1978 zu rekonstruieren. Immerhin verfügte ich über einige Erfahrung mit dieser Form der Recherche. Gegen Ende meiner Karriere als Reisejournalist war ich immer häufiger nur noch virtuell unterwegs gewesen, weil mir echtes Reisen zu anstrengend geworden war. Ich wurde so gut darin, dass die Redakteure der Reisemagazine in Deutschland mir nie auf die Schliche kamen.

Ich fing direkt am Ausgangspunkt unserer Reise an, gab «New York» und «Kennedy Airport» in die Suchmaske ein. Damals war ich mir sicher, dass wir dort Ende Juli oder Anfang August 1978 gelandet waren. Ich glaubte mich auch noch daran zu erinnern, dass wir uns nicht mal einen Tag in der Stadt aufgehalten hatten. Ein paar glatte Hochhausfassaden, die direkt vom Bürgersteig in die Wolken ragten, das war alles, was ich von New York behalten hatte. Wir mussten also vom Flughafen direkt nach Rockland zu den Websters gefahren sein, nach Norden, durch alle Staaten von Neuengland. Die Lücke zwischen diesen beiden Punkten musste ich füllen.

Ich war überrascht, den Flughafen so weit von Manhattan entfernt zu finden, östlich von Brooklyn auf Long Island. Ich kannte diese Namen natürlich aus circa zweitausend New-York-Filmen, die ich gesehen hatte. Von der Geographie der Stadt hatte ich trotzdem keine Ahnung. Dunkel erinnerte ich mich auch daran, dass wir zunächst versucht hatten, per Anhalter aus New York herauszukommen.

«Njet problemski, njet problemski», hörte ich Michi in meinem Kopf auf Nadsat sagen, der Clockwork-Orange-Sprache, die er penetrant benutzte, seit er den Kubrick Film zwanzigmal gesehen hatte, und die er für den eigenen Gebrauch kreativ erweitert hatte.

«Hab ich selbst schon gemacht, meine Droogies.»

Die einzige Autobahn, die in die Nähe von Rockland führte, war die Interstate 95; die einzige Auffahrt zu dieser Schnellstraße in der New Yorker Innenstadt lag an der George-Washington-Brücke im nördlichen Teil Manhattans. So nahm ich an, dass wir mit der U-Bahn dorthin gekommen waren. Erinnerungen an eine Fahrt in schmutzigen Waggons durch dunkle Tunnel und mit Graffiti beschmierte Bahnhöfe tauchten vor meinem inneren Auge auf. Doch dann las ich auf Wikipedia, dass der JFK-Airport erst im September 1978 an das U-Bahn-Netz angeschlossen worden war, also etwa einen Monat nach unserer Landung. Wir mussten einen Shuttlebus genommen haben.

Im nächsten Bild standen die Huelsenbecks schon an der Auffahrt zur 95: fusselbärtig, langhaarig und mit weiten Hosen. Der Schweiß tropfte uns von der Stirn, denn trotz der Augustsonne hatten wir unsere Jeans- und Pelzjacken angelassen. Hinter uns breitete sich eine große Trümmerfläche aus, an deren Ende ein paar Ölfässer standen. Aus ihnen stiegen schwarze Rauchsäulen auf. Ab und zu schlenderten an uns ein paar muskulöse Schwarze vorbei, die wie Drogenhändler aussahen und uns verwundert musterten. Eigentlich logisch, dachte ich mir nun mit Blick auf die Karte, denn auf der anderen Seite des Harlem River, über den die Washington Bridge führt, fing die Bronx an.

Je länger ich am Rechner saß, desto genauer erinnerte ich mich wieder. Bald tauchten nicht mehr nur Einzelbilder aus – wie ich meinte – den entlegensten Winkeln meines Gehirns auf, sondern auch längere bewegte Szenen. Die erste war der Rausschmiss aus dem Bus. Genau, wir hatten es nicht geschafft, in einem Auto mitgenommen zu werden, und hatten deswegen mit einem Greyhound nach Rockland fahren wollen. Doch in der Szene, die vor meinem inneren Auge entstand, saßen wir schon nicht mehr im Bus, sondern standen auf einem Riesenparkplatz am Rande der Autobahn und schrien uns einmal mehr gegenseitig an.

Bei der Schreierei ging es um den Rausschmiss, an dem eindeutig Viktor und Ronny schuld waren. Beide hatten sich schon auf dem Busbahnhof mit Whisky Cola betrunken; eine ganze Flasche Whisky verteilt auf zwei Colaflaschen. Im Bus hatte Ronny dann erst eine junge schwarze Frau belästigt. Lallend hatte er sie in grauenhaftem Englisch gefragt, ob sie Sex mit ihm haben wolle. Die Frau hatte ihn mit einem empörten Blick abgefertigt. Danach hatte Viktor den willenlosen Ronny dazu angestiftet, sich auf zwei Plätze in der ersten Reihe zu setzen.

Die waren gerade von einer Mutter und ihrem Kind verlassen worden, für einen kurzen Gang zur Bordtoilette. Als die beiden wiederkamen, weigerten sich Ronny und Viktor aufzustehen.

«Weggegangen, Platz vergangen», feixten sie auf Deutsch. Da hatte der Busfahrer kurzerhand angehalten und die beiden rausgeschmissen. Michi, Ben und ich waren mit ausgestiegen, und so standen wir dann alle auf dem Parkplatz und schrien uns an. Das war jedenfalls das, was ich damals erinnerte.

Ich zeterte am lautesten: «Wie Nazis benehmt ihr euch.»

Ronny quittierte das mit einem besoffenen Grinsen, aber Viktor schrie zurück: «Glaubst du im Ernst, mit deinen Spießerideen kommen wir in Amerika groß raus? Damit reicht es hier noch nicht mal zum Arschabwischer.»

Er krakelte so lange, bis ein Auto hielt. Der Fahrer, ein Mann mit langen Kotletten und gelb getönter Brille, sah aus wie Phil Spector bei der Koksübergabe in der Eröffnungsszene von «Easy Rider». Ich sah, wie er die Windschutzscheibe langsam runterkurbelte und Viktor zu sich winkte. Dann zückte Spector einen Fünfzig-Dollar-Schein.

«Ich weiß nicht», sagte er mit heiserer Stimme, «was du für ein Problem hast. Aber mir hat so ein Stück Papier in ähnlichen Situationen immer sehr geholfen.»

Ein Telefonanruf riss mich aus meinen Erinnerungen. Manu war dran, die alte Freundin von Ingo Hartwig, dem Wirt des Last Exit, in dem wir Huelsenbecks etliche Nächte verbracht hatten.

«Ingo», so erzählte sie mir mit belegter Stimme, «hat letzte Woche einen Schlaganfall erlitten. Er kann dir leider nicht sagen, wo deine alten Kumpel stecken.»

So langsam dämmerte mir, dass es ziemlich schwierig werden würde, von Leuten aus der alten Szene etwas über unsere Vergangenheit zu erfahren.

Umso mehr setzte ich auf Google Maps. Weil ich in der Nacht sehr schlecht geschlafen hatte, machte ich mir am nächsten Morgen schon um fünf Uhr eine große Kanne starken Nescafé und setzte mich an den Rechner. Ich wollte herausfinden, wo der riesige Parkplatz lag, auf dem die Schreierei stattgefunden hatte – in meiner Erinnerung erstreckte er sich bis zum Horizont. Ich meinte, der Rausschmiss sei am Nachmittag passiert, was auch zu dem Licht passte, das ich in Erinnerung hatte. Ich kuckte mir den Greyhound-Fahrplan an und rechnete aus, dass uns der Busfahrer in Greenwich, Stamford oder Fairfield an die Luft gesetzt haben musste. Auf Google Maps fuhr ich die Strecke noch einmal im Streetview-Modus ab. Schon am Ortseingang von Stamford blieb ich hängen. Verdammt, ja, das war der Parkplatz. Das rote Backsteinlagerhaus am Ende der ausgedehnten Teerfläche erkannte ich doch. Nur die Dunkin'-Donuts-Werbung für «Captain America Coolatta» hatte es damals sicher noch nicht gegeben.

Ich hatte gehofft, der Parkplatz würde auch Erinnerungen daran wecken, wie wir danach weiter nach Rockland gekommen waren. Doch solange ich auch auf die Teerfläche starrte – da kam nichts. Vermutlich waren wir getrampt, nach unserem unglückseligen Busabenteuer. Aber wie lange hatte das gedauert, und wie viele Autos hatten wir gestoppt? Den ganzen Tag fuhr ich die Interstate ab, ohne irgendeinen Hinweis zu finden. Am späten Nachmittag brach ich meine Fahrt mitten auf der Pisquata-River-Brücke ab, der Staatsgrenze zu Maine.

Ich machte eine kurze Pause, in der ich dummerweise noch mehr Kaffee trank, und sprang direkt nach Rockland. In dieser Hafenstadt am Atlantik gab es zumindest zwei Orte, an die ich mich dunkel zu erinnern meinte. Der eine war das Haus der Websters, wo wir – da war ich mir sicher – sogar ein paar Tage geblieben waren; der andere der Schrottplatz, auf dem wir uns ein gebrauchtes Auto gekauft hatten.

Vom Haus der Websters hatte uns Michi schon im Keller vorgeschwärmt: «Steht in einem Garten, total bolshy, meine Droogs. Zwischen zwei Blutbuchen, deren Ästlein bis zum Boden hängen. Daneben hohe, schlanke Zedern, so hübsch wie gutgewachsene Devotchkas. Ein Gartenhäuschen und ein weicher Gazonsky, auf dem man schlummert wie in Abrahams Schoß.»

Ich dachte, es sei ein Leichtes, ein solches Haus in einer Kleinstadt mit etwas mehr als siebentausend Leuten aufzuspüren. Zunächst fand ich auch schnell ein Viertel, das zu Michis Beschreibung passte. Die Straßen waren alle nach Bäumen benannt, Cedar, Spruce und Pine, und jedes Haus hatte einen großen Garten. Alles schien mir sehr vertraut. Ja, da waren wir gewesen, krähte immer wieder eine Stimme, da, in dieser Ecke. Aber sah ich mir ein Haus genauer an, stimmte es alles nur so halb. Manchmal schien es zu passen, doch dann fehlte ein Baum im Garten, ein Zaun, ein Weg. Manchmal passte der Garten, aber das Haus nicht.

Gegen elf Uhr brannten meine Augen, als hätte jemand Chilipulver hineingestreut, und die Bilder auf dem Monitor verschwammen zu buntem Matsch. Mir fiel ein, dass ich schon den ganzen Tag meine Pillen nicht mehr genommen hatte. Ich wollte sie gerade holen, da fiel mir am Bildschirmrand eine Google-Anzeige auf. Es war Werbung für eine Firma, die historische Automobile vertrieb. Sie musste mir auf die Seite gespült worden sein, als ich zwischen der ganzen Sucherei einmal kurz die Nachrichten überflogen hatte. In der Anzeige warb man mit dem Bild eines Pontiac Catalina 400 Station Waggon, Baujahr 1968. Sofort zuckte ein kleiner Blitz von meiner rechten Schläfe zur linken. Ja, sicher, mit genau so einem Straßenkreuzer waren wir durch Amerika gebrettert. Acht Zylinder, 290 PS, 130 Meilen pro Stunde, 25 Liter auf 100 Kilometer. Metallicblau natürlich, wie der zweite Wagen, den der Händler auf seiner Seite anbot.

Beseelt von dieser Entdeckung, kippte ich die nächste Tasse Nescafé hinunter und graste noch einmal gründlich die Interstate ab. Ich war fest davon überzeugt, dass ich dieses Mal etwas finden würde. Irgendetwas musste ich übersehen haben. Ich variierte mein Vorgehen, fuhr jetzt an jeder Ausfahrt raus, um an der dazugehörigen Einfahrt wieder auf die 95 aufzufahren. Eine ziemlich mühselige Fahrerei, weil ich immer wieder von der Fahrbahn abkam und in irgendwelchen Seitenstraßen landete.

Etwa eine Stunde war ich so nach Norden gefahren, als tatsächlich etwas Ungewöhnliches passierte. Ich nahm die Ausfahrt 27 in Pawtucket, einer Stadt gleich hinter Providence, Rhode Island. Ich überquerte eine Straße und fuhr ganz routiniert die gegenüberliegende Auffahrt wieder hoch. Sie war etwas länger als gewöhnlich und führte an einem kleinen Friedhof vorbei, dann an einer Baustelle. Kurz vor der Autobahn fiel mir auf der rechten Seite eine Autowaschanlage auf. Zumindest stand an dem flachen Gebäude in großen Lettern «Mr. USA HR Cleaner». Genau unter diesem Schriftzug entdeckte ich fünf Leute und verstand erst nicht, weshalb sie mir so bekannt vorkamen. Ich kuckte noch mal genauer hin – und konnte es nicht glauben: Diese fünf jungen Männer dort, das waren wir, die Huelsenbecks. Viktor, Ronny, Ben, Michi und ich lungerten da wie selbstverständlich vor dem flachen Bau herum und schauten in die Sonne.

Ich fühlte mich, als hätte mir jemand ein paar Dutzend Akupunkturnadeln in den Rücken gesteckt und würde sie nun ganz langsam drehen, weit über den von TCM-Ärzten empfohlenen Punkt hinaus. Auch die anderen Symptome waren sofort wieder da. Wie konnte es bloß sein, ramenterte es in mir, dass uns das Google-Mobil dort im Sommer 1978 fotografiert hatte? Google-Gründer Larry Page war da gerade mal fünf Jahre alt gewesen. Das war absurd, unmöglich, irre.

Ich sprang von meinem Stuhl auf und rannte ins Bad, um meine Handgelenke unter den Wasserhahn zu halten. Da klingelte mein Handy. Ich war so durcheinander, dass ich mich nicht fragte, wer da um ein Uhr nachts dran sein könnte.

Es stellte sich heraus, dass es Rebekka war. Ich hatte auch ihr vor zwei Tagen auf den Anrufbeantworter gesprochen und sie nach den Nummern der anderen Huelsenbecks gefragt. Rebekka wohnte zwar schon seit Jahrzehnten in Berlin, stammte aber ursprünglich aus der Stadt. Sie hatte eine hochsoziale Ader, die sie den Kontakt zu allen Leuten aus der Vergangenheit halten ließ. Wenn jemand wissen konnte, wo die anderen steckten, dann sie. Tatsächlich hatte sie zwar nicht die Nummern von Ronny oder Michi, aber sie hatte die von Ben.

«Das ist aber schön», flötete sie mir in das Ohr, in dem der Tinnitus schon seit Stunden kreischte, «dass du dich mal wieder bei deinen alten Freunden melden willst.»

Rebekkas Anruf bewahrte mich davor, in dieser Nacht völlig abzudrehen. Allein ihre Stimme wirkte beruhigend. Ich schaffte es sogar, mich noch einmal an den Rechner zu setzen und mir das Foto mit den fünf Leuten anzusehen, die ich für die Huelsenbecks gehalten hatte. Ich zoomte etwas raus, sodass die ganze Waschanlage zu sehen war. Dort standen gar nicht fünf, sondern mindestens fünfzehn Leute, offenbar Angestellte, die in der Sonne Pause machten. Und natürlich handelte es sich bei den ersten fünf auch nicht um die Huelsenbecks, sondern um irgendwelche anderen Leute. Sie sahen unserem damaligen Erscheinungsbild noch nicht einmal besonders ähnlich.

Wohl weil ich die Pillen zu spät nahm, konnte ich in dieser Nacht wieder kaum schlafen. Schwitzend wälzte ich mich hin und her. Um sechs Uhr morgens stand ich auf, frühstückte hastig beim kurdischen Bäcker um die Ecke. Um Punkt acht rief ich bei Ben an. Ich hatte von Rebekka leider nur die Festnetznummer bekommen, und schon wieder war ein Anrufbeantworter am anderen Ende. Es sprach eine Frau mit rauer, etwas überkandidelter Stimme: «Dies ist der Anrufbeantworter von Undi, Eldi, Chloe und Ben Wagner. Wenn Sie gute Laune haben, sprechen Sie nach dem Piep. Wenn nicht, lassen Sie es besser bleiben.»

Ich legte auf. Ich hatte keine gute Laune. Ich war total kaputt.

Am Abend erreichte ich Ben schließlich. Ich hatte erwartet, dass er sich wenigstens etwas freuen würde. Immerhin hatte er jahrelang nichts von mir gehört. Doch er klang reserviert. Gleich wurde ich wieder unsicher und wusste nicht mehr genau, was ich sagen wollte. Mehrmals setzte ich zu verschiedenen Erklärungen an, und es dauerte eine Weile, bis ich meine Geschichte halbwegs erzählt hatte. Wahrscheinlich klang alles sehr wirr.

Ben versuchte das Gehörte zu ordnen.

«Wenn ich dich richtig verstehe, warst du auf Viktors Beerdigung und hast danach seinen Geist gesehen?»

«Ja, nein, es war kein Geist. Wohl eher eine Halluzination.»

«Das ist dir also klar. Und du bist fest davon überzeugt, dass diese Halluzination etwas mit unserer Amerikafahrt zu tun hat?»

«Ich weiß es nicht. Vielleicht. Das Ding ist, dass ich praktisch gar nichts mehr ... Ich habe mir zum Beispiel gerade Rockland angesehen ...»

«Du warst in Rockland? Du bist in die USA geflogen?»

Ben klang beunruhigt.

«Nicht wirklich. Nur mit Google Maps. Also Streetview. Das ist so gut wie da sein. Aber ich habe eigentlich nichts wiedererkannt. Das ist doch sehr merkwürdig.»

«Ich halte das nicht für merkwürdig», sagte Ben mit einem leichten Seufzen. «Aber meinetwegen, wenn es dich beruhigt, können wir uns treffen. Du hast unsere Adresse?»

«Ja, von Rebekka.»

«Ich muss dich warnen: Es ist nicht ganz so einfach, zu uns zu kommen. Wir leben hier in Bösel ziemlich weit ab vom Schuss. Meinst du, du schaffst das?»

«Sicher. Mit der Orientierung habe ich keine Probleme.»

Er erklärte mir den Weg, und wir verabredeten uns für das nächste Wochenende. Dann wurde seine Stimme noch einmal ziemlich ernst.

«Du sagst, dass du Medikamente nimmst?»

«Ja, zwei verschiedene. Gegen Depressio...»

«Dann vergiss die bitte nicht.»

4

EIN CLOWN, DER EINE HEIMAT HAT

Ich kann nicht genau sagen, wie ich hierhingekommen bin. Ich weiß zwar noch, wie ich starb; das war ein eindrückliches Erlebnis. Nicht aber, auf welche Weise der – sagen wir mal – Transfer in diesen Raum vonstattengegangen ist. Im Talmud steht, das Sterben geschehe so sanft, wie man ein Haar durch die Milch zieht. Ich glaube inzwischen, dass damit nicht das Sterben selbst gemeint ist, sondern dieser Übergang in die … Nein, ich kann nicht sagen, was es ist.

Klar scheint zu sein: Ich bin weder in der Hölle noch im Himmel. Der Raum, in dem ich mich befinde, ist nicht besonders groß, vielleicht viermal vier Meter, wobei ich mir auch da nicht sicher bin. In ihm schwebt ein feiner weißer Nebel, die Wände wirken dadurch wie Gallert. Mal scheinen sie mir näher, mal weiter entfernt zu sein. Das Licht, diffus und dämmrig, kommt aus keiner identifizierbaren Quelle, wird niemals dunkler oder heller. Außer einer Schaumstoffmatratze am Boden, die ich nie nutze, gibt es einen Holztisch, einen Stuhl, einen Stapel DIN-A4-Blätter und einen Filzstift. «Made in Japan» und «0,5 mm» stehen drauf.

Anfangs drehte ich den Stift immer nur in den Händen und starrte auf die Gravur, bis mir der Gedanke kam: «Du musst erklären, was du gemacht hast. Du musst alles festhalten, was du seit Viktors Beerdigung erlebt hast.» Seitdem schreibe ich *an diesem Text. Wozu? Das ist eine andere Frage.*

Am neunten Mai waren es noch 163 Tage bis zu dem Datum, an dem ich sterben sollte. Der Deutsche Wetterdienst hatte am Morgen gemeldet, dass der April ungewöhnlich nass gewesen sei. Die Niederschlagsmenge lag 78 Prozent über dem Schnitt. Schuld war ein ausgedehntes Tiefdruckgebiet über Mitteleuropa, das ständig feuchtwarme Luftmassen anzog. Auch für diesen Samstag sagten die Meteorologen Regen voraus. Ich war trotzdem guter Stimmung. Dafür gab es zwei Gründe: zum einen wegen des bevorstehenden Hochwassers, zum anderen setzte offenbar der aufhellende Effekt der Pillen ein.

Bösel, das Dorf, in dem Ben wohnte, liegt ungefähr zweihundert Kilometer westlich von Berlin im niedersächsischen Wendland. Ich war in dieser Ecke Deutschlands noch nie gewesen und stellte überrascht fest, dass Lüchow – die Kreisstadt, zu der das Dorf Bösel gehört – schon lange nicht mehr von der Bahn angefahren wird. Der nächstgelegene Halt ist Salzwedel in Sachsen-Anhalt. Die knapp zweistündige Zugfahrt dorthin verlief ohne größere Zwischenfälle. Nur im Regionalexpress, in den ich in Stendal umsteigen musste, kam es zu einer merkwürdigen Szene. Ein etwa dreijähriges Kind lief zu meinem Platz, grinste mich kurz an und trat mir dann lachend ans Schienbein. Das Kind wirkte seltsam entstellt, und als es wieder weglief, sah ich hinter seinem linken Ohr einen kleinen roten Fleck aufblitzen.

Bevor ich auf den Tritt reagieren konnte, war es schon bei seiner Mutter.

«Na, na, na», tadelte die das Kind lächelnd, als sei die

Attacke nur eine lustige Bagatelle gewesen. Danach sah sie vorwurfsvoll zu mir herüber und schüttelte den Kopf. Offenbar gab sie mir die Schuld an dem unverschämten Verhalten ihres Görs. Ich bemerkte, wie sich irgendwo am oberen Ende meiner Lendenwirbel die Muskeln verkrampften, und verspürte große Lust, zu dem Kind hinüberzugehen und ihm kommentarlos eine zu knallen. Ich konnte mich gerade noch zügeln.

Kurz vor Salzwedel rissen die Wolken auf, und es hörte abrupt auf zu schütten. Zum ersten Mal seit ein paar Wochen sah ich ein Stück blauen Himmel. Auf dem Bahnhofsvorplatz von Salzwedel war einige Augenblicke später keine Wolke mehr zu sehen. Ein wahres Reisereportagenfotowetter. Ich hatte eigentlich die Absicht gehabt, von hier aus einen Bus zu nehmen, der mich zumindest in die Nähe von Bösel bringen würde. Beim Blick auf den Fahrplan zeigte sich jedoch, dass ich durch meinen Aufenthalt in Hongkong vergessen hatte, wie es um den öffentlichen Nahverkehr in Deutschland bestellt war. Natürlich gab es an einem Wochenende in der Provinz keinen Bus, der übers Land fuhr.

Ich checkte mit dem Handy, dass Bösel nur gut zehn Kilometer entfernt lag, und beschloss, die Strecke zu laufen. Ich hätte auch ein Taxi nehmen können. Geld hatte ich genug. Aber ich hasste Autofahren.

Anfangs machte der Weg nicht viel her. Ich lief durch ein verödetes Industriegebiet mit vielen Brachen, das genauso aussah wie solche Gegenden im Osten. Klinker- und Wellblechhorror. Ein Großplakat, auf dem ein braunes Etwas abgebildet war, überragte das Elend. Vielleicht ein verunglückter Atompilz, der zum Weltfrieden gemahnen soll? Dann las ich die Aufschrift: «Salzwedel – die Baumkuchenstadt».

Auf der Bundesstraße nach Lüchow änderte sich die Szenerie. Links und rechts blühte der Raps knallgelb auf den Feldern, und ein Weißstorchpaar segelte über meinen Kopf hinweg. Es war, als wüsste der Frühling, dass er mein letzter sein würde, und legte sich deshalb noch einmal richtig ins Zeug. Nur ein penetranter Gestank trübte das Vergnügen, wahrscheinlich irgendeine Chemikalie, mit der man die grünen Roggenfelder gespritzt hatte.

Je länger ich durch diese übertrieben farbenfrohe Landschaft marschierte, desto mehr freute ich mich auf Ben, auch wenn er am Telefon so verstockt reagiert hatte. Von allen Huelsenbecks war er mir immer der liebste gewesen. Er war auch der Einzige, den ich beneidet hatte, groß, blond und kräftig, wie er war.

«Ein normannischer Kleiderschrank, wie Curd Jürgens», hatte meine Mutter gesagt, als er das erste Mal bei uns zu Hause am Mittagstisch saß. Auch ich wäre gern schrankartiger gewesen. Außerdem hätte mir Ben etwas von seiner Gelassenheit abgeben können. Wenn wir fünf uns stritten, sagte er meistens kein Wort. War der Streit dann vorbei, schloss er sich ohne Umstände der Fraktion an, die gewonnen hatte. Das geschah nicht aus Opportunismus. Ben war der Inhalt dieser Streitereien schlicht egal. Überhaupt redete er nicht gerne, machte lieber etwas Praktisches. Auto fahren zum Beispiel. Das tat er so, wie John Wayne ritt. Zu jeder Jahreszeit ließ er einen Ellbogen aus dem geöffneten Seitenfenster hängen.

Als in Viktors Keller die Dada-Namen verteilt wurden, weigerte sich Ben zunächst, einen auszuwählen. Eine Woche später hatte er sich dann doch entschieden. Er wollte Raoul Hausmann sein: «Der Typ hat eine Boxerfresse», lautete seine einzige Begründung. Danach füllte er seine neue Identität konsequenter aus als wir alle. Er ließ es sich nicht nehmen, in dem Jahr, in dem wir die Huelsenbecks waren, fast immer ein Monokel zu tragen, so wie es Hausmann auf dem berühmten Foto von Hannah Höch getan hatte.

Auf der Landstraße gab es kaum Verkehr. Nur einmal röhrte ein Baumkuchendepp – Kennzeichen SAW – mit seinem getunten Wagen so dicht an mir vorbei, dass ich fast im Straßengraben gelandet wäre. Kurze Zeit später passierte ich eine Reihe frischgepflanzter Eichen. An jedem dritten Baum war ein in Klarsichtfolie gesteckter Zettel angebracht. Er warnte vor Eichenprozessionsspinnern und beschrieb ausführlich, welche Maßnahmen gegen Raupendermatitis zu ergreifen seien: Behandlung mit Kortisolpräparaten und Antihistaminika. Hinter dem Eichenspalier stand ein braunes Blechschild: «Hier waren Deutschland und Europa bis zum 18. November 1989 um 6 Uhr geteilt.» Ich sah mich nach allen Seiten um. Noch nicht einmal Spuren der Grenzanlagen waren zu erkennen. Nur in der Ferne stand ein alter Wachtturm einsam und verlassen. Ich staunte, wie vollständig die Grenze verschwunden war. In meiner Erinnerung lag die ganze Wiedervereinigungschose noch gar nicht so lange zurück. Damals hatte ich übrigens zum ersten Mal gedacht: «Es ist Zeit, aus diesem Land zu verschwinden.»

Ich war jetzt im Wendland. Auch ohne sichtbare Grenze konnte ich sofort erkennen, dass ich mich in einem anderen Teil des Landes befand. An den Zäunen klebten lange, meistens gelb bemalte Latten, die zu einem X genagel waren, manchmal mit dem Zusatz «Stopp Castor». Auf den Dächern und an Fahnenmasten wehten gelb-rote Anti-AKW-Fahnen, als seien die dazugehörigen Häuser kleine Burgen. Und ein paar hundert Meter hinter der unsichtbaren Grenze kam ich an einem Umspannkasten vorbei, den jemand mit schwarzem Filzstift beschriftet hatte: «Es gibt keine Rassen. Nur unterschiedliche Kulturen. Bitte macht keinen Unterschied in der Bewertung eines Menschen. Leben ist toll.»

Schon lustig, dachte ich, dass Ben in diesem Reservat für Alt-Ökos gelandet war. Wir Huelsenbecks hatten mit solchen Leuten nie etwas zu schaffen gehabt. Wir waren zwar auch bei ein paar Anti-AKW-Demos mitmarschiert, aber nur der guten Party wegen. Auf die echten Aktivisten, die Müslis, Schalstricker und Zupfgeigenhanseln, sahen wir herab. Um sie aufzuziehen, hatten wir uns für die Demos sogar eine eigene Huelsenbeckfahne gebastelt. Die Idee und der Spruch «Fliehkraft – nein danke!» waren von mir. Michi, ein leidlich guter Zeichner, hatte dazu mit wenigen Strichen ein Kettenkarussell auf roten Grund gemalt und durchgestrichen. Äußerlich allerdings sahen wir schon wie Ökos aus. Doch unsere Frisuren und Klamotten waren nur Verkleidung. Wir dachten völlig anders. Wären wir nur ein oder zwei Jahre später auf die Welt gekommen, wären wir sicher alle Punks geworden. So aber standen wir genau zwischen allen Stilen und Bewegungen. Wir waren einfach die Huelsenbecks.

So war denn Ben auch ein eher untypischer Wendländer. Er war nicht als Teil der großen Ökofreak-Invasion in den Achtzigern hierhergezogen, sondern erst Anfang der Neunziger, als die schönsten Höfe schon verteilt waren. Der Umzug war auch nicht seine Idee gewesen. Er war Chloe gefolgt. Der schönen Chloe, fünfzehn Jahre jünger als er. Zuvor hatte er konsequent alleine gelebt, verbissen geradezu, in recht prekären Verhältnissen. Das wusste ich alles von Rebekka. Um sein Philosophiestudium zu finanzieren, war er Taxi gefahren, und am Wochenende hatte er diversen Krempel auf Flohmärkten verkauft. Als er nach dem Studium keine Stelle fand, wurde er professioneller Flohmarkthändler und hielt sich damit mehr schlecht als recht über Wasser.

Dass er Chloe kennenlernte, erwies sich dann als glückliche Fügung. Ihre Eltern hatten Geld, viel sogar. Zur Hochzeit hatten sie dem jungen Paar kurzerhand den Hof in Bösel geschenkt. Für Ben war das ideal, auch weil zum Hof alte Stallungen und eine große Scheune gehörten. Hier konnte er viel mehr Flohmarktgerümpel einlagern als bisher.

«Das war der Schlüssel zu Bens Aufstieg», hatte Rebekka mir erklärt. Inzwischen hatte er es sogar zum Vorsitzenden der «Vereinigung der deutschen Flohmarkthändler» gebracht. Auf der Homepage sah er immer noch recht jung aus, im Gesicht zwar etwas rundlicher, aber die blonden Haare waren voll und halblang. Dazu trug er einen Sieben-Tage-Bart, der – ich sah es an den Bildern der anderen Vorstandsmitglieder – in der Branche offenbar vorgeschrieben war.

«Chloe, Chloe, Chloe», murmelte ich vor mich hin. Ich war ihr nur ein einziges Mal begegnet, auf einer Party bei Rebekka irgendwann in den Nullern. Trotzdem erinnerte ich nur einen Schatten, weil ich mal wieder vollkommen betrunken gewesen war. Auch den Namen hatte ich nicht mehr gewusst, Rebekka hatte ihn mir gesagt. Jetzt erwies sich «Chloe, Chloe, Chloe» als gutes Marschiermantra.

Nach ungefähr drei Stunden erreichte ich Bösel; ein kleiner Weiler von vielleicht fünfzig Häusern. Am Rand die üblichen verklinkerten Einfamilienhäuser. In der Mitte, wo ich eigentlich einen Dorfplatz und die Kirche vermutet hatte, wuchs ein kleiner Eichenwald, um den herum die alten Fachwerkhäuser standen. In einem befand sich eine Schreinerei, die «Holz und Späne» hieß, in einem anderen ein italienisches Restaurant samt Sonnenschirmen mit Gerolsteiner-Werbung und weißen Monobloc-Stühlen davor. Es gab auch eine Kirche aus Feld- und Backsteinen, gut siebenhundert Jahre alt, am Rand des Wäldchens. Im Schaukasten davor hing ein einsamer Zettel: «Herr, was ich brauche, du teilst es mir zu.» – «Das werden wir sehen», murmelte ich nur.

Das Haus von Chloe und Ben war hinter einer hohen Ligusterhecke versteckt und wirkte wie aus einem Heimatroman herausgefallen: Wilder Wein rankte an der Ziegel-Fachwerk-Front mit blauen Fensterläden und blauen Türen, das Dach mit schwarzen Schindeln gedeckt. Sofort überkam mich ein starkes Gefühl des Widerwillens. Eine innere Stimme mahnte mich: Kehr um! Lauf zurück zum Bahnhof. Ich ignorierte den Impuls und klingelte.

Als auch nach fünf Minuten keine Reaktion kam, ging ich um das Haus herum. Im Garten hockte eine Frau im Erdbeerbeet und jätete Unkraut. Neben ihr saß eine gelbe Katze auf den Hinterpfoten und sah interessiert zu. Ich betrachtete dieses Bild eine halbe Minute lang, dann räusperte ich mich. Die Frau drehte sich ruckartig um, und die Katze sprang davon.

«Daniel? Ich dachte, du kommst später.»

«Ich dachte, ich komme früher. Aber es fuhr kein Bus. Da bin ich gelaufen.»

«Gelaufen? Von Salzwedel? Verrückt.»

Die Frau, die mit diesem Dialog endgültig als Chloe identifiziert war, richtete sich auf und streckte mir den rechten Ellenbogen entgegen.

«Ich kann dir leider nicht die Hand geben.»

Sie wies mit einem Blick auf ihre Hände, an denen Erde klebte. Dann musterte sie mich so unverfroren, wie ich das nur von chinesischen Bauern kannte. Ich versuchte, ihrem Blick standzuhalten, und musterte zurück. Meinen vagen Erinnerungen zufolge hatte ich sie mir anders vorgestellt: nicht so breit und kräftig, sondern schmaler. Ich musste sofort daran denken, dass mir Dr. Gautzsch mal erzählt hatte, dass das Gedächtnis aufgrund verschiedener körperlicher Merkmale innerhalb von zweihundert Millisekunden entscheidet, ob wir einen Menschen mögen oder nicht. Meins hatte schon entschieden: Die mag ich eher nicht.

Chloe sollte mir auch gleich einen echten Grund für meine Aversion geben.

«Ben ist im Haus?», fragte ich.

Da schlug sie die Augen nieder und rückte mit der Sprache raus.

«Also ... Ben ist leider gar nicht da. Er musste überraschend zu einer Auktion. Ließ sich nicht vermeiden. In letzter Zeit ... Es läuft nicht so gut bei ihm.»

«Das heißt, Ben kommt auch morgen nicht?»

«Nein, beziehungsweise ja. Er wird die ganze nächste Woche unterwegs sein.»

Auf dem langen Weg vom Bahnhof nach Bösel hatte ich alle möglichen Empfangsszenarien durchgespielt. Dieses war nicht dabei. Ich war so perplex, dass ich nur herausbekam: «Er hätte mich doch wenigstens vorher anrufen können.»

Chloe gab sich Mühe, schuldbewusst zu klingen.

«Ja, hätte er natürlich. Aber Ben und ich haben uns etwas anderes ausgedacht ...»

Jetzt bekam ihre nervöse Stimme etwas Schmeichelhaftes.

«Doch komm erst mal in die Küche. Du hast bestimmt noch nicht gegessen. Im Ofen ist ein Käseauflauf.»

Ich bin immer leicht zu überrumpeln gewesen, besonders von Frauen. Und so dackelte ich hinter Chloe her ins Haus, obwohl ich vor Wut kochte. In der Küche schob sie mir einen Stuhl zu, gelb lackiert, aus Stahlblech.

«Mach's dir bequem.»

Ich setzte mich und sah mich um. An den Wänden Regale

bis an die Decke. Historische Römertöpfe waren darin aufgereiht, neben Pudding- und Kuchenformen aus Porzellan, sortiert nach Größe und Farben. Auf dem breiten Fensterbrett fuhr ein Blechspielzeug-Zug spazieren, und über dem gusseisernen Herd hing ein Emailleschild mit Maggi-Werbung von Anfang des zwanzigsten Jahrhunderts. Ganz oben in einem Eckregal sah ein ausgestopfter Waldkauz aus dunklen Glasaugen mitleidig auf mich herab.

Wütend saß ich auf meinem Stuhl und sah Chloe zu, wie sie die Auflaufform aus dem Backofen holte. So wie sie sich bewegte, erinnerte sie an Renee Zellweger in «Bridget Jones», nur dass sie etwas kantiger war. Und sie redete auf bestimmte Weise affektiert, so superpatent und angetought, wie die Sorte Frauen, die der ganzen Welt beweisen wollen, dass sie mitten im Leben stehen. Ich verstand nicht, wieso Ben ausgerechnet sie geheiratet hatte. Er hätte jede haben können.

«Jetzt schmoll nicht rum», sagte Chloe, als hätte sie meine Gedanken erraten.

«Ich habe in den vergangenen Tagen viel über euch Huelsenbecks erfahren. Und wegen eurer Vergangenheit bist du doch gekommen? Speziell wegen dieser legendären Amerikafahrt, die ihr zusammen unternommen habt?»

Ich nickte finster.

«Ich schätze mal, ich kann dir mindestens genauso gut Auskunft geben wie Ben. Vielleicht sogar besser, weil ich nicht dabei war.»

Ich verstand die Logik nicht.

«Aber lass uns nachher reden. Jetzt iss erst mal.»

Fehler, Fehler, Fehler, dachte ich, es war ein riesiger Fehler hierherzukommen. Ich überlegte fieberhaft, wie ich wieder verschwinden könnte, da stellte Chloe den Auflauf auf den

Tisch und forderte mich auf, ihr den Teller zu reichen. Ich gehorchte schon wieder. Schweigend begannen wir beide zu essen. Ich vermied es, sie anzusehen, und starrte böse auf die Käsepampe.

Schließlich brach sie das Schweigen: «Wie kommst du überhaupt darauf, Ben könnte mehr über eure Reise wissen als du? Ihr wart zusammen in den USA. Und ihr habt dasselbe erlebt.»

Ich hatte mir gerade vorgenommen, ihr keinesfalls Fragen zu beantworten, aber ihre Stimme hatte etwas so Herausforderndes, dass ich meinen Vorsatz brach.

«Weil sich Menschen halt an unterschiedliche Dinge erinnern», sagte ich barsch. «Und weil ich selbst nur noch sehr wenig weiß.»

«Und was hoffst du zu finden?»

«Keine Ahnung. Ebendas, was ich nicht mehr weiß. Etwas, das erklärt, weshalb mir der tote Viktor in letzter Zeit so oft erscheint. Ich habe sogar das Gefühl, dass er mich bedroht. Ich weiß: Du hältst das für Schwachsinn. Aber das ist mir egal.»

Überraschenderweise schien Chloe mein ärgerlich vorgetragenes Geständnis zu gefallen.

«Das kann ich gut verstehen», sagte sie mit derselben Stimme, mit der sie mich schon in die Küche gelockt hatte. «Mir war Viktor auch immer unheimlich. Er ist zwar jetzt tot. Trotzdem kann ich mir vorstellen, dass da genug in eurer gemeinsamen Vergangenheit ist, was dir zu schaffen macht.»

Sie sah mich mitleidig an, fast wie einen Patienten. «Ich finde es gut, dass du dich dem stellen willst. Vor einem Jahr habe ich eine Rückführung gemacht. Das hat mir viel gebracht.»

Sie unterbrach sich und tat, als ob sie in sich hineinhorchen würde. «Bevor wir uns aber über Viktor unterhalten, finde ich es wichtig, von dir zu erfahren, was du selbst über die Huelsenbecks denkst, heute im Rückblick.»

Chloes Schmeichelstimme erweichte mich schon wieder. Arglos gab ich Auskunft: «Was ich denke? Dass das eine gute Zeit war damals. Okay, ich schätze, das sagt jeder über seine Jugend. Man ist einfach noch nicht alt und fett, und man meint, man sei wer weiß wie wichtig. Trotzdem: Ich glaube immer noch, bei uns Huelsenbecks war da wirklich ein bisschen mehr. Die Ideen, die wir hatten ...»

«Was für Ideen?»

«So genau weiß ich das auch nicht mehr. So ganz allgemein wollten wir wohl Zweifel säen. Zweifel am blinden Glauben, Zweifel an der Wirklichkeit ... Wahrscheinlich hatten wir uns deshalb die Dadaisten als Vorbilder ausgesucht. Die wollten ja auch mit alten Sicherheiten aufräumen. Der alten Kunst ...»

«Ihr habt wirklich gedacht, ihr wärt so was wie eine Avantgarde?»

«Puh. Großes Wort. Aber wahrscheinlich: ja. Natürlich war das größenwahnsinnig. Aber was taugt eine Jugend ohne Größenwahn?»

Ich sah etwas in Chloes Augen blitzen. Dann platzte es aus ihr raus.

«Also für mich wart ihr komischen Huelsenbecks einfach nur ein postpubertärer, ziemlich unsympathischer, asozialer Haufen.»

Damit war die Katze aus dem Sack.

Was in der nächsten knappen Stunde folgte, hörte sich an, als würde eine Anklageschrift verlesen. Chloe trug allerdings nichts Aufgeschriebenes vor, sondern zitierte aus dem Gedächtnis. Ich staunte, was sie alles wusste. Ben hatte offenbar eine Generalbeichte abgelegt. Oder Chloe hatte ihm nach und nach alles entlockt und sich dann notiert, um sich auf einen Gerichtstag wie diesen vorzubereiten. Sie referierte wirklich Punkt für Punkt.

«Ich habe mir das durchnummeriert», erklärte sie, «damit ich den Überblick behalte.»

Unter Punkt eins der Anklage wurde das sogenannte «Partyeinsatzkommando» der Huelsenbecks verhandelt.

«So habt ihr», erläuterte Chloe sachverständig, «eure Überfälle auf die Partys in der Stadt und der Umgebung genannt. Das war noch vor Amerika, Ende 77 oder Anfang 78, meinte Ben. Am Wochenende seid ihr in euren Klapperkisten von Party zu Party gefahren und tatet einfach, als ob ihr eingeladen wäret. Wenn die Gastgeber ausreichend alkoholisiert waren, klappte das gut. Meistens seid ihr dann in die Küche vorgestoßen. Anfangs habt ihr euch noch damit begnügt, das, was da war, direkt vor Ort aufzuessen. Später habt ihr dann Plastiktüten mitgenommen und eingepackt, was ihr kriegen konntet. Ab und zu ging auch mal ein Aschenbecher mit, der einem von euch gefallen hat, eine Uhr oder irgendeine bescheuerte Nippesfigur. Zweifel an der Wirklichkeit säen ... Dass ich nicht lache.»

Punkt zwei befasste sich mit diversen Prellereien auf Uni-Partys und Konzerten. Ein Huelsenbeck-Grundsatz war, niemals irgendwo Eintritt zu entrichten. Und Chloe hatte recht: Auch das hatten wir konsequent durchgehalten. «Es ist für jeden eine Ehre, einen Huelsenbeck zu Gast zu haben. Unsere bloße Anwesenheit ist Lohn genug», lautete unsere Devise. Punkt drei handelte von kleinen Diebstählen sowie von Sachbeschädigungen, hauptsächlich dem Abbrechen von Mercedessternen oder dem Austreten von Laternen. Punkt vier war eine ganze Liste der Schimpfwörter, mit denen wir

Leute eingedeckt hatten, die uns aus irgendeinem Grund nicht passten.

«Beutel, Eimer, Lappen, Fickfrosch, Pömpel habt ihr Schwächere genannt, oder Lurchi, Heuler, Margarine oder Lumme. Jemand, der über Gefühle gesprochen hat, war für euch ein Expressionistenschwein. Und wie ihr mit Frauen umgesprungen seid, damit will ich gar nicht erst anfangen. Du bist doch ästhetisch behindert, hieß es, wenn eine mal nicht euer Typ war.»

Unter Punkt fünf nahm sie sich unsere Dada-Aktionen vor. Auch hier zählte sie buchstäblich alles auf, was wir jemals veranstaltet hatten: die Bücherverbrennung auf dem Alten Markt (hauptsächlich alte Reader's-Digest-Bände aus der BroSa), der zugemauerte Haupteingang des Stadttheaters («Schauspieler sind Lügner»), der Wettlauf zwischen Penis und Vagina (Ronny und ich in zwei dilettantisch genähten Kostümen), das Wodka-Schausaufen, mit dem wir den «Spätfrühling», einen «Markttag der Alternativkultur», sabotierten.

«Michi und Ronny musste danach der Magen ausgepumpt werden, in der Notaufnahme.»

Nachdem sie alle Aktionen aufgezählt hatte, nahm sie sie akribisch auseinander.

«Der Selbstmord des Weihnachtsmanns in der Adventszeit 1977. Du erinnerst dich? Ihr habt einen lebensgroßen Weihnachtsmann gebastelt und ihn vom Dach eines Kaufhauses runter in die Fußgängerzone geworfen. Der helle Wahnsinn. Wenn das schwere Ding nicht auf einem Vordach hängen geblieben wäre, wäre es direkt auf einem Kinderwagen gelandet. Nicht auszudenken, was dem Baby hätte passieren können. Oder das ‹lustige Spiel›, das ihr ‹Giftgasalarm› genannt habt. Ein Huelsenbeck zertrat in einer Kneipe eine Ampulle mit einer stinkenden Chemikalie, und ein anderer schrie sofort laut: ‹Alles raus hier. Schnell, Lebensgefahr.› Eine Frau lief in solcher Panik aus dem Café Dienstag, dass sie direkt auf der Kühlerhaube eines Autos landete. Zum Glück kam sie mit ein paar Schrammen davon. Zweifel an der Wirklichkeit säen. Ich fasse es nicht. Ihr wart gemeingefährliche Irre. »

Damit war die Anklage beendet. Chloe lehnte sich zurück und sah sehr zufrieden aus. Endlich war sie das losgeworden, was ihr offenbar schon lange auf der Seele brannte. Ich konnte direkt hören, wie sie zu Ben gesagt hatte: «Ach, lass den mal ruhig kommen, auch wenn du weg bist. Dem wollte ich schon lange mal den Marsch blasen.»

Aber was brachte ihr das? Die Erklärung lieferte sie gleich hinterher.

«Ben hat das übrigens schon damals nicht gefallen, was ihr Huelsenbecks so getrieben habt. Er hat sich nur nicht getraut, es euch zu sagen.»

Das also war's: Es ging darum, ihren eigenen Mann von seiner bösen Vergangenheit zu entlasten. Ansonsten lag Chloe ganz richtig. Das meiste, was wir als Huelsenbecks unternommen hatten, war pubertärer Unsinn und gewiss auch nicht ganz so originell, wie wir damals dachten.

Aber dass diese ahnungslose Hausfrau so über unsere Vergangenheit herzog, empörte mich nun doch: «Dann waren für dich wohl die Berliner Dadaisten auch gemeingefährliche Irre? Die haben zu ihrer Zeit einen Wettkampf zwischen einer Schreibmaschine und einer Nähmaschine ausgetragen. Huelsenbeck hat die Schreibmaschine am Ende auf dem Boden zerschmettert, weil sie verloren hatte.»

Ich war froh, dass mir diese Geschichte noch so gerade wieder eingefallen war.

«Keine Ahnung. Ich habe mich zwar in den letzten Wochen ein bisschen mit Dadaismus beschäftigt, aber diese Geschichte kenne ich nicht.»

«Diese Performance ist heute ein Meilenstein der Kunstgeschichte. Und ich wette, hätten wir unsere Geschichten nicht in der Provinz durchgezogen, sondern in Berlin, wären sie vielleicht heute auch berühmt und wichtig.»

Das glaubte ich zwar selbst nicht so richtig, aber Chloes selbstgerechte Attitüde zwang mich geradezu, die Huelsenbecks zu verteidigen.

Sie spürte offenbar, dass sie es übertrieben hatte. Ihr Blick fiel auf meinen Teller

«Aber du hast ja praktisch nichts gegessen. Nun iss doch erst mal auf.»

Sie setzte ein Lächeln auf und versuchte, die Stimmung weiter zu entspannen.

«Das war wohl eben etwas überfallartig», entschuldigte sie sich mit der Schmeichelstimme, «und vielleicht auch ein wenig zu heftig. Ich weiß doch: Ben und du zählten noch zu den Vernünftigeren in der Huelsenbeck-Gang.»

Obwohl ich fand, dass sie recht hatte, schwieg ich wieder trotzig und schob mir den letzten Bissen Auflauf rein. Chloe seufzte, stand auf, räumte die Teller ab und wies mit dem Kopf auf die Veranda. «Wenn es schön ist, essen wir den Nachtisch immer draußen.» Anschließend servierte sie auf dem Verandatisch zwei Schälchen mit Birnenkompott. Wie es sich gehörte, waren die Birnenhälften in Zuckersaft regelrecht ertränkt. Keine Ahnung, wer Chloe verraten hatte, dass dies der Lieblingsnachtisch meiner Kindheit war. Auf jeden Fall war mein Widerstand sofort wieder gebrochen. Ich setzte sich zu ihr an den Tisch, und nach dem ersten Bissen verloren meine Fluchtpläne an Dringlichkeit.

Beim Dessert fiel Chloe wieder ein, weshalb ich eigentlich

gekommen war. «Was willst du denn jetzt», fragte sie, «über eure Amerikareise genau wissen?»

So ganz traute ich dem Frieden nicht, wurde aber trotzdem weich.

«Eigentlich alles, was dir Ben erzählt hat.»

«Klar. Gerne», sagte Chloe und plapperte sofort wieder los.

Es stellte sich heraus, dass sie beziehungsweise Ben kaum mehr wusste als ich selbst. Dafür konnte Chloe den Ablauf der Fahrt besser und zusammenhängender referieren. Sie konnte auch mehr Städte aufzählen, durch die wir gekommen waren. Über Ostende nach London. Anschließend nach New York, dann der Bus- und Tramptrip nach Rockland zu den Websters. Der Autokauf. Fahrt über den ganzen Kontinent nach Santa Barbara in Kalifornien in vier oder fünf Tagen. Zwischenstationen: Saint Louis, Denver, Las Vegas. Von dort aus Ratlosigkeit nach Mexiko, bis runter nach Mazatlán. Auf dem Weg immer nur Streitereien. Vom Pazifik über Durango an die mexikanische Atlantikküste beziehungsweise den Golf von Mexiko. La Pesca. Von dort schließlich wieder zurück in die Staaten bis nach New York. Dann Rückflug nach Amsterdam.

«Das war's», fasste Chloe zusammen. «Ein überflüssiger Trip, unternommen von fünf postpubertären Irren. Ein Wunder, dass ihr heile zurückgekommen seid.»

Das alles klang so ähnlich wie das, was ich Dr. Gautzsch geschildert hatte. Ich war enttäuscht.

«Mehr weiß Ben auch nicht?»

«Was hast du denn erwartet?», konterte Chloe. «Ihr habt doch diese Reise nur unternommen, um in der Szene groß rauszukommen. Das Land selbst war euch total egal. Die USA habt ihr gewählt, weil es dafür am meisten Credit gab. Und was behält schon einer von seiner Umgebung, der sich nur für sich selbst interessiert?»

«Also, so kann man das nun auch nicht sagen.» Obwohl ich es mittlerweile hätte besser wissen müssen, konnte ich den Protestreflex nicht lassen.

«Kann man nicht? Dann erzähle ich dir noch eine kleine Episode, ganz vom Anfang der Reise. Da wart ihr geschlagene vier oder fünf Tage in London. Okay, in dieser Zeit mussten zwei von euch in der Schlange stehen, um die Tickets für den Billigflieger nach New York zu bekommen. Laker Airways, die erste Billigfluglinie der Menschheitsgeschichte, Ben hat mir lang und breit davon erzählt. Sir Freddy Laker, Skytrain, Riesenschlange vor der Victoria Station, Zustände wie in lateinamerikanischen Slums, bla, bla, bla. Der Rest von euch aber hatte Zeit. Ihr hättet euch London ankucken können. Buckingham Palace, die Tower Bridge, Trafalgar Square.»

Chloe holte tief Luft. «Aber was habt ihr fünf Deppen gemacht? Die ganze Zeit nur Whisky Cola in euch reingeschüttet. Und dann die Leute auf der Straße angebettelt. Einfach so, aus Spaß, obwohl ihr genug Geld hattet.»

«Gebettelt nun wirklich nicht», rief ich dazwischen.

«Nicht? ‹I need ten pence for shitting on the toilet.› Das war euer Spruch. Weiß Ben heute noch. Ihr habt euch wie die letzten Penner benommen.»

Chloes Augen blitzten, als wollte sie sagen: Los, bring etwas vor zu deiner Verteidigung.

Wahrscheinlich hatte Chloe recht, aber ich konnte ihre Suada einfach nicht mehr ertragen. Ungerührt redete sie weiter. «Kleine Machos», «testosteronvernebelt», «armselige Männchen», es hörte nicht auf. Irgendwann versuchte ich mit aller Kraft, ihren Redeschwall auszublenden, und konzentrierte mich auf die gelbe Katze, die hinten im Garten zwischen weiß blühenden Rhododendren hin und her sprang und offenbar einen kleinen Vogel jagte. Erst konnte ich ihn nicht richtig erkennen, dann sah ich, dass er einen graugrünen Kopf und eine gelbe Kehle hatte. Herrje: ein Ortolan, auch Fettammer genannt. Den gab es hier? Weil er als große Delikatesse galt, war er in vielen Gegenden Europas schon längst ausgerottet. Im alten Rom hatte man Ortolane gefangen und ihnen, weil sie in der Dunkelheit mehr fressen, die Augen ausgestochen.

Plötzlich war Chloes Stimme völlig weg. Ich verschmolz mit dem kleinen Vogel, der verzweifelt versuchte, sich vor dem Katzenvieh zu retten. Ich flatterte hin und her, doch ich war viel zu fett und kam nicht richtig vom Boden. Die Katze war schon ganz dicht an mir dran, als mich ein lauter Knall zurückholte.

Chloe hatte in die Hände geklatscht und rief mit einer Stimme, die schon wieder verändert klang (nämlich überdreht und quietschig): «Huch, schon so spät? Genug gequatscht. Zeit für Kaffee und Kuchen.»

Zugleich war sie aufgesprungen und nach drinnen verschwunden.

Das war die Gelegenheit, auf die ich die ganze Zeit gewartet hatte. Ich zögerte nicht eine Sekunde, stand auf und schlich davon. Ich bewegte mich ganz vorsichtig auf Zehenspitzen. Ich musste nur bis zur Hausecke kommen, dann konnte ich durchstarten, aber ich hatte schon wieder Pech. Mir fehlte nur noch ein Meter, da hörte ich ein Klirren. Als ich mich umsah, trat Chloe gerade wieder auf die Terrasse. Mit einem Tablett vor dem Bauch, auf dem eine schneeweiße Kaffeekanne und ebensolche Tassen, Wassergläser und Teller mit Kuchen standen.

«Ah, du kuckst dir den Oleander an», sagte sie erfreut. «Schön, oder? Der ist mein ganzer Stolz.»

Jetzt fühlte ich mich wie der Prinz in Dornröschen, nur dass ich eben aufgrund der dichten Hecke nicht in das Schloss hinein-, sondern einfach nicht mehr herauskam. Die Hecke aber war Chloe. Ich verzog das Gesicht zu einem falschen Grinsen und trottete geschlagen auf die Terrasse zurück. Die Katze folgte mir mit – wie ich fand – spöttischem Blick. Ich ließ mir eine Tasse Kaffee eingießen. Chloe tat weiter ganz entspannt, als säße sie keinem schwerbelasteten Mitglied der ehemals verbrecherischen Huelsenbeck-Bande gegenüber, sondern einem honorigen Vertreter der lokalen Rückführungsgemeinde. Dann sah sie plötzlich auf die Uhr.

«Ach, Mist, wir können leider nur noch eine halbe Stunde plauschen. Dann muss ich los, Undi und Eldi in Lüchow aus der Schule abholen.»

Ich glaubte nicht richtig zu hören. «Wie lange bleibst du weg?»

«Ich schätze mal so eine knappe Stunde.»

Mein Herz machte einen kleinen Hüpfer – ich war gerettet. Okay. In der verbliebenen Zeit galt es aber, noch so viel wie möglich über Viktor aus Chloe herauszuquetschen.

«Du hast eben gesagt», erinnerte ich sie, «dass dir Viktor unheimlich war, als er noch lebte. Wieso eigentlich?»

«Weil er ganz anders war als die anderen Huelsenbecks.»

«Anders? Wie?»

«Das fing schon bei euren Dada-Namen an. Du hattest dir natürlich Richard Huelsenbeck ausgesucht. Nicht ganz zu Unrecht. Von dir kam ja der ganze Dada-Krempel. Das gelbe Heftchen und so. Ronny dagegen nahm die ganze Chose nicht so ernst. Schon seine Entscheidung für George Grosz war ironisch: ‹Der ist im Suff gestorben. Das will ich auch›, hat er gesagt.»

«Das weißt du noch? Ich hatte das total vergessen.»

«Ich weiß das nicht, Ben wusste das.» Chloe sah mich tadelnd an. «Ben war eigentlich nur ein Mitläufer. Er entschied sich ja für Raoul Hausmann, nur nach dem Aussehen. Gelesen hatte er nie was von dem. Für Michi hast du selbst John Heartfield ausgewählt. Passend, weil Heartfield der Monteurdada war. Aber das wusstest nur du. Letztlich waren die Dada-Namen gar nicht so wichtig, also, sieht man von dir ab. Und Viktor natürlich. Viktor musste unbedingt Johannes Baader sein, der Oberdada, zugleich der Durchgeknallteste der Berliner Urgruppe.»

«Mensch. Jetzt, wo du's sagst, fällt mir alles wieder ein», schmeichelte ich ihr. Und um sie bei Laune zu halten, war ich es jetzt, der ihr zusäuselte: «Du scheinst dich ja auch ziemlich gut mit Dada auszukennen.»

«Ich sagte doch schon: Ich habe mich damit ein bisschen beschäftigt. Vor allem mit diesem Baader, weil ich gemerkt habe, wie Ben litt, als uns Viktor einmal – mehr als zwanzig Jahre ist das her – besuchte. Baader war ja überhaupt kein Künstler, was die anderen Dadaisten dann am Ende doch waren. Baader war ein echter Psychopath. Mal behauptete er, der Präsident des Erdballs zu sein, mal der wiederauferstandene Christus. Er landete auch öfter in der Psychiatrie. Und genauso ein Psychopath war Viktor. Darum hat er sich so mit Baader identifiziert.»

«Aber du hast doch eben gesagt, wir seien alle gemeingefährliche Irre gewesen. Wo ist da der Unterschied zu Viktor?»

«Okay, Punkt für dich. Gemeingefährlich nehme ich zurück. Denn eigentlich wart ihr harmlos. Das war Viktor nicht. Ich habe lange darüber nachgedacht, was ihn angetrieben hat, aber ich bin nicht draufgekommen. Bis mir Ben ein paar Geschichten erzählt hat.»

Bei den letzten Worten hatte Chloe die Stimme gesenkt.

Sie klang jetzt nicht mehr so kaffeetantig wie eben, auch nicht schrill und vorwurfsvoll, sondern eher, als hätte sie Angst, etwas heraufzubeschwören.

«Was für Geschichten?», fragte ich.

«Du kennst die mit dem Hund?»

«Mit welchem Hund?», echote ich.

«Nicht? Was weißt du eigentlich über deine alten Freunde?»

Sie warf einen zweiten Blick auf die Uhr und schien kurz zu überlegen.

«Okay, das schaffe ich gerade noch. Also: Es muss wohl so zwei bis drei Jahre nach der Amerikareise gewesen sein. Viktor wohnte damals noch in dieser großen WG in der Stromstraße, und er hatte einen Hund. Tiefschwarz, seidiges Fell, eine Spitz-Collie-Mischung. Am Anfang war er ganz vernarrt in das Tier, doch bald ging es ihm auf die Nerven. Der Hund bellte die ganze Zeit, manchmal sogar die Nächte durch. Um ihn zum Schweigen zu bringen, hat Viktor ihn geschlagen und getreten. Aber das hatte nichts genutzt. Im Gegenteil, das Bellen wurde immer schlimmer. Irgendwann konnte Moni, eine Frau aus dem Haus, das Elend nicht mehr ertragen. Sie nahm den Hund unter ihre Fittiche. Viktor war einverstanden. Unter Monis Obhut wurde er ruhiger und bellte immer weniger. Mit der Zeit entwickelte er sich sogar zum Liebling der Leute im Haus. Bis er eines Morgens verschwunden war. Moni hat ihn dann im Garten gefunden. Vergiftet. Die meisten nahmen damals an, es sei der Nachbar gewesen. Ein alter Nazi, der den WG-Bewohnern immer wieder gedroht und öfter wegen Lärmbelästigung die Polizei gerufen hatte.»

Chloe machte eine Pause und nahm einen Schluck Kaffee. «Aber nicht alle haben das geglaubt. Jedenfalls war das Gerücht nicht aus der Welt zu kriegen, dass das mit dem Hund Viktor selbst gewesen war. Ich habe Ben gefragt, was er glaubt, und er hat gesagt: ‹Ich denke, Viktor hat trainiert.›»

«Was soll das heißen: trainiert?»

«Verstehst du nicht? Trainiert, richtig böse zu werden. Kalt. Gewissenlos.»

«Aber warum? Was hat er sich davon versprochen?»

«Warum ist ein Psychopath ein Psychopath? Ich habe keine Ahnung. Will ich auch gar nicht wissen.»

Bei den letzten Sätzen sah mir Chloe in die Augen. Sie wollte offenbar herausbekommen, wie das Gesagte auf mich wirkte. Ich wich ihrem Blick aus, und Chloe schien meine Verunsicherung zu gefallen. Mit einem zufriedenen Gesicht lehnte sie sich in ihrem Rattansessel zurück: «So viel dazu.»

Sie sah hinauf zur Decke der Terrasse, wo eine Geranienampel hing. «Auf jeden Fall können Ben und ich mit solchen Leuten nichts anfangen. Sie sind nicht gut fürs Karma. Und darum ist mir Viktor auch nicht mehr ins Haus gekommen. Ronny übrigens auch nicht, das ist aber eine andere Geschichte.»

«Und was ist mit mir?» Das wollte ich zum Schluss dann doch noch aus ihr rauskitzeln. «Woher weißt du, dass ich nicht genauso wie die beiden bin?»

«Stimmt natürlich», gab sie zu. «Ich bin mir ja auch nicht sicher. Aber das klären wir später. Ich muss los.»

Mit diesen Worten sprang Chloe auf. Sie war schon fast an der Tür, da drehte sie sich noch einmal um: «Ah, mir fällt gerade noch diese Landkommune ein, bei der ihr in Amerika wart.»

Ich sah sie wieder ratlos an.

«Diese Farm da. In Tennessee? Hast du auch nicht mehr auf dem Schirm? Gut. Dann erzähle ich's dir, wenn ich wiederkomme. Und keine Angst: In dieser Geschichte kommen die Huelsenbecks ausnahmsweise ganz gut weg ...»

Sie hielt kurz inne.

«Mach du es dir in der Zwischenzeit bequem. Oben rechts unter dem Dach ist das Gästezimmer.»

5

PATHETISCHE CHOLERA MIT DEN ÜBLICHEN BEGLEITERSCHEINUNGEN

Im Moment neige ich dazu zu glauben, dass das, was ich hier niederschreibe, eine Aussage beziehungsweise ein Geständnis ist. Für wen? Das nun weiß ich nicht. Aber ich gehe davon aus, dass am Ende sehr wahrscheinlich ein Urteil gefällt wird. Sicher läge es da nahe, ein paar Dinge zu beschönigen oder zu verschweigen. Ich habe aber das bestimmte Gefühl, dass mir das gar nichts nützen dürfte. Ich glaube, ich muss ehrlich sein. Zudem kann ich versichern: Ich verspüre überhaupt kein Bedürfnis, mich besser darzustellen, als ich war. Die Konsequenzen meines Schreibens sind mir völlig gleichgültig.

Ich würde mir nur wünschen, dass ich nicht schon jetzt wüsste, wie diese Geschichte ausgeht. Das verführt mich immer dazu, Vorgänge zusammenzufassen, um es kurz zu machen. Ich bin aber überzeugt: Das darf ich nicht. Jedes Detail dieser letzten Tage kann wichtig sein. Jede Fliege, Blumenampel, Katze, Eule oder Ameise. Jeder Traum. Nichts darf verlorengehen. Vielleicht verstehe ich so am Ende sogar selbst besser, warum sich die Dinge entwickelten, wie sie es taten.

Alles in mir jubelte, als ich im Gästezimmer hörte, wie Chloe ihren Wagen anließ und losfuhr. Ich sah auf die Uhr. Halb fünf. Chloe hatte angekündigt, eine Stunde wegzubleiben. Ich würde ganz bestimmt nicht mehr da sein, wenn sie wiederkäme. Ich nahm mir aber vor, ihr einen kurzen Brief zu schreiben, eine Entschuldigung und harmlose Begründung für mein Verschwinden. Das war ich vielleicht nicht ihr, aber doch Ben schuldig. Ich suchte einen Zettel und Kuli und setzte mich auf die Terrasse. Doch so angestrengt ich auch nachdachte, ich kam nicht weiter als «Liebe Chloe, lieber Ben». Was für eine groteske Lüge schon diese Anrede war. Nach zehn Minuten reichte es mir. Ich musste mich entspannen. Ich zog meine Scheckkartenpfeife aus der Brieftasche und bröselte etwas Dope hinein.

Es war das erste Mal seit zwei fast zwei Wochen, dass ich wieder eine andere Droge nahm als meine Pillen. Das Hasch haute entsprechend rein. Nach wenigen Augenblicken verklärte sich der ganze Garten. Die Blüten der Rhododendren und Fliederbüsche begannen pink zu glimmen. Der Ruf eines Kuckucks, der weit hinten an der alten Zonengrenze hocken musste, schien um das Zehnfache verstärkt. Und es duftete. Es roch, als hätte jemand eine olfaktorische Bombe aus Jasmin, Flieder, Rosen und Heu gezündet. Sofort vergaß ich den Brief. Ich kramte meinen iPod aus dem Rucksack, stülpte die Kopfhörer über und stolperte die kleine Treppe hinunter in den Garten.

Ich stieß ein albernes Lachen aus, als ich merkte, was der Algorithmus-Gott für mich ausgesucht hatte: «A Song to the Siren». Tim Buckley. Starsailor-Album, 1970. Erste Seite, letzter Song. Selbst der iPod wollte mich also vor Chloe warnen. Bekifft, wie ich war, übernahm der dunkle Song sofort das Kommando. Ich breitete meine Arme aus und begann, über den Rasen zu tanzen. Gut, eigentlich torkelte ich mehr und drehte mich dabei, sodass mir schnell schwindelig wurde. Unter einem Goldregen hielt ich inne und griff nach dem Stamm. Durch die Blüten sah ich hoch zum Himmel, und plötzlich rief der Kuckuck aus der Zone: «Rüttele!» Gelber Pollen regnete auf mich herab, und für einen Moment hatte ich alles vergessen: Chloe, Amerika, Viktor, Ben, die Huelsenbecks.

Andere Bilder stiegen in mir auf: der Blick vom Peak in Hongkong auf Victoria Harbour, die weiße Kuppel der Moschee an der Nathan Road, die verfallenden Bungalows der Sea Ranch, Sandy oben auf den Klippen, im Hintergrund die leuchtende Küstenlinie von Cheung Chau, die Schnellfähre nach Macau, die durch schwarzes Wasser pflügt. Dann kam etwas Dunkles durch die Luft geflogen. Am Strand stieg ein Löwe aus dem Meer, der Flügel wie ein großer Raubvogel hatte. Er ging an Land und spazierte aufrecht wie ein Mensch auf den Hinterbeinen. Am Strand stand auch ein dunkelblaues Zelt, auf das sich von der anderen Seite eine Feuersäule zubewegte ...

Das Nächste, was ich wahrnahm, waren spitze Schreie, wie aus Kindermündern. Ich spürte eine Hand auf meiner Stirn und hörte Chloes besorgte Stimme:

«Hey, Daniel, alles klar?»

Ich schlug die Augen auf und sah Chloes Gesicht über mir. Neben ihr standen zwei blonde Mädchen, die mich mit großen Augen anstarrten. Ich brauchte einen Augenblick, bis ich begriff: Ich war unter dem Goldregen eingeschlafen. Die Kombination von Dope und Pillen war wohl ein bisschen zu heftig gewesen.

«Der Onkel ist ja doch nicht tot», sagte eines der Mädchen.

«Nein, der ist quicklebendig», bemerkte Chloe trocken. «Gut, quick ist vielleicht übertrieben.»

Und dann zu mir gewandt: «Der Onkel macht sich jetzt bitte zum Abendessen fertig.»

Am Abendbrottisch stierte ich beschämt auf die grünen und gelben Flecken am Ärmel meiner Jacke und beschimpfte mich. Wie hoffnungslos verblödet konnte ich nur sein, dass ich mir die Gelegenheit zum Abhauen hatte entgehen lassen.

«Bedien dich», forderte mich Chloe auf. «Oder hat es dir den Appetit verschlagen?»

In der Mitte des Tischs stand ein großer Teller mit Pfannkuchen, daneben je eine Schüssel mit Marmelade und mit Apfelmus.

«Das haben sich die Undi und Eldi gewünscht», erklärte die Mutter und ergänzte: «Keine Sorge, der Teig ist glutenfrei.»

Die beiden Mädchen, Undine und Eldine, waren ausgesprochen hübsche Kinder, zwischen neun und sieben Jahre alt. Sie wirkten, als seien sie aus einer Werbung für Norwegerpullover oder IKEA-Möbel gehüpft. Beide schoben sich einen Pfannkuchen nach dem anderen zwischen die Backen und schielten immer wieder neugierig zu mir rüber.

Irgendwann fasste sich Eldine ein Herz und sprach mich an: «Undi und ich haben einen totalen Schreck gekriegt, als wir dich gesehen haben. Wir dachten erst, du bist der schwarze Mann.»

«Das bin ich doch auch. Kuckt nur mal meine Jacke an», antwortete ich und zog eine leichte Fratze, um komisch zu wirken.

Chloe sah mich missbilligend an.

«Mach bitte über so etwas keine Witze. Wir haben den Mädchen gerade beigebracht, dass sie sich in Acht nehmen müssen.»

Dann erklärte sie, dass der schwarze Mann ein Pädophiler sei, der sich in Lüchow rumtriebe.

«Wir sind gerade mit anderen Eltern dabei, eine Bürgerinitiative auf die Beine zu stellen. Die soll Schulhöfe und Spielplätze überwachen.»

«Woher wisst ihr denn, dass der Mann pädophil ist?»

«Er hat ein Mädchen angesprochen.»

«Und was hat er gesagt?»

«Ach, nichts Besonderes. Das tun diese Typen ja nie.»

«Was denn genau?»

«Nun ja. Er hat nach dem Weg zum Aldi gefragt.»

Puh, dachte ich, sagte aber Chloe nicht, was ich von ihrem Verdacht und der «Bürgerinitiative» hielt. Jemand, der gerade schlafend auf dem Rasen der Gastgeber gefunden worden war, hielt sich mit Kritik besser zurück. Außerdem munterte mich der Anblick der Mädchen zusehends auf. Wie konnten Menschen nur so grazil und lustig sein? Gleichzeitig fühlte ich ein leises Bedauern in mir aufsteigen. Ich hatte nie Kinder gewollt. Jeder Frau, die mich mit ihrem Kinderwunsch genervt hatte, hatte ich erklärt:

«Bin ich ein Australopithecus, der seine Gene weitergeben muss, damit die Evolution weitergeht? Ich will im All verpuffen. Spurlos.»

Ich hielt das für Heroismus. Erst in Hongkong begann ich, etwas zu vermissen. Keine Ahnung, was genau. Vielleicht den Umstand, dass einen Kinder davon abhalten, sich solche Fragen überhaupt zu stellen, weil man zu beschäftigt mit ihnen ist?

Wie sie jetzt so neben ihren Töchtern saß, begann mir sogar Chloe zu gefallen. Ich entdeckte Züge der beiden in ihr. Und hatten nicht alle drei denselben Augenaufschlag, und gestikulierten sie nicht ähnlich? Auch Chloes Augen verloren die mitleidlose Starre, die sie während der Anklage gegen die Huelsenbecks noch gehabt hatten, und nahmen etwas von Undis und Eldis Leuchten an.

«Wolltest du mir nicht noch eine Geschichte aus Amerika erzählen?», fragte ich.

Sie vertröstete mich.

«Lass mich erst die Mädchen ins Bett bringen.»

Nachdem sie das erledigt hatte, setzten wir uns wieder auf die Terrasse. Hinter dem Nachbargehöft ging die Sonne gerade unter, Chloe machte sich eine Flasche Rotwein auf, und ich bekam ein Bier:

«Wendlandbräu. Gerstenmalz und Hopfen aus kontrolliert ökologischem Anbau.»

Sie hatte es angeblich extra für mich gekauft, denn Ben, so berichtete sie stolz, trank nicht mehr: «Nur noch ein Gläschen an Silvester.»

Sie hätte wohl noch gerne weiter mit ihrem gesundheitsbewussten Mann angegeben, doch ich erinnerte sie noch mal an die Geschichte.

«Ach so, ja», fiel ihr wieder ein. «Na, vielleicht findest du sie ja gar nicht so interessant.»

«Doch, doch», ermunterte ich sie.

«Na gut. Was willst du wissen?»

«Alles.»

«Okay, gut, alles. Also, wie ich vorhin schon gesagt habe, lag diese Kommune irgendwo in Tennessee. Sie hieß The Farm, ganz simpel. Ben sagt, es war eine der größten Landkommunen in den USA. Nachdem ihr dort angekommen wart mit eurem fetten Pontiac, wurdet ihr erst einmal im Gästehaus untergebracht. Großer Schlafsaal, Doppelstockbetten, nach Geschlechtern getrennt, was Ronny und Viktor überhaupt nicht passte. Und dass da alle Veganer waren – damals schon; irre, oder? – und selbst auf Honig und Milchprodukte verzichteten, kam bei euch allen nicht so gut an. Es gab aber eine ganze Reihe cooler, sehr entspannter Typen, da habt ihr das in Kauf genommen. Einer wurde nur Starkstrom-Robert genannt. Einem anderen fehlte die linke Hand, und er war am ganzen Körper tätowiert, mit mystischen Symbolen, Church of Satan und so was. Viele Leute waren da, die solche Vorgeschichten hatten. Du erinnerst dich bestimmt.»

Ich hätte Chloe den Gefallen gerne getan, doch in meinem Hirn blieb es völlig dunkel.

«Wo soll diese Farm gelegen haben? In Tennessee? Soweit ich recherchiert habe, sind wir noch nicht einmal durch den Bundesstaat gekommen. Wir sind von Rockland aus nördlich daran vorbeigefahren. Durch Ohio, Indiana und wie die Staaten alle heißen.»

«Tut mir leid», gab Chloe zurück, «aber da wart ihr hundertprozentig. Ben kann das ja kaum erfunden haben.»

«Und was haben wir da die ganze Zeit gemacht?»

«Jedenfalls nicht rumgesoffen. Das war nicht erlaubt. Ihr habt einfach das getan, zu dem ihr eingeteilt wurdet. Vernünftige Sachen. Zum Beispiel habt ihr an einem Tag von morgens bis abends Äpfel gepflückt. Sogar Ronny und Viktor haben mitgemacht. Unglaublich.»

Und dann zählte Chloe weiter auf. Der guten Taten gab es viel – Latrinen leeren, Unkraut hacken, Ziegel anreichen beim Dachdecken –, dass ich zwischendurch mehrmals zum Kühlschrank laufen musste, um mich mit frischem Wendlandbräu zu versorgen. Selbst an der gemeinsamen Meditation sollen wir uns beteiligt haben.

«Achthundert Leute, die an einem Sonntagmorgen auf einer Wiese sitzen und zusammen laut Om murmeln, sobald die Sonne über den Hügeln aufgeht. Das muss unvergesslich gewesen sein.»

Bestimmt hatte Chloe mit allem recht. Trotzdem stellte sich auch bei der Geschichte einfach kein Bild bei mir ein.

Vielleicht wollte ich mich ja einfach nicht erinnern, weil mir der Gedanke missfiel, Teil dieser blökenden Menge gewesen zu sein? Aber es war wohl besser, Chloe nichts von dieser Vermutung zu verraten.

«Es ist absurd», sagte ich und lächelte unbestimmt: «Da haben wir Huelsenbecks einmal im Leben etwas richtig gemacht. Und ich kann mich ums Verrecken nicht erinnern.»

Lustigerweise reißt genau nach diesem Satz meine Erinnerung schon wieder ab. Von dem, was später passierte, habe ich nur ein paar Splitter parat. Ich weiß noch so ungefähr, dass mir Chloe einen längeren Vortrag darüber hielt, wie selektiv das Gedächtnis funktioniere und weshalb man bestimmte Inhalte verdränge. Im nächsten Bild war sie schon mit der Weinflasche auf das Rattansofa am Ende der Terrasse umgezogen. Ich saß neben ihr, wenn ich nicht gerade wieder Bier aus dem Kühlschrank holte. Irgendwann war ich dann so guter Stimmung, dass ich übermütig wurde. Ich drehte die Anlage etwas auf – es lief Musik von Chloes Handy – und fragte:

«Stört es dich, wenn ich was rauche?»

Chloe lachte nur und sagte: «Du weißt schon, dass Rauchen verdammt schädlich ist?»

«Äh, nein, ich meine keine Zigaretten. Hast du was dagegen, wenn ich kiffe?»

Ich kann immer noch nicht glauben, dass sie in diesem Moment nicht komplett ausrastete.

Stattdessen rief sie mit einer Stimme, in der etwas Kieksendes mitschwang: «Was? Du kiffst? Das habe ich das letzte Mal vor über fünfzehn Jahren gemacht. Ben hat recht. Du bist wirklich ein bisschen irre. Aber von mir aus. Lang lebe die Republik Freies Wendland.»

Ich holte also die Pfeife raus und bröselte mir das Piece

zurecht, wobei mir Chloe aufmerksam zusah. Und dann hatte sie eine Idee, die für mich aus völlig heiterem Himmel kam: «Ich glaube, ich probier das auch mal wieder. Darf ich?»

Fünf Minuten später saß ich mit einer kichernden und hustenden Chloe auf dem Sofa. Kurz danach muss es dann passiert sein. Chloe versuchte gerade, mir lang und umständlich ihre Rückführung schmackhaft zu machen.

«Nach Brian Weiss. Kein Scharlatan, sondern ausgebildeter Psychiater. Hat in Yale promoviert. Ich hab's bei einer guten Bekannten in Lüchow gemacht.»

Unter anderem sei sie eine Marketenderin gewesen, «im Dreißigjährigen Krieg». «Wie Mutter Courage, bei Brecht. Danach habe ich erst verstanden, wer ich bin. Also, eine Seite von mir.»

Da setzte überraschenderweise noch einmal «A Song to the Siren» ein. Allerdings nicht die Originalversion, sondern das Mortal-Coil-Cover, gesungen von Elizabeth Fraser.

Chloe verdrehte die Augen zum Terrassendach und zwitscherte: «Oh, mein Lieblingslied.»

Dann warf sie die Arme von sich und sank mit dem Kopf nach hinten auf die Sofalehne.

Ich glaube, es war der Duft, der von ihr ausging – eine Mischung aus Lavendel, Heu und Schweiß –, der meinen Verstand ausknipste. Ich drehte mich zu ihr hin und presste meinen Mund auf ihre Lippen. Chloes Augen sahen mich verwundert an, während sich zugleich ihr Mund einen kleinen Spalt öffnete. Ich schob meinen rechten Arm hinter ihren Rücken, um sie fester an mich zu pressen.

Ich hatte seit Monaten niemanden mehr geküsst, und wahrscheinlich war das auch ein Grund, weshalb ich die Kontrolle verlor. Ich küsste sie so, als müsste ich den letzten Atem aus ihr saugen, obwohl sie bald begann, sich in meinem

Griff zu winden, hörte ich nicht auf. Ich hätte wohl so weitergemacht, doch plötzlich spürte ich, dass uns ein Augenpaar anstarrte. Es gehörte der Katze, die im Halbdunkel auf dem Terrassengeländer saß. Erst jetzt merkte ich, dass etwas nicht in Ordnung war. Als ich Griff und Lippen löste, hörte ich, wie Chloe heftig nach Luft schnappte. Sie sah mich finster an und wischte sich den Mund mehrmals mit dem Handrücken ab.

Dann hörte ich ihre Stimme sagen: «Ich glaube, Daniel, es ist besser, wenn wir beide jetzt ins Bett gehen. Und zwar jeder in sein eigenes.» Und diese Stimme klang wieder sehr kalt und streng.

Das war das Letzte, was Chloe an diesem Abend sagte. Nein, das stimmt nicht. Als ich zwei Stunden später noch einmal mein Gästezimmer verließ, um aufs Klo zu gehen, hörte ich, wie sie im Schlafzimmer leise telefonierte.

Die Türen in dem alten Haus waren nicht allzu dick, deshalb konnte ich jedes Wort verstehen:

«Nein, ich glaube nicht, dass er verrückt ist. Er scheint mir nur sehr durcheinander. Und nein: Ich habe ihm nichts gesagt.»

Danach lag ich lange wach und marterte mich mit Selbstvorwürfen. Wahrscheinlich kam ich einfach mit Menschen nicht zurecht, und mit Frauen schon gar nicht. Oder vielleicht war ich wirklich verrückt, zumindest borderlinemäßig unterwegs. Was war das bloß für ein Dämon, der mich umtrieb? Erst als der Morgen graute, schlief ich ein. Ich träumte schnell und wild durcheinander. Die gelbe Katze kam im Traum vor, der ausgestopfte Waldkauz, und in einer Sequenz erschien mir Sandy. Sie schenkte mir eine Gitarre in Form einer chinesischen Dschunke. Dabei versuchte sie ein Lächeln. Als sie den Mund öffnete, sah ich, dass ihr sämtliche Schneidezähne fehlten.

6 ZAHNWURZELN SIND DURCH HANDGRANATEN ZU ENTFERNEN

In dem Leben, das nun hinter mir liegt, war ich mit zwei verschiedenen Typen von Frauen zusammen. Typ A war freundlich, warmherzig und «down to earth», wie man in Hongkonger Expatkreisen zu sagen pflegt. Diese Frauen waren auf einem – sagen wir mal – stetigen Level verliebt in mich, und ich konnte mich auf sie verlassen. Da aber Exemplare vom Typ A irgendwann mit Hochzeits- und Kinderwünschen zu langweilen begannen und überhaupt im Lauf der Zeit immer uninteressanter wurden, gingen diese Verbindungen stets in die Brüche. Darauf folgte regelmäßig eine Beziehung zu Typ B. Dieser Typus nun war das genaue Gegenteil von Typ A: aufregend, aber emotional keineswegs so stark an mich gebunden, dazu bis zur Hysterie kompliziert und unzuverlässig. Weil mich eine Beziehung zu B jedes Mal nervlich ruinierte, wechselte ich nach einer Weile wieder zurück zu A. So ging das jahrzehntelang hin und her. Alle zwei bis drei Jahre wechselte ich, bis ich bei Sandy hängenblieb. Ich glaubte, sie verkörpere beide Typen in sich beziehungsweise sei ein bis dahin noch nie gekanntes Drittes. Und dass mit ihr auch mein Problem gelöst sei. Später stellte sich heraus, dass auch das ein Missverständnis war.

Die Begründerin der Typ-A-Dynastie war Brigitte, mit der ich zur Zeit der Huelsenbecks zusammen gewesen war. Sie hatte immer in der Stadt gewohnt und war auch dortgeblieben, als ich schon längst fortgezogen war. Ich wollte sie nach meinem Besuch bei Ben treffen, als zweite Station auf meiner Huelsenbeck-Recherche-Tour. Ich versprach mir viel von ihr, denn Frauen nehmen die Welt ja anders wahr, und sie erinnern sich auch oft an ganz andere Dinge. Vor allem aber wollte ich an die Briefe kommen, die ich ihr damals aus den USA geschrieben hatte. Auch die hatte ich vergessen, genau wie die Zeit mit Brigitte selbst in meinem Gedächtnis zu ein paar Erinnerungssplittern zersprungen war. Erst als sie am Telefon in einem Nebensatz die Briefe erwähnt hatte, waren sie mir wieder eingefallen. Seitdem brannte ich darauf, sie in den Händen zu halten. Richtige Dokumente, dachte ich, an denen nichts zu deuteln ist. Dass Brigitte gar nicht in der Stadt sein würde, spielte deshalb auch keine große Rolle.

«Tut mir leid, Honey», hatte sie gesagt, «an dem Tag bin ich im Retreat bei meinem Guru auf Rügen.»

Honey, ich hatte diesen Kosenamen immer gehasst, auch weil ich ihn jedes Mal als Hanni geschrieben vor mir sah – dieses neunmalkluge Mädchen aus der Enid-Blyton-Serie. War diese Titulierung nicht auch *ein* Grund für unsere Trennung gewesen? Ich wusste es nicht mehr. Dass Brigitte bei einem Guru gelandet war, wunderte mich dagegen nicht. Schon früher hatte sie eine Schwäche fürs Esoterische gehabt, was bei jungen Frauen allerdings nicht so störend wirkt wie bei älteren. Wir hatten uns auch im Guten getrennt und waren danach noch eine Weile Freunde geblieben. Erst nachdem ich die Stadt verlassen hatte, verloren wir uns aus den Augen.

Ich hatte Brigitte am Telefon gesagt, dass ich an diesem Tag sowieso in der Stadt sein würde. Für den nächsten Tag war ich mit Ronny verabredet, der ein paar Kilometer außerhalb wohnte. Dazu musste ich auf jeden Fall in der Stadt übernachten.

Und wie schon früher immer hatte Brigitte sofort eine Idee: «Meine Freundin Cordula gießt bei mir die Blumen. Wenn du Sonntag um Punkt sechs bei mir klingelst, bekommst du von ihr die Briefe. Und jetzt muss ich leider auflegen. Habe zu tun, Honey.»

Zwei Wochen war das her. Damals hatte ich gedacht, ein Treffen mit dieser fremden Frau wäre eine Bagatelle, doch als ich aus dem Zug stieg, fürchtete ich mich davor. Nach dem vielen Wendlandbräu, dem Dope und dem grässlichen Kuss in der letzten Nacht ging es mir nicht besonders, und ich hasste es, in einem solchen Zustand Leute kennenzulernen. Es hingen graue Wolken über der Stadt, und selbstverständlich nieselte es. Auf dem Bahnhofsvorplatz empfing mich der übliche Schwarm gurrender und zwischen den Pflastersteinen pickender Türkentauben. Seit ich denken konnte, hatten diese traurigen Vögel den Platz bevölkert. Nur Mitte der Siebziger waren sie einmal weg, nach einer großangelegten Vergiftungskampagne der Verwaltung. Gegen die hatte sich eine Bürgerinitiative gebildet, und zwei Jahre später waren doppelt so viele Tauben wieder da. Im Volksmund hieß der Bahnhofsplatz deshalb Markusplatz. Und das war schon das Interessanteste an ihm.

Ich beschloss, nicht wie bei der Beerdigung die Straßenbahn zu nehmen, sondern zu Fuß zu gehen. Das würde meinen Kreislauf ankurbeln. Das bisschen Wasser vom Himmel war kein Problem; für uns Stadtbewohner war Regen etwas so Selbstverständliches, dass die meisten von uns zwar einen Schirm besaßen, aber nur als Statussymbol für ganz besondere Anlässe. Bloß keine alten Bekannten treffen, ging es mir jetzt durch den Kopf. Was machst du? Wo wohnst du? Bist du verheiratet? Kinder? Dauernd wollten die Leute solche Sachen wissen. Dabei merkte sich doch sowieso keiner, was der andere erzählte. Wieso also das Gefrage?

Zum Glück war es nicht weit zum Hotel, nur einmal durch die Fußgängerzone. Ich klatschte in die Hände. Der Taubenschwarm flatterte erschrocken auf, und ich marschierte los, vorbei an markanten Stätten meiner Jugend. Schon an der ersten Kreuzung ging es los. Unwillkürlich fiel mein Blick auf das Erkerfenster eines grauen Gründerzeithauses, dessen Fassade im Krieg ihre Ornamente verloren hatte. Hier hatte es einst einen Plattenladen gegeben, «Schwarz und Rund», geführt von Franklin, einem ausgemergelten Junkie, der eigentlich Norbert hieß, aber wie die Figur aus Sheltons «Freak Brothers»-Comic gerufen wurde. Viele Nachmittage hatte ich mit Kopfhörern auf den Ohren in diesem Laden verbummelt.

Als ich jetzt vorbeiging, sah ich mich dort oben wieder auf der Fensterbank sitzen. Es war Mitte der Siebziger, und ich hörte «Landed», die neueste Can-Platte. Draußen regnete es wie heute, und ich starrte aus dem Fenster auf das Kabel, an dem die Lampen über der Straße aufgehängt waren. Hier hockten Bahnhofstauben dicht an dicht, und ich war mir sicher, dass sie im Rhythmus des Songs, den ich gerade hörte, wippten. Ich war so in die Betrachtung der Vögel versunken, dass ich gar nicht merkte, wie ich mitzusingen begann: «Over the moon – into the sun – Wake again – by half past one.»

Beim Zahlen hatte mich dann Franklin angegrinst: «Schöne Stimme hast du.»

Ich war rot geworden. Die Geschichte war mir so peinlich, dass ich drei Wochen nicht mehr in den Laden kam.

Jetzt wusste wahrscheinlich kaum noch einer, dass es hier

einmal diesen Laden gegeben hatte. Längst war er zu einer Wohnung zurückgebaut worden, weil man einfach keine Plattenläden mehr brauchte und weil die gewerbliche Nutzung der Räume wahrscheinlich sowieso schon immer verboten gewesen war. Auch Franklin gab es nicht mehr. Der Szeneheld war schon vor Urzeiten an einer Überdosis gestorben. Genauso spurlos war das Café Dienstag verschwunden, das nur ein paar hundert Meter weiter gelegen hatte. Knapp hundert Jahre war es Kneipe oder Restaurant für die verschiedensten Milieus gewesen; davon hatten noch in den Siebzigern die Jugendstilrahmen der großen Fenster, die Flügeltüren und der gekachelte Fußboden gezeugt. Jetzt war an seiner Stelle ein Drogeriemarkt, dessen Kunststofffenster von oben bis unten mit greller Folie beklebt waren.

Das Dienstag war nach Viktors Keller zunächst so etwas wie das zweite Hauptquartier der Huelsenbecks gewesen. Zu unseren Hochzeiten waren wir hier jeden zweiten bis dritten Abend eingefallen und hatten in unseren prächtigen Pelzen und mit glasigen Augen Hof gehalten. Tja, bis wir wegen des «Giftgasalarms» schließlich Hausverbot bekommen hatten und wir ins Last Exit wechseln mussten. Zwar hatte uns keiner was beweisen können, aber Uwe, der schwule Wirt, hatte uns auf den Kopf zugesagt, dass wir es gewesen waren.

Vom Dienstag aus waren wir aber noch zum Horten aufgebrochen, um unsere bis dahin spektakulärste Dada-Aktion durchzuziehen. Den Selbstmord des Weihnachtsmanns – die Geschichte, die mir Chloe gerade erst um die Ohren gehauen hatte. Der Kaufhauskomplex stand immer noch, er war allerdings ein paarmal modernisiert worden und hieß jetzt anders. Auch hier hielt ich kurz und sah zu der Stelle hinauf, von der Ronny und Viktor die zwei Meter große Weihnachtsmannpuppe hinuntergeworfen hatten. Sogar das Vordach, auf dem die Puppe glücklicherweise hängen geblieben war, war noch da, auch wenn es sich in der Zwischenzeit in eins aus Glas verwandelt hatte.

Was hatten wir uns bei dieser Aktion gedacht? Ich müsste es eigentlich wissen, denn beim Hochkucken fiel mir ein, dass die ganze Sache wohl meine Idee gewesen war, genau wie der schmissige Aktionstitel «Dada Claus is coming to town». Wahrscheinlich wollten wir einfach nur schockieren, und der Selbstmord des Weihnachtsmanns an einem verkaufsoffenen Samstag in der Fußgängerzone der Stadt war das Schockierendste, was mir schlichtem Provinzler eingefallen war. Ein wirklicher Schock wäre es gewesen, wenn die Puppe nicht hängen geblieben wäre, sondern den Kinderwagen erwischt hätte. Als ich jetzt sah, aus welcher Höhe wir das Trumm heruntergeworfen hatten, musste ich Chloe recht geben. Wir waren nicht ganz dicht gewesen.

Trotzdem gluckste ich leise vor mich: «Dada Claus is coming to town», eigentlich gar nicht so schlecht. Ich sah mich um und fragte mich, wer von den Gestalten, die bei diesem Dreckswetter mit mir durch die Fußgängerzone schlurften, wohl in der Lage sein würde, heute etwas Ähnliches auf die Beine zu stellen. Die zwei Riesenbabys in ihren Baggypants da etwa, die sogar mit ihrem Gang nur andere Riesenbabys nachahmten, die sie aus irgendwelchen Videos kannten? Die herausgeputzte junge Frau, die unter dem Kaufhofvordach stand und schamlos laut in ihre Freisprechanlage quatschte? War ihr klar, dass so etwas früher nur Geistesgestörte gemacht hatten? Oder womöglich der siebentagebärtige Startup-Heini, dem man ansah, dass er in seinem Leben noch keine einzige Zigarette geraucht hatte, geschweige denn eine Pille eingeworfen? Diese Leute merkten doch nicht einmal, dass die Stadt so verschandelt worden war, dass sie sich von anderen mitteleuropäischen Dutzendstädten um keinen Deut mehr unterschied.

Plötzlich war die Wut wieder da. Diese Höhlengestalten, dachte ich, benahmen sich, als ob das hier ihre Stadt wäre. Was für eine Unverfrorenheit. Keiner von denen konnte sagen, wer die Huelsenbecks gewesen waren. Keiner wusste irgendwas. Und würde es ihnen jemand erzählen, würden sie nicht zuhören. Diese Alkopops-Gesichter interessierten sich doch grundsätzlich nicht dafür, was in den Straßen passiert war, die sie jetzt so unverschämt dreist entlanglatschten.

Ich ärgerte mich derart, dass ich die Eincheckprozedur im Hotel gar nicht richtig registrierte. Dann, auf meinem Zimmer, bekam ich einen Riesenschreck. Ein fremder Mann stand breitbeinig im Bad und starrte mich aus bösen Augen an. Ich wollte zum Seifenspender greifen, um ihn nach ihm zu werfen, da erkannte ich, dass ich selbst der Mann im Spiegel war. Mein Gott, sah ich fertig aus. Deshalb brauchte ich länger als sonst, um mich halbwegs wiederherzustellen, und kam zum Termin mit Cordula eine gute halbe Stunde zu spät. Zum Glück hatte sie gewartet: eine Frau um die fünfzig, korpulent, mit fast militärisch kurzem, schwarzem Haar, einem Nasenpiercing und erstaunlich schiefen Schneidezähnen.

Mit diesen Zähnen bleckte sie mich zur Begrüßung an und brüllte: «Ich knall dich ab, du Wurst», und versuchte, ein möglichst brutales Gesicht zu machen. Zwei Sekunden später lachte sie scheppernd. «Erschieß mich, wenn ich fünfzig werde. Das hast du damals zu Brigitte immer gesagt. Sie meinte, ich könnte dir das ja mal ausrichten.»

Ich lächelte gequält. An sich hatte ich keine Probleme damit, wenn ein Witz auf meine Kosten ging. Ich hasste es nur, wenn ich so verkatert war, dass ich zu keiner Reaktion fähig war.

«Kuck nicht so», sagte Cordula, «und komm herein.»

Ich betrat einen schmalen Neubauwohnungsflur, in dem es stark nach Patchouli roch. An der Wand hingen eine Reihe von Urlaubsfotos in IKEA-Rahmen. Die ersten zeigten Brigitte solo, immer gleich an ihren dichten Frida-Kahlo-Augenbrauen zu erkennen. Sie war im Laufe der Jahre kaum gealtert, sie hatte nur deutlich zugenommen. Auf den letzten Bildern tauchte dann an ihrer Seite ein dunkelhaariger Typ auf.

«Ihr Mann?», fragte ich.

«So was Ähnliches», antwortete Cordula spöttisch. «Geheiratet hat Brigitte nie.»

Die Antwort gab mir trotzdem einen Stich. Im Grunde hatte ich nie begreifen können, dass meine Exfrauen nach mir mit anderen Männern zusammen sein konnten.

«Warte einen Moment», befahl Cordula und verschwand in einem Raum, der vermutlich Brigittes Schlafzimmer war. «Wie hast du eigentlich Brigitte kennengelernt», fragte sie durch die angelehnte Türe, hinter der sie eine Schublade öffnete.

Dieselbe Frage hatte ich mir in den letzten Tagen auch schon gestellt, ohne dass mir eine Antwort eingefallen wäre.

«Keine Ahnung, wie es genau losging. Aber es muss irgendwann im Winter achtundsiebzig gewesen sein. Ich habe damals in der Anstalt gearbeitet. Brigitte hat mich hin und wieder bei meinen Nachtwachen auf der Station besucht. Geschlossene Abteilung. Langzeitpatienten. Und kurz darauf waren wir ... äh ... ein Paar.»

«Ach, du warst das, der Brigitte darauf gebracht hat, in der Psychiatrie zu arbeiten?»

«Kann sein. Sie hat kurze Zeit später auch in der Klinik angefangen, in der ich angestellt war. Ist sie da immer noch?»

«Schön wär's. Die Anstalt ist ja praktisch aufgelöst. Okay, sie behandeln noch akute Fälle. Aber die Langzeitpatienten wurden alle in Wohngemeinschaften und so was verteilt, in der ganzen Stadt. Die werden jetzt von unserem Team betreut. Ambulant.»

Ich schloss daraus, dass Cordula nicht nur eine Freundin von Brigitte war, sondern auch Kollegin.

«Aha. Und hat Brigitte auch irgendetwas über mich erzählt?»

Cordula lachte wieder laut und meckernd.

«Das würdest du wohl gerne wissen, was?»

«Sonst würde ich nicht fragen.»

«Sie hat gesagt, du wärst früher mit so 'ner Art Gang unterwegs gewesen, vier oder fünf Mann. Ihr hättet euch gerne schlecht benommen und wart ziemlich arrogant, aber irgendwie auch süß. Vor allem du.»

Mit dem letzten Satz kehrte Cordula aus dem Zimmer zurück. Sie hielt einen gelben Plastikdeckel-Schnellhefter in der Hand, auf dem ich «Daniels Briefe (Kopien)» in Brigittes fein säuberlicher Handschrift las.

«Ehrlich gesagt», ergänzte sie ihren letzten Satz, «wenn man dich heute so ansieht, kann man sich das kaum noch vorstellen.»

Ich musterte den Hefter. Dicker, als ich erwartet hatte, etwa dreißig bis vierzig Seiten. Auch Cordula fand das bemerkenswert.

«Die sind alle aus einem Urlaub? Du warst ja ein richtiger kleiner Hemingway, was? Hattest du auch 'nen Bart? Wie lange wart ihr überhaupt unterwegs?»

«Selbst das weiß ich nicht genau», antwortete ich wie ein braver Depp. «Ich glaube, sechs Wochen. Ich hoffe, ich bin schlauer, wenn ich das da gelesen habe.»

«Ich hätte ja auch mal gerne reingeguckt, aber Brigitte hat keinen rangelassen. Müssen da ja dolle Sachen drinstehen.»

Dann drückte sie mir den Hefter in die Hand.

Ich war froh, dass ich die Briefe endlich hatte und mich wieder aus dem Staub machen konnte. Die dumme Kuh mit ihren sarkastischen Bemerkungen ging mir doch ziemlich auf die angeschlagenen Nerven. Kann man sich kaum noch vorstellen ... Hatte die Frau mal in den Spiegel gesehen?

Um mich aber schnell wieder aus dem Staub machen zu können, bedankte ich mich überschwänglich: «Das war wirklich sehr lieb, dass du dir Zeit für mich genommen hast. Und grüß Brigitte bitte vielmals von mir.»

Beim Rausgehen glitt mein Blick noch einmal über die Fotos im Flur. Und blieb bei einem hängen. Es war auf einer Caféterrasse gemacht worden, irgendwo, wo Palmen wuchsen. Brigitte saß mit dem dunkelhaarigen Mann an einem Tisch, beide lächelten in die Kamera und hielten Händchen. Etwas stimmte nicht an diesem Bild. Als ich genauer hinsah, bemerkte ich, dass der dunkelhaarige Mann gar keiner war. Es war Cordula. Sie war bloß noch nicht dick – und etwas jünger.

«Ach herrje», entfuhr es mir.

«Ist was?», fragte Cordula grinsend.

Im Hotel zog ich mich aus und wollte gleich schlafen gehen. Ich war so fix und fertig, die Briefe mussten warten. Aber obwohl ich eine ganze Opi nahm, fand ich dann doch keine Ruhe. Es war einfach viel zu früh, neun Uhr, die Sonne ging gerade erst unter. Außerdem lag das Zimmer direkt neben dem Fahrstuhlschacht. Jedes Mal, wenn er vorbeifuhr, quietschte und schabte es durchdringend; es klang wie die Soundspur zu Eraserhead. Auch drangen immer wieder Stimmen vom Flur herein, und dann hörte ich sogar meinen Namen. Eine Männerstimme sagte laut und klar: «Daniel, komm heraus!»

Verblüfft stand ich auf. In Hemd und Unterhose öffnete ich vorsichtig die Tür. Aber es war niemand zu entdecken.

Als ich mich wieder ins Bett legte, brach mir der Schweiß aus. Gleichzeitig überfiel mich eine fürchterliche Angst, dass mir in der Nacht jemand die Briefe stehlen könnte. Ich schob den Gedanken zunächst beiseite, doch er kam immer wieder. Schließlich machte ich das Licht wieder an und beschloss, mir zur Sicherheit die Briefe doch zumindest mal anzusehen. Ich schwor, sie heute auf keinen Fall noch zu lesen. In meinem Zustand würde mich das zu sehr aufregen. Aber was sprach dagegen, sich wenigstens einen groben Überblick zu verschaffen?

Ich holte den Schnellhefter aus dem Rucksack und zählte als Erstes die Seiten durch, angestrengt darauf achtend, den Text zu ignorieren. Es waren insgesamt zweiunddreißig. Anschließend scannte ich die Kopien auf Äußerlichkeiten. Drei Briefe waren – wie man an den mitkopierten, von der Rückseite durchscheinenden Buchstaben erkennen konnte – auf dünnem Airmail-Papier geschrieben worden. Für die anderen hatte ich offenbar Seiten benutzt, die aus einem DIN-A5-Notizbuch herausgerissen waren.

Als Nächstes machte ich mich daran, die Daten zu prüfen. Fast alle Umschläge und damit die Poststempel fehlten. Aber gründlich, wie ich immer gewesen war, hatte ich die Briefe mit Ortsangaben versehen und datiert. Der erste USA-Brief wurde am 5. August 1978 in Rockland / Maine geschrieben, der letzte am 30. August in Richmond / Virginia. Dazwischen gab es je einen aus Santa Barbara und San Diego in Kalifornien sowie einen aus Mazatlán in Mexiko. Zu diesem Brief war sogar ein Umschlag vorhanden, der verriet, dass er erst am 26. August in Baton Rouge / Texas abgeschickt worden war.

Ich notierte alle Daten fein säuberlich im Irrenjournal, und je länger ich das tat, desto ruhiger wurde ich. Schematische Arbeiten hatten mir immer gutgetan: das Anlegen von langen Listen und Verzeichnissen, das Ausfüllen von Behördenformularen, das Zusammenharken von Herbstlaub. Zudem stellte ich befriedigt fest, dass die anhand der Ortsangaben ermittelte Route ziemlich genau der entsprach, die ich bereits mit Google Maps zusammenrecherchiert hatte. Sie ließ sich wie der Umriss einer gekappten Pyramide über fast den ganzen nordamerikanischen Kontinent legen: eine umgekehrte Pyramide von über 15 000 Kilometern.

Einigermaßen beruhigt wollte ich mich gerade wieder hinlegen, als mir die Frage durch den Kopf schoss, wieso es eigentlich keinen Brief aus Tennessee gab. Wenn wir, wie Chloe steif und fest behauptet hatte, tatsächlich ein paar Tage auf der «Farm» gewesen sein sollten, dann hätte es doch nahegelegen, auch von dort zu schreiben. Sollte ich von der harten körperlichen Arbeit zu erschöpft gewesen sein? Oder hatte ich geschrieben und den Brief ebenfalls erst später abgeschickt? Es gab nur eine Möglichkeit, diese Fragen zu beantworten: Ich müsste die Briefe wirklich lesen.

«Das tust du auf keinen Fall», befahl ich mir mit lauter Stimme. «Du weißt genau, wo das endet. Und morgen kannst du auch vergessen.» Um mich abzulenken, machte ich den Fernseher an. Es lief ein Film mit Anthony Hopkins, der überraschend lange Haare trug und einen Mann spielte, der unter Gorillas gelebt und ihr Verhalten angenommen hatte. Es dauerte keine zehn Minuten, bis ich glaubte, ich selbst sei der Mann, der da zu sehen war. Ich wurde völlig panisch und konnte mich gerade noch dazu zwingen, den Fernseher auszuschalten. Danach versuchte ich mir einen runterzuholen, fand aber keinen passenden Clip im Netz. Blieb nur noch der

Versuch zu lesen. Ich schlug Richard Huelsenbecks «Doctor Billig am Ende» auf, das ich mir extra für die Recherchetour besorgt hatte. Schon auf der ersten Seite blieb ich bei einem Satz hängen: «Aber einmal kommt auch für dich, Geliebter, die Stunde, die du mit unberechtigter Sentimentalität deine Stunde nennen wirst.» Mir lief es kalt über den Rücken: Dieser Satz war ja an mich gerichtet. Und er bezog sich auf meine momentane Situation. Das bedeutete nichts anderes, als dass ich die Briefe lesen musste. Jetzt! Sofort!

Ich schnappte mir also wieder den Schnellhefter und begann.

Das nun war der größte Fehler, den ich machen konnte. Wie ich zuvor befürchtet hatte, entpuppten sich die Briefe als pures Gift für meine angeschlagenen Nerven. Das lag vor allem an dem unerträglichen Ton, in dem sie geschrieben waren: fast durchgängig ein einziges Befindlichkeitsgelaber, Geplärre und Gejammer. Fast nie ging es um Erlebtes oder Beobachtetes, sondern immer nur um Gefühle und unsere Streitereien, ausgelöst durch den geringsten Anlass. Wäre der Autor ein anderer gewesen, hätte ich mit der Lektüre wohl kaum Probleme gehabt. Aber das Furchtbare war eben, dass die Briefe – an der krakeligen Handschrift unbezweifelbar zu erkennen – von mir selbst geschrieben worden waren.

Deshalb sehe ich mich gezwungen, mir an dieser Stelle selbst zu widersprechen. Nein, die Konsequenzen meines Schreibens sind mir doch nicht völlig gleichgültig. Derjenige, der ich jetzt bin, ist mir egal. Aber mein jüngeres Ego muss ich schützen. Ich werde also nicht aus den Briefen zitieren. Nur die wichtigsten Punkte will ich zusammenfassen.

Erstens: Bis zu der Stelle, zu der ich es geschafft hatte zu lesen, war weder die Farm noch ein anderer Ort in Tennessee erwähnt worden. Überhaupt hatte ich kaum konkrete Angaben zu den Orten gemacht, an denen wir gewesen waren. Man konnte meinen Beschreibungen kaum mehr entnehmen als einen Haufen Banalitäten. Nur am Anfang hatte ich mir beim Schreiben noch etwas mehr Mühe gegeben. Nicht nur die Warteschlange vor der Victoria Station in London kam ausführlicher vor, sondern auch, dass ein paar von uns zeitweise in Tent City, einer großen Zeltstadt im Westen Londons, übernachtet hatten.

Zweitens: Auch vom Dadaismus hatte ich damals offenbar nichts verstanden. Ziemlich wahllos hatte ich den Text immer wieder Zitate aus dem gelben Heftchen eingeflochten, wahrscheinlich, um bei Brigitte Eindruck zu schinden. Dabei hatte ich Sätze bevorzugt, die erklärten, was Dada sei, oder die aufgrund ihrer Radikalität offenbar stark auf mich gewirkt hatten. «Zahnwurzeln sind durch Handgranaten zu entfernen (Hausmann)», las ich oder «Dada ist ewige Jugend (Huelsenbeck)» oder «Dada ist der Tod, weil er das Leben ist (Huelsenbeck)» oder «Wir wollen alles selbst schaffen – unsere neue Welt (Hausmann)».

Diese Einsprengsel waren fast das einzig Lesbare in den Briefen. Daneben gab es noch ein paar Liebeserklärungen an Brigitte, die Gnade in meinen Augen fanden. Eine gewisse Peinlichkeit war auch ihnen nicht abzusprechen, aber in ihrer Unbeholfenheit hatten sie etwas, das mich rührte. Solchen Lichtblicken folgten aber immer wieder völlig verquaste Appelle an die Menschheit im Allgemeinen; und als ich einen Satz las, in dem ich es geschafft hatte, die Wörter «total», «irre», «echt» «Teufelskreis», «Feelings», «Kaputtheit», «überwinden», «aufarbeiten» und «Quadratur des Kreises» unterzubringen, feuerte ich den Schnellhefter wütend in die Ecke.

«Du Jammerlappen!», schrie ich mir selbst von meinem

Hotelbett aus in die Vergangenheit zu. «Warum reißt du dich denn nicht einfach zusammen?»

Als Antwort hörte ich wieder nur den Fahrstuhl durch den Schacht quietschen und schaben. Mein Blick fiel aus dem Fenster. Durch die nasse Dunkelheit flogen zwei Schatten zur Hügelkette, die die Stadt durchzog. Tauben wahrscheinlich. «Das passt doch alles überhaupt nicht zusammen», dachte ich. «Das Psychogelaber in den Briefen. Der Dadaismus. Das Bild der wilden Tunichtgute, das Chloe von uns gemalt hatte.»

Ich wusste nicht, welchen Schluss ich ziehen sollte, und starrte auf das Bild an der Wand gegenüber. Das Foto eines Sees im Wald, davor ein freies, flaches Stück Ufer. Das beliebteste Bildmotiv aller Zeiten und Welten. Es gefällt Europäern genauso wie Chinesen, Frauen wie Männern, Naturvölkern ebenso wie Zivilisierten, so tief ist es ins phyletische Gedächtnis der Menschheit eingebrannt. Und mit einem Male dachte ich, was wohl passiert wäre, wenn ich nur zehn Jahre früher geboren worden wäre. Wahrscheinlich wäre ich bei einer Frau wie Brigitte geblieben. Wir hätten mit zweiundzwanzig oder dreiundzwanzig geheiratet, wie das in den Sechzigern noch üblich war. Ich hätte weiter in der Anstalt gearbeitet und «gutes Geld» verdient. Später hätte ich studiert und wäre Psychiater oder so was Ähnliches geworden. Irgendwann wären Kinder gekommen, zwei bis drei, dann Sommerurlaube, anfangs nach Italien, Jesolo oder so, später in die Ardèche oder nach Bornholm.

Ich merkte gar nicht, wie mir beim Starren auf das Bild Tränen in die Augen traten. Und dann passierte etwas, das ich hier ebenfalls gerne verschweigen würde: Ich bekam einen Heulanfall und verabscheute mich sofort dafür. Aber je mehr ich mich gegen das Geheule wehrte, desto mehr steigerte ich mich hinein. Ich schluchzte, jaulte, wimmerte und winselte.

Schließlich griff ich mir das zweite Kopfkissen vom Doppelbett und umschlang es. Da wurde mir allmählich besser.

Völlig leer und durch die Erschöpfung ausgebrannt sah ich noch einmal zum Waldseebild hinüber. Jetzt bemerkte ich, dass sich etwas in ihm bewegte. Kleine, koboldartige Wesen mit bleichen Körpern stiegen aus dem Wasser. Sie kletterten aus dem Bild hinaus und die Wand hinunter, trippelten zu meinem Bett und stellten sich drum herum im Halbkreis auf. Bis ich endlich eingeschlafen war, sahen sie schweigend zu mir hinauf, ohne sich weiter zu regen.

7

DIE FREUDE DES SILBERS AM BESCHLAGENWERDEN

Ich glaube, das Erfreulichste an meinem jetzigen Zustand ist, dass ich keinen Körper mehr habe. Ein Körper ist ja eigentlich nur für jüngere Menschen Anlass zur Freude. Sie können ihn problemlos zum Laufen, Schwimmen, Radfahren, Tanzen oder Geschlechtsverkehr benutzen. Später wird er dann mehr und mehr zur Last und noch später zur Quelle sinnloser Schmerzen. Ich hatte ja schon erwähnt, dass ich auch keine Gefühle mehr habe. Das begrüße ich ebenfalls. Ich habe Gefühle immer als etwas Lästiges betrachtet. Sie haben mich am Denken gehindert, mein Urteil beeinträchtigt und oft genug zu nichts Gutem geführt.

In dieser Nacht schlief ich trotz des Fahrstuhls ausgezeichnet, wie eigentlich immer nach einem Katertag. Am Morgen fühlte ich mich frisch und ausgeruht. Die Verabredung mit Ronny war am frühen Abend. Er wohnte in einem alten Bahnhof, rund fünfundzwanzig Kilometer vor der Stadt. Mir blieb also genug Zeit, um die Anstalt zu besuchen. Sie lag auf der anderen Seite der Hügelkette in zwei parallel verlaufenden Tälern. Im ersten Tal war ich aufgewachsen. Der Weg über den Berg in die Stadt war mein Schulweg gewesen, als ich aufs Gymnasium kam. Später schlug ich ihn abends ein, um ins Dienstag auszugehen. Nachts wankte ich ihn betrunken zurück. Auch meine allererste Freundin hatte ich über diese Strecke in mein Zimmer geschleppt. Keinen Weg bin ich in meinem Leben öfter gegangen. An diesem Tag ging ich ihn ein allerletztes Mal. Ich hatte noch genau 161 Tage zu leben und würde die Anstalt nicht noch einmal besuchen. Doch das war mir natürlich noch nicht klar.

Als ich aus dem kleinen Hainbuchen- und Holunderwäldchen hinter dem Sinai-Krankenhaus trat, kam das Haus, in dem ich aufgewachsen war, in mein Blickfeld. Wie jedes Mal übermannte mich ein Gefühl der … Ich habe nie ein Wort dafür gefunden, und mir fällt jetzt sowieso keins ein. Ich kann nur sagen, dass das Gefühl keinem anderen glich, das ich zu meinen Lebzeiten empfunden habe. Aus der Ferne sah das Haus völlig unverändert aus. Eine kleine Festung aus Feldsteinen, roten Ziegeln und schwarzweißem Fachwerk, die auf halber Höhe am Hügel lag.

Ich schloss die Augen, um die vielen Scheußlichkeiten, die man im Laufe der Jahre um das Haus herum errichtet hatte, nicht zu sehen. Ein Parkhaus aus Sichtbeton und nackten Stahlträgern war die hässlichste Monstrosität. Die Augen hatte ich auch als Kind öfter zugemacht, um zu testen, ob ich auch nach Hause kommen würde, wenn ich auf dem Schulweg plötzlich erblindet wäre. Ich schaffte es auch dieses Mal. Erst an der Haustür öffnete ich die Lider und spähte durch die kleinen, bunten Glasfenster ins Innere. Durch den alten Terrazzo-Boden im Flur zog sich immer noch derselbe Riss, der, wie ich einst im Erdkundeunterricht entdeckt hatte, an den Lauf der Donau erinnerte. Der Rest des Flurs sah völlig anders aus. Kein überflüssiges Möbel war zu entdecken, kein irgendwie privater Gegenstand lag herum, und an den Wänden hingen in peinlich genauen Abständen Käthe-Kollwitz-Bilder. Alles wirkte wie das Interieur eines Sterbehospizes.

Ich fragte mich, wozu das Haus inzwischen wohl diente; das Schild neben dem Klingelknopf war unbeschriftet. Ich wusste nur, dass die letzte Familie vor zwanzig Jahren ausgezogen war und nun die Anstalt das Haus nutzte. Ich klingelte mehrmals und wartete ein paar Minuten. Als sich niemand rührte, versuchte ich in das Erdgeschosszimmer zu linsen, das links neben der Haustür lag – unser altes «Fremdenzimmer». Ich schaffte es nicht, weil vor den Fenstern weiße, dichtgeschlossene Lamellenvorhänge hingen. Nur ein paar Töpfe mit vertrockneten Primeln auf der Fensterbank gaben eine Ahnung, wie es wohl dahinter aussehen mochte. In diesem Zimmer hatte ich gewohnt, als meine Eltern nicht mehr auf das Geld aus der Untervermietung angewiesen waren. Das Zimmer war viel größer als mein altes unterm Dach. Als ich es mit sechzehn oder siebzehn bekam, dachte ich: Jetzt fängt mein Leben an. Ich richtete es mir «dadaistisch» ein, strich die Wände blutrot und hängte Poster meiner Dada-Helden auf. Ans Bücherregal nagelte ich die Köpfe von Puppen, und den Eingangsbereich verstellte ich mit der Rückseite eines Schrankes, die ich schneeweiß lackiert hatte. Darauf schrieb ich den berühmten Satz von Francis Picabia: «Unser Kopf ist rund, damit das Denken die Richtung wechseln kann.»

Ich fing an, das Haus zu umkreisen, so wie es tibetische Pilger bei einem Tempel oder heiligen Berg tun, nur gegen den Uhrzeigersinn. Dabei stellte ich fest, dass auch vor allen anderen Fenstern die gleichen Lamellenvorhänge hingen, selbst an der Verandatür, hinter der das ehemalige Wohnzimmer lag. In diesem Raum – in unserer Familie hieß er «Ballsaal» – hatten wir, wenn meine Eltern nicht da waren, die legendären Huelsenbeck-Partys gefeiert. Jede stand unter einem Motto. Ich überlegte, wie das der letzten lautete, die im Frühsommer 1978 kurz vor der Amerikafahrt stattgefunden hatte. Genau: «Das große Fressen», nach diesem französischen Spielfilm mit Michel Piccoli und Marcello Mastroianni.

Das war noch eine Party gewesen, dachte ich wie einer, der genau das Alter erreicht hatte, in dem ich jetzt war. Tagelang hatten wir, unsere Freundinnen und unser halber Bekanntenkreis, Essen gekauft und Speisen zubereitet, und als dann der Nachmittag gekommen war, bogen sich die Tische, Anrichten und Regale unter Töpfen von Chili con Carne, griechischem Salat, Karamellpudding, Marmorkuchen und Wassermelonen. Die Gerichte waren liebevoll mit mehr als hundert Joints dekoriert, die Ronny, Ben und Michi einen halben Tag lang gedreht hatten. Genau einhunderteinunddreißig Gäste kamen im Laufe des Abends und der Nacht; ich hatte in den Tagen danach aufgrund ausführlicher Recherchen eine Liste angelegt, auf der ich jeden aufgeführt hatte.

Seinen Höhepunkt erreichte das Fest, als Viktor zu später Stunde Pervitin-Tabletten spendierte. «Hier, die Hitlerdroge», rief er und drückte jedem, der wollte, ein paar Pillen in die Hand. Danach drehten die Leute durch. Stühle gingen zu Bruch, Gardinen wurden runtergerissen, und Rolf Rieckesmann trat ein paar Scheiben der Telefonzelle vor dem Haus kaputt. Ich kollabierte in der Küche, weil ich mitbekommen hatte, dass Ben in der Speisekammer mit Brigitte knutschte, und kam erst wieder zu mir, als mir Michis jüngere Schwester einen Putzeimer kaltes Wasser über den Kopf kippte. Andere waren nicht so einfach zurückzuholen und mussten, wie die kleine Penny, ins Sinai eingeliefert werden, wo ihnen der Magen ausgepumpt wurde; auch Rieckesmann wurde hier verarztet.

Da das Haus so perfekt gegen die Außenwelt abgedichtet

war, rechnete ich nicht damit, dass es bei Viktors altem Keller anders sein würde. Trotzdem näherte ich mich den beiden kleinen Kellerluken so behutsam, als ob sie hätten weglaufen können. Ich war baff, als ich bemerkte, dass hinter ihnen kein Vorhang hing. Der Keller war makellos weiß gestrichen, und dort, wo früher Viktors Truhe und die Wasserpfeife gelagert hatten, hatte man IKEA-Regale hingestellt. In denen stapelten sich Konservendosen mit Mischgemüse, Bratheringen und Göbber-Marmelade, Orange- und Erdbeergeschmack.

Jede noch so kleine Spur der Vergangenheit war sorgfältig getilgt. Trotzdem starrte ich lange in den Raum, weil ich hoffte, dass er etwas preisgeben würde. Mir fiel aber erst einmal nur das Bekannte ein: Ja, hier hatten wir um die Wasserpfeife herumgesessen, hatten uns die Dada-Namen gegeben und unsere Aktionen geplant. Doch dann kam noch was: Aber sicher, so waren wir auf die Amerikafahrt gekommen, ein paar Tage nach der Geschichte mit dem Weihnachtsmann. Und war dieses Treffen nicht wichtig für die Amerikafahrt? Die Aktion selbst war ja ein Riesenreinfall gewesen. Keiner in der Stadt redete darüber, weil einfach keiner etwas mitbekommen hatte. Noch nicht einmal eine kleine Notiz hatte in den Lokalzeitungen gestanden.

Ich hörte mit einem Mal ganz deutlich, wie Viktor mir damals die Schuld an dem Debakel gegeben hatte: «Die ganze Idee war vollkommen undada. Und langweilig dazu. Mein Gott, der Weihnachtsmann spricht sich gegen den Kaufrausch zu Weihnachten aus ...»

Herrje, so hatte ich also die Aktion begründet.

«Wenn wenigstens der Kinderwagen getroffen worden wäre.» Viktor kuckte mich herausfordernd an. «Aber immerhin ist mir durch die Geschichte eins klargeworden. Wenn wir es schaffen wollen, müssen wir raus aus diesem Kaff.»

«Meine Rede», sagte Ronny. «Wir sollten endlich nach Berlin gehen.» Das war damals Ronnys Standardspruch.

Viktor machte den Vorschlag sofort runter. «Berlin? Dieser große Zoo da im Osten, in dem man die Verlierer und Ofenheizungshippies eingemauert hat? Nee, wir müssen richtig raus. Raus aus dieser beschützten Werkstatt.»

Ich schlug vor, für einige Zeit nach Indien zu gehen. Das taten damals viele. «Nach Goa. Gibt gut Drogen dort.»

Aber auch damit durfte man Viktor nicht kommen: «Sind wir die Hermann-Hesses? Irgendwelche Bhagwan-Spinner? Nein, wir sind die Huelsenbecks. Preisfrage: Wo ist Richard Huelsenbeck hingegangen, als er es in Deutschland nicht mehr aushielt?»

Ich war wahrscheinlich der Einzige im Keller, der wusste, wovon Viktor redete.

«Du willst in die USA?»

«Du bist ja doch zu was gut», gab Viktor zurück. Und dann kam der Satz, der mir schon im Zug nach Berlin eingefallen war: «Ja, wenn wir es wirklich schaffen wollen, dann, meine lieben Huelsenbecks, gibt es nur einen Ort auf der Welt, wo das möglich ist ...»

Ronny war sofort dafür. «Verdammt, sehr gut», rief er gleich ein paarmal begeistert. «Das Chelsea Hotel. Die Spahn Ranch. Wir holen uns Strand-Buggys und brettern durch die Wüste.»

Ben nickte nur, und Michi machte sowieso mit, wenn alle anderen mitmachten. Damit war die Entscheidung gefallen. In den nächsten Tagen saßen wir dann immer wieder zusammen, um alles genau zu planen. Dabei betonte Viktor, dass es nicht darum ginge, nur für ein paar Wochen drüben zu bleiben.

«Wir werden keine verstunkenen Touristen sein. Wir besichtigen da auch nichts. Keine Freiheitsstatue, kein Tal des Todes, kein Mount Rushmore. Nein, wir bleiben da. So lange, bis wir es geschafft haben.»

«Das wird teuer, Droogs», wandte Michi ein.

«Stimmt», gab Viktor zu. «Und darum ab sofort: keine idiotischen Aktionen mehr, die niemanden interessieren. Sondern Geld verdienen, und zwar richtig.»

Zwei Wochen später hatten wir alle Jobs. Michi und Ben fingen bei einer Spedition als Fahrer an, Ronny als Packer im Lager, und ich bekam die Stelle als Pflegehelfer in «Nebo», der psychiatrischen Klinik. Nur Viktor bemühte sich um nichts. «Macht euch mal keine Sorgen», verkündete er, «ich krieg mein Geld schon zusammen.»

Ich hätte wahrscheinlich noch länger in den Keller gestarrt, wenn mich nicht ein kurzes, trockenes Plocken zurück in die Gegenwart gebracht hätte. Ich kannte das Geräusch, ich hatte es meine ganze Kindheit hindurch immer wieder gehört. Es war der Ton, wenn ein Vogel gegen das große Küchenfenster flog und sich das Genick brach. Meistens passierte es den Amselmännchen mit gelben Schnäbeln. Unzählige hatten wir als Kinder in Zigarrenkisten in den Beeten ringsum beerdigt. Dabei hatte ich meistens als Vogelpastor fungiert, mit einem viel zu großen, schwarzen Hut auf dem Kopf, den ich vom Vater ausgeliehen hatte. Wahrscheinlich hatte das die Eltern auf die Idee gebracht, mir den Kosmos-Führer zu schenken – damit ich auch wusste, welche Vögel ich unter die Erde brachte.

Mein Kopf schnellte bei dem Plocken automatisch hoch zum Küchenfenster, aber ich konnte keinen Vogel entdecken. Stattdessen sah ich zwischen zwei Lamellen den Kopf eines Menschen, der sich schnell hinter den Vorhang zurückzog. Dann, als ich zu Boden blickte, lag da der tote Amselhahn.

Obwohl ich nun wusste, dass da doch einer im Haus war, verzichtete ich auf einen weiteren Versuch, ihn herauszuklingeln. Es war schon kurz vor Mittag, und die Zeit drängte. Ich wollte es auf jeden Fall noch bis zur Klinik schaffen.

Ich marschierte mit schnellen Schritten den kleinen Bergwald hinter dem Haus hoch. Der schmale Weg führte an einem kleinen, heruntergekommenen Backsteinbungalow vorbei. Hier hatte der alte Stepanski mit seiner Brut gewohnt, ein schwerer Alkoholiker. War er betrunken, drohte er uns Kindern: «Passt auf! Wer als Normaler länger als fünf Jahre in der Anstalt wohnt, wird selbst bekloppt und muss für immer bleiben.»

Hinter dem Stepanski-Haus wurde der Wald dichter. Auf der rechten Seite des Weges aber, unterhalb der Anstaltskirchen, lag eine Mulde, in der nicht mal Sträucher wuchsen: das «Tal des Todes». Ich selbst hatte es so genannt, weil ich hier mit neun oder zehn Jahren mal fast gestorben wäre. Es war Anfang November gewesen, und die Anstaltsgärtner hatten wie jedes Jahr das Laub der Buchen zu riesigen Haufen zusammengerecht. Ich hatte die Blätterberge immer geliebt, und an diesem warmen Nachmittag – die Gärtner waren gerade gegangen – legte ich mich in einen hinein. Ich fühlte mich so wohl in meinem herbstlich duftenden Bett, dass ich nach kurzer Zeit einschlief. Irgendwann weckte mich Musik. Sie kam aus der Kirche, einem großen neogotischen Backsteinbau. Ich stellte fest, dass es bereits Nacht geworden war. Die Fenster der Kirche waren trotzdem hell erleuchtet, offenbar ein Spätgottesdienst. Ich lauschte und erkannte die Musik. Es war einer meiner Lieblingschoräle. «Heut schleußt er wieder auf die Tür / zum schönen Paradeis.»

Erst als der Choral geendet hatte, bemerkte ich, dass ich vor Kälte zitterte. Ich versuchte aufzustehen, doch das klappte nicht, weil meine Beine völlig taub waren. Verzweifelt sah ich mich nach Hilfe um und stellte dabei fest, dass sich die Mulde verändert hatte. Aus dem sanften Abhang waren Felsen gewachsen, und in diesen Felsen klafften Höhlen. Und dann sah ich, dass sich im Schatten dieser Höhlen etwas bewegte: Es mussten Tiere sein, große Tiere. Als sich meine Augen an die Dunkelheit gewöhnt hatten, erkannte ich, dass es Löwen waren. Langsam trotteten sie heraus, ein Löwe nach dem anderen. Ich konnte sehen, wie sie mit ihren Nasen meine Witterung aufnahmen und mich mit gelben Feueraugen anstarrten. Merkwürdigerweise hatte ich überhaupt keine Angst. Im Gegenteil. Ich fühlte, dass die Löwen gekommen waren, um mich zu beschützen. Und tatsächlich legten sie sich dann in einem engen Kreis um meinen Laubberg herum und wärmten mich auf diese Weise, bis ich wieder einschlief.

Am Morgen fand mich ein Epileptiker aus «Arafna» und trug mich auf den Armen zur Notaufnahme ins Sinai. Hier wunderten sich die Ärzte. Die Temperatur hatte in der Nacht stundenlang unter null gelegen, aber ich hatte keine Erfrierungen. Es wurde nur eine leichte Unterkühlung festgestellt, und ich konnte gleich wieder nach Hause gehen. In den nächsten Jahren wurde aus meiner Rettung im Wald eine kleine Legende, die die Tanten und Onkel gerne erzählten, wenn sie mich auf einer Familienfeier sahen. Dann hieß es immer: «Unser Daniel, na, dem kann nichts passieren.» Ich hörte das so oft, dass ich anfing, mich für unverwundbar zu halten. Ich hütete mich aber, von den Löwen zu erzählen. Das war ein Wunder, genauso wie die Wunder, die sonntags in den Predigten der Pastoren vorkamen. Und Wunder, die einem selbst passierten, hielt man besser geheim.

Ich atmete etwas schneller, als ich am Ende des Waldwegs vor dem Torbogen des Anstaltsfriedhofs stand. Meine halbe Verwandtschaft lag dahinter begraben, und zur Klinik musste ich hier durch. Als Erstes passierte ich das Grab meiner Urgroßeltern. Sie lagen unter einem Stein aus schwarzem, poliertem Granit, nur ein paar Meter vom Eingang entfernt. Natürlich hatte ich sie nie kennengelernt. Der Urgroßvater war 1925, seine Witwe 1928 gestorben. Ich hatte dennoch ein besonderes Verhältnis zu ihnen, zumindest ihm: Auch er hatte Daniel geheißen. Meinen Vornamen hatte ich zur Erinnerung an ihn erhalten.

Auch von Urgroßvater gab es eine Wundergeschichte. Er war Waldarbeiter und Jäger gewesen, bei einen adeligen Gutsbesitzer. Ein paar Tage vor seinem dreißigsten Geburtstag hatte er im Wald ein schneeweißes Eichhörnchen gesehen. Er wollte es schießen, doch da kniete sich das Tier vor ihn hin und faltete seine Vorderpfoten wie zum Gebet. Mein Vorfahre verschonte das Tier und trat ein paar Wochen nach diesem Erlebnis in die protestantische Bruderschaft ein, die zu den Betreibern der Anstalt gehörte. Das war in den achtziger Jahren des neunzehnten Jahrhunderts. Der Urgroßvater wurde der erste Förster der Anstalt, er hatte den Buchenwald, durch den ich gerade gegangen war, anlegen lassen.

Schon als Kind war ich oft zu ihm hinaufgegangen und hatte ihn um Hilfe gebeten. «Mach was, damit ich in der Mathearbeit wenigstens eine Vier schreibe» oder «Hilf mir gegen Ulrich, den Schulhofschläger», hatte ich ihm vorgetragen, und manchmal hatte es sogar was genutzt. Einmal kam der Schläger mit einem gebrochenen Arm zur Schule, nachdem ich am Tag zuvor zum Urgroßvater gegangen war. Natürlich glaubte ich längst nicht mehr an diesen Voodoo-Zauber. Trotzdem wollte ich den Urgroßvater zur Huelsenbeck-Geschichte befragen.

Ich hatte mich gerade vor das Grab gestellt, als eine Elster über mir ein fauchendes Gekecker ausstieß. Unwillkürlich blickte ich auf und sah, wie hinter dem Grab drei schwarze Schatten durch die rot blühenden Geranienbeete schwebten. Sie entpuppten sich als Diakonissen, auf den ersten Blick an ihren weißen, gestärkten Hauben und ihrer ansonsten tiefschwarzen Tracht zu erkennen, die offenbar zur Grabanlage ihrer Schwesternschaft unterwegs waren, denn jede von ihnen trug eine langstielige, weiße Madonnenlilie in der Hand. Früher hatten Hundertschaften dieser Frauen die Anstalt bevölkert. Jetzt lagen die meisten von ihnen hier unter flachen, uniformen Grabplatten wie gefallene Soldaten. Nachwuchs gab es seit Jahren nicht mehr, denn junge Frauen hatten keine Lust, sich den rigiden Regeln der Schwesternschaft zu unterwerfen. Nur die letzten Exemplare dieser Spezies lebten in einem Altenheim direkt neben dem Friedhof.

Umso mehr wunderte ich mich, als ich sah, dass das Gesicht unter der dritten Haube einer Frau von höchstens fünfundzwanzig Jahren gehörte. Es war ein schönes und klar strukturiertes Gesicht mit kaum merklich asiatischen Zügen. Ich überlegte, was mich an dem Gesicht anzog. Nein, nicht Liebreiz, Reinheit, Unschuld oder Ähnliches, das hatte mich nie interessiert. Es war eher die Entschlossenheit, die es ausstrahlte. Trotz ihrer Jugend schien die Frau genau zu wissen, was sie vom Leben wollte.

Ich starrte sie so lange distanzlos an – etwas, das ich mir in Asien angewöhnt hatte –, bis sie mich bemerkte. Sie lächelte mich an. Wie jedes Mal bei solchen Begegnungen fühlte ich mich ertappt und schlug die Augen nieder. Dabei fiel mein Blick auf die Uhr. Es war schon kurz nach eins. Wenn ich es noch zur Klinik schaffen wollte, musste ich mich beeilen. Ich rannte sofort los, ohne der Schwester noch einmal nachzusehen. Im Eiltempo lief ich am «Libanon» vorbei, einst ein

Haus für altgewordene Epileptiker und Gemütskranke. Vor der Tür hatte immer ein echter Hohenzollern gestanden, der uns Kinder mit «Heil euch im Siegerkranz» grüßte. Dann kam der «Schuhkarton», ein Schwesternwohnheim, in dem Rebekka gewohnt hatte – nächtelange Partys, dachte ich –, und fünfhundert Meter weiter das Dietrich-Bonhoeffer-Haus der Kirchlichen Hochschule. Hier hatte mich mein Nachhilfelehrer, ein blasser Theologiestudent, einst aus apokryphen altgriechischen Texten erotische Stellen übersetzen lassen, die hauptsächlich von gewaltigen Samenergüssen handelten, gewiss, um sich nachher einen darauf runterzuholen.

Zehn Minuten später hatte ich mein Ziel erreicht. Keuchend stand ich vor einem weiß gestrichenen Gründerzeitklotz mit hohem Walmdach: Nebo, der Berg, von dem aus Moses das Gelobte Land gesehen hatte. Der alte Name stand allerdings nicht mehr an der Fassade, weil man der Klinik längst einen neutraleren Namen gegeben hatte, um die nichtchristlichen Patienten nicht zu verprellen. Aber der alte Bibelspruch über dem Portal war noch zu lesen.

«Lass dich von deinen Gedanken nicht so erschrecken, und entfärbe dich nicht! (Daniel 5, Vers 10)». Aha, dachte ich und ging um den Altbau herum.

Im Januar 1978 hatte ich hier angefangen, auf einer gespenstischen Station, die hauptsächlich aus einem düsteren Schlafsaal für vierzig Patienten bestand, die Betten nur durch spanische Wände getrennt. Zwei Wochen später zog die gesamte Belegschaft dann in den Neubau; der ungewöhnlichste Umzug, den ich je erlebt hatte. Die Patienten bewegten sich in einer kleinen Prozession vom alten Haus zum neuen, und jeder trug sein wertvollstes Besitzstück bei sich.

Jetzt sah ich diese Kolonne wieder vor mir. Der fast zwei Meter große Möllenbrock ging voran, ein vierschrötiger Kerl mit gewaltigen Kiefern, die immer mahlend in Bewegung waren. Er war Bauer gewesen, auf einem Hof im Umland, bis er eines Tages seine über alles geliebte Frau im Wahn mehrmals mit dem Traktor überfahren hatte. Er hatte sie für eine Boa constrictor gehalten, die die neugeborenen Lämmer verschlingen wollte; wahrscheinlich hatte er das in einer Fernsehdoku gesehen. Von dieser Tat träumte Möllenbrock jede Nacht, und wenn er aufwachte, schrie er die ganze Station zusammen. Jetzt hielt er in der linken Hand einen Stoffbären, an dem er sich auch in den Nächten festklammerte.

Hinter Möllenbrock ging der bärtige Clemens, den jeder nur als Clemens den Täufer kannte. Wie viele in der Anstalt litt er unter einem religiösen Wahn. Er musste alles «taufen», jeden kleinen Gegenstand, der ihm unterkam, um ihn zu «retten». Er trug ein mit Wasser gefülltes Milchkännchen in der Linken, in das er laufend mit der Rechten griff, um die Pfleger, aber auch Sträucher, Gehwegplatten und vieles andere zu besprengen. Dazu rief er laut: «Ich taufe dich im Namen des Vaters, des Sohnes und des Heiligen Geistes.»

Am Schluss der Kolonne schlurfte mein Lieblingspatient, der manisch-depressive Herr Fischer. Er hatte gar nichts von der alten Station mitgenommen. Das sah Fischer ähnlich. Er war wohl der hoffnungsloseste Mensch, den ich je gekannt habe. Als ich frisch auf die Station kam, war er gerade in der manischen Phase. Wie ein Büttenredner auf einer Karnevalssitzung erzählte er drei Tage lang einen Witz nach dem anderen und lachte dabei selbst am meisten, praktisch ohne Unterbrechung. Dann wurde er neu «eingestellt» und kam langsam runter. Für ein paar Tage schien er ganz normal. Nur eine Woche später verdrückte er sich in einem unbeobachteten Moment auf die Toilette und schnitt sich mit einem alten Küchenmesser die Pulsadern auf.

Ich baute mich auf dem Parkplatz vor dem Neubau auf, zündete mir eine Zigarette an und betrachtete die Glasfassade des dreistöckigen Flachbaus. Das war also damals die Zukunft, dachte ich. Eine ganz neue, helle Psychiatrie mit hübschen Einzel- und Doppelzimmern, orange gestrichenen Aufenthaltsräumen und neuen, aufhellenden Medikamenten. Auch für mich brach zu dieser Zeit eine neue Epoche an. Im zweiten Stock, von meinem Standpunkt aus rechts außen, hatte das Dienstzimmer gelegen, in dem ich Brigitte kennenlernte. Eigentlich war es nicht erlaubt, während der Nachtwachen Besuch zu empfangen. Aber als ich merkte, wie Brigitte die Vorstellung gefiel, von vierzig Irren umgeben zu sein, die so gefährlich waren, dass sie Tag und Nacht eingeschlossen werden mussten, ließ ich sie trotzdem rein. Die Umgebung schien sie wirklich anzumachen, und schon beim zweiten Besuch zog sie mich an sich, kaum dass sich die Tür des Dienstzimmers hinter uns geschlossen hatte. Dann küsste sie mich so lang, bis ich nach Luft schnappen musste.

Auch diese Szene sah ich auf meiner inneren Leinwand. Merkwürdig war nur, dass sie in meiner Vorstellung vom hellsten Sonnenlicht durchflutet war, obwohl doch tiefste Nacht gewesen sein muss. Wie konnte das sein? Statt einer Erklärung kam mir ein Gedanke: Genau dieser Moment, diese paar Sekunden, in denen Brigitte ihren Mund auf den meinen presste, war der beste meines Lebens; der absolute Höhepunkt, den ich danach nie wieder übertreffen würde.

8

ES WIRD NIEMAND UND NICHTS GESCHONT WERDEN

Wenn ich von hier aus meine Nachforschungen betrachte, kann ich kaum begreifen, wie unsystematisch und kopflos ich damals vorgeschritten bin. Dabei lag das, was ich wissen wollte, nicht einmal besonders tief verborgen. Tatsächlich wäre ich besser in ein Kloster gegangen und hätte etwas gefastet und nachgedacht, statt wie ein aufgescheuchtes Huhn hin und her zu laufen und alle möglichen Leute mit Fragen zu bombardieren. Und selbst dabei hätte ich besser zuhören und beobachten sollen. Aber das sagt sich jetzt leicht: Im Jenseits ist man immer klüger.

Die zwei Kilometer von der Klinik zur Haltestelle musste ich rennen, um den Bus zu erwischen, der mich zu Ronny fuhr. Erst als ich drinsaß, merkte ich, dass ich völlig verschwitzt war. Ich war körperliche Anstrengungen einfach nicht mehr gewohnt. Immerhin hatte ich jetzt etwas Zeit, darüber nachzudenken, was ich in den letzten Tagen in Erfahrung gebracht hatte. Ich holte das «Irrenjournal» raus und las – soweit es meine furchtbare Handschrift zuließ – in meinen Notizen. Am Ende war ich unzufrieden. Zu deutlich stach die schwankende Qualität der Erinnerungen ins Auge. Zwar wurde die Zeit der Anstalt und der Stadt immer klarer, aber über

Amerika lag weiter ein dichter Nebelschleier. Das Treffen mit Ronny musste jetzt wirklich etwas Konkretes bringen. Der abgelegene Bahnhof, in dem er wohnte, machte einen deutlich anderen Eindruck als Chloes und Bens proper renoviertes Gehöft. An der Fassade fehlten große Stücke Putz, das Dach war an einigen Stellen nur provisorisch geflickt und auf dem Hof rosteten zwei antike Autos vor sich hin, in ausgedehnten Pfützen. Als ich klingelte, klang das wie das Todesröcheln eines Schweins, das mit einem verzerrten elektrischen Gitarrenakkord abgemischt worden war. Ich zuckte zusammen und mir fiel wieder ein, dass Ronny ein ziemlich spezieller Musiker war. Kaum war das Geheul verklungen, stand er auch schon in der Tür.

«Hi, Hülsi», sagte er, als ob ich gerade nur Zigaretten holen gewesen wäre, und zog mich ins Innere. Dann steckte er noch mal den Kopf aus der Tür und sah nach links und rechts vor dem Haus, als ob er überprüfen wollte, ob ich auch allein wäre.

«Erwartest du noch jemanden?», fragte ich.

«Klar», antwortete Ronny, ohne das Gesicht zu verziehen. «Russen. Die kommen jeden Nachmittag vorbei, Stalinorgel spielen.»

Er führte mich in einen großen Raum, der früher mal der Wartesaal des kleinen Bahnhofs gewesen sein musste und in dem es exakt so nach altem Bier und Tabak roch wie früher in Viktors Keller.

«Na, wie isses bei den Schlitzaugen?», fragte er mit ironischem Unterton und zeigte auf einen abgewetzten Sessel, der vor einem runden Tisch mit Bastsockel stand. «Oder sitzt ihr bei euch in Shanghai lieber auf dem Boden?»

«Hongkong», antwortete ich und setzte mich. Ronny nahm den Sessel gegenüber.

Ich hatte mir im Bus fest vorgenommen, mich bei diesem Treffen von Essens- oder anderen Angeboten nicht ablenken zu lassen, sondern ohne Umschweife meine Fragen zu stellen. Aber als ich ansetzte, wies Ronny mit einem Blick auf den Tisch, auf dem unübersehbar eine imposante Wasserpfeife stand, die der aus Viktors Keller zum Verwechseln ähnlich sah.

«Bevor wir hier jetzt gleich Talkie-Talkie machen, muss ich mich kurz entspannen, ja? Du rauchst doch mit?»

«Sorry, aber ich ...»

«Wer nicht will, der hat schon», sagte Ronny und begann, den gläsernen Pfeifenkopf zu stopfen. Trotzdem wollte ich die erste Frage stellen, aber er wiegelte ab. «Relax auch du erst mal, ja? Später.»

Kaum etwas hasse ich mehr, als wenn mich jemand auffordert zu entspannen. Normalerweise hätte ich auch dagegen protestiert, aber weil ich etwas von Ronny wollte, schwieg ich. Stattdessen blickte ich mich in dem alten Wartesaal um, der aussah, als hätte man eine unserer alten Post-Huelsenbeck-Wohngemeinschaften für ein Museum reinszeniert. In einer Ecke lag ein ausgebauter Automotor, um den das ausgelaufene Öl eine schwarze Lache bildete, daneben waren ein paar Autobatterien aufgereiht, eine wurde gerade geladen. In der anderen Ecke, zu den Fenstern hin, standen ein elektronisches Klavier, ein Schlagzeug, ein Mischpult und zwei Mikrophone, dahinter ein paar Schaufensterpuppen mit platinblonden Perücken auf den Köpfen. Ansonsten waren auf jedem Möbelstück im Raum volle Aschenbecher, leere Bier- und Whiskyflaschen drapiert. Der einzige Hinweis auf die Gegenwart waren Red-Bull-Dosen, die ebenfalls überall herumflogen. Ich wollte Ronny fragen, ob es sich bei den Puppen um dieselben handelte, die er schon in der Stromstraße besessen hatte, doch er machte keine Anstalten, sich mir zuzuwenden, sondern zog geräuschvoll an der Wasserpfeife. Jedes Mal, wenn er den Atem anhielt, verdrehte er seine Augen theatralisch zur Decke, als sei genau dieses Dope ein besonderer Genuss. Also studierte ich die Poster an den Wänden. Mir gegenüber hingen Filmplakate, die meisten aus den siebziger Jahren. Natürlich war «La grande bouffe» dabei, «Das große Fressen», der Film, an den ich mich gerade wieder erinnert hatte; dann weitere Filme, die damals wichtig waren, «O Lucky Man!», «Der diskrete Charme der Bourgeoisie», «The Rain People» «Lucifer Rising», «Montana Sacra», «Das Irrlicht», solche Sachen. Die kürzere Wand links war unseren alten Dada-Helden vorbehalten. Die Plakate schienen selbst gemacht und zeigten jeweils ein Porträt, unter dem ein ausgewähltes Zitat stand. Emmy Hennings war dabei («Sollte ich mal zu Geld kommen, will ich mir auf meine Anständigkeit nichts einbilden»), Hugo Ball («Warum soll man nicht Mohammedaner sein in dieser Zeit?») und natürlich Richard Huelsenbeck mit seinem Fresssack-Spruch. Merkwürdig war, dass Ronnys ehemaliges Alter Ego George Grosz in der Reihe fehlte. Dafür war Ronny selbst auf der rechten Wand gleich mehrfach zu sehen. Dort hingen die Tourplakate von «Die Veils des Aralunfalls», «Marathon Pussy» und «Die gekreuzigten Bertrams» – alles Bands, in denen Ronny gespielt hatte, fast immer als Frontmann. Ich verglich den kiffenden Menschen vor mir mit dem auf den Plakaten. Der wirkliche Ronny sah deutlich faltiger und ausgemergelter aus. Irgendwann reichten mir allerdings diese Betrachtungen. Ich wurde regelrecht wütend und überlegte, ob ich nicht aufstehen und einfach wieder abhauen sollte, da atmete Ronny noch einmal geräuschvoll aus und sagte: «Okay, Huelsenbeck. Ich sehe, es brodelt in dir. Schieß los!»

Ich ließ mich nicht lange bitten, sondern stellte sofort meine erste Frage: «Auf Viktors Beerdigung. Warum hast du da ...?»

«... den Lachsack ins Grab geschmissen? Ehrlich, ja? Um das zu fragen, bist du extra den weiten Weg aus China gekommen?» Er klang amüsiert.

«Aus Berlin.»

«Aus Berlin, meinetwegen. Okay. Es ist ganz simpel: Ich hatte es Viktor versprochen.» Dann erzählte er bereitwillig, wenn auch vom Dope etwas durcheinander, die ganze Geschichte. Sie begann damit, dass Viktor und er im Winter 1978 zwei Lachsäcke bei Karstadt geklaut hatten. Dabei hatten sie sich versprochen: Sollte einer von beiden sterben, wirft der Überlebende seinen Sack bei dem anderen ins Grab.

«Das war eine echte Huelsenbeck-Aktion. Eine ganze Nacht lang haben wir uns stoned ausgemalt, wie großartig das werden würde.»

«Und, äh, wozu das bitte?»

«Wozu? Ist das dein Ernst? Du warst es doch, der uns ununterbrochen diese Vorträge gehalten hat. Niemals einen bürgerlichen Beruf ergreifen. Immer unsicher leben. Niemals heiraten. Keine Familie gründen. Keinem Politiker etwas glauben. Die Kunst verachten, jedenfalls neunundneunzig Prozent von dem, was in den Museen hängt. Alles in Zweifel ziehen. Jedem Fresshans – du erinnerst dich, der Mann hängt da vorne ...», er drehte sich um und zeigte auf das Huelsenbeck-Poster, «... jedem Fresshans und Dicksack in die Visage sagen, dass er einer ist. Selbst niemals dick werden. Nichts anziehen, was gerade Mode ist. Kein Auto fahren, das nicht mindestens zwanzig Jahre auf dem Buckel hat ...»

«Verstehe. Aber hatte ich was davon gesagt, man solle bei Beerdigungen Lachsäcke ins Grab werfen?»

«Es war als Test gedacht. Die große Dada-Langzeitprobe. Wenn der Lachsack im Grab anfängt zu lachen und alle Besucher der Beerdigung blieben cool, hätte der Tote richtig gelebt. Wenn nicht, dann hatte er sich mit den falschen Leute eingelassen und war selbst ein Fresshans geworden.»

«Und zu welchem Ergebnis bist du bei Viktor gekommen?»

«Das ist doch wohl offensichtlich. Schade, wirklich, schade. Viktor hätte das Zeug gehabt, bis zum Ende durchzuhalten.»

Ronny sah mich mit gespieltem Bedauern an.

«Wenn du willst, kann ich den Test auch auf deiner Beerdigung machen. Das Dumme ist nur: Ich habe keinen Lachsack mehr.»

Er kicherte leise. Offenbar hatte das Dope Ronny in eine richtige Plauderlaune versetzt. Das musste ich ausnutzen: «Sag mal, an was erinnerst du dich eigentlich noch von Amerika?»

Zunächst stellte sich Ronny doof. «Der Kontinent auf der anderen Seite des Großen Wassers? Die Heimat des roten Mannes? Die Weltgegend, aus der die ganzen schönen Filme kommen? Was meinst du denn damit?»

Ich kannte dieses Ausweichen von früher und wusste, dass man es am besten ignorierte. Statt darauf einzugehen, erklärte ich ihm meine Geschichte noch einmal ausführlich.

«Ach ja», sagte Ronny und schien plötzlich angestrengt zu überlegen. «Der tote Viktor auf dem Bahnhof von Wolfsburg. Ich erinnere mich. Du bist doch in Behandlung, oder?»

«Ja, bin ich. Aber was hat das mit der Amerikareise zu tun?»

Ronny sah mir durchdringend in die Augen.

«Ich würde sagen: Klär das mit deinem Therapeuten. Ich weiß wirklich nicht, welche Antwort hier richtig ist.» Sein Blick ging zur Decke, und er fing an, mit tief verstellter Stimme zu singen: «I'm afraid of Americans, I'm afraid of the world, I'm afraid I can't help it.»

Herrje, schon wieder eins von diesen Spielchen.

«Ronny», versuchte ich es nochmals. «Jetzt tu bitte nicht so verrückt. Diese Amerikasache ist wirklich wichtig.»

Da explodierte er fast.

«Ich, verrückt? Wenn hier einer verrückt ist, dann bist das doch wohl du. Und über unsere großartige Amerikafahrt weiß ich nichts, was du nicht auch wüsstest.» Einen Moment lang schien es, als ob es das jetzt gewesen sei. Aber eine halbe Minute später hatte sich Ronny wieder gefangen. Ein Grinsen überzog sein Gesicht. Er schnellte aus dem Sessel und ging zu einem Kiefernholzregal an der Wand neben den Tourplakaten. Hier war seine Plattensammlung untergebracht, alles Vinyl, mindestens drei mal drei Meter. Zielsicher zog er aus dem unteren Fach eine Platte heraus und hielt sie mir unter die Nase. Es war «1969: The Velvet Underground live».

«Die Originalpressung von 1974», zischte er mir zu, legte die Platte auf den Teller und suchte mit der Nadel einen Song. Es war die lange Fassung von «What goes on». Obwohl das Knistern und Knacken der Platte fast lauter war als die Musik, begann Ronny direkt vor meinem Sessel zu dem Song zu tanzen.

«Los, Huelsi, join me, altes Haus. Ein bisschen Dancie-Dancie hilft immer. Die beste Medizin gegen dein Gagasein und alles.»

Der Mann ging mir wirklich auf die Nerven. Nie hatte Ronny etwas ernst genommen, auch als Huelsenbeck schon nicht. Dauernd war er mit Sachen angekommen, die absolut nicht passten. Ich überlegte, was ich tun sollte, und als Lou Reed wieder «You know it will work allright» gesungen hatte, schrie ich mitten hinein: «In Bösel habe ich mehr über Amerika erfahren.»

Sofort hörte Ronny auf zu tanzen und drehte die Musik runter.

«Ehrlich, du warst schon bei Ben, ja? Oh my god. Der hockt da im Wendland, trennt Wertstoffe und macht einen auf heile Familie, ja? Der hat alles vergessen, was wir mal wollten. Totale Amnesie. Ein grässliches Leben, das dieser Mensch da führt.»

«Keine Ahnung», erwiderte ich. «Ben war gar nicht zu Hause. Ich habe nur Chloe gesehen, und die hat mir dann ein paar Sachen erzählt ...»

Als Ronny Chloes Namen hörte, verdoppelte sich sein Interesse. «Ach, Chloe war allein zu Hause ...? Und? Hast du? Ich habe gehört, sie soll nicht abgeneigt sein.»

Mein Gott, war der Typ über die Jahre unangenehm geworden. Ich ignorierte seinen forschenden Blick.

«Ich hatte nicht den Eindruck», sagte ich dann so ruhig wie möglich «Ich glaube eher, dass so schnell kein Fremder bei Chloe und Ben dazwischenkommt.»

Jetzt musste Ronny lachen.

«Das ist nun wirklich der letzte Schwachsinn. Das weißt du selbst, und das haben wir Huelsenbecks auch immer gewusst. Der Mensch ist nicht monogam, und Chloe schon gar nicht. Das ist bereits in der Evolution so angelegt. Und wenn unser Freund Ben etwas anderes behauptet, verbreitet er nur armselige Dicksackpropaganda.»

Ich hatte keine Lust, das Thema zu vertiefen, und versuchte, das Gespräch in eine andere Richtung zu drehen.

«Du glaubst also, dass Ben und Viktor letztlich dieselben – wie soll ich sagen – Spießer geworden sind?»

«Zwischen Ben und Viktor», erwiderte Ronny, «gibt es

einen großen Unterschied – das Geld. Viktor ist ja nach der Wende in die Firma seines Vaters eingestiegen. Er hat dann im Osten diese unglaublichen Immobiliengeschäfte gemacht und sich dabei dumm und dämlich verdient. Die Kamelhaarmäntel auf der Beerdigung. Alles Immobilientypen und ähnliche Mafiosi.»

«Und Ben?»

«Hat nie Geld gehabt. Und deshalb muss er den ganzen Scheiß, den Chloe sich ausdenkt, auch gut finden und unterstützen. Musste Viktor nie.»

Endlich redete Ronny vernünftig.

«Darüber habe ich noch nie nachgedacht», gab ich zu. «Seit ich selbst etwas Geld habe, mache ich mir kaum noch Gedanken, was andere Leute denken. Das war früher anders.»

Ronny kuckte mich prüfend an.

«Du hast Geld?»

«Ein bisschen.»

«Schön für dich. Dann verstehst du sicher auch, dass es sich Viktor selbst ausgesucht hat, ein schön fetter und behäbiger Dicksack zu werden.»

«Werden wir das am Ende nicht alle? Selbst Richard Huelsenbeck war am Ende ein gutsituierter Psychiater, der Kamelhaarmäntel trug.»

«Sagen wir mal: die meisten», erwiderte Ronny. «Aber das ist kein zwangsläufiger Prozess. Kuck mich an. Ich bin ein Steher. Ich habe nie Kompromisse gemacht. Und dann ...», er machte eine kurze Pause, «... gibt es noch die Verrückten. Johannes Baader zum Beispiel. Der war wirklich durchgeknallt, der konnte sich nicht anpassen, auch wenn er gewollt hätte. Oder eben Leute wie Michi oder du.»

Diese Spitze gegen mich überhörte ich.

«Was soll das heißen?», fragte ich aufgeregt. «Du weißt, wo Michi ist?»

Ronny zögerte einen Moment, als schien er nachzudenken.

«Was er im Moment genau macht – keine Ahnung. Aber er ist eine Zeitlang durch diverse Klapsmühlen getourt. Ich habe ihn ...» Blöderweise klingelte genau in diesem Moment Ronnys Telefon. Er schien den Anrufer zu kennen, aber offenbar war es keine sonderlich angenehme Bekanntschaft.

«Einen Moment», sagte er mit angespannter Stimme, ging zum Plattenspieler, legte noch einmal «What goes on» auf und verschwand im Nebenzimmer. Als er nach zehn Minuten zurückkam, wirkte er so nervös wie vor dem Kiffen. Er nahm den Tonarm von der Platte und überprüfte, ob die Vorhänge auch wirklich ganz geschlossen waren. Ich hatte das Gefühl, dass er mich loswerden wollte, nur nicht wusste, wie. Aber dann forderte er mich überraschend auf, mit ihm zu kommen: «Nach oben, in die Küche. Ich brauche jetzt 'ne Tasse Kaffee.»

In der Küche war es kaum heimeliger als im Wartesaal. Auch hier waren überall volle Aschenbecher und leere Flaschen verteilt, und in und um die Spüle herum schimmelten Berge von Geschirr vor sich hin. Ronny zündete eine Flamme am Gasherd an und stellte den Kessel darauf. Er hatte sichtlich keine Lust, unser Gespräch fortzuführen. Trotzdem ließ ich nicht locker und fragte noch einmal nach Michi. Er antwortete jetzt noch überlegter als eben.

«Ach so, Michi, ja. Der hat erst mal dasselbe gemacht wie du. Ist auch ausgewandert, aber schon in den Neunzigern. Irgendwo nach Afrika. Hat sich da ein paar Jährchen rumgetrieben. Irgendwann kam er zurück.»

«Und dann?»

«Keinen Schimmer. Er war ein bisschen paranoid geworden da unten. Dachte, irgendwer sei hinter ihm her. Und das brachte ihn halt nach Bad Trallala. Wie das so ist.»

«Und jetzt?»

«Habe ich dir doch schon gesagt. Keine Ahnung. Wahrscheinlich ist er da ...»

Die letzten Worte gingen in einem gewaltigen Krach unter, der das Haus erzittern ließ. Das Blut sackte mir aus dem Gesicht, bis mir klar wurde, dass der Lärm von der Todesröchel-Klingel stammte, die über Lautsprecher in jedes Zimmer übertragen wurde. Auch Ronny zuckte zusammen, obwohl er diesen Krawall gewohnt sein musste. Dann zog er sich die Schuhe aus und schlich ins Nachbarzimmer. Ich ging ihm hinterher und stellte fest, dass wir jetzt im Schlafzimmer waren. Ronny stand dicht an die Wand gepresst und starrte nach oben durch das Oberlicht. An der Fassade war ein alter Lkw-Außenspiegel montiert. Durch den war zu sehen, dass vor der Haustür ein stämmiger Südländer stand, mit einem dichten Schnauzbart unter der Nase, und Sturm klingelte. Ein Türke vielleicht, eventuell auch Spanier.

Alle zwei Minuten löste er den Zeigefinger vom Klingelknopf, sah an der Fassade hoch und rief mit leicht rollendem R: «Aberrr Herrr Köhlerrr, ich weiß doch, dass Sie da sind. Was sollen die Sperrrenzchen?»

Ronny muckste sich nicht und bedeutete auch mir, mich still zu verhalten. So standen wir gute zwanzig lange Minuten schweigend da, bis der Schnauzbart endlich aufgab.

«Gut, dann wird das jetzt für Sie wirrrklich unangenehm», rief er noch einmal und verschwand aus dem Spiegel. Kurze Zeit später hörte man, wie eine Autotür auf- und zuklappte, ein Motor startete und ein Wagen davonfuhr.

«Tut mir leid», sagte Ronny, als wieder Bewegung in ihn

kam, «aber wir müssen das hier abkürzen. Ich muss in die Stadt. Wenn du willst, kann ich dich mitnehmen.»

Er war richtig blass geworden, und ich meinte, ein nervöses Zucken in seinem linken Auge zu sehen, das vor dem Kiffen nicht da gewesen war. Meine Frage, wer das da unten gewesen sei, ignorierte er. Er rannte in die Küche und schnappte sich seine schwarze Lederjacke. Beim Rausgehen stoppte er am Kühlschrank und holte ein kleines Plastiketui heraus, das aussah, als enthielte es eine Zahn-Aufbissschiene. Tatsächlich entnahm er ihm zwei Pillen, die er sofort einwarf. Dann hielt er mir das Etui vor die Nase.

«Auch eine?»

«Was ist das?», fragte ich.

«Tick-Tocks. Speed. Geht sehr gut ab.»

Das war das zweite Mal an diesem Tag, dass ich Drogen von Ronny ablehnte.

Das Angebot, mit in die Stadt zu fahren, nahm ich an. Ich hatte ihm nicht einmal die Hälfte der Fragen gestellt, die ich mir im Irrenjournal notiert hatte, vielleicht könnte ich ihm unterwegs ein paar weitere Antworten entlocken.

Schweigend schloss Ronny das Auto auf. Es war eine der beiden Karren in den Pfützen, die ich für Totalschrott gehalten hatte, ein hellblauer R16. Den gleichen Typ hatte Ronny schon vor fünfunddreißig Jahren gefahren.

Ich fragte mich, ob es wohl derselbe war, da sagte Ronny: «Ich habe nicht genug Knete für den Club einstecken.»

«Welchen Club?», fragte ich erstaunt.

«Den Club in der Stadt, in den wir fahren.»

Mir fiel ein, dass Ronny schon früher jeden angepumpt hatte, der ihm über den Weg lief, und dass er dabei ziemlich hartnäckig sein konnte. Seufzend bot ich ihm fünfzig Euro an. Ronny verzog den Mund.

«Gib mir zweihundert, und ich erzähle dir nachher, wie das in Amerika mit Viktor und uns allen wirklich war.»

Jetzt war ich völlig verdattert.

«Ich dachte, du weißt über unsere Reise so gut wie nichts?»

Ronny schenkte mir einen mitleidigen Blick: «Mein lieber Huelsi. Würdest du mich auch nur ein bisschen kennen, müsstest du auch wissen, dass ich manchmal zu Übertreibungen neige.»

Wenn ich mich in den Tagen vorher immer mal wieder gefragt hatte, weshalb die Huelsenbecks überhaupt auseinandergefallen waren: In diesem Moment wusste ich es wieder. Wütend forderte ich Ronny auf, mir auf der Stelle zu sagen, was er wusste. «Sonst kriegst du keinen Cent.»

Ihn schien meine Wut zu amüsieren.

«Über welchen Abschnitt der Reise willst du denn Genaueres erfahren?»

«Über jeden. Ich will einfach alles wissen.»

«Geht's auch ein wenig präziser? Was interessiert dich besonders? Zelten im Garten der Websters? Trampen in New York? Die Höllenfahrt von Mazatlán nach Durango? Viktors Fahrt ohne Führerschein? Die Whisky-Cola-Sauferei in London? Der Mief in den Army-Zelten von Tent City?»

Ich habe noch immer nicht vergessen, wie Ronny es genoss, mir bei diesen Worten zuzusehen, wie mir der Mund auf- und zuklappte.

«Du Arschloch», zischte ich.

«Ach was. Ich habe nur ein gutes Gedächtnis. Zumindest ein besseres als du.»

«Tatsächlich? An das, was du da gerade aufgezählt hast, kann ich mich auch erinnern.»

«Schon klar. Aber weißt du auch noch, wie ihr mich in Las Vegas ins Krankenhaus gebracht habt, weil ich mich bei einem Sprung in einen flachen See verletzt hatte? Und wie wir danach an einarmigen Banditen gespielt haben, ich mit Kopfverband?»

«Nein, das nicht», gab ich zu.

«Siehst du, Huelsi», sagte Ronny. «Jeder erinnert sich nur an das, was ihn interessiert. Und ich war dir wohl immer eher egal. Aber ich will mal nicht so sein. Gib mir die zweihundert, und ich beantworte dir nachher im Club jede Frage. Und wer weiß: Wenn ich gute Laune habe, erzähle ich dir sogar noch ein bisschen mehr.»

Ich hätte mir nie verziehen, wenn ich nicht wenigstens versucht hätte herauszufinden, ob Ronny die Wahrheit sagte. Ich griff also zu meiner Brieftasche und nahm vier Fünfziger heraus. Ohne ein Wort des Dankes steckte er sie ein. Dann startete er den Wagen. Praktisch im selben Augenblick begann es wieder zu regnen. Ich wartete ein paar Minuten und stellte dann die Frage, die mir schon die ganze Zeit auf den Lippen brannte.

«Da du ja offenbar alles weißt, was wir in Amerika gemacht haben, kannst du mir sicher auch erzählen, wie es auf dieser Farm in Tennessee gewesen ist?»

«Welche Farm?» Ronnys Stimme klang ehrlich verblüfft.

«Na, diese riesige Landkommune, wo wir für ein paar Tage waren.»

«Wo hast du denn das her?»

«Hat mir Chloe in Bösel erzählt.»

Da bekam Ronny einen Lachanfall.

«Chloe? Ehrlich?», prustete er los. «Ja, ich kann mir lebhaft vorstellen, dass sie sich wünscht, ihr Benny sei schon damals in so einem Ökopuff abgestiegen. Aber ich muss dich enttäuschen. Ist er nicht. Wir waren in Amerika in keiner Landkommune.» Wir fuhren jetzt auf der Straße, die über den Berg führt. Der Regen wurde immer heftiger. Ronny schien das gar nicht zu bemerken, sondern schrie laut in Richtung Windschutzscheibe: «Chloe, du Irre. Ich fass es nicht.»

Er amüsierte sich so sehr, dass er beinahe die Kontrolle über den Renault verloren hätte. Mir fiel wieder ein, dass Ronny schon zu Huelsenbeck-Zeiten fürchterlich gefahren war. «Wie ein Epi kurz vor dem Anfall», hatte Viktor einmal gesagt. Schon damals hatte man mit Ronny beim Fahren nicht sprechen dürfen. Sein Gehirn konnte sich einfach nicht auf diese zwei Sachen gleichzeitig konzentrieren. Doch genau das hatte ich vergessen und löcherte ihn weiter. Die Situation eskalierte, als ich fragte: «Hast du eigentlich Michi mal in der Klapse besucht?»

Ronny verzog das Steuer, und der Wagen geriet auf der nassen Straße ins Schleudern, ausgerechnet in einer langgezogenen Linkskurve. Beinahe wären wir gegen einen Baum geknallt, doch mit einer Reflexbewegung konnte Ronny das in letzter Sekunde verhindern.

Er herrschte mich an: «Das kommt von deinen Scheißfragen. Warte einfach noch eine halbe Stunde. Dann erzähle ich dir doch alles.»

Den Rest der Fahrt hielt ich mich an seine Empfehlung und war froh, als wir heil in der Stadt ankamen. Vor dem Club musste Ronny eine Viertelstunde lang einen Parkplatz suchen und hätte beim Einparken fast noch ein Auto gerammt. Der Laden lag direkt hinter dem Hauptbahnhof. Früher, als ich noch in der Stadt gelebt hatte, war er eine Fabrik gewesen, in der Feuerlöscher produziert wurden. Ein paar von den Gründern kannte ich sogar noch. Sie hatten den Club in den Siebzigern an anderer Stelle, weit abseits vom Zentrum, als Avantgardeschuppen eröffnet, und als auch sie richtig Geld verdienen wollten, in den Neunzigern hierher verlegt. Er sah aus wie alle Clubs in Deutschland, die in alten Fabrikgebäuden aufgemacht hatten. Rote Backsteinwände, freigelegte Heizungs- und Lüftungsrohre, nackter Betonboden, und er hieß – nach einigen Umbenennungen – nun «Tawny Owl». Neben dem Haupteingang war mit Neonfarbe ein Waldkauz mit einem um hundertachtzig Grad verdrehten Kopf gesprüht, sodass er den Betrachter über den eigenen Rücken hinweg ansah. Tatsächlich, fiel mir ein, Waldkäuze können das.

Im Zentrum des Komplexes lag eine geräumige Halle. Mehrere hundert Leute, vollbärtige, schwarz gekleidete Jungmänner und ebenso junge Frauen in langen, weit ausgeschnittenen Kleidern, standen hier dichtgedrängt und hörten einer Band zu, die als Zugabe gerade eine Goth-Version von «In Every Dream Home a Heartache» spielte. Es herrschte eine kaum auszuhaltende Hitze. Aber vielleicht lag das auch nur daran, dass ich mich auf dem Weg vom Auto hierher doch noch hatte von Ronny breitschlagen lassen, eine seiner Pillen zu nehmen.

«Sei nicht bescheuert», hatte Ronny gesagt. «Ich sage dir. In unserem Alter hältst du in einem solchen Club ohne ein bisschen Marschverpflegung nicht lange durch. Du konkurrierst da mit Zwanzigjährigen.»

Er bestand sogar darauf, dass ich mir noch zwei einsteckte, «für später, man weiß ja nie». Dann bugsierte er mich auf einen Platz an der Theke. «Ich muss kurz noch was erledigen», schrie er mir durch das Gelärme zu. «Keine Sorge. Bin in zwei Minuten wieder da. Danach erzähle ich dir alles.»

Das war das Letzte, was ich von Ronny gehört habe. Später bekam ich noch eine längere Mail von ihm, aber gesprochen, meine ich, haben wir uns danach nicht mehr. Er verschwand einfach in der Menge, die frenetisch eine weitere Zugabe forderte, und kam nicht wieder. Allerdings kann ich das nicht hundertprozentig sagen, denn danach riss meine durchgehende Erinnerung wieder einmal ab.

Nur einige Standbilder blitzten in den nächsten Tagen und Wochen in stroboskophafter Klarheit immer wieder vor mir auf. Auf einem tanzte eine sehr gut aussehende Frau recht wild und provozierend. Sie hatte ein Ameisentattoo auf dem rechten Oberarm und steckte mir die Zunge raus. Das Bild sah aus wie ein neckisches Selfie. Es war so deutlich, dass ich keine Zweifel hatte, wer diese Frau war: die Diakonisse, die mir am Nachmittag des vorherigen Tags auf dem Anstaltsfriedhof zugelächelt hatte.

9

DER HIMMEL ZIEHT DIE FAHNEN EIN

Eigentlich hatte ich ein paar Züge früher fahren wollen, saß am nächsten Tag aber dann doch erst kurz vor drei im ICE zurück nach Berlin. Um korrekt zu sein: Ich saß nicht, sondern stand im Gang und hielt Ausschau nach einem Sitzplatz. Im Waggon roch es fürchterlich nach saurem Schweiß, schlechtem Atem und anderen menschlichen Ausdünstungen. Die Plätze waren mit der üblichen Berlinreisemischung besetzt. Ein paar dauertelefonierende Geschäftsleute, mehrere rüstige und zu gut gelaunte Rentnerehepaare, die unvermeidbaren vollbärtigen Hipster mit Laptops und blasiertem Blick, dazu blutjunge Berlin-Touristen, halbe Kinder noch, die auf ihren Tablets Filme kuckten und sich zwischendurch immer wieder berührten. Ich erkannte auch einen halbwegs renommierten Journalisten. Er saß reglos genauso da, wie sich Autoren fotografieren lassen: die Faust am Kinn und ein abgespreizter Zeigefinger an der Wange. Worauf wartest du Idiot?, dachte ich. Dass jemand sein Handy zückt und dich auf Facebook postet?

Ein einziger Sitz im Wagen war noch frei, neben einer asiatischen Frau. Sie erinnerte mich an Sandy, auch aufgrund der ganzen kontrollierten Körperhaltung. Ich hatte bereits den ersten Schritt auf sie zugemacht, da stellte ich fest: Mein Gott, das bist ja du selbst, der so bestialisch stinkt. Ich machte auf dem Absatz kehrt. Ich wusste, wie empfindlich chinesische Nasen sind. Selbst nach dem Duschen hatte mich Sandy öfter wegen meines Körpergeruchs gescholten.

Weil es keinen anderen Platz gab, ließ ich mich im Eingangsbereich des Waggons auf den Boden sinken. Ich war vollkommen erledigt. Als ich kurz vor Mittag aufgewacht war, wäre ich am liebsten für immer liegen geblieben. Meine Mundhöhle fühlte sich an, als hätte ich die ganze Nacht getrockneten Lehm gegessen, und in der Mitte meiner Wirbelsäule schien ein kleines Loch zu sein, in dem heißes Quecksilber kochte. Meine Nase war geschwollen, und als ich in den Spiegel sah, entdeckte ich oberhalb des Höckers eine kleine Wunde. Auch meine Brille, die ich unter dem Bett fand, hatte in der Nacht gelitten. In der Mitte war ein feiner Riss, der linke Bügel verbogen. Außer an die Stroboskopbilder von der Diakonisse erinnerte ich mich an nichts mehr von der letzten Nacht. Möglich schien, dass ich an der Bar mit ihr noch ein paar Schnäpse getrunken hatte. Das war aber nur so eine Ahnung. Merkwürdigerweise hatte meine chinesische Walking App zwei längerer Wege aufgezeichnet, die ich zwischen vier und halb sechs in der Nacht zu Fuß gegangen war; insgesamt über fünf Kilometer. Dummerweise hatte ich die GPS-Ortung ausgeschaltet, so konnte ich den Weg nicht nachvollziehen. Auch dass ich vor dem Schlafengehen das Seestück an der Wand umgedreht hatte, war mir entfallen. Es hing jetzt jedenfalls mit der braunen Rückseite da.

Schließlich hatte ich mich doch aus dem Bett gequält. Das Zimmermädchen klopfte ab halb zwölf immer wieder an die Türe und quäkte: «Roomservice.» Aufzustehen war keine besonders kluge Entscheidung. Auf dem Weg zum Fahrstuhl schwindelte mir derart, dass ich mich mehrmals an der Wand abstützen musste, und beim Auschecken hatte ich nur in den Papierkorb neben der Rezeption gestarrt – er war bis zum Rand mit Apfelsinenschalen gefüllt –, in der Erwartung, gleich hineinkotzen zu müssen. Die Frau, die mir den Zimmerschlüssel abnahm, sah genau, was mit mir los war. Ja, dachte ich, du hältst mich für den letzten Dreck. Und ja, du hast recht damit.

Auf dem Boden des ICE zusammengesunken, verfluchte ich mich. Alles hatte ich vermasselt, bei Ronny genauso wie bei Chloe. Da hatten die ganzen guten Vorsätze nichts genutzt. Sobald ich mit einem anderen Menschen zusammen war, vergaß ich sofort, was ich wollte, und war nichts weiter als ein Fähnchen im Wind. Ein völliger Versager. Der Getränkewagen kam, und ich musste für einen Moment aufstehen. An die Wand gelehnt, musterte ich die anderen Passagiere, die alle entspannt in ihren Sesseln saßen. Noch vor drei Wochen hätte ich sie für ihre Selbstzufriedenheit verachtet, doch heute betrachtete ich sie mit Neid. Jeder von ihnen schien ein gelungeneres Leben zu führen: die unförmige Dicke mit ihren strohgelb gefärbten Haaren, die schon die ganze Zeit alles «spannend» fand; die gleich gekleideten und gleich frisierten jungen Businesstypen, die sich gegenseitig die Fotos ihrer immer gleichen After-Hour-Partys zeigten; ja, sogar der Journalist, der nie einen eigenen Gedanken niedergeschrieben hatte, weil er keinen hatte. Sie alle waren besser dran als ich.

Ich starrte so lange in den Waggon, bis mir plötzlich schwarz vor Augen wurde. Hui, was ist denn jetzt los, dachte ich noch und rutschte an der Wand langsam tiefer. Das Rutschen ging in ein Schrumpfen über. Ich wurde immer kleiner, bis ich die Größe einer Ameise erreicht hatte. Jetzt konnte ich durch den Spalt unter der Toilettentür hindurchkriechen. Und ich schrumpfte weiter. Irgendwann war ich winzig wie eine Mikrobe. Jetzt ist alles gut, dachte ich, dir kann nie wieder was passieren. Selbst wenn der ICE gegen einen Brückenpfeiler rast und sich der ganze Waggon zerlegt, du würdest überleben.

Als ich eine halbe Stunde später wieder zu mir kam, lag mein Kopf auf dem Rucksack. Meine Stirn war schweißbedeckt und fettig. Ich musste sofort etwas unternehmen, sonst würde das hier in eine handfeste Depression ausarten. Ich warf schnell eine halbe Opi ein und versuchte, an etwas anderes als den Absturz von letzter Nacht zu denken. Wieso war sich Ronny eigentlich so sicher, dass wir nicht auf der Farm gewesen waren, während doch Ben so viel darüber wusste? Vielleicht sollte ich mir doch noch mal die Briefe vornehmen?

Ich zog also den gelben Schnellhefter wieder hervor und ging ihn noch einmal akribisch durch. Aber auch jetzt fand ich keinen noch so versteckten Hinweis auf die Farm. Stattdessen blieb ich im letzten Brief hängen, dem, der in Richmond (Virginia) aufgegeben worden war. Hier schilderte ich Brigitte ein paar Probleme mit dem Auto:

«Angefangen hatte es damit, dass die Batterie in La Pesca (Mexiko, Atlantikküste) Zicken machte. Komplizierte Sache. Erzähle ich Dir, wenn ich wieder da bin. Nur so viel, Süße» – mein Gott, ich hatte sie wirklich so genannt –: «Hätte es die Probleme nicht gegeben, wären wir wahrscheinlich nach Guatemala durchgebrettert. Jetzt fliegen wir in ein paar Tagen zurück.»

Stimmt. Auch diese Geschichte hatte ich komplett vergessen, doch jetzt kam in einem Schwall alles zurück. Nach der ersten Nacht am Strand hatte der bis dahin problemlos laufende Pontiac keinen Mucks mehr gemacht. Die Batterie war komplett entladen. Der Pontiac war ein Automatik, also konnte man ihn nicht anschieben. Und die Batterie war so dermaßen hinüber, dass wir den Wagen auch mit einem Überbrückungskabel nicht mehr starten konnten. Wir mussten also wildfremde Menschen bitten, die Batterie aus ihrem eigenen Wagen kurz in unseren einbauen zu lassen, um ihn dann zu starten. Wenn der Wagen dann lief, wurde die Leihbatterie wieder zurückmontiert, während einer von uns aufpasste, dass der Motor nicht ausging. Ein kompliziertes Unterfangen, vor allem, wenn man bedachte, dass wir als Langhaarige eher unbeliebte Gringos in Mexiko waren, noch dazu, wo wir bis auf «Donde es un hotel barrato?» und «Adios» kein Wort Spanisch sprachen.

Die defekte Batterie war der Grund für den Entschluss, die vierhundert Kilometer zurück in die USA zu fahren. Michi hatte dazu geraten: «Glaubt mir, meine Droogs, diese mexikanischen Batterien sind alle nur Mischmosch.» Der Kauf der neuen Batterie in Texas ging dann auch reibungslos über die Bühne. Doch schon am nächsten Tag hatte sich auch dieses brandneue Teil ebenfalls komplett entleert. Da reichte es uns.

Ich glaube, es war Ben, der als Erster erklärte, dass er endgültig die Schnauze voll habe: «Lasst uns zurück nach New York fahren. Da nehmen wir dann einen Stand-by-Flug egal wohin in Europa.» Alle waren einverstanden.

Seltsame Geschichte, dachte ich. Die erste Entladung hatten wir uns damit erklärt, dass Michi und Viktor in der Nacht am Strand noch Musik im Auto gehört hatten. Dabei waren sie eingeschlafen und bemerkten deshalb nicht, wie sich das Band der Kassette im Recorder verwickelte. Wegen des Bandsalats schaltete sich das Gerät nicht automatisch ab, sondern drehte die ganze Nacht weiter, und das hatte dann die Batterie ruiniert. Diese Version hatte ich nach unserer Rückkehr erzählt, war ja auch zu lustig. Aber was war mit der zweiten Batterie? Sosehr ich mir auch den Kopf zerbrach, ich konnte mich an keine Erklärung erinnern. Und wie wahrscheinlich war es, dass sich gleich zwei Batterien direkt nacheinander völlig entladen? Hier musste, so folgerte ich jetzt, jemand seine Hände im Spiel gehabt haben. Wer? Am wahrscheinlichsten wohl einer, der schon von Anfang an wieder nach Hause zurückgewollt hatte: Viktor. Wirklich sehr seltsam, dass ich da nie drauf gekommen war. Könnte es sein, dass man aus großer zeitlicher Distanz die Dinge klarer sieht, als wenn man sie gerade erst erlebt hat?

Kurz vor Peine merkte ich, wie das Opipramoldihydrochlorid an den Synapsen im Hirnstamm andockte. Trotzdem fühlte ich mich nicht stark genug, Viktor eventuell noch einmal auf dem Bahnhof von Wolfsburg herumstehen zu sehen. In Braunschweig schloss ich mich auf der Bordtoilette ein und setzte mich auf die Kloschüssel. Ich starrte so lange auf einen Riss in der Beschichtung der Türe, bis mir eine helle Stimme zurief: «Hey, der sieht ja genauso aus wie der Oberlauf des Brahmaputra.»

Bei der Ankunft in Berlin holte mich der tote Viktor dann doch noch ein. Kaum hatte ich mich am Alex aus der S-Bahn gequält, hörte ich nämlich das furchtbare Lachsacklachen von seiner Beerdigung wieder. Es drang aus einem Laden mit Berlin-Andenken am Ende der Rolltreppe. Hier standen zwei Kinder an einem Wühltisch mit herabgesetzten Souvenirs, und das größere Kind schwenkte den Lachsack über seinem Kopf. Das kleinere wollte ihm das Teil entwenden, hatte aber keine Chance. Trotzdem lachten beide hysterisch; und zusammen mit dem Lachsack vereinigte sich ihr Lachen zu einem Penderecki-haften Lachinferno. Ich wollte schnell vorbeihasten, doch als ich ihnen noch einen Blick zuwarf, entdeckte ich, dass beiden jeweils der linke Daumen fehlte. Das größere Kind war außerdem am Hals von einem roten Fleck vom Durchmesser einer Fünf-Euro-Münze gezeichnet. Ein Blutschwamm offenbar.

In meinem Kabuff angekommen, riss ich mir als Erstes die Oberbekleidung vom Leib. In Berlin war es viel wärmer als in der Stadt, um die fünfundzwanzig Grad, und in der Abenddämmerung stieg auch noch die Luftfeuchtigkeit. In verschwitzter Unterwäsche setzte ich mich an den Rechner. Ich hatte seit Bösel keine E-Mails mehr gelesen, weil mein Account auf dem Handy wegen irgendwelcher Serverprobleme nicht mehr funktionierte. Ich hatte nichts verpasst. Die meisten der mehr als fünfhundert Nachrichten trugen Adresszeilen wie «Guten Morgen, mein Freund», «Ficke mit jedem an Pfingsten» oder einfach «Schmatzer!». Ich löschte die Mails großzügig nacheinander, bis mir bei einer der Name der Absenderin bekannt vorkam. Als ich sie öffnete, pries mir eine Frau, die sich Kerstin nannte – ein anderer Name als der der Absenderin –, ein Buch mit «streng geheimen Techniken» an, mit denen ich jede Frau «innerhalb von dreißig Tagen oder weniger» wieder zurückgewinnen könne. Zu spät, seufzte ich und löschte auch das.

Schließlich entdeckte ich doch eine Mail, die wirklich an mich gerichtet war. Eine Einladung von Tobias. Der Launch seiner neuen App namens Peprent sollte «hart gefeiert» werden. «Come as you are», hieß es im letzten Satz. Ich überlegte. Nein, es ging nicht. Obwohl Tobias nur ein paar Häuserblöcke weiter wohnte, war ich einfach zu erschöpft. Und dann die ganzen Idioten dort. Sorry, aber ich musste jetzt wirklich schlafen.

Ich nahm jeweils eine ganze Opi und Alpra und dazu noch

eine halbe Melatonin. Dann stürzte ich mich aufs Bett. Ich war mir sicher, auf der Stelle einschlafen zu können, so kaputt, wie ich war, doch es klappte mal wieder nicht. Draußen auf dem Hof lärmten ein paar der Nebelkrähen, von denen es in Berlin inzwischen so viele gab. In ihr Gekrächze mischte sich helles Kindergeschrei vom Spielplatz, aus dem eine Kreischstimme herausstach. Immer wieder schrie sie: «Pimper mich! Pimper mich! Pimper mich!» Als Soundtrack drang dazu aus irgendeinem offenen Fenster Klaviermusik, irgendjemand übte «Stairway to heaven». Nach den ersten zwanzig Akkorden setzte er jedes Mal wieder neu an.

Um mein vegetatives Nervensystem herunterzukühlen, begann ich, mir einen runterzuholen, und stellte mir dabei Chloe vor. Nachdem es mir gekommen war, spürte ich, wie das Blut zurück in meine Füße floss. Danach schlief ich tatsächlich ein und begann sofort zu träumen. Ich sah Viktor am Steuer unseres Pontiacs eine lange Serpentinenstrecke hochjagen. Es schüttete aus Kübeln, donnerte und blitzte im Sekundentakt. Es musste irgendwo in Mexiko sein. Auf dem Beifahrersitz saß aber kein Huelsenbeck, sondern die Diakonisse, die herumalberte und Faxen machte. Auch die Besetzung der Rückbank war überraschend. Hier hockten meine alten Anstaltspatienten Möllenbrock, Fischer und Clemens der Täufer dicht an dicht und bogen sich vor Lachen. Viktor beschleunigte und fuhr jetzt fast im Zeitraffer die Kurven hoch.

«Schneller, schneller, schneller», feuerten ihn die Verrückten an. Dann plötzlich drehte sich der Wagen in einer Kurve um 270 Grad, schoss über die Böschung in die Luft und fiel in Zeitlupe in eine tiefe Schlucht hinunter. Es sah so ähnlich aus wie das Ende von «Harold and Maude» oder – falls Ihnen das nichts mehr sagt – von «Thelma & Louise».

Während der Pontiac fiel, wachte ich auf. Ich fühlte mich

wie ein mit Luft vollgepumpter Plastikball, den man unter Wasser losgelassen hatte und der an die Oberfläche schnellte. Der Klavierspieler übte immer noch. Weil mir klar war, dass ich so schnell garantiert nicht wieder einschlafen würde, stellte ich mich unter die Dusche, zog mich an und ging rüber zu Tobias.

Vielleicht würde es mir ja doch guttun, mal mit jemandem zu reden, der mit der ganzen Huelsenbeck-Sache nichts zu tun hatte. Tobias war so einer. Er war fünfzehn Jahre jünger als ich und stammte aus irgendeinem Kaff in Süddeutschland. Ich hatte mich in den Neunzigern mit ihm angefreundet, als er Mitte zwanzig war. Ein paar Jahre nach den Huelsenbecks hatte ich angefangen, mich fast nur noch mit Leuten zu umgeben, die deutlich jünger waren als ich, denn Gleichaltrige wurden allmählich öde. Sie gingen feste Bindungen ein und legten sich dann auch noch Nachwuchs zu. Das würde bei den Jüngeren noch ein wenig dauern. Außerdem gab es unter ihnen die lustigeren und besser aussehenden Frauen.

Als ich Tobias kennenlernte, war er gerade in Berlin angekommen und kannte praktisch keinen. Ich hatte ihn in die Szene eingeführt. Inzwischen hatte er Karriere gemacht, mit einem Internet-Start-up, irgendwelchen Apps. Der Durchbruch war vor ein paar Jahren gekommen mit «Petty», einer App, mit der die Leute, glaube ich, unter anderem ihre Haustiere tauschen konnten.

Auf dem Weg zu seiner Dachgeschosswohnung fragte ich mich, weshalb wir eigentlich Freunde geblieben waren. Nahezu alle anderen, mit denen ich in Berlin befreundet gewesen war, hatte ich in den zwölf Hongkonger Jahren aus den Augen verloren. Nur zu Tobias war der Kontakt nie abgerissen. Ich kam auf eine ganze Reihe Gründe. Zum Beispiel war Tobias öfter mal auf der Sea Ranch vorbeigekommen, wenn er geschäftlich in Hongkong war. Dann hatte er sich auch um mein Kabuff gekümmert, wenn etwas geregelt werden musste. Das sei er mir, wie er betonte, einfach schuldig. Und schließlich, so dachte ich wohlwollend, hatte er sich in all den Jahren keinen Scheißvollbart wachsen lassen, obwohl er in seinem Milieu ja von Bärtigen umzingelt ist.

Trotzdem: Als ich vor seiner Wohnungstür stand und die Musik von drinnen hörte, wusste ich, dass ich einen bösen Fehler gemacht hatte. Es lief Daft Punks «Get lucky». Eigentlich kein schlechter Song, aber jetzt, zwei Jahre nachdem er rausgekommen war, ein sicheres Zeichen für einen musikalisch debilen DJ. Zum Kehrtmachen hatte ich allerdings keine Kraft mehr. Kaum war die Tür geöffnet, wurde jede Befürchtung bestätigt, die ich auf dem Flur gehabt hatte. Als Erstes stürzte ein Typ auf mich zu. Mein Anblick schien ihn in hellste Begeisterung zu versetzen: «Daniel! Na, wo ist dein Kontrabass, alter Chinese?»

Es war klar, dass er mich kannte, aber ich konnte mich beim besten Willen nicht erinnern, wer er war. Ich stammelte: «Äh, ja, genau, wieder da.»

Ich war den Typen gerade losgeworden, da kam schon der nächste an. Es war Richard Rössiger, der Redakteur eines populären Reisemagazins. Er hatte mir früher gerne Texte abgenommen, bis ihm meine Ziele zu exotisch wurden. «Weißt du, Daniel», sagte er irgendwann, «die Leute wollen eigentlich nur über Destinationen lesen, die sie sowieso schon kennen. Unbekanntes zieht nicht.» Er selbst hielt sich streng an diese Regel, und flog nur dorthin, wo er schon x-mal gewesen war – natürlich immer auf Kosten eines Reiseveranstalters oder einer Hotelgruppe.

«Daniel, ich fasse es nicht», schrie mir Rössiger jetzt zu und tat so, als freue er sich riesig. Ich versuchte ebenfalls, erfreut zu wirken. Dabei machte die Tatsache, dass der Mann einen Kopf größer war als ich, den Smalltalk mit ihm besonders unerträglich. Die ganze Zeit musste ich zu ihm aufschauen. Dass ich mir auf Partys nie den Hals verrenken musste, auch das hatte immer für Hongkong gesprochen. Zum Glück war Rössiger gleich wieder in sein Gespräch vertieft. Ich kämpfte mich weiter durch den vollen Flur. Inzwischen hatte ich meinen Plan geändert. Ich wollte Tobias nur schnell guten Tag sagen und dann gleich wieder verschwinden. Aber zwei Meter weiter traf ich auf das nächste Hindernis.

«Sieh an, sieh an, was für eine angenehme Überraschung», hauchte eine schlanke Blondine ironisch und sah mich dabei durchdringend an. Verdammt, wer war denn die noch mal? Ich kannte doch diese Muttermale im Gesicht. Die Begegnung war besonders peinlich, weil ich sofort wusste, dass wir schon einmal zusammen im Bett gewesen waren. Schrecklicherweise schien sie das auch zu bestätigen, indem sie mir mit dem linken Auge verschwörerisch zublinzelte und fragte: «Na, immer noch so irre drauf?»

Aus Ratlosigkeit küsste ich sie einfach zweimal feucht in den Nacken. Das war offenbar ein Fehler. Ich erntete einen tief empörten Blick.

Schnell floh ich in die Küche. Auch hier wusste keiner, wo Tobias steckte. Doch wenigstens schien mich auch keiner hier zu kennen. Ich griff mir eine Litschi-Bionade aus dem Sub-Zero-Kühlschrank. Kein Alk, hämmerte es in meinem Kopf, auf keinen Fall. Nur ein einziger Tropfen Alkohol würde jetzt meinen Untergang bedeuten. Mit der Limoflasche in der Hand lehnte ich mich in eine Ecke und hoffte, dass der Gastgeber bald aufkreuzen würde.

Zum Glück waren die anderen Gäste mit sich selbst beschäftigt und ignorierten mich. Trotzdem fand ich keine Ruhe. Ich musste einem großen Typen mit breitem Rücken und einer idiotischen Bommelpudelmütze zuhören, der mit seinem Hintern an der Kante der Anrichte lehnte, auf der die ganzen harten Sachen standen, und eine kleine braune Frau vollquallte.

«Ist das nicht Wahnsinn? Wir sind aus Sternenstaub gemacht. Nein, nicht metaphorisch, im Wortsinn. Jedes Atom in unserem Körper, das schwerer ist als Beryllium, verdankt seine Existenz der Elementsynthese im Inneren der Sterne.»

Die Frau verschlang den Mann mit ihren großen Augen.

«Wir zwei sind sprechender Staub. Ich bin jedes Mal erschüttert von diesem Gedanken», wiederholte die Pudelmütze und griff dabei zu einer Flasche Tullamore Dew hinter sich. Er öffnete sie mit der linken Hand, nahm ein Glas von der Anrichte, drehte sich wieder der Frau zu und goss es dann halbvoll. Das zumindest musste er getan haben. Aber es war nicht das, was ich sah. Für mich sah es so aus, als sei der Whiskystrahl auf halbem Weg zum Glas einfach stehengeblieben, wie in einem Film, den man mit der Fernbedienung stoppt. Jetzt hing er wie ein Mobile an unsichtbaren Fäden mitten in der Küche. Besonders fertig machte mich, dass nur der Whiskystrahl auf diese Weise eingefroren war. Die Partygäste bewegten sich weiter. Auch die Pudelmütze fuhr fort, die Frau vollzuquatschen.

Das war zu viel für mich. Ich wollte bloß noch weg. Aber das war unmöglich. Ein Schwall von neuen Gästen war gekommen, und der sechs oder sieben Meter lange Flur war völlig verstopft. Durch das Fenster sah ich, dass das Nachbarzimmer einen Balkon hatte. Ich quetschte mich an Bommel vorbei und schaffte es unter Einsatz aller Körperkräfte, ihn zu erreichen.

Als ich draußen stand und die schwüle, immer noch warme Abendluft einatmete, ging es mir etwas besser. Ich lehnte mich an das schmiedeeiserne Balkongitter und sah auf den Platz vor dem Haus hinab. Im Licht der Laternen pickten ein paar Tauben – es war nicht zu erkennen, ob es sich um Haustauben *(Columba livia)* oder Ringeltauben *(Columba palumbus)* handelte –, die erstaunlicherweise noch nicht schliefen. Ein untergehaktes Pärchen schlenderte vorbei. Mir fiel ein, dass ich mich früher auf Partys auf solchen Balkonen gerne betrunken außen an das Geländer gehängt hatte, bis jemand – meistens eine Frau – ankam und mich entsetzt anschrie, das gefälligst zu unterlassen. Mit einem Mal spürte ich diesen Sog wieder.

«Mach's doch einfach», sagte was in mir. Ich sah mich im Geiste schon über das Geländer klettern, ein paar Minuten außen hängen, dann loslassen, um endlich zerschmettert auf dem Pflaster zu liegen.

Ein Geschrei aus dem angrenzenden Zimmer holte mich in die Gegenwart zurück. Es war ein Pärchen, das sich lautstark stritt.

«Das ist so unfassbar hirnverbrannt», schrie die Frau, eine drahtige Mittzwanzigerin, einen Mann an, «dass ich es gar nicht glauben kann. Du sagst, dass *das* diesen Frauen Spaß macht.»

«Aber das habe ich doch gar nicht gesagt», gab der Mann kleinlaut zurück.

«Jetzt leugnest du es auch noch. Nice.»

«Ich habe nur gesagt, dass vielleicht eine Prostituierte unter vielleicht Tausenden oder besser Zehntausenden ...»

«Siehst du. Siehst du», schrie die Frau. «Jetzt sagst du Macho-Arschloch es schon wieder.»

«Aber», wandte der Mann mit hochgepitchter Stimme ein,

«das heißt doch nicht ... Ich, ich sage doch nur, dass es auf der Welt nichts gibt, was es ...»

«Ich weiß gar nicht, weshalb ich hier stehe und noch mit dir rede», zeterte die Frau, machte aber keine Anstalten zu gehen.

Diese Party, hämmerte es in meinem Kopf, ist doch nur arrangiert worden, um mich fertigzumachen.

Kannst du Doofmann dich nicht mal anständig zur Wehr setzen, wollte ich den Typen gerade anschreien, aber plötzlich glaubte ich auch seine Gegnerin zu kennen. Diese Stupsnase, das leicht gekerbte Kinn, dieser Bronze-Teint, wo hatte ich das schon mal gesehen? Weil es in meinem Kopf dunkel blieb, hielt ich mich zurück und machte, dass ich wegkam.

Ich schaffte es bis zum Flur. Hier schnorrte ich mir von einem jungen Vollbart eine Zigarette und zündete sie an. Ich glaubte, es sei die erste seit der Nacht bei Chloe, wobei ich nicht genau wusste, ob ich nicht in der letzten Filmrissnacht auch geraucht hatte. Die Zigarette war auf jeden Fall ein großer Fehler. Ich war so angeschlagen, dass mein Kreislauf wieder sofort in den Keller ging. Zum zweiten Mal an diesem Tag sank ich an einer Wand herunter. Dieses Mal blieb ich jedoch bei Bewusstsein und setzte mich auf den Boden, ohne dass einer Notiz von mir nahm. Hier starrte ich mindestens eine halbe Stunde lang auf Schuhe, Socken, Hosen, Strümpfe, nackte Frauenbeine und Knöchel und versuchte mir vorzustellen, wie die Gesichter dazu aussahen.

Wahrscheinlich hätte ich hier bis zum nächsten Morgen gehockt, wenn Tobias nicht irgendwann doch vorbeigekommen wäre.

«Oh my Gee, Daniel, was machst du denn da?», fragte er, zog mich an einem Arm hoch und drängte mich nach hinten in ein Zimmer, das er als «meine Bibliothek» vorstellte. Endlich war ich der «Get lucky»-Hölle entkommen. Wir setzten uns auf zwei Freischwinger gegenüber, und Tobias strahlte mich über das ganze Gesicht an. Er war fast so blass wie ich, und seine Haare wirkten, als seien sie seit Tagen nicht gekämmt worden. Trotzdem schien er so gut drauf zu sein wie selten. Immerhin hinderte ihn das nicht zu sehen, dass ich nicht ganz so guter Laune war.

«Mann, siehst du fertig aus», stellte er fest.

«Irgendetwas, das ich wissen müsste?»

Er wartete meine Antwort gar nicht ab und fing sofort an, von sich selbst zu erzählen. Dabei wiederholte er erst einmal, was sowieso offensichtlich war.

«Frag mich mal, wie super es mir geht. Ach was, ich sag's dir gleich: super, super.»

Es stellte sich heraus, dass mit Sylvia endgültig Schluss war. Eigentlich keine große Neuigkeit. Tobias hatte mir lange Mails geschrieben, in denen er ausführlich das Auf und Ab der Beziehung schilderte. Normalerweise war es Sylvia, die abhaute.

«Dieses Mal», sagte Tobias lachend, «habe ich sie abgeschossen.»

Dieses Lachen war allerdings irritierend. Sonst war Tobias nach einer Trennung immer schwer depressiv geworden. Es dauerte oft Monate, bis er sich gefangen hatte, und dann war auch meistens Sylvia wieder da.

«Äh», unterbrach ich sein Geplapper. «Hast du was genommen?»

«Wieso? Weil ich so gut drauf bin? Nonsens. Ich sagte doch schon, bei mir läuft es einfach gerade. Die Firma, dass ich Sylvia los bin, demnächst stelle ich meine sweete Uhrensammlung im Boros Bunker aus ... Ich glaube, mir ging's noch nie so gut.»

Okay, auch so etwas sollte es geben.

«Sag mal», fragte ich, «hast du vielleicht 'ne Zigarette?»

Hatte ich erst einmal wieder angefangen, brauchte ich laufend Nachschub.

«Falsche Frage», gab Tobias zurück. «Ich habe vor einem Monat aufgehört. Rauchentwöhnung per Hypnose. Ich war erst skeptisch ... aber dann: wow. Voll der Hammer, würde ich sagen.»

Jetzt drehte er richtig auf: «Auch dass ich mich endlich von Sylvia befreien konnte, habe ich der Hypnose zu verdanken. Und falls du das für Schrott hältst, sage ich dir gleich: alles streng wissenschaftlich. Die Richtung nennt sich selbstorganisatorisch oder so. Durch sie wird ein Prozess in Gang gesetzt, der schließlich zur Verhaltensänderung führt.»

«Und der Hypnotiseur?», unterbrach ich Tobias.

«Ist eine Frau, hier gleich im Kiez. Eine praktische Ärztin, die das nach Feierabend macht.»

Sein Tonfall war inzwischen der eines Vertreters.

«Und das Beste ist: Es geht mit dieser Methode alles total schnell. Nach Sitzung drei fing ich an, mich leise vor Zigaretten zu ekeln. Nach der vierten konnte ich höchstens noch zwei Züge nehmen, und nach der fünften konnte ich keinen Tschick mehr anschauen. Wenn ich heute nur eine Schachtel sehe, bekomme ich Kotzreiz.»

Er hörte gar nicht mehr auf.

«Toll auch, was die Frau da alles aus mir rausgeholt hat. Ganz frühe Sachen. Essstörungen als Kleinkind. Die Piaget zur Kommunion. Entsetzliche Friseurbesuche.»

An diesem Punkt wurde ich hellhörig.

«Die Frau kann auch was bei Geschichten machen, die man komplett vergessen hat? Dinge, die schon ganz lange zurückliegen ...?»

«Sure. Die Frau kann praktisch alles. Weißt du, es gab Augenblicke, da war ich richtig da in der Vergangenheit. Ich konnte die Dinge anfassen ...»

Das waren die ersten Sätze auf dieser Party, die mich interessierten, doch ausgerechnet in diesem Moment sprang die Tür zur Bibliothek auf, und eine ganze Schar von Gästen platzte herein. Angeführt wurde die Truppe von Maxie, Tobias' Ex-Ex-Ex.

«Hier steckst du also», kiekste sie.

Maxie – auch das wusste ich aus Tobias' Mails – tauchte immer sofort auf, wenn zwischen Sylvia und Tobias gerade Schluss war, und kümmerte sich um ihn. Auch jetzt stürzte sie auf ihn zu, strich ihm über das zerzauste Haar und flötete: «Aber wie siehst du denn aus, mein armer, armer Schatz?»

Dann fasste sie Tobias an beiden Händen, riss ihn aus dem Stuhl und zerrte ihn hinter sich her: «Los, Toby, tanzen!»

Tobias schaffte es gerade noch, sich zu mir umzudrehen. Strahlend rief er: «Gulistan! So wie Pakistan! So heißt die Ärztin! Ich schicke dir noch die Nummer aufs Handy ... Und vergiss nicht: Das Leben ist schön, Daniel. Ein einziges Fest.»

Damit war er verschwunden und ließ mich allein zurück. Ratlos starrte ich auf eine blau leuchtende Vitrine, in der sich eine Auswahl von Tobias' Uhren drehte.

Weil Maxi die Türen hatte offen stehen lassen, füllte sich nun auch die Bibliothek rasch mit Partygästen. Jetzt musste ich wirklich entkommen. Obwohl das Gedränge auf dem Flur noch enger geworden war, versuchte ich einen Durchbruch. Ich kam ungefähr einen Meter weit, da prallte ich auf einen Besoffenen mit gegelten Haaren. Auch er schien hocherfreut, mich zu sehen, und sprach mich lallend in einer Sprache an, die ich nicht kannte. Es klang entfernt nach Finnisch oder Estnisch. Vielleicht war es auch Quechua.

«Sorry», antwortete ich auf Englisch. «I don't understand. Please let me pass.»

Der Gegelte dachte gar nicht daran und lallte unbeirrt weiter. Ich versuchte es noch mal auf Mandarin («Ting bu dong») und Kantonesisch («Wo'n ming») und kam auch damit nicht weiter. Trotzdem hielt mich der Mann offenbar für einen alten Freund aus seiner vielsilbigen Heimat.

Irgendwann bekam seine Stimme einen drohenden Unterton und wurde lauter. Ich sah mich hilfesuchend um. Aber statt mich zu unterstützen, starrten mich die zusammengepressten Leute auf dem Flur nur an. Ich konnte ihren Blicken entnehmen, dass sie mir die Schuld am Krawall gaben. Mensch, lasst mich durch, ihr unbarmherzigen Idioten, dachte ich, während gleichzeitig auch noch ein Tinnitus einsetzte, so laut wie ein Rückkopplungspfeifen. Ich entdeckte eine kleine Lücke zwischen dem Gegelten und einer pummeligen Frau, tauchte etwas ab und quetschte mich durch die Menge, die mich ihrerseits mit einem guten Schock Püffen eindeckte.

Ich hatte die Tür schon fast erreicht, da stellte sich mir eine Frau mit kajalumrandeten Augen in den Weg. «Typisch Schwanz», zischte sie mir zu.

Als ich die Tür endlich hinter mir schloss, ertönte in der Wohnung, das schwöre ich, ein schallendes Gelächter, aus mindestens hundert Kehlen. Dann legte jemand «Wrecking Ball» auf. So schnell wie möglich hastete ich die Treppen hinab. Im zweiten Stock hielt ich noch mal inne. Das abebbende Gelächter klang jetzt wie das Kreischen eines Silbermöwenschwarms.

10

WER BIST DU, UNGEZÄHLTES FRAUENZIMMER?

Was für ein Geschenk es doch ist, allein zu sein. Wie herrlich, von jeder Information abgeschnitten. Wieso hatte ich mich bloß immer wieder vom Urteil anderer abhängig gemacht? Weil der Mensch ein soziales Wesen ist und erst im Umgang mit dem anderen selbst zum Menschen wird? Drauf gepfiffen. Wieso bin ich nicht schon viel früher gegangen? Hätte ich mich nicht wie ein daoistischer Eremit in eine Höhle im Huangshan-Gebirge zurückziehen können? Aber manche müssen wohl erst sterben, damit sie begreifen, was gut für sie ist.

Es war nicht schwer, einen Termin bei Dr. Gulistan zu bekommen. So groß war der Bedarf an Hypnosesitzungen selbst im Prenzlauer Berg nicht. Ich musste nur eine Woche warten, nicht lang für einen Arzttermin. Wenn man diese Wartezeit allerdings mit meiner gesamten Restlebenszeit abglich, relativierte sich das natürlich. Außerdem hasse ich etwas kaum mehr, als zu warten. Die Warterei war besonders unangenehm, weil es in Berlin von Tag zu Tag heißer wurde. Das Thermometer kletterte auf über fünfunddreißig Grad – für Mitte Mai ein Jahrhundertwert. Es war so brütend heiß, dass tatsächlich Spatzen tot vom Himmel fielen. Als ich morgens aus der Haustür trat, sah ich zwei Jungvögel mit kurzem, plüschigem Gefieder neben den Mülltonnen liegen; die Ameisen machten sich schon an ihnen zu schaffen. Die Meteorologen sagten für absehbare Zeit keine Besserung voraus. Ich bekam bohrende Kopfschmerzen, schob es aber auf die Pillen und beschloss, sie fürs Erste abzusetzen.

Ich rauchte jetzt auch wieder richtig. Am ersten Tag nach der Party schaffte ich es noch, das auf den Abend zu beschränken. Dann verschob sich die erste Zigarette im Tagesablauf immer weiter nach vorne. Am Tag des Termins bei Dr. Gulistan hatte ich schon wieder morgens um sieben eine Kippe im Gesicht. Nach dem Absetzen der Pillen meldeten sich auch meine alten Schlafprobleme zurück. In den ersten beiden Nächten schlief ich nur eine Stunde am frühen Morgen. Vor Verzweiflung rannte ich die halbe Nacht im Flur auf und ab und schlug mir dabei mit der Faust auf den Hinterkopf. Tagsüber hatte ich das Gefühl, einen Ring aus Stahl um den Kopf zu tragen, den jemand immer enger drehte. Die Krise wie üblich mit joggen zu bekämpfen kam nicht in Frage. Wenn ich mich etwas schneller bewegte, schwindelte mir so stark, dass ich fürchtete, stürzen zu müssen. Einmal versuchte ich es noch im Volkspark. Prompt stolperte ich eine kleine Treppe hinunter. Ein paar Kinder riefen: «Kuck mal, der Spast», da ließ ich es dann bleiben.

Musik ertrug ich gar nicht mehr, noch nicht einmal im Hintergrund. Als im Lidl eine Muzak-Version von «Calling Occupants of Interplanetary Craft» lief, hielt ich es nicht aus. Ich ließ meinen halbvollen Einkaufswagen stehen und lief an den irritierten Kassiererinnen vorbei auf die Straße.

Gleichzeitig passierten in meiner Wohnung merkwürdige Dinge. Am Abend nach der Party hatte ich das Gefühl, dass mein alter Aschenbecher nicht mehr derselbe war. Dass es so war, war leicht zu beweisen: Der Ascher war ein Unikat. Franks Sohn Mario hatte ihn in der Schule selbst gebrannt und mir vor Jahren zu Weihnachten geschenkt. An der Unterseite hatte er ihn vor dem Brennen mit einem Nagel oder Stift signiert. Ich verglich die Signatur mit einem Gruß auf einer Postkarte, die mir Mario mal geschickt hatte, und stellte fest, dass sich die Buchstaben deutlich unterschieden. Besonders das M im Ascher war viel zu spitz geraten. Durch diese Feststellung alarmiert, nahm ich mir auch andere Gegenstände vor und bemerkte schnell, dass auch sie gutgemachte Fälschungen waren. Immer gab es kleine Unterschiede, die einem flüchtigen Betrachter nicht aufgefallen wären. Bei der kleinen Guanyin-Figur, die ich aus dem Tin-Hau-Tempel in Repulse Bay hatte, hatte sich das Lächeln verzogen, statt gütig wirkte es nur noch zynisch. Und bei dem grünen Hasen, den mir Inga mal geschenkt hatte, war das Grün ein wenig giftiger als früher.

Dann verschwanden verschiedene Kleidungsstücke aus meiner Wohnung; Unterhosen, Hemden, Socken und zwei meiner Lieblingspullover. Sie waren einfach nicht mehr aufzufinden, obwohl alle Türen immer fest verschlossen waren. Ich durchsuchte die paar Quadratmeter mehrmals und mit großer Akribie. Ich rückte das Bett ab, die Schränke, demontierte die Duschverkleidung und kroch unter die Spüle, ohne Ergebnis.

Zur selben Zeit fielen mir auch die merkwürdigen Kinder auf, die meinen Kiez zu bevölkern begannen. Alle hatten sie eine kleine Behinderung oder körperliche Anomalie. Das erste war ein etwa zehnjähriger Junge, der sich im Eisladen am Arnswalder Platz eine Waffel holte. Er hatte so etwas wie Fischhäute zwischen den Fingern. Am nächsten Tag versperrte mir ein etwas kleineres Mädchen mit ihrem Fahrrad den

Weg. Ihr wucherte ein roter Blutschwamm von den Augen zu den Schultern. Ich begegnete ihr danach öfter, und als sie merkte, dass ich versuchte, ihr aus dem Weg zu gehen, begann sie, mich zu verfolgen. Nachdem ich sie abgeschüttelt hatte, lief mir ein fragiles, vielleicht dreizehnjähriges Mädchen über den Weg, das dort, wo sich normalerweise die rechte Hand befand, einen Fuß hatte, an dem tatsächlich Zehen wuchsen.

Ich begann, jedes Auftauchen dieser Kinder im «Irrenjournal» zu notieren, mit Datum, Uhrzeit und den genauen Umständen der Begegnung. Dabei fiel mir ein, dass bereits die beiden Kinder mit dem Lachsack am Alexanderplatz Defekte gehabt hatten. Ich versuchte auch, ein Verzeichnis der in der Wohnung ausgetauschten Dinge zu erstellen, ebenso wie von den verschwundenen Wäschestücken. Ich war mir sicher, dass es einen Zusammenhang zwischen den Kleidungsstücken, den Dingen und den Kindern gab.

Diese ganzen seltsamen Geschichten und der Schlafmangel zerrten so an meinen Nerven, dass ich immer wieder die Kontrolle über Handlungen und Wahrnehmungen verlor. Mehrmals vergaß ich, im Café zu bezahlen, ging einfach so auf die Straße hinaus, wo mich die Kellnerin zurückholte, was mir sehr peinlich war. Auch erschien mir jetzt Viktor wieder, allerdings nicht mehr so deutlich wie auf dem Bahnhof in Wolfsburg. Meistens tauchte er nur für Sekunden auf, und dann auch nur als Schemen. Manchmal stand er an einer Hausecke und verschwand sofort, wenn ich hinsah. Einmal saß er vor einem arabischen Café auf der anderen Seite der Greifswalder und zog an einer Shisha. Ich sah ihn auch in der Straßenbahn vorbeifahren, er hatte ein ungewöhnlich altertümliches Gewand an.

Am zweiten Tag nach Tobias' Party, einem Donnerstag, erschienen mir dann alle Huelsenbecks zusammen. Ich hatte mich gerade im Volkspark auf der Wiese neben dem Denkmal des polnischen Soldaten ausgestreckt, um einen kleinen Mittagsschlaf zu halten – tagsüber und im Freien schlief ich erstaunlicherweise besser –, da sah ich uns in hundert Metern Entfernung picknicken. Ja, ich sah wirklich *uns*: neben Ronny, Ben, Michi und Viktor auch eine Kopie meines früheren Selbst. Sofort wusste ich, wann und wo das Original-Picknick stattgefunden hatte: Mitte August 1978 in Mexiko, am Nachmittag der Dschungelfahrt von Mazatlán nach Durango, die Ronny kurz erwähnt hatte. Diese Halluzination war deutlicher als die Viktorschemen. Ich glaubte sogar, den Klang unserer Stimmen zu hören. Aber auch sie löste sich innerhalb von Sekunden wieder auf: Die «Huelsenbecks» verwandelten sich zurück in eine Gruppe von fünf ganz normalen jungen Typen, alle in demselben Alter wie wir damals.

Ich war trotzdem ziemlich durcheinander, weil ich zum ersten Mal meinen Doppelgänger meiner selbst gesehen hatte. Okay, dachte ich, langsam läuft hier etwas aus dem Ruder. Sofort rief ich Dr. Gautzsch an, um einen kurzfristigen Termin zu vereinbaren. Der Anrufbeantworter informierte mich, dass der Doktor im Urlaub war. Wahrscheinlich war er in die USA geflogen, um in dem Kaff Snoqualmie – wie sprach man das aus? – im «Great Northern Hotel» abzusteigen, wo «Twin Peaks» gedreht worden war. Gautzsch verbrachte dort eigentlich jeden Urlaub und spielte mit anderen Fans Episoden aus der Serie nach. Daher stammten auch die Devotionalien in den Glasvitrinen seiner Praxis. Kaffeetassen mit dem Twin-Peaks-Rauten-Muster und der Aufschrift «Meals on Wheels», Schlüsselanhänger und – sein Lieblingsstück – ein lebensgroßer Virginia-Uhu aus Porzellan, auf dessen Sockel «The Owls Are Not What They Seem» stand.

Da Gautzsch mir nicht helfen konnte, beschloss ich, vorerst wieder meine Pillen zu nehmen. Am frühen Abend warf ich gleich 150 mg Opi ein, 2 mg Alpra, außerdem zwei ganze Melas. Leider zeigte diese Selbstmedikation keine Wirkung; ich schlief so schlecht wie in den Nächten vorher, was mich in noch tiefere Verzweiflung stürzte

Am nächsten Tag kam zur großen Hitze noch eine extreme Schwüle. Ich schwitzte wie im Hongkonger Hochsommer kurz vorm Ausbruch eines Taifuns. Es war nicht zum Aushalten. Jetzt rief ich bei Dr. Gulistan an und bekniete die Sprechstundenhilfe, meinen Termin doch bitte, bitte vorzuziehen.

«Tut mir leid», sagte die Frau, «heute ist Freitag. Keine Hypnosesitzungen.»

Ich glaube, ich hätte die folgenden Wochenenden nicht überstanden, wenn ich nicht kurz nach dem Anruf ein Erlebnis gehabt hätte, von dem ich bis heute nicht genau sagen kann, was es war. Es fing damit an, dass ich dachte: Sofort schwimmen gehen! Ich setzte mich aufs Fahrrad und fuhr die Prenzlauer Allee hoch Richtung Strandbad Weißer See. Eigentlich liebte ich diese breiten Straßen in Berlin, die leicht bergan nach Norden gehen. Ich hatte jedes Mal das Gefühl, sie führten himmelwärts; ja, träte ich nur fest genug in die Pedale, würde ich abheben, wie die Kinder in «E. T.» auf ihren BMX-Rädern. Aber an diesem Tag war mir, als führe ich direkt in den letzten Kreis von Dantes Hölle. Der Teer unter mir glühte, und die Luft fühlte sich an, als käme sie aus einem Föhn. Alle dreihundert Meter schienen rote Vorhänge aus Gaze über die Straße gespannt, die, wenn sie sich bewegten, wie Flammenwände aussahen. Und hinter jedem dieser Schleier war es noch mal eine Idee heißer.

Ich war so erschöpft von den letzten beiden Tagen und Nächten, dass ich mehrfach parkende Autos touchierte. Insgeheim fürchtete ich auch, dass sich mir wieder eins der schrecklichen Kinder entgegenstellen würde. Kurz hinter dem Mühlenbergcenter schien es so weit, aber dann war es doch nur ein schwarzer Hund, der mir plötzlich vor das Rad sprang. Ich bremste scharf und stürzte über den Lenker auf den Asphalt. Ein älterer Mann half mir auf. Meine Hände bluteten.

Jetzt hatte ich auch noch die Orientierung verloren. Ich schob das Fahrrad einfach in die Richtung weiter, die ich schon eingeschlagen hatte. Erst als ich Jesus sah, wusste ich wieder, wo ich war. Wie immer hielt er eine gelbe Karte in der erhobenen rechten Hand, in der gesenkten linken eine rote. Man hatte ihn anlässlich der Fußballweltmeisterschaft in Brasilien aufs Dach der Bar des Strandbads gestellt, wegen Rio usw.

«Gelobt sei Jesus Christus», murmelte ich wie automatisch und grüßte den Sperrholz-Erlöser.

Bereits der Anblick des Weißen Sees wirkte beruhigend. Ich mochte seine runde Form, das baumbestandene Ufer und die Fontäne auf der gegenüberliegenden Seite. Der See hatte mir schon in den Neunzigern oft in Krisen geholfen, wie Wasser überhaupt immer ein Trost für mich gewesen war. Auch auf der Sea Ranch hätte ich es wohl kaum ausgehalten, wäre nicht das Meer direkt vor der Haustür gewesen. Gut war auch, dass das Strandbad an diesem Nachmittag kaum besucht war. Eine alte Frau voller Tribal-Tattoos hielt ihre aufgepumpten nackten Lederbrüste in die Sonne, und ein schwules Paar turtelte auf einem 100-Dollar-Schein-Handtuch herum. Das waren alle. Ich warf meine Klamotten in den Sand, zog mich aus und stieg über eine kleine Leiter in den See.

Die Sonne hatte es trotz der Hitze noch nicht geschafft, das Wasser richtig aufzuheizen. Es war angenehm kühl, kaum zwanzig Grad. Wie immer hatte ich vor, zur Fontäne zu schwimmen. Das war schon mein Ritual gewesen, als ich noch mit Inga zusammen war, genauer: unser Ritual. Rein ins Wasser, zur Fontäne und zurück. Später, als sie dann verschwunden war, schwamm ich die Strecke alleine, so lange, bis Sandy kam. Zum Ritual gehörte auch, dass wir einen Teil der Strecke um die Wette tauchten. Also tauchte ich jetzt auch, und langsam begann mein überhitzter Kopf abzukühlen. Ich tauchte wieder auf, drehte mich auf den Rücken, ließ mich treiben und starrte in den milchigen Himmel. Libellen glitten im Zickzackkurs über der Wasseroberfläche, ein paar Meter höher jagten Mehlschwalben nach Mücken.

Und dann passierte es. Als Erstes begann in meinem Kopf Musik zu spielen. Anfangs schien es nur das knirschende Geräusch zu sein, das die Fontäne unter Wasser machte und das so klang, als ob in einer Mühle Kies gemahlen würde. Allmählich wurde aus dem Knirschen eine Melodie, zunächst ganz leise, dann immer lauter. Es war immer wieder derselbe schrebbelnde elektrische Gitarrenlauf, begleitet von einer Orgel, die ebenfalls ununterbrochen das Gleiche spielte.

Wie hieß dieses Stück noch mal? Es dauerte ein paar Minuten, bis ich es hatte: «What goes on», der Song, den mir Ronny mehrmals vorgespielt hatte. Diesmal klang er kristallklar. Wie ein Mantra wiederholte sich das Riff, wieder und wieder. Dann explodierte eine kleine Lichtgranate in meinem Magen. Ein unerhörtes Glücksgefühl durchströmte meinen Körper bis in die Zehen hinein. Gleichzeitig ergriff mich eine gewaltige Hand im Nacken und zog mich mit einem Ruck aus dem See in die Luft. Mein Körper aber blieb im Wasser. Ich sah ihn von oben, die Haut wirkte wie die Schale eines Apfels, der zu lange in der Sonne gelegen hatte, und leuchtete leicht schweflig.

Die Musik verstummte plötzlich, und jetzt erblickte ich einen großen Schatten im Wasser. Ich glaubte erst, er würde von einem gewaltigen Vogel geworfen, der über mir flog, doch dann erkannte ich, dass es ein Fisch im Wasser war. Er war so groß wie der halbe See und schien von einem Mann dirigiert zu werden, der am Ufer stand und die Arme erhoben hatte. Er trug dasselbe altertümliche Kleidungsstück, das Viktor eben noch in der Straßenbahn anhatte. Und genau in diesem Moment wusste ich plötzlich alles. Ich hatte alle Antworten auf die Fragen, die mich quälten. Mir war klar, warum Viktor mir erschienen war und was die Diakonisse in der Disco von mir gewollt hatte. Ich konnte lesen, was auf dem Papier gestanden hatte, in das der Stein gewickelt gewesen war, der mich am Kopf verletzt hatte. Ich wusste, woher die Kinder kamen, die mich verfolgten, und wer der Schnauzbart an Ronnys Tür gewesen war. Ich begriff, wieso die Amerikaroute aus meinem Atlas getilgt war und warum ich mich auf keinen Fall an Tennessee erinnern konnte.

Und dann war es auch schon wieder vorbei. Die Hand ließ mich genauso plötzlich in den See zurückfallen, wie sie mich herausgezogen hatte. Ich wurde wieder eins mit meinem alten Körper. In diesem Moment schloss sich auch der Spalt wieder, durch den ich gesehen hatte, und alles mir gerade Offenbarte wurde aus meinem Gehirn gelöscht. Was aber blieb, war eine Ahnung, dass sich das Geheimnis, hinter dem ich her war, lösen ließ. Und ein unbeschreibliches Glücksgefühl.

Die Euphorie hielt auch in den nächsten Tagen an. Der Schwindel war restlos verschwunden. In den Nächten schlief ich ausgezeichnet, und selbst die Schürfwunden an den Händen schienen schneller zu heilen. Ich war ein völlig anderer Mensch. In meinem Stammlokal, in dem ich in den letzten Tagen nur schweigend meinen Kaffee getrunken hatte, flirtete ich mit der Kellnerin. Ich telefonierte lange mit Rebekka, einfach nur um des Plauderns willen und ohne sie um etwas zu bitten. Und in dem Supermarkt, in dem ich noch drei Tage zuvor den Einkaufswagen hatte stehen lassen, störte ich mich nicht nur nicht an der Musik, ich summte sogar mit, als «Life is Life» gespielt wurde. Am Ende stand ich prustend an der Kasse und bezahlte drei Paletten Überraschungseier, die ich gekauft hatte, um die gesamte Figurenkollektion «Dinosaurier Zeitreise» zusammenzubekommen. Das hielt ich plötzlich für eine phantastische Idee.

Auch als ich am Dienstag der nächsten Woche bei Dr. Gulistan im Wartezimmer saß, hatte sich meine Euphorie noch nicht verflüchtigt. Ich hatte zwischenzeitlich überlegt, den Termin abzusagen. Schließlich waren meine Ängste wie weggeblasen, und das Rätsel der Amerikareise schien mir plötzlich unerheblich. Aber ich war ein Mensch, der Termine einhielt.

Auf dem Weg zur Praxis flogen die Schwalben so niedrig über den Bürgersteig, dass man fast über sie stolpern konnte, und als ich dann zu Gulistan hereingerufen wurde, entlud sich draußen die Schwüle der letzten Tage endlich in einem Gewitter. Das 200-Millisekunden-Urteil fiel dieses Mal ganz anders aus als bei Chloe. Ich entschied: Die Frau gefällt dir. Ich hatte eine Esoteriktante erwartet, mit pechschwarzen Haaren, womöglich noch zu Zöpfen gebunden, wie bei chinesischen Frauen zur Zeit der Kulturrevolution. Stattdessen saß mir eine Frau um die vierzig mit aschblonder Gabriele-Krone-Schmalz-Frisur gegenüber, die eine Bluse mit weitem Ausschnitt trug. Sie begrüßte mich in einem leicht sächsischen Tonfall, was ihre sexuelle Ausstrahlung sofort auf praktisch null reduzierte. Meiner Sympathie tat das aber keinen Abbruch. Das Einzige, was mich störte, waren die Kindergartenbilder von Miró, die überall herumhingen: im Flur, im Warteraum, im Behandlungszimmer. Ich hatte sein dekoratives Gekleckse immer verabscheut, die gefälligen Vögel, Köpfe, Mandelaugen. Noch vor Tagen hätte ich die Praxis wegen dieser Bilder sofort wieder verlassen. Jetzt mochte ich das Zeug zwar immer noch nicht, nahm es aber als gutes Zeichen dafür, dass die Frau normal war.

«Wo drückt der Schuh?», eröffnete Frau Gulistan das Gespräch.

«Im Kopf», antwortete ich launig, «da scheint jemand ständig Karneval zu feiern.»

Dann schilderte ich ihr die Vorkommnisse der letzten Monate. Ich versuchte, es kurz und knapp zu halten, doch das war nicht so einfach. Ich sprang von einem Ereignis zum anderen und musste immer wieder lachen, weil mir vieles plötzlich recht komisch vorkam. Nach einer guten Viertelstunde brachte ich meinen Vortrag irgendwie zu Ende: «Ich will einfach wissen, was damals auf dieser Amerikareise wirklich passiert ist. Ich glaube, dass mir das helfen wird.»

Ich grinste linkisch.

Dr. Gulistan lächelte zurück: «Sie sind ein mutiger Mann.»

Das hatte ich noch nie gehört, aber es gefiel mir.

«Wie kommen Sie denn da drauf?»

«Sehen Sie, das, was wir sind, sind wir nur durch unser Gedächtnis. Mit seiner Hilfe konstruieren wir uns selbst. Ohne Gedächtnis gibt es uns nicht, oder nur als – wie man so sagt – Gemüse. Aber: Wir haben zu vielen Teilen unseres Gedächtnisses keinen Zugang. Deshalb erfinden wir Dinge in unserer Vergangenheit, die nicht passiert sind. So glaubt am Ende jeder, er sei ein irgendwie passabler Mensch.»

«Ja, und? Das ist doch schön, oder nicht?»

«Das Problem ist: Die Welt besteht nicht nur aus passablen Menschen. Also liegen eine ganze Reihe Leute falsch. Auch Sie könnten falschliegen. Und ebendas könnte ich herausfinden. Das ist Ihnen hoffentlich klar.»

«Das ist mir nicht nur klar. Das ist mir auch völlig piepe», erwiderte ich selbstbewusst. «Ich weiß ganz genau, dass ich manchmal ein ziemliches Arschloch sein kann.»

«Manchmal?», wiederholte Dr. Gulistan und sah mich fragend an.

Dann kam sie zur Sache: «Ich benutze kein Pendel und keine Taschenuhr, wie Sie das vielleicht aus Filmen kennen. Ich arbeite nur mit meiner Stimme, nach einer Methode, die sich selbstorganisatorische Hypnose nennt. Dabei geschieht nichts gegen Ihren Willen.»

«Schade», scherzte ich. «Ich meine, ich dachte, gerade dieser Wille stünde mir im Weg.»

«Das mag sein», antwortete Gulistan, jetzt kühler. «Aber glauben Sie mir, ich werde es trotzdem schaffen, mit Ihrem Unbewussten Kontakt aufzunehmen. Allerdings nur, wenn Sie bereit sind mitzuarbeiten und keine Angst haben, ein bisschen lächerlich auszusehen.»

Dann erklärte sie mir die Sache mit den Bärentatzen.

«Stützen Sie bitte beide Ellenbogen auf die Armlehnen Ihres Stuhls, und winkeln Sie Ihre Unterarme nach oben ab. Ja, genau so. Und jetzt lassen Sie Ihre Hände schlaff herunterhängen. Wie ein Grizzlybär, der sich aufgerichtet hat. Über diese sogenannten Tatzen werde ich mit Ihrem Unbewussten kommunizieren.»

Ich staune immer noch, dass ich mich auf diese Prozedur eingelassen habe. Aber in dem Zustand, in dem ich war, wäre ich für wohl jede Albernheit zu haben gewesen.

«Lustig», sagte ich bloß, stellte brav meine Ellenbogen auf und machte Männchen.

«Gut machen Sie das», lobte Gulistan und wollte mit der Hypnose beginnen.

Da fiel mir noch etwas ein, das ich fast vergessen hätte: «Können Sie mich auch an einen bestimmten Ort versetzen? Zu einer ganz bestimmten Zeit?»

«Natürlich. Alles, was Sie erlebt haben, ist irgendwo in Ihrem Gehirn gespeichert. Sie haben eben nur keinen Zugriff. Aber ich habe per Hypnose schon Leute in den Mutterleib zurückgeführt. Und einige haben mir bestätigt, dass sie sogar noch weiter zurückgegangen sind.»

«Noch weiter?»

«Gut, hier bewegen wir uns in Grenzbereichen. Aber ich hatte mal einen hohen ehemaligen SED-Kader, der ist bis achtzehnhundert...»

Sie unterbrach sich.

«Tut mir leid. Das fällt unter die Schweigepflicht ... Also, wie schnell wir zurückgehen können, hängt davon ab, wie stark sich eine Erinnerung abgekapselt hat. Und das hängt wiederum meistens von der Intensität des Traumas ab, das die Erinnerung quasi bewacht. Wo wollen Sie hin?»

«Auf eine Farm in Tennessee im August 1978.»

«Long distance information, give me Memphis, Tennessee», summte Gulistan. «Na, wir werden sehen.»

Dann begann sie mit der Prozedur. Ich schloss die Augen und hörte auf Gulistans Stimme, die jetzt viel dunkler und ruhiger klang als zuvor. Sie befahl mir, mich auf meine Füße zu konzentrieren. Das heißt, eigentlich sprach sie gar nicht mit mir, sondern direkt mit meinem Unbewussten.

«Unbewusstes von Daniel», raunte sie, «dein rechter Fuß wird jetzt schwer, sehr schwer. Und jetzt ist er viel schwerer als der linke.»

Sie wiederholte diese Sätze immer wieder, aber mein

Unbewusstes war offenbar schwerhörig. Es passierte nichts. So ging es zehn Minuten lang. Ich schaffte es einfach nicht, mich richtig auf Gulistans Stimme zu konzentrieren. Kann das Gewitter da draußen nicht mal aufhören, dachte ich. Auch die Polizei- und Feuerwehrsirenen störten. Und hätte die Sprechstundenhilfe nicht das Telefon abstellen können, das alle naselang klingelte?

Ich war drauf und dran, die Augen aufzuschlagen und zu sagen: «Gut, das war's. Ich gehöre wohl zu den zehn Prozent der Leute, die sich nicht hypnotisieren lassen.» Da ging es plötzlich los: Ich sah mich auf einmal über einen gut gebohnerten Flur schlendern. Dabei war ich ein deutlich jüngerer Mensch als der, der in Dr. Gulistans Praxis in einer bizarren Haltung auf dem Stuhl hockte. Ich trug lange, ungekämmte Haare und einen struppigen Kinnbart.

Ich ging immer weiter durch Gänge und kam schließlich vor einer milchigen Panzerglastür zu stehen. Hier zog ich einen Vierkant aus der Tasche, mit dem ich die Tür öffnete. Dahinter lag ein neuer Flur. Ich schloss die Tür hinter mir sorgfältig wieder ab und grüßte dabei einen Mann, der auf einem Kunstledersessel direkt daneben hockte. Er verzog nicht die geringste Miene. Das wäre auch gar nicht möglich gewesen, denn der Mann, der wie eine lebende Bronzeskulptur aussah, war Edgar Bramkötter, ein stuporöser Patient, der sich höchstens beim Essen und beim Stuhlgang ein wenig regte. Er räumte den letzten Zweifel aus: Ich war zurück in der Anstalt, im Haus Nebo, auf meiner alten Langzeitstation. Und ich war hier, weil Dr. Gulistan kurz zuvor befohlen hatte: «Unbewusstes von Daniel. Geh jetzt dorthin, wo du das letzte Mal in deinem Leben wirklich sorglos gewesen bist.»

Auf der Station kontrollierte ich kurz den Aufenthaltsraum und ging dann rüber ins Dienstzimmer. Hier öffnete ich den Giftschrank und machte mich daran, die Morgenmedikamente zu stellen. Ich hatte die Medikation aller Patienten im Kopf. Möllenbrock bekam drei Lexotanil und 10 Milligramm Haldoltropfen, Tietz eine Lexo und ein Vitaminpräparat, Clemens der Täufer – der tatsächlich Dieckmann hieß – nur Placebos und Breuer die volle Dröhnung (50 mg Haldol plus vier Leponex, das gute alte Affe-tot-Präparat).

Ich arbeitete konzentriert und sah nur ab und zu durch die Panzerglasfront des Raums in den sonnendurchfluteten kleinen Atriumgarten der Station hinaus. Wie üblich rauchte Lippert hier eine von seinen stinkenden Selbstgedrehten. Dann klopfte es. Herr Fischer steckte seinen Kopf zur Tür herein. Er lachte über das ganze Gesicht und erzählte offenbar einen Witz oder eine lustige Geschichte. Ich konnte ihn leider nicht verstehen. Ich war zwar in der Lage, Geräusche wie das Klopfen wahrzunehmen, aber die Spracherkennung war im Hypnosemodus offenbar ausgeschaltet.

Jetzt fragte mich die Gulistan-Stimme, wo ich sei, und da die Antwort für die Bärentatzen zu komplex geraten wäre – bei einem «Ja» sollte ich die linke, bei einem «Nein» die rechte Tatze senken –, erzählte ich es ihr in wenigen Worten.

«1978. Vor Amerika. Auf der Station. Alle Leute da. Schöner Tag. Wirklich schöner Tag.»

«Sehr gut», sagte die Stimme und klang mit mir zufrieden.

Dann ging die geführte Tour weiter: «Und jetzt geht das Unbewusste von Daniel an einen Ort, an dem sich Daniel das letzte Mal vollkommen sicher gefühlt hat.»

Es folgte eine Art Wischblende, und ich war im Dachgaubenzimmer meines Elternhauses. Das hatte ich vor dem Fremdenzimmer bewohnt, bis zum – jetzt wusste ich es wieder genau – sechzehnten Geburtstag. Ich bewegte mich durch den Raum wie in einem Museum, das mir gewidmet war, und betrachtete alles ehrfürchtig. Mein Gott, kuck mal, die Biber-Bettwäsche mit dem Blümchenmuster auf dem schmalen Bett. Ah, und die Bücher im Regal daneben, die Postkarten, Fotos und kleinen Texte, die ich mit Stecknadeln über meinem Resopalschreibtisch angebracht hatte. Und der Löwenbettvorleger, mon dieu. Sogar die selbst fabrizierte Hitparade an der Wand konnte ich lesen. Auf Platz 1 stand, grün unterstrichen, UFOs «Prince Kajuku».

Die Schärfe und der Detailreichtum der suggerierten Erinnerungsbilder waren kaum zu glauben. Sie unterschieden sich von den diffusen Flashbacks und Albdrücken, die mich in den letzten Wochen gequält hatten, wie sich die Bilder eines HD-Flatscreens von unterbelichteten Stummfilmbildern unterschieden. Mein Zeitgefühl dagegen verschlechterte sich immer mehr, bis ich es irgendwann ganz verloren hatte. Ich kann nicht sagen, ob Minuten oder Stunden vergangen waren, als mich Gulistans Stimme endlich nach Amerika dirigierte.

«Unbewusstes von Daniel. Es ist 1978. Du fliegst mit deinen besten Freunden nach Amerika. Hier fährst du zu einem Ort, an dem es sehr, sehr schön war. Vielleicht liegt er in Tennessee?» Dabei sang sie das letzte Wort ein wenig, so wie sie es schon vor der Hypnose gemacht hatte.

Ich verspürte ein starkes Kribbeln auf der Zunge, als würde ich an einer Blockbatterie lecken, und erwartete, gleich in bukolischer Landschaft auf einem Traktor zu sitzen, umgeben von den Huelsenbecks und vollbärtigen Landkommunarden. Aber plötzlich war ich ganz woanders. Erst hatte ich ein Gefühl, als stünde ich bis zu den Knien in lauwarmem Wasser. Dann schien mir eine grelle Sonne mitten ins Gesicht. Ich drehte mich um und sah karge Berge in der Ferne. «Guaymas», murmelte ich halblaut.

Am Strand dieser Stadt am Golf von Kalifornien hatten die

Huelsenbecks auf dem Weg nach Mazatlán haltgemacht. Am Abend eines langen Autotages wollten wir hier schwimmen.

«Was sieht das Unbewusste von Daniel?», fragte Dr. Gulistans Stimme.

«Wir gehen durchs Wasser. Es ist klar und grün und angenehm warm, mehr als dreißig Grad. Ich kann sehen, wie meine Füße bei jedem Schritt den Sand ein wenig aufwühlen. Da. Ein kleiner Einsiedlerkrebs flieht vor mir.»

«Und wer sind die anderen Menschen im Wasser?»

«Die Huelsenbecks. Meine Freunde.»

«Geht das auch genauer?»

«Allen voran ist Viktor. Er geht der Sonne entgegen immer weiter ins Meer. Sie steht schon tief und färbt alles goldgelbrot. Sieht aus wie in einem Italo-Western. Viktor ist schon weit draußen, aber das Wasser geht ihm immer noch nur bis zu den Knien. Rechts neben Viktor watet Ronny, links Ben ... Dahinter, ja, dahinter geht Michi. Ich selbst bin auf der rechten Seite hinter Ronny, ungefähr auf der Höhe von Michi. Wir alle gehen ganz langsam, wie in Zeitlupe, oder Cowboys vor einem Duell.»

«Und was fühlt das Unbewusste von Daniel?»

«Ich fühle mich gut. Von mir aus könnten wir immer so weiter gehen. Ich sehe zu Michi hinüber. Nein, das stimmt nicht. Ich sehe hinüber zu dem Mädchen.»

«Welches Mädchen?»

«Das neben Michi watet.»

«Wer ist dieses Mädchen?»

«Ich habe keine Ahnung. Ich glaube, ich habe sie noch nie gesehen. Eine junge Frau.»

«Eine junge Frau? Wie sieht sie aus?»

«Schlank. Pferdeschwanz. Braun. Jung. Sie scheint so alt zu sein wie wir. Trägt einen blauen Badeanzug. Steht ihr gut.

Ich kann ihr Gesicht nicht genau erkennen. Die Sonne steht extrem tief und blendet.»

«Und was fühlt das Unbewusste von Daniel, wenn es diese Frau sieht?»

«Ich weiß nicht ... ein starkes Vibrieren oder Dröhnen. Wie bei einem Musikstück, wenn der Bass einsetzt. Ein richtig fetter Bass, der alles erschüttert. Vielleicht das?»

Aber diese Antwort war nicht die ganze Wahrheit. Es gab noch ein viel stärkeres Gefühl, das in mir aufstieg. Und das war: Furcht, Angst, Panik. Doch das verschwieg ich Gulistan.

11

NACHRICHTEN ÜBER DAS BEFINDEN DER INS HIMMELREICH BEFÖRDERTEN

Hätte ich damals schon das gewusst, was ich heute weiß, hätte ich spätestens an diesem Punkt meine Nachforschungen abgebrochen. Und hätte mir einer gesagt, dass ich nur noch diese begrenzte Zeit – es waren inzwischen hundertdreiundfünfzig Tage – zu leben haben würde, ich hätte sie sicher anders verbracht: nicht weil ich glaube, dass ich noch etwas wirklich Wichtiges zu erledigen gehabt hätte. Spätestens hier ist mir klargeworden, dass es egal ist, wie man sein Leben verbringt. Ob man nur auf der faulen Haut gelegen und gesoffen hat oder ob man sich angestrengt hat, tätig zu sein, ein Werk zu schaffen oder etwas vorgeblich Nützliches zu erfinden – am Ende sitzt man in einem Raum wie diesem hier und ist tot.

Ich hätte aber zum Beispiel gerne noch alle Drogen getestet, die ich bisher ausgelassen hatte: Crystal Meth, Special K und ja, warum eigentlich nicht, Heroin. Süchtig konnte ich in der kurzen Zeit ja nicht mehr werden. Außerdem hatten wir uns das schon als Huelsenbecks für den Lebensabend ausgemalt. Ich hätte vielleicht auch endlich einen dieser dicken Ziegelsteine von Thomas Pynchon gelesen. Oder ich wäre noch ein letztes Mal gereist. Nach Tristan da Cunha vielleicht. Ich hatte die Insel schon immer zu Fuß durchqueren wollen, von Edinburgh of the Seaven Seas bis Stony Hill, um dabei Tristandrosseln zu beobachten. Oder ich hätte versucht, eine Sondergenehmigung für Anchor Island im neuseeländischen Dusky Sound zu bekommen, wo man versuchte, den Eulenpapagei Kakapo vor dem Aussterben zu bewahren. Auch dass ich in meinem Leben nicht einmal im Puff gewesen war, bedauere ich jetzt doch ein wenig. Ich hätte da SM-Sex bestellt, das hatte mich schon immer interessiert. War ich bottom oder top? Und auf jeden Fall hätte ich die knappen fünf Monate darangesetzt, noch eine letzte Frau zu finden. Die hätte ich davon überzeugt, mit mir ein Kind zu machen. Sie hätte doch unmöglich nein sagen können im Angesicht meines nahen Todes.

Ich aber dachte: Dreißig, vierzig Sommer hast du noch vor dir. Mindestens zehntausendmal wird für dich die Sonne aufgehen und am Abend wieder unter. Ich würde noch Tausende von Einkäufen im Supermarkt hinter mich bringen, fünftausend Butterbrote mit Marmelade schmieren, Hunderte von Folgen dieser wichtigen amerikanischen Fernsehserien kucken. Ich würde mir vierzigtausendmal die Schuhe zubinden, drei Milliarden Mal mit den Wimpern schlagen. Ich würde noch zig Frauen finden können. Wovon jeder halt so ausgeht, wenn ihm nicht gerade vom Arzt eine tödliche Krankheit diagnostiziert worden ist.

Das Ende der Sitzung bei Dr. Gulistan war für mich wie ein erneuter Schlag auf den Kopf. Die Euphorie, die mich nach dem Schwimmen überkommen hatte, war wie weggeblasen. Ich war völlig durcheinander. Wer war dieses Mädchen, das ich in der Trance gesehen hatte, und weshalb hatte es mir solche Angst eingeflößt? Hatten wir die Frau am Strand von Guaymas kennengelernt? War sie eine Tramperin, die irgendwo in Mexiko zugestiegen war? Oder aber war sie schon länger mit uns gereist? Das lag nahe, denn in der Strandszene schien sie uns allen sehr vertraut zu sein. Aber wenn es so war: An welchem Punkt der Reise hatte sie uns wieder verlassen?

Es war wenig hilfreich, dass ich nicht einmal ungefähr sagen konnte, wie das Mädchen aussah. Immer, wenn ich mir das Hypnosebild zurückrufen wollte, war sie verändert. Mal war sie fülliger, mal dünner, mal schien sie blondes Haar zu haben, mal war es schwarz wie Pech. Ich hoffte, dass ich ihrem Aussehen näherkommen könnte, wenn ich ein Phantombild anfertigen würde. Ich fand einen Kasten Buntstifte in einem der Kabuff-Regale und versuchte, ihr Porträt zu zeichnen. Oft setzte ich von neuem an, aber als ich nach ein paar Stunden die rund zwanzig Skizzen miteinander verglich, stellte ich nicht nur fest, dass jede völlig anders aussah. Unbewusst hatte ich den verschiedenen Gesichtern wohl auch markante Merkmale meiner Exfreundinnen mitgegeben. Einmal die gezupften Augenbrauen von Inga, dann Frida-Kahlo-dicke wie bei Brigitte oder Terezas hübsches Muttermal links neben dem Mund.

Dr. Gulistan konnte mir jetzt nicht mehr weiterhelfen. Ich ging an den nächsten Abenden noch dreimal zu ihr, aber sie schaffte es nicht, mich auch nur in die Nähe der Strandszene von Guaymas zu bringen.

«Das ist mir bisher noch nie passiert», erklärte sie nervös und fuhr sich dabei durch die Krone-Schmalz-Frisur. «Es ist so, als ob Ihr Unbewusstes eine starke Mauer um dieses Ereignis hochgezogen hätte. Sehr ungewöhnlich.»

Ich bat sie, es doch einmal mit der klassischen Hypnose zu versuchen.

«Ohne Bärentatzen. So wie im Film. Unter kompletter Ausschaltung meines Willens.»

Doch das lehnte Gulistan ab: «Das kann ich nicht verantworten.»

Zur gleichen Zeit versuchte ich wieder verstärkt, die anderen Huelsenbecks zu erreichen. Schon am Tag nach der ersten Sitzung rief ich Ben an. Ich erwischte ihn im Auto, auf dem Weg zu einem Geschäftstermin.

«Daniel, ich glaube, es ist besser, du begibst dich in Behandlung. Zu deinem eigenen Schutz.»

«Ben, es ist wichtig ...»

«Ich nehme dir das mit Chloe nicht übel. Ich meine, ich weiß um deinen Zustand. Aber bitte komm nie wieder bei uns vorbei. Also, nicht bevor du ... Du weißt schon. Tschüss.»

Ronny ging überhaupt nicht ans Handy, obwohl ich praktisch zu jeder Tages- und Nachtzeit anrief. Immer wieder hörte ich mir denselben Track auf seiner Mobilbox an: ein klassisches Telefonklingeln, gefolgt von mehreren leisen Frauenstimmen und dann einer lauteren Männerstimme: «Hello. Can you call 6 789 866?» Wahrscheinlich war es einer seiner Witze, ich probierte diese Nummer trotzdem aus, erst mit der Vorwahl der Stadt, danach mit einigen von umliegenden Gemeinden. Aber entweder existierte der Anschluss nicht, oder ich war falsch verbunden.

Ich versuchte jetzt auch erstmals intensiver, Michi aufzutreiben. Bisher hatte ich mich mit Rebekkas und Ronnys Auskunft zufriedengegeben, dass er unauffindbar sei. Allerdings kam ich nicht weit. Auf jameda.de entdeckte ich 2439 Einträge unter «Kliniken für Neurologie und Psychiatrie». Einunddreißig davon lagen im Hundert-Kilometer-Radius um die Stadt. Ich war wild entschlossen, alle anzurufen, und begann mit meiner alten Anstaltsklinik.

«Sind Sie ein Verwandter?», fragte mich eine warme Frauenstimme.

«Nein, das nicht, aber ...»

«Tut mir leid. Dann darf ich Ihnen keine Auskunft geben.»

Damit war klar, dass mir das auch bei den anderen Kliniken passieren würde. Also gab ich die Suche auf.

Da es keinen anderen Weg gab, setzte ich mich hin und schrieb jeweils eine Mail an Ben und Ronny. Ben bat ich wegen der Geschichte mit Chloe demütig um Verzeihung, und Ronny versuchte ich diplomatisch daran zu erinnern, dass er mir wegen der zweihundert Euro noch etwas schuldig war. Beiden schilderte ich meine Sitzung bei Gulistan und das Auftauchen des seltsamen Mädchens am Strand. Ich schloss die Mails auch mit demselben theatralischen Appell:

«Bitte antwortet. Schnell. Ich brauche jetzt Eure Hilfe. Denkt daran, dass wir einst die Huelsenbecks waren.»

Ich brauchte einen ganzen Vormittag für die zwei Schreiben. Immer wieder formulierte ich sie um, aus Bedenken, dass sie zu forsch, zu demütig oder zu verwirrt klingen könnten. Nachdem ich sie endlich abgeschickt hatte, glaubte ich fünf Minuten lang, dass ich jetzt alles Mögliche getan hätte. Aber dann fielen mir die Briefe an Brigitte wieder ein. Obwohl ich sehr sicher war, dass darin das Mädchen nicht vorkam – immerhin hatte ich sie jetzt schon fünfzehn- oder zwanzigmal gelesen –, wollte ich sie noch einmal durchsehen. Ich suchte sie in dem Papierstapel neben meinem Rechner, wo ich sie – da war ich mir völlig sicher – hingelegt hatte, fand sie aber nicht. Auch nachdem ich die ganze Wohnung auf den Kopf gestellt hatte, blieben sie verschwunden.

Die verdammten Kinder, dachte ich, weil ich keine andere Erklärung wusste, und lief auf die Straße. Ich wollte mir eins schnappen und es so lange zur Rede stellen, bis es die Briefe rausrückte oder mir das Versteck verriet. Aber stolperte ich in unserem Viertel sonst jeden Tag über gleich mehrere der defekten Biester, fand ich gerade heute keins. Eine Stunde lang lief ich durch die Gegend, bis ich unverrichteter Dinge wieder nach Hause trottete.

Am Abend ging ich noch einmal zu Gulistan. Komisch, dachte ich, dass sie mir diesen Termin gegeben hatte, obwohl es nicht nur Freitag, sondern sogar der Freitag vor Pfingsten war. Offenbar wollte sie auch das Rätsel auf Biegen und Brechen lösen. Als sie die Tür zur Praxis öffnete, stand ihre Bluse noch weiter offen als sonst. Der blaue Satinstoff ließ deutlich sehen, dass sie einen schwarzen BH trug. Schon bei den letzten beiden Terminen hatte sich der Ausschnitt jedes Mal vergrößert, als wollte sie damit ihre Erfolglosigkeit beim Hypnotisieren überspielen. Außerdem sächselte sie bei jeder Sitzung mehr.

Auch jetzt redete sie wieder, als ob sämtliche Konsonanten mit flüssigem Gummi übergossen wären. So fiel es mir noch schwerer, mich auf ihre Anweisungen zu konzentrieren. Die Praxis schien zudem überheizt, obwohl es nach dem Gewitter Anfang der Woche draußen immer noch kaum zwanzig Grad waren.

Als Gulistan dann mit ihrer sächsischen Hypnosestimme befahl: «Unbewussdes von Daniel. Willsde nich midd mir an den Strand von Guaymas gommen?», passierte es. Ich blinzelte und sah, wie zwei Schweißtropfen langsam von ihrer Drosselgrube in den weiten Ausschnitt liefen. Da hielt ich es nicht mehr aus. Ich sprang auf, drückte Gulistan die hundert Euro Honorar in die Hand und rannte an den schrecklichen Mirós vorbei ins Freie.

Nach dieser Geschichte wollte ich von Dr. Gulistan nichts mehr wissen. Meine Nachforschungen zu dem Mädchen betrieb ich aber weiter. Gleich am nächsten Morgen klemmte ich mich an den Rechner und las alles, was mir über Guaymas unterkam – beziehungsweise die Heróica Ciudad de Guaymas, wie die Stadt mit vollem Namen hieß: Sie lag etwa 400 Kilometer südlich der US-Grenze und 760 Kilometer nördlich von Mazatlán. Wenn wir – laut meinen bisherigen Recherchen – tatsächlich an einem Morgen Mitte August 1978 von Santa Barbara im Süden Kaliforniens losgefahren waren, dann war es gut möglich, dass wir hier kurz vor Sonnenuntergang gehalten hatten, um uns abzukühlen. Unser Strand musste allerdings etwa dreißig Kilometer südlich gelegen haben, in der Nähe des Dorfes Guásimas. Nur hier war die Küste so flach wie im Hypnosebild. Auch einige Panoramio-Fotos von italowesternmäßigen Sonnenuntergängen sprachen für diese Stelle.

Noch wichtiger aber war die Entdeckung, dass in Guaymas und Umgebung Yaqui-Indianer siedelten. Sofort fielen mir «Die Lehren des Don Juan – ein Yaqui-Weg des Wissens» ein. Dieses Buch von Carlos Castaneda war eins der wenigen gewesen, das Viktor in seinem Keller aufbewahrt hatte. Eigentlich passte das esoterische Brevier gar nicht zu Viktor, der kaum jemanden mehr verachtete als die in den Siebzigern allgegenwärtigen Bhagwan-Jünger. Aber Castaneda galt damals nicht als Spinner, sondern als ernstzunehmender Anthropologe.

Ich war überzeugt, mich nie mit dem Mann beschäftigt zu haben. Allerdings kam mir einiges im Wikipedia-Artikel bekannt vor. Vieles gehörte in den Siebzigern offenbar zum Allgemeinwissen. Ich wusste jedenfalls, dass der Autor seinen Titelhelden und Lehrer, den Yaqui-Schamanen Don Juan Matus, in der Wüste von Sonora getroffen haben wollte, an der auch Guaymas lag. Bei Don Juan waren dem Schüler einige spirituelle Erlebnisse widerfahren, denen meistens der Verzehr meskalinhaltiger Peyote-Kakteen vorangegangen war.

Unter anderem lehrte der Schamane, dass der richtige Gebrauch der Droge es einem Menschen sogar ermögliche, sich in einen Vogel zu verwandeln und zu fliegen. Das hatte Viktor auch behauptet, als er mir damals im Keller den Peyote-Kaktus zeigte. Konnte es vielleicht sein, dass wir am Strand von Guásimas auch Peyote genommen hatten? War das der Grund, weshalb ich mich kaum an die Amerikafahrt und das seltsame Mädchen erinnerte?

Je mehr ich über Castaneda las, desto mehr sprach für diese These. So zeigte Don Juan an einer Stelle seinem Schüler, wie er nur mit Willenskraft ein defektes Auto starten konnte. Hatte Viktor die Batterien des Pontiacs vielleicht gar nicht entladen, um schneller nach Hause zu kommen? Wollte er einfach nur das Experiment nachvollziehen? Auch was ich über die Wirkungsweise von Meskalin las, stützte meine Drogen-Vermutung. Zwar behaupteten nur wenige Quellen, die Droge befördere Amnesie, doch schon geringe Mengen führten zu Wahrnehmungsstörungen, die unter Umständen dauerhaft blieben.

Aber welche Rolle spielte dann das Mädchen in der Geschichte? Hatte sie uns das Peyote mitgebracht? Gehörte sie zu den sogenannten Hexen, mit denen sich Castaneda auf seinem Anwesen an der Pandora Avenue in Los Angeles umgab und über die im Netz so viel zu lesen war? Was hatten er und seine Leute im Sommer 1978 gemacht? Ich wollte gerade seinen Namen in die Suchmaske tippen, da versagte meine Tastatur. Ausgerechnet die Vokale konnte ich nicht mehr eingeben, außerdem waren die Konsonanten C und L blockiert. Ich versuchte es, bis ich einen Tobsuchtsanfall bekam. Ich schrie den Rechner an:

«Du Drecksteil. Du gehörst also auch dazu. Warum hat sich bloß alles gegen mich verschworen?»

Ich schrie so lange, bis ich erschöpft war und aufgab. Ich sah auf die Uhr. Es war bereits Sonntag, drei Uhr morgens.

Den Rest der Nacht schlief ich kaum, auch weil ich keine Alpra und Mela mehr hatte. Die Opi alleine brauchten länger, bis sie wirkten, und man kam mit ihnen auch viel schlechter runter. Ich geriet sofort in Panik, als mir klarwurde, dass jetzt Pfingsten war. Ach du Scheiße, das hieß in Deutschland ja, dass ich das Laptop erst am Dienstag zur Reparatur bringen konnte. Mindestens drei Tage war ich von der Recherche abgeschnitten.

Ich würde diese Warterei nicht aushalten, jedenfalls nicht ohne Drogen. Also setzte ich mich in die Straßenbahn und fuhr nach Kreuzberg zu Jazzrock-Wolfgang, meinem Dealer. Der Mann hieß so, weil er diesem Musikstil trotz aller Anfeindungen seit den Siebzigern treu geblieben war und daneben nichts anderes gelten ließ. Er stammte aus einem Kaff aus der Umgebung der Stadt, war aber schon 1977, als Siebzehnjähriger, nach Westberlin umgesiedelt, um der Wehrerfassung zu entgehen. Seitdem lebte er vom Dealen, das er von Anfang an und ausschließlich von seiner Wohnung im Wrangelkiez aus betrieben hatte. Wahrscheinlich war das *ein* Grund dafür, dass er in all den Jahren nie erwischt worden war. Ein anderer, dass er hauptsächlich an Bekannte aus der alten Heimat verkaufte, die er alle persönlich kannte.

In meiner Aufregung hatte ich nicht bedacht, dass Jazzrock erst ab fünfzehn Uhr empfing. Das war ein eisernes Gesetz, das keiner brechen durfte, sonst konnte er gleich wieder nach Hause gehen und brauchte nicht mehr wiederzukommen. Also trieb ich mich noch ein paar Stunden im Görlitzer Park herum. Auch hier wurde mir Dope angeboten, doch ich lehnte ab, denn ich wollte sicher sein, meine gewohnte Qualität zu bekommen. Als ich schließlich bei Jazzrock vorgelassen wurde, kaufte ich dreißig Gramm von irgendeiner Sorte, die er mir empfahl. Trotz jahrelangen Kiffens kannte ich mich nicht wirklich aus; ich konnte keinen Marokkaner von einem Afghanen unterscheiden. Für mich war nur wichtig, dass der Stoff anständig turnte, was der von Jazzrock immer tat. Als ich nach dem Kauf mit ihm einen guten Krümel proberauchte, bekam ich sofort einen Laberflash. Während im Hintergrund Chick Coreas «Return to Forever!» dudelte, berichtete ich lang und breit, was ich mir über Castaneda angelesen hatte.

«Castaneda?», antwortete Jazzrock nur, «guter Mann. Empfiehlt, die Welt anzuhalten.»

«Was für'n Ding?»

«Aufhören nachzudenken. Anfangen, nichts zu tun. Dann kommt alles von selbst in Ordnung. Praktiziere ich schon seit vierzig Jahren.»

Noch auf dem Nachhauseweg ging mir die Empfehlung durch den Kopf. Genau das schien es zu sein. Die ganze Woche lang versuchte ich, mich an sie zu halten. Ich hockte in meinem Kabuff, zog einen nach dem anderen durch und murmelte «Stopp!». Ich schob im Kopf die Castaneda-Recherchen beiseite, die eben noch so wichtig gewesen waren. Und es funktionierte. Auch als mir die Laptop-Werkstatt am Dienstagabend mitteilte, dass die Reparatur wegen eines Wasserschadens länger dauern würde, blieb ich erstaunlich ruhig. Selbst dass ich jetzt, da das Serverproblem des Handys weiterbestand, auf unabsehbare Zeit von meinen E-Mails abgeschnitten sein würde, war mir gleichgültig, auch wenn das bedeutete, dass ich nicht mehr an mögliche Antworten Bens und Ronnys kam. Ich schaffte es sogar, Telefonanrufe nicht entgegenzunehmen, was ich früher nie fertiggebracht hatte. Als mich mehrmals verschiedene Unbekannte mit Hongkonger Vorwahl versuchten zu erreichen, drückte ich sie einfach weg. Ich wunderte mich, wie einfach es war, mit nichts mehr als ein bisschen Kiffen und dem Castaneda-Mantra zur Ruhe zu kommen.

Einen nicht unbeträchtlichen Teil der nächsten Tage verbrachte ich damit, mich nach der Morgenpfeife auf das Rasenstück im Hof zu setzen und den Quittenbaum zu betrachten. Er blühte schneeweiß in der warmen Maisonne und erinnerte mich an den Quittenbaum, der im Garten meines Elternhauses stand, direkt vor meinem Fenster, und der ebenfalls so spät im Jahr geblüht hatte, dass ich jedes Mal überrascht war. Mit mir okkupierten die Nebelkrähen das Rasenstück. Stundenlang studierte ich ihr Verhalten und ihren Gang, in dem ich die Bewegungen ihrer Dinosauriervorfahren erkannte.

Eine Krähe, die etwas mehr schwarze Federn als die anderen hatte, interessierte sich auch stark für mich. Öfter hüpfte sie heran und sah mich prüfend an, wobei sie den Kopf abwechselnd nach rechts und nach links legte. Am zweiten Tag begann ich mit ihr zu plaudern. Bald hatte ich den Eindruck, dass Lisa – so hatte ich sie getauft – etwas wusste, das für mich wichtig war. Manchmal antwortete sie mir sogar mit unterschiedlich intoniertem Gekrächze, und einmal glaubte ich, tatsächlich etwas zu verstehen. Es klang wie «Mädchen, Mädchen, Mädchen». Da bekam ich es dann doch wieder mit der Angst und stürzte hoch in meine Wohnung.

12
DAS GROSSE PREISRÄTSEL

Auch wenn ich vielleicht gerne noch etwas länger gelebt hätte, um das eine oder andere zu erledigen: Im Grunde vermisse ich hier nichts. Sex? Sicher, eine Zeitlang drehte sich in meinem Leben alles nur um diese Sache, aber das ist nun auch schon etwas länger her. Drogen und Alkohol? Beides hübsche Spielzeuge, solange der Körper noch richtig mitmachte. Literatur? Ach, nun ja. Eigentlich bin ich ganz froh, dass die Stapel ungelesener Bücher neben meinem Bett verschwunden sind. Musik? Ja, Musik vielleicht. Doch, ja, Musik schon.

Von mir aus hätte die Welt-anhalten-Phase bis zu meinem Tod weitergehen können. Doch es kam anders. Es war Tag 139 meines Restlebens, ein Dienstag. Nach dem Kiffen war ich am Nachmittag auf dem Bett eingeschlafen. Plötzlich stand das Mädchen neben mir. Sie trug wieder bloß ihren blauen Badeanzug und zeigte mit dem ausgestreckten Arm auf mein Bücherregal. Dabei schüttete sie sich aus vor Lachen. Ich verstand nicht, was es dort Komisches zu sehen gab, bis mir klarwurde, dass sie auf die Falk-Pläne deutete. Okay, Stadtpläne aus Papier im einundzwanzigsten Jahrhundert. Natürlich fanden junge Leute das komisch. Das Mädchen krümmte sich geradezu. Zwischendurch stieß sie aber auch ein paar Worte hervor. «Die Fakten, die Fakten.»

Kaum hatte sie das ausgesprochen, erwachte ich. Wie unter einem posthypnotischen Befehl wankte ich schlaftrunken zum Regal und räumte die Stadtpläne auf den Fußboden. Dabei entdeckte ich, dass hinter ihnen der Schnellhefter mit den Briefen versteckt war, den ich so verzweifelt gesucht hatte. «Die Dreckskinder», murmelte ich. Aber jetzt waren die Briefe nicht so wichtig. Klar war, dass es um die Stadtpläne ging. Ich nahm mir einen nach dem anderen vor: Amsterdam, Brüssel, Heidelberg, Bremen, Rom, Athen, München, Dortmund, Lissabon ... Irgendetwas musste hier zu finden sein. Keine einfache Angelegenheit. Immerhin besaß ich über vierzig Pläne, von einigen sogar mehrere Ausgaben, Berlin allein fünfmal. Dann aber fiel aus dem Berliner Plan von 1983 (44. Auflage) schließlich das «Dada Berlin»-Reclam-Heft heraus. Das war eine wirkliche Überraschung. Ich war mir sicher gewesen, dass ich meine Dada-Bibel schon vor Jahren verloren hatte, doch da war sie, zerfleddert und eingerissen. Als ich sie aufschlug, öffnete sich ausgerechnet die Seite, auf der unser altes Motto zu lesen war. Der letzte Satz von Richard Huelsenbecks «Der neue Mensch» war mit blauem Kuli doppelt angestrichen. Ich las ihn mir selbst halblaut vor: «Alles soll leben – aber eins muss aufhören – der Bürger, der Dicksack, der Fresshans, das Mastschwein der Geistigkeit, der Türhüter aller Jämmerlichkeiten.»

Die nächste Entdeckung machte ich auf der inneren Umschlagseite. Hier war eine kleine Eintrittskarte eingeklebt: «Tendenzen der zwanziger Jahre. 15. Europäische Kunstausstellung»; der Eintrittspreis betrug lächerliche fünfzig Pfennig. Daneben hatte ich ein Datum notiert: «8. 10. 1977», und dazu «Dada-Ausstellung, Akademie der Künste». Richtig, ja, da waren wir gewesen. Und hatte mit diesem Besuch unsere Dada-Begeisterung nicht erst richtig angefangen? Auf jeden

Fall war es unsere allererste gemeinsame Reise überhaupt. Ronny, der Berlin-Freak, hatte sie vorgeschlagen, nachdem er von der Ausstellung im «Spiegel» gelesen hatte.

Letztlich war dieser Trip so etwas wie eine Generalprobe für die Amerikafahrt. Wir waren in Zweiergruppen getrampt; ich mit Ben, Viktor mit Ronny, und Michi hatte noch einen Kumpel dabei – einen Typ mit einer auffälligen Narbe über dem Auge, dessen Namen ich vergessen habe. Weil mal wieder eine spektakuläre Huelsenbeck-Aktion geplant war, hatten wir alle Blindenstöcke, Blindenarmbinden und große Stofftaschentücher im Gepäck. Im Foyer der Akademie legten wir uns die Augenbinden an und tasteten uns dann mit den Blindenstöcken voran durch die Ausstellung. Ich weiß nicht, welche Theorie wir uns dabei zurechtgelegt hatten, aber ganz sicher wollten wir Furore machen. Doch erneut ging alles schief. Es dauerte keine fünf Minuten, bis wir vom Aufsichtspersonal umzingelt waren. Die Wächter drohten, die Polizei zu holen, wir ergaben uns und wurden aus der Akademie geleitet. Dass wir dabei mit Dada-Heftchen wedelten und lautstark Sätze wie «In Hinterzimmern liegen blutige Säcke herum» oder «Der Maler malt, wie der Ochs brüllt» deklamierten, sorgte kaum für Aufmerksamkeit. Ausgerechnet an diesem Samstagnachmittag war kaum ein Besucher in der Ausstellung.

Die anschließende Nacht wurde ebenfalls ein veritabler Reinfall. Eigentlich hatten wir geplant, sie in den Betten von uns bis dahin unbekannten Frauen zu verbringen:

«Die Berlinerinnen stehen auf Jungs, die feine Mäntel tragen», hatte Ronny phantasiert. Tatsächlich hingen wir dann bis zum frühen Morgen Bier trinkend und kiffend in der «Roten Harfe» und später im «Jodelkeller» herum, ohne dass sich auch nur eine Frau für uns Kunstrevolutionäre interessiert hätte. «Habe ich nicht immer gesagt, dass das hier eine verdammte Loserstadt ist?», triumphierte Viktor danach und erklärte, dass er Berlin wirklich nie wieder betreten würde.

Beim Blättern entdeckte ich noch etwas im Heft, das mir seltsamerweise damals, als es meine tägliche Lektüre bildete, nie aufgefallen war: Viele Texte und vor allem Graphiken, die aus Publikationen wie «Der Dada», «Die Pleite» oder «Jedermann sein eigener Fußball» faksimiliert worden waren, enthielten Adressen – echte, reale Berliner Adressen. Plötzlich verstand ich, weshalb das Mädchen auf jene Stelle im Regal gezeigt hatte: Such diese Adressen auf, hieß das, dann wirst du auch mehr über mich erfahren.

Am nächsten Tag fuhr ich schon um acht Uhr morgens mit dem Fahrrad den Prenzlauer Berg hinab. Ich radelte über den Alexanderplatz und Potsdamer Platz weiter nach Westen. Ich war guter Laune. Nach Tagen der Ratlosigkeit und Lähmung hatte ich endlich wieder einen Plan, nach dem ich handeln konnte.

Die erste Adresse, die auf meiner Liste stand, war Lützowufer 13 am Landwehrkanal. Hier hatte 1920 die Erste Internationale Dada-Messe stattgefunden, in der Galerie von Dr. Otto Burchard, dem die Dadaisten den Ehrentitel «Finanzdada» verliehen hatten. Damit begann ich am chronologischen Ende von Dada in Berlin. Die Bewegung war in der Stadt erledigt, nachdem einige der Ausstellenden – unter ihnen auch der ansonsten so lautstarke George Grosz – wegen einiger Exponate in dieser Ausstellung zu Geldstrafen verurteilt worden waren. Die Dadaisten waren in dem Prozess so kleinlaut aufgetreten, dass sie ihren Status als furchtlose Unruhestifter zwangsläufig einbüßten. Auch ich war jetzt enttäuscht, denn ich musste feststellen, dass es das Haus Nummer 13 nicht mehr gab. An seiner Stelle lag jetzt ein ordinärer Kundenparkplatz, der einer Filmfirma im Nachbarhaus gehörte.

Ich stieg trotzdem vom Rad, um mit der Arbeit zu beginnen. «Die Fakten», hatte das Mädchen gesagt, und um die wollte ich mich kümmern. Wie sie das gemeint hatte, wusste ich genau, das hatte ich ja früher bereits gemacht, schon in der Pubertät. Ich glaube, ich war dreizehn, als ich damit anfing, alle Informationen über meine Mitschülerin Heike Wittkowski zu sammeln. Jeden Tag erfasste ich in einer detaillierten Liste, was sie trug: Rock, Jeans, Schuhe, Pullover, Bluse, Socken. Ich notierte mir die Farben der Kleidungsstücke, schrieb auf, welche Laune sie hatte, und möglichst auch, was sie im Unterricht sagte. Ich glaubte, wenn ich alles über Heike wüsste, könnte ich Macht über sie gewinnen und sie dazu bringen, meine Freundin zu werden.

So wie damals verfuhr ich auch jetzt. Ich notierte alles, was ich sah. Wirklich alles. Ich schrieb mir sämtliche Nummernschilder, Typenbezeichnungen und Farben der auf dem Parkplatz stehenden Autos auf, zeichnete jedes Graffito an den Brandmauern ab. Ich versuchte sogar, sämtliche Vögel der Umgebung zu erfassen. Ich ging auch die Hausmüllcontainer durch, die am Ende des Parkplatzes standen; hier fand ich einen Spielzeug-Ziegenbock aus Hartplastik, dessen linkes Horn viel größer war als das rechte. Ansonsten fiel mir auf: eine einsame männliche Mandarinente *(Aix galericulata)* auf dem Landwehrkanal, eine taiwanesische Fahne, die von einem Balkon des Hauses Nummer 14 hing, und eine «Spiegel»-Ausgabe von 2008, die in einer ausrangierten Badewanne lag, die am Straßenrand auf den Sperrmüll wartete. Auf der Titelseite – «Der Memory-Code» – war der Kopf einer jungen Frau abgebildet, der man ins Gehirn sehen konnte.

Als ich nach guten zwei Stunden mit der Arbeit fertig war, steckte ich «Spiegel» und Ziege in den Rucksack und radelte weiter Richtung Charlottenburg zur Kantstraße. In der Hausnummer 118 waren um 1920 herum praktisch alle Berliner Dadaisten ein- und ausgegangen. Im dritten Stock residierten sowohl das «Centralamt der Dadaistischen Bewegung in Deutschland» als auch die «Dada Reklamegesellschaft», wie man einem im Heftchen abgebildeten Flugblatt entnehmen konnte, das auch die «Generalvertreter» dieser Firmen aufführte: «Huelsenbeck, Hausmann, Grosz, Herzfeld». Richard Huelsenbeck hatte hier auch seine Wohnung gehabt, während Raoul Hausmann als «Präsident der Sonne, des Mondes und der kleinen Erde (Innenfläche)» die Adresse zumindest auf seiner Visitenkarte angab.

Ich freute mich, als ich auf der Krummen Straße um die Ecke bog und feststellte, dass dieses Haus noch existierte. Es hatte über die Jahre zwar einiges an Stuck sowie sein originales Spitzdach eingebüßt, aber sicher war: Durch diese Haustür waren unsere alten Dada-Vorbilder gegangen. Ich schrieb auch hier zunächst die vor dem Haus geparkten Autos auf, bevor ich die Ladengeschäfte und Restaurants im Parterre inspizierte. Merkwürdigerweise hieß ein italienisches Schuhgeschäft «Manali»: Der Ort lag in Indien; im berühmten Hadimba-Tempel dort hatte man mir mal das Geld gestohlen.

Beinahe machte ich hinter «Manali» drei Ausrufezeichen, als ich sah, wie ein Mann mit Hut einen der vielen Klingelknöpfe an der Haustür drückte, die sich kurz darauf öffnete. Ich nutzte die Gelegenheit und folgte ihm, bevor die Tür zufiel. Im Treppenhaus roch es so stark nach einem Putzmittel, dass mir fast schlecht wurde. Trotzdem kämpfte ich mich die Treppe hoch, bis ich im zweiten Stock eine Tür halb angelehnt fand. Durch den Spalt kuckte eine alte, auf einen Hausrollator gestützte Frau. Mit dünner Greisenstimme sprach sie mich an.

«Sie kommen sicher wegen der Dadaisten?»

Für einen Moment war ich geplättet.

«Woher wissen Sie denn das?»

«Ach, hier weht es öfter so junge Leute herein, denen helfe ich gerne. Treten Sie doch ein.»

Ich ließ mich kein zweites Mal bitten und saß kurz darauf an ihrem Wohnzimmertisch. Im Radio lief ein Choral, ich glaube, es war «O komm, du Geist der Wahrheit», auf dem Tisch lag ein Häkeldeckchen, genauso wie auf dem Röhrenfernseher und jedem anderen Möbel, und auf einer Vitrine stand eine etwa vierzig Zentimeter hohe Madonnenfigur, deren Füße in einem Hügel aus Korallen und Muscheln verschwanden.

«Tut mir leid», sagte die Alte, «dass ich Ihnen nichts anbieten kann. Aber ich komme nur noch selten zum Einholen.»

Ich betrachtete die Frau jetzt genauer. Sie hatte weißes Haar und war in einem Alter, das für mich nicht mehr zu bestimmen war. Trotz ihrer scheinbaren Hinfälligkeit machte sie keine Anstalten, sich zu setzen, sondern stützte sich weiter auf den Rollator.

«Ich verstehe nicht», fing sie an, «was ihr jungen Leute immer mit den Dadaisten habt. Das waren fürchterliche Menschen.»

«Ja», räumte ich ein, «ihre Kunst ist sicher gewöhnungsbedürftig.»

«Kunst? Die Kunst war mir egal. Aber der schreckliche Lärm, den die gemacht haben. Furchtbar. Die Bande hat ja direkt über mir gewohnt.»

«Die Dadaisten?»

«Ja, sicher. Im dritten Stock. Wo sonst? Laufend waren da Partys. Saufereien bis zum frühen Morgen.»

Ich war perplex. Selbst wenn sie hundertzehn war, konnte

sie damals nicht ... Ich rechnete noch einmal. Doch, das wäre gerade noch so möglich.

«Entschuldigung. Aber wie alt sind Sie denn?»

«Wissen Sie nicht, dass man das eine Dame nicht fragt?»

«Verzeihung, aber ...»

«Sie sind doch wegen der Dadaisten gekommen, nicht wegen meines Alters, oder?»

«Richtig, aber ...»

«Die langen Haare, die die Männer alle hatten. Und die glasigen Augen. Und die Frauen. Walla-Walla-Gewänder, oder praktisch nichts an. Die Stereoanlage haben sie bis zum Anschlag aufgedreht. Dieses Wummern und Bummern. Das hat mich ganz verrückt gemacht.»

Langsam wurde mir klar, was Sache war. Ich stand auf und ging auf die Frau zu, um ihr die Hand zu schütteln:

«Vielen Dank für Ihre Auskunft. Sie haben mir sehr geholfen. Aber ich muss jetzt leider gehen.»

Kaum hatte ich das ausgesprochen, ging eine merkwürdige Veränderung in der alten Dame vor. Ihre Augen bekamen plötzlich einen weichen Glanz, als sähe sie in mir einen anderen Menschen, während die Stimme nun freudig bis begeistert klang:

«Ach, mein Johannes. Ich dachte schon, du würdest nie mehr kommen. Das ist aber schön. Komm, lasst uns gleich zusammen beten.»

Sie fasste mich mit beiden Armen fest ans Handgelenk und versuchte, mich in den Sessel zurückzuschieben.

Als ich mich losmachen wollte, traten ihr Tränen in die Augen.

«Ach, mein kleiner Hans. Nur ein Vaterunser mit deiner alten Mutter. Damit der Herrgott uns beschützt.»

Die Tränen brachen meinen Widerstand.

«Also gut», sagte ich, «lasset uns beten.»

Ich wollte schnell das Vaterunser runterrasseln und dann durch die Mitte abhauen.

Doch so weit kam es nicht. Als wir bei «sondern erlöse uns von dem Übel» waren – die Alte und ich beteten interessanterweise beide die alte Fassung –, hörte ich, wie sich ein Schlüssel in der Haustür drehte. Bei «dein ist das Reich» stand ein junger Vollbartträger im Zimmer.

«Ach, mein Gott, Frau Leistikoff», seufzte er entnervt, «schon wieder.»

Ich brach die Beterei sofort ab, doch die Alte ließ sich nicht irritieren. Als sie geendet hatte, stellte sich der Vollbart vor.

«Ich bin Frau Leistikoffs ambulanter Betreuer. Die Frau ist seit einigen Jahren leider altersdement, und natürlich wird es nicht besser. Immer wieder lädt sie wildfremde Leute in die Wohnung ein. Dadaisten oder Leute, die auf ihren Spuren sind, weil hier im Haus mal ein paar berühmte Typen gewohnt haben. Hin und wieder auch Chinesen.»

«Chinesen?»

«In den zwanziger Jahren war in diesem Haus das Büro des Vereins der chinesischen Studenten. Der später berühmte General Zhu De hat das Büro persönlich gegen reaktionäre Studenten verteidigt. Aber Sie sind wahrscheinlich eher aus der Dada-Ecke.»

«Ja, so ungefähr», räumte ich ein und verabschiedete mich hastig.

Das chinesische Büro und General Zhu De, waren das die Fakten, auf die mich das Traummädchen hatte hinweisen wollen? Aber wozu? Gut, auch Sandys Großvater, der im chinesischen Bürgerkrieg aufseiten der Nationalisten kämpfte, hatte in den zwanziger Jahren in Berlin studiert. Womöglich war er in die Kämpfe um das Büro involviert gewesen? Doch was hatte das, verdammt noch mal, mit dem Mädchen im blauen Badeanzug zu tun?

Weitermachen, befahl ich mir und machte mich auf zum Ku'damm 238a. Hier sollte am 12. April 1918 in der «Berliner Sezession» der erste dadaistische Vortragsabend Berlins stattgefunden haben. Doch obwohl ich die Straße eine Stunde lang absuchte, fand ich die Hausnummer nicht. Da, wo das Haus einmal gestanden haben musste, war der Ku'damm unerklärlicherweise zu Ende. Nicht mal eine Baulücke war zu erkennen. Jetzt machte sich langsam Frust in mir breit.

Ich sah meine Adressliste an und entschied, es nur noch einmal zu versuchen. Ich wählte die Zimmermannstraße in Steglitz aus. Dort, in Nummer 34, hatten Johannes Baader und Raoul Hausmann gewohnt. Wenn sich auch hier nichts Konkretes ergeben sollte, würde ich meine Suche abbrechen und etwas anderes versuchen. Als ich in die Straße einbog, hatte ich keine große Hoffnung mehr. Zu meiner ersten Überraschung befand ich mich in einer durchaus gehobenen Wohngegend. Die Gründerzeitfassaden waren schön renoviert, die von Linden gesäumte Straße war verkehrsberuhigt und durch eine Fußgängerfurt von der befahrenen Schlossstraße abgetrennt. Die Geschäfte und Läden passten dazu: eine Ergotherapie-Praxis namens «Körpersinn», ein Laden für «Stuhlideen» und ein Antiquariat, das im Schaufenster das Buch «Gedankenmacht und Hysterie» für fünf Euro anbot. Ich hatte eine schlichtere Umgebung erwartet. Soweit ich wusste, hatten Baader und Hausmann nicht gerade in Geld geschwommen..

Auch das Haus, in dem die beiden gewohnt hatten, fiel nicht aus dem großbürgerlichen Rahmen. Die Jugendstilfassade war mit Stuckranken und -blättern sogar noch prächtiger verziert als die der Nachbarhäuser, und die Haustüre schien noch original zu sein. Meine besondere Aufmerksamkeit erregten die aus Stuck gearbeiteten Tiere: kleine Affen, die am Blätterwerk herumzogen und fast menschlich wirkten, sowie weiße Uhus, die in kleinen Höhlen unter den Fensterbänken das Haus zu bewachen schienen.

Da ich inzwischen ziemlich erschöpft war, notierte ich die Einzelheiten nicht mehr, sondern fotografierte einfach alles ab. Ich fragte mich, ob wohl Johannes Baader auch hier, in seiner gutsituierten Nachbarschaft, Sätze wie «Das Weltbewusstsein hat keinen Gott nötig» oder «Wer mir nicht folgen will als ‹Christus›, mag mir als Freund des ‹Oberdada› willkommen sein» lautstark verbreitet hatte. Oder hatte er doch eher versucht, nicht weiter aufzufallen? Wahrscheinlich Letzteres, obwohl das sicher nicht einfach war. Ich jedenfalls fiel hier auf. Als ich das Handy auf die Fassaden richtete, bemerkte ich ein paar Schatten hinter einigen Fenstergardinen, die schnell hinter Topfpflanzen verschwanden, wenn ich in ihre Richtung blickte.

Ich versuchte, mich unauffälliger zu verhalten. Dem Eingang der 34 näherte ich mich wie zufällig. Das Klingelschild war aus poliertem Messing, und zwei der Namen verrieten Adel. Ganz vorsichtig zog ich wieder mein Handy raus, da trat eine blonde, streng frisierte Frau mittleren Alters aus der Tür, zusammen mit einem asiatisch aussehenden, vielleicht achtjährigen Mädchen. Das sah mich mit aufgerissenen Augen an und fragte laut:

«Mama, was macht der Mann denn da?»

Die Mutter wollte eigentlich schnell an mir vorbei, doch jetzt stoppte sie.

«Stimmt. Genau, was machen Sie denn da?»

Ich erschrak und ließ das Handy zu Boden fallen. Als ich es aufheben wollte, tat ich einen kleinen Ausfallschritt nach vorne und trat dabei dem Mädchen auf den Fuß. Sofort brüllte es los, als ginge es um sein Leben. Die Situation eskalierte. Die Tür des Nachbarhauses öffnete sich, und eine ältere Frau kreischte schrill herüber:

«Passen Se auf. Diese Type lungert hier schon die ganze Zeit herum.»

Die blonde Frau zückte nun auch ihr Handy und fixierte mich, als wollte sie Nägel durch mich treiben:

«Sie bleiben jetzt mal schön hier, bis die Polizei kommt und diese Sache klärt.»

In diesem Moment begannen meine Mandelkerne Glutamat zu produzieren. Das wiederum veranlasste den blauen Kern des limbischen Systems dazu, vermehrt Noradrenalin auszuschütten, welches das Nebennierenmark stimulierte, Adrenalin und Noradrenalin herzustellen. Ergebnis dieses Prozesses war, dass ich in Panik geriet. Was sollte ich der Polizei erzählen? Dass ich auf der Suche nach einem Mädchen war, das ich im Sommer 1978 in den USA getroffen hatte? Dass ich aus diesem Grund alle Adressen abklapperte, unter denen vor circa hundert Jahren einmal Berliner Dadaisten gewohnt hatten, um die Namen der Leute auf den Klingelschildern zu fotografieren, die heute in denselben Häusern wohnten? Das – so klar war ich damals noch – war absurd.

Ich drehte mich auf dem Absatz um, schnappte mein Fahrrad und radelte davon. Hinter mir schrien die beiden Frauen die Nachbarschaft zusammen, und das Mädchen heulte, als hätte ich sein Pony massakriert. Über die Schlossstraße floh ich Richtung Westen. Doch nachdem ich die Stadtautobahn und die S-Bahn unterquert hatte, wusste ich plötzlich nicht mehr, wo ich war. Irgendwann sah ich eine Nebelkrähe vor mir, gut zehn Meter über der Straße. Ich war mir nicht sicher, aber ich glaubte, Lisa zu erkennen. Ich folgte dem vertrauten

Vogel, bis ich links aus einem kleinen Park einen ungewöhnlich hohen Turm aus Feldsteinen herausragen sah. Weil sich die Krähe hier auf einen Baum setzte, fuhr auch ich näher heran. Der Turm gehörte zu einer Kirche, die im Stil einer mittelalterlichen Burg gebaut war: komplett aus Feldsteinen und mit einer überdachten Brücke, die Kirche und Pfarrhaus verband. Auf einem Schild stand «Evangelische Lukas Kirchengemeinde». Gleich fühlte ich mich sicherer.

Ich stieg ab und ging zu Fuß um die Kirche herum. Auf der meterhohen, mit Eisen beschlagenen Eingangstür war in Sütterlin «Ein feste Burg ist unser Gott» geschrieben. Links neben der Pforte lagen Büschel von weißen Federn, an einigen klebte frisches Blut. Es sah aus, als hätte kürzlich jemand eine Haustaube geopfert. Die Federn waren rings um den Infokasten mit den Aushängen für die Gemeinde verteilt. In dem stand als Wochenspruch auf einem rosa Zettel: «Heute, wenn ihr hören werdet seine Stimme, so verstockt eure Herzen nicht, wie es geschah bei der Verbitterung am Tage der Versuchungen in der Wüste.»

Als ich diese Stelle las, krächzte Lisa auf dem Baum zweimal. Ich sah auf. Ihr Schnabel zeigte auf die andere Seite der Kreuzung, wo ein Rettungswagen mit Blaulicht vor einem Reformbaublock aus den Zwanzigern stand. Ich lief sofort hinüber. Beim Krankenwagen angelangt, bemerkte ich, dass die Tür zum Haus offen stand. Mein Blick fiel auf die weiße Tafel darüber. Ich glaubte erst an eine neue Täuschung, doch was ich las, stand da wirklich: «Hier lebte von 1930 bis 1936 Richard Huelsenbeck. 23. 4. 1892–20. 4. 1974. Arzt und Schriftsteller. Gründete im April 1918 mit George Grosz und anderen unter dem Eindruck des Ersten Weltkriegs die Künstlergruppe ‹Dada Berlin›.»

Es gab keinen Zweifel. Meine Flucht hatte mich direkt zur

Lessingstraße 12 verschlagen, dem letzten Berliner Wohnsitz Huelsenbecks, bevor er in die USA emigrierte. Ich weiß, Sie werden es mir nicht glauben, aber es war wirklich ein Zufall. Von dieser Adresse hatte ich bisher nichts gewusst, und auch im gelben Heftchen war sie nicht aufgeführt.

Gerade wurde ein uralter Mann aus dem Haus getragen. Er hatte eine ausgeprägte Nase, große Ohren und überhaupt keine Haare mehr auf dem Kopf. Erstaunlich, dachte ich, wie sich das Aussehen der Geschlechter im Alter wieder angleicht. Man könnte den Mann glatt für den Zwilling der Alten aus der Kantstraße halten. Noch entschiedener ähnelte der Typ dem Astronautengreis am Ende von Kubricks «Odyssee 2001». Als die Trage mich passierte, blickte er mich aus tief eingefallenen, schwarz umränderten Augen an. Er hob seinen rechten Arm und winkte matt. Ich war sicher, dass er mich meinte, und als kurz darauf die Sanitäter noch einmal im Haus verschwanden, sprang ich kurz entschlossen in den offenen Rettungswagen.

Ich hockte mich neben den Alten, über dessen Gesicht ein leichtes Lächeln huschte. Er flüsterte etwas, das ich nicht verstand. Ich beugte mich so weit zu ihm herunter, bis ich seinen Atem spürte.

«Die Hexe! Die Hexe, sie stiehlt!», hörte ich jetzt.

Ja, das ist es, dachte ich. Das ist die Nachricht, auf die ich den ganzen Tag gewartet hatte. Ich konnte meine Aufregung kaum kontrollieren.

«Wer stiehlt?», fragte ich.

«Die Hexe», wiederholte der Mann ächzend. Dann bekam seine Stimme einen klagenden Unterton: «Warum warst du nicht da? Du bist nie da gewesen. Nie, nie, nie.»

Ich ignorierte das Gejammer, griff nach seinem Schlafanzugärmel und drang noch mal auf ihn ein:

«Wer bestiehlt Sie denn? Wie heißt die Hexe? Ihr Name ...»

Angestrengt versuchte ich, mich an die Namen der Castaneda-Hexen zu erinnern. Zwei fielen mir ein:

«Taisha, Yury ...?»

Offenbar war ich jetzt wirklich zu dem Alten durchgedrungen. Er sah mich mit völlig klaren und verständigen Augen an. Aber in dem Moment, in dem er noch einmal seinen Mund öffnete, packte mich jemand von hinten und zog mich aus dem Krankenwagen.

«Sind Sie ein Angehöriger?», fragte der Sanitäter ruppig.

Schon wieder diese Frage.

«Nicht direkt, aber ich ...»

«Dann, Männeken, zieh ma schleunigst Leine. Sonst wird's hier für dich gleich sehr ungemütlich.»

13

AUF DEN DÄCHERN STEHEN DIE KÜHE UND SCHREIEN

In meiner Kindheit hatte ich oft Träume, die sich wiederholten, manche über hundertmal. In der Pubertät war das Phänomen dann verschwunden, doch an diesem Morgen kam es zurück. Das Mädchen stand schon wieder an meinem Bett. Dieses Mal hatte sie eine Kaffeekanne und zwei Tassen in den Händen. Außerdem war sie völlig nackt.

«Na, Langschläfer», sagte sie mit einer Stimme, in der ein leichtes Näseln mitschwang. «Interessiert dich wohl nicht besonders?»

Ich rieb meine Augen und starrte auf ihre Brüste. Warum, so fragte ich mich selbst im Traum, müssen Männer auf weibliche Brüste starren, warum haben sie keine andere Wahl? Sicher. Ich kannte die Erklärungen. Trotzdem: Eigentlich war das doch auch nur seltsam geformtes Fett- und Bindegewebe.

«Im Gegenteil. Ich denke den ganzen Tag an dich.»

«Dann weißt du also endlich, wer ich bin?»

«Ja, natürlich weiß ich das.»

Aus irgendeinem Grund glaubte ich das in diesem Moment wirklich.

«Das ist aber nett von dir.»

Sie kletterte aufs Bett und setzte sich breitbeinig auf meine Brust.

«Dann weißt du bestimmt auch, was der Alte dir sagen wollte?»

«Dass du die Hexe bist? Taisha, Nury ...?»

«Hihi, da musst du schon selbst draufkommen.»

Als ich aus dem Traum erwachte, hatte ich nicht nur eine Erektion; ich wusste auch sofort, was zu tun war. Mit meinem Schlüsselbund stürzte ich auf den Dachboden, der sich ein Stockwerk über meinem Kabuff befand. Der große Trockenboden war der eigentliche Grund dafür gewesen war, dass ich damals die Wohnung gekauft hatte. Hier hatte ich meinen ganzen Krempel untergebracht, den ich nicht mehr sehen wollte, aber auch nicht wegschmeißen konnte.

Ich knipste die schwache Glühbirne an und stand vor meinem ganzen deutschen Leben. Links von mir war im ersten Raum der Hausrat meiner vorletzten Berliner Wohnung untergebracht. Küchengeräte und Geschirr, das ich in der Kabuffküche nicht gebrauchen konnte. Davor stand das ganze Elektrozeugs, das sich allein dadurch, dass es bald fünfzehn Jahre hier eingelagert war, in unnützen Schrott verwandelt hatte. Rechts neben dem Eingang war die «Survivalecke». Hier stapelten sich Utensilien, die ich kurz nach der Geschichte mit Inga angeschafft hatte. Damals hatte ich in einer Kneipe in Friedrichshain Leute kennengelernt, die mir dringend rieten, mich auf den Ausbruch eines Bürgerkriegs vorzubereiten. Ich hatte dann einfach alles gekauft, was in der Prepperszene angesagt war: ein Zweimannzelt, ein Kurzwellenempfänger, handbetriebene Taschenlampen, Überlebensrationen der Bundeswehr, wasserfeste Streichhölzer, Wasserentkeimungstabletten, Fangmesser, das ganze Programm. Alles war luftdicht in dicker Plastikfolie eingeschweißt und hatte, wie es aussah, die vergangenen Jahre gut überstanden.

Den Preppern hatte ich es letztlich auch zu verdanken, dass ich mit Sandy zusammenkam: beim Dschungel-Survival-Training im thailändischen Khao Sok. Wir waren im selben Platoon gewesen, hatten zwei Wochen lang zusammen Wasser geholt, Hängematten aus Lianen geflochten und Wurzeln aus dem Morast gegraben. Danach flog ich noch einmal kurz nach Hause. Eigentlich wollte ich länger bleiben, doch dann stellte mir Sandy ihr Ultimatum: «Entweder du kommst jetzt oder ...» Ich erledigte noch ein paar wichtige Dinge und zog anschließend nach Hongkong; zunächst einmal in Sandys kleine Wohnung in Repulse Bay.

Ich ging gleich durch zum zweiten Raum. Der war bis zum Dachfirst mit Kartons gefüllt. Ganz hinten lagerten meine privaten Unterlagen. An die kam ich nicht so ohne weiteres ran, denn davor stapelten sich mehrere Reihen von Kartons bis zum Dachfirst, die ich die «Chinesische Mauer» nannte: Kisten voller Bücher, die ich selbst geschrieben hatte – Belegexemplare, aber nicht nur. Bei fast jedem Deutschlandaufenthalt hatte ich meinen Verlagen Bücher zum Ramschpreis abgenommen, um zu verhindern, dass sie makuliert wurden.

Ich stöhnte auf – in Deutschland hatte ich mir dieses Alte-Männer-Stöhnen angewöhnt, das ich nicht mehr loswerden sollte – und begann damit, die Mauer abzutragen. Wie dumm, fluchte ich, kann man nur sein? Erst all diese Bücher zu schreiben, in Tausenden von Stunden, in denen man am Schreibtisch lebendig verwest, und sie dann auch noch zurückzukaufen? Den größten Teil bildeten humoristische Reiseführer, einst mein Spezialgebiet. Immerhin hatte sich der erste noch ganz gut verkauft. Dabei hatte ich mir das meiste für «Die tollsten totalitären Staaten – eine Reise durch Nordkorea, Eritrea, Turkmenistan, Somalia und Saudi-Arabien» aus dem Netz zusammengegoogelt. Auch «Mit dem letzten Geld um die ganze Welt» war noch einigermaßen gelaufen, hauptsächlich, weil ein großer Reiseveranstalter nicht nur alle meine Spesen übernommen, sondern auch die halbe Auflage aufgekauft hatte. Aber alles, was danach kam, war ein Flop.

Nachdem ich zehn Kisten Reiseführer weggeräumt hatte, kamen die Romane dran, die ich in Hongkong geschrieben hatte. «Kurze Geschichte des Auswurfs» war der beste gewesen, eine Dystopie, die in einer mikroskopisch kleinen Welt handelte, nämlich dem Rotzfladen eines alten Mannes auf einem Pekinger Bürgersteig. Die Helden waren winzige Wesen, nicht größer als Bakterien. Als ein räudiger Hund den Auswurf vom Pflaster leckte, endete die Handlung abrupt. Überflüssig zu sagen, dass auch dieses Buch kaum Leser fand.

Mein Glück war, dass Sandy genug Geld für uns beide verdient hatte. Ja, man konnte sagen: Je schlechter ich verkaufte, desto besser lief es bei ihr. Kurz nachdem ich in ihre Wohnung gezogen war, hatte sie sich mit einem Survivalbedarfsversand im Internet selbständig gemacht. Jedes Jahr warf dieses Unternehmen mehr Gewinn ab. Dabei wollte sie schon kurz nach seiner Gründung nichts mehr mit der ganzen Prepperszene zu tun haben.

«Alles Spinner», meinte sie, «armselige Würstchen und potenzielle Vergewaltiger.»

Trotzdem belieferte sie die Kundschaft weiter. Die Irren zahlten einfach zu gut.

Als mir diese Geschichte durch den Kopf ging, fühlte ich mit einem Mal einen stechenden Schmerz. Er ging vom linken Temporallappen aus, also der Stelle, an der mich der Stein getroffen hatte, einmal quer durch den ganzen Kopf. Das war in den letzten Tagen häufiger passiert; fast immer dann, wenn ich an Sandy gedacht hatte. Würde das so weitergehen, das war klar, würde ich bald wieder einen Arzt aufsuchen müssen. Zum Glück ließ der Schmerz beim Arbeiten schnell nach, und eine Dreiviertelstunde später war alles weggeräumt. Danach stand ich allerdings vor der eigentlichen Herausforderung: einem großen Block von mehr als zwei Metern Höhe, der aus vierzig oder fünfzig Kartons bestand. Darin befand sich meine Bibliothek. Die konnte ich nicht einfach aus dem Weg räumen. Jeden einzelnen Karton würde ich öffnen müssen, um das zu finden, was ich suchte.

Ich hielt es für das Beste, mich von der Dachschräge bis in die Mitte des Blocks durchzuarbeiten, und räumte erst einmal die Kisten weg, die direkt unter der Decke standen. Kaum hatte ich das getan, hörte ich ein merkwürdiges Summen. Ich sah hoch. An dem Balken, den die Kisten verdeckt hatten, hing ein graues Wespennest; ein paar Wespen flogen gerade hinein, andere heraus. Noch ein Hindernis, aber nur ein kleines. Ich wusste, dass Wespen an sich nicht nur ungefährlich sind, sondern auch sehr nützlich. Der Neuntöter, die Elster und der Wespenbussard ernähren sich von ihnen. Man tut allerdings gut daran, Wespen in Ruhe zu lassen. Also versuchte ich, das Nest, so gut es ging, zu ignorieren, und machte an der anderen Seite des Blocks weiter.

Als ich am frühen Nachmittag schließlich einen Karton öffnete, den eine Schicht violetter Bücher von H. P. Lovecraft bedeckte, wusste ich, dass ich meinem Ziel nahe war. Die Bedeutung meines Fundes wurde noch dadurch unterstrichen, dass der Pianist im Vorderhaus wieder zu spielen begann. «Bitte nicht», entfuhr es mir. Der Unbekannte hatte sich auf Deep Purples «Child in time» verlegt und brachte hier noch weniger zustande als bei «Stairway to heaven». Unter den

Lovecraft-Büchern stieß ich dann auf das, was ich gesucht hatte: eine kleine schwarze Pappschachtel, auf deren Deckel «Amerikafahrt 1978» stand. Ich nahm die Kiste aus der Kiste und öffnete sie andächtig. Ganz oben lagen drei guterhaltene Polyglotts: «USA – Der Osten», «USA – Der Westen» und «Mexiko». Darunter fand ich ein Buch, das ein stilisiertes Ahornblatt auf einem rot-grünen Cover trug: «Landkommunen in Nordamerika» von Klaus-B. Vollmar.

Es hatte etwas Unwirkliches, dieses Buch in die Hand zu nehmen; als hätte es sich aus einem Paralleluniversum materialisiert oder sei aus einem Traum gefallen. Hastig blätterte ich es durch. Bei einer mit Bleistift unterstrichenen Passage hielt ich inne: «Es ist schön auf der Farm, es ist viel Energie dort, gute, konstruktive Energie resultierend aus einem echten kosmischen Gefühl. Es handelt sich im gewissen Sinne hier schon um die tantrische Vereinigung zwischen Positiven und Negativen.» Mein Gott, was für ein furchtbarer Quatsch. Aber Moment mal. Ich blätterte zwei Seiten zurück und las die Überschrift zu dem Kapitel: «THE FARM, Tennessee». Wahnsinn. Im Anhang fand sich auch die Adresse der Landkommune, sogar mit Postleitzahl («38483») und Postbox-Nummer («197»). Sie war ebenfalls dick angestrichen. Das bewies natürlich nicht, dass wir Huelsenbecks tatsächlich auf der Farm gewesen waren. Aber wir wussten, dass es sie gab und wie wir zu ihr kommen konnten.

Ich wollte mich gerade wieder in das Buch vertiefen, als ich im Nacken einen stechenden Schmerz verspürte. Im selben Moment hörte ich ein lautes Brummen wie von einem defekten Verstärker. Ich sah zum Balken hoch, an dem eben noch das Wespennest geklebt hatte. Es war verschwunden. Stattdessen lagen große graue Brocken auf der Kiste vor mir, aus denen Hunderte von Wespen krochen. Ich warf das Landkommunenbuch in ihre Richtung und sah zu, dass ich Land gewann.

Unten in der Wohnung wollte ich mir das Handy schnappen, um einen Kammerjäger zu rufen. Es war verschwunden. Erst hatte ich wieder die verdammten Kinder im Verdacht. Aber nachdem ich eine halbe Stunde die ganze Wohnung abgesucht hatte, fiel mir plötzlich die Szene vor dem Haus in der Zimmermannstraße ein. Natürlich, ich hatte es bei meiner Flucht auf dem Boden liegen lassen. Wie konnte das passieren? Ich rief den Kammerjäger also vom Festnetztelefon aus an, das ich völlig verstaubt und durch Saftreste verklebt – wann hatte ich jemals Saft getrunken? – auf einem der unteren Regalbretter gefunden hatte.

«Einer unserer Leute kommt morgen Vormittag zwischen acht und dreizehn Uhr zu Ihnen», erklärte die Frau am Telefon.

«Erst morgen? Es geht hier um Leben und Tod», beschwor ich sie.

«Darum geht es ja bei diesen Insektenangriffen immer», kommentierte sie kühl, und ich sah sie durch die Leitung grinsen. Am Ende ließ ich mich damit abspeisen. Kaum hatte ich aufgelegt, verfluchte ich mich dafür. Noch mehr ärgerte ich mich, dass ich auf meiner Flucht vor den Wespen nicht einfach die Kiste mit nach unten genommen hatte. Verdammt, ich brauchte diese Kiste. Wenn es stimmte, was ich vermutete, enthielt sie die Antwort auf eine der wichtigsten Fragen zur Amerikareise. Wahrscheinlich die wichtigste überhaupt.

Der Gedanke, eventuell bis zum nächsten Mittag tatenlos in meiner Wohnung herumsitzen zu müssen, machte mich fertig. Und ausgerechnet jetzt war das ganze Dope aufgeraucht, bis auf den letzten Krümel. Also wieder eine Opi, oder besser gleich zwei. Doch als ich die Schachtel aus der Nachttischschublade holte und öffnete, war auch sie leer. Alarm, Hitze, Panik, funkte es aus einer Ecke meines Frontallappens.

Kino, irgendeinen Film, sofort, antwortete es aus einer anderen. Früher, vor den Pillen, war Kino immer meine Medikation gewesen, wenn ich zu unruhig wurde. Da sind viele Menschen um einen herum, kommen einem aber nicht zu nahe, und die Filme lenkten mich ab, sodass ich am Ende wieder einigermaßen im Lot war. Dabei kam es gar nicht darauf an, ob sie gut oder schlecht waren. Sie mussten mich nur halbwegs in eine andere Welt versetzen.

Ich nahm meine Jacke und lief so schnell zum Filmtheater am Friedrichshain, als sei ich unterwegs zu einer Rettungsstelle. Doch als ich ins Foyer stürmte, hatten alle Filme schon angefangen.

«Ich nehme den, der noch am längsten läuft», sagte ich zum Ticketverkäufer. Jesus, er hatte sich eine Strähne seines Vollbarts grün gefärbt. Er wollte mir den Titel des Films nennen, aber ich winkte ab.

«Wer nicht will, der hat schon», meinte die Strähne.

Es war dann auch nicht schwer, in die Handlung hineinzukommen. Das Ganze schien eine langatmige Familiensaga zu sein. Als ich mich in den Saal schlich, stahl gerade ein junges Paar an einem Obststand ein paar Orangen. An der Kleidung und den Kulissen meinte ich zu erkennen, dass das Ganze in den sechziger Jahren spielte. Ein deutscher Film, das merkte man sofort, weil die Schauspieler völlig übertrieben agierten, laufend die Augen verdrehten, mit den Köpfen wackelten und Sätze aufsagten wie «Was machst du denn für Sachen?», «So geht das nicht» oder «Dann vögel mich jetzt, Klaus». Ich hatte nichts dagegen einzuwenden. Je stumpfer, desto besser.

Aber dann wurde es richtig schlimm. Nach einigen Querelen war der Film in den Siebzigern angekommen. Der Fokus hatte sich jetzt auf Robert verschoben, den Sohn des einstigen Diebespaares. Aus ihm war ein langhaariger Jugendlicher geworden, der ins Off hinein behauptete, er sei eine «mit Frust, Überdruss und Langeweile aufgeladene Batterie». Wohl um das Gesagte zu unterstreichen, trug er einen irgendwie arabisch anmutenden Teppichmantel, Jeans mit Schlag und Fransen sowie eine Kette mit einem Peace-Zeichen. In diesem Outfit spielte er zu einem Jimi-Hendrix-Track – natürlich war es «Star Spangled Banner» – Luftgitarre, während sich im Pool neben ihm ein barbusiges Mädchen auf einer Luftmatratze treiben ließ. In der anschließenden Sequenz rebellierte Robert gegen seinen autoritären Großvater. An die Wand des Wohnzimmers sprühte er «Free Angela Davis» und sprang dann schreiend über Couch und Tische.

Der Höhepunkt allerdings kam erst noch: eine Szene im Wald, in den der antiautoritäre Rebell seine bis dato verklemmte Freundin – erkennbar an der Riesenbrille, der Riesenzahnspange und den Pickeln – gelockt hatte. Das sollte wohl irgendwie an Woodstock gemahnen, denn die beiden suhlten sich minutenlang in einem Schlammloch. Anschließend beschmierten sie sich gegenseitig von oben bis unten mit Lehm und küssten sich. Dazu erklang die schmierigste aller Powerballaden: «Dust In The Wind» von Kansas.

Es war unerträglich. Vor Wut kochend sprang ich auf, schrie «Drecks-Expressionismus» in den Saal und rannte aus dem Kino. In diesem Film, dachte ich, während ich durch die Nacht nach Hause lief, hatte eigentlich nichts gestimmt. Jeder Dialog war falsch gewesen, jedes einzelne Wort. Alles war ein Abziehbild gewesen. Aber war das nicht immer so, wenn es um die Siebziger ging? Ich überlegte lange, aber mir fiel kein Film, keine Serie, kein Roman ein, in dem erzählt wurde, wie es wirklich gewesen war. Nicht einmal ansatzweise.

«Alles gelogen! Als hätten die sich das ganze Jahrzehnt nur ausgedacht», schrie ich in die sternenlose Nacht.

14

IN DER SONNE DES GELÄCHTERS

Der Kammerjäger kam am nächsten Tag gegen 14 Uhr vom Dachboden herunter. Der Mann war eine eindrucksvolle Erscheinung. Ich hatte einen Hänfling im Overall erwartet. Doch dieser Typ sah ganz anders aus. Er hatte einen breiten Brustkorb und gewaltige Oberarme, die er noch durch ein weißes Tanktop betonte, zudem Haare, die ihm bis über die Schultern wallten. Er erinnerte mich an den frühen Michi, nur dass Michi natürlich nie so tätowiert gewesen war. Auf seinem linken Oberarm konnte ich in dem ganzen Tattoo-Teppich das ovale Lamen des Ordo Templi Orientis ausmachen: das Auge, die Taube und der Gral. Ein Aleister-Crowley-Anhänger also, ein Satanist, der praktischerweise seine Passion, Tiere zu opfern, zum Beruf gemacht hat. Hatte Chloe nicht auch von einem Crowley-Mann auf der Farm berichtet?

«Merkwürdiges Fluidum da oben», bemerkte der Jünger Satans, während er sein Honorar kassierte. «Alles nicht ganz koscher. Könnte wetten, da ist eine Eule unterwegs. Tippe auf einen Waldkauz. Die Biester brüten immer häufiger auf Dachböden.»

Das hätte mich interessieren müssen, doch ich hörte kaum hin.

«Wann kann ich wieder nach oben?», drängte ich.

«Also ... Wie vereinbart, habe ich die Sache biologisch erledigt. Schaden kann es aber nicht, wenn Sie noch zwei Stunden warten.»

Ich dankte dem Mann für die Empfehlung und versprach, mich an sie zu halten. Kaum war er jedoch aus dem Haus, jagte ich die Treppe hoch. Als ich die Tür zum Dachboden öffnete, schlug mir der Geruch von Ammoniak und Exkrementen entgegen. Ich hielt mir die Nase zu und lief durch in den zweiten Raum. Der Tätowierte hatte wirklich sauber gearbeitet. Vom Wespennest war keine Spur mehr; nicht einmal das kleinste Wespenbeinchen.

Das Landkommunenbuch lag immer noch dort, wo ich es hingeworfen hatte. Es war auf einer Seite aufgeschlagen, die zwei Schwarz-Weiß-Fotos in sehr schlechter Auflösung zeigte. Die Beschriftung lautete: «Robert und ich mit Selbstgebrautem (Bier)». Dieser Robert war auf beiden Fotos abgebildet. Auf dem einen sah man ihn in voller Fahrt auf einem altertümlichen Traktor, auf dem anderen trank er mit dem Autor des Buches das erwähnte Bier. Ich sah mir Robert näher an. Er hatte helle, gelockte Haare und einen ebenso langen Vollbart. Ich stutzte. Hatte so nicht auch dieser «Starkstrom-Robert» ausgesehen, den mir Chloe beschrieben hatte?

Ich legte das Buch zurück in die Amerika-Kiste, klemmte sie mir unter den Arm und zog mich vorsichtig vom Dachboden zurück. Unten in der Wohnung breitete ich den gesamten Inhalt auf dem Küchentisch aus. Dabei kam noch ein Buch zum Vorschein: Carlos Castanedas «Eine andere Wirklichkeit». «Ha, also doch», rief ich und betrachtete das Cover. Es zeigte einen Mann, der durch Wolken schreitet und statt eines Kopfes ein leuchtendes ovales Ei auf den Schultern trägt. Ganz unten in der Kiste fand ich schließlich das, was ich eigentlich gesucht hatte. Drei Manila-Umschläge: ein dünnerer im DIN-A5-Format, ein dickerer DIN A5 und ein ganz dicker, gefütterter DIN A4. Sie waren mit A1, A2 und A3 beschriftet.

Ich betrachtete die Umschläge mit einem gewissen Unbehagen. Einerseits war ich mehr als neugierig auf ihren Inhalt, andererseits fürchtete ich auch, sie könnten unangenehme Überraschungen enthalten. Schließlich zündete ich mir eine Zigarette an und öffnete Umschlag A1. «Yippieh», entfuhr es mir leise, als ich sah, was ich zutage gefördert hatte: eine Reihe von Tankquittungen und einen graubraunen Gepäckanhänger. Auf dem Anhänger stand «Greyhound Lines Inc.», «Baggage Check», ein handgeschriebenes «Rockland» und die Nummer «FJ 826–558». Leider fehlte ein Datum. Die Tankquittungen waren aber natürlich datiert. Allerdings konnten das unmöglich alle sein – nur drei Belege? Sie stammten von der Fahrt, die wir mit dem Pontiac von Rockland nach Santa Barbara unternommen hatten. Damit konnte ich nun definitiv sagen, dass wir am 9. August 1978 in Ebensburg / Ohio, am 10. in Topeka / Kansas und am 11. in Moapa / Nevada gewesen waren. Die große Durchquerung des Kontinents von Ost nach West.

Geklärt wurde auch, wann und von wo aus wir nach Mazatlán gestartet waren. Wie einer Quittung auf rosa Durchschlagpapier zu entnehmen war, hatten wir die Nacht vom 14. auf den 15. August 1978 auf einem Campingplatz an einem «Carpinteria State Beach» in Kalifornien übernachtet. Der lag – wie ich im Atlas sah – etwas östlich von Santa Barbara an der Pazifikküste und damit eine lange Tagesreise von Mazatlán entfernt.

Der Inhalt des zweiten, viel dickeren Umschlags A2 war leider weniger interessant. Es handelte sich um allerlei Bedrucktes, wie ich es auf allen meinen Reisen gesammelt hatte. Flyer von Supermärkten und Restaurants, auf der Straße gefundene Zettel, ausgerissene Zeitungsanzeigen. Auffallend war, dass keine Eintrittskarten, keine Prospekte von Sehenswürdigkeiten und Museen dabei waren, ein fester Bestandteil meiner späteren Sammlungen. Stimmt: Viktor hatte ja den Besuch von Touristenattraktionen zum Tabu erklärt.

Im dritten Umschlag entdeckte ich schließlich die Belege, auf die ich am meisten gehofft hatte. Das erste Papier war der Durchschlag einer Quittung vom 26. Juli 1978 über den Kauf von vierunddreißig American-Express-Reiseschecks im Wert von je fünfzig US-Dollar. Insgesamt hatte ich also 1700 Dollar dabei, für die ich bei der Sparkasse 3523,28 Mark bezahlt hatte. Dann hielt ich die Flugtickets in der Hand. Sie waren reichlich zerknittert und sahen so aus, als seien sie ins Wasser gefallen und anschließend wieder getrocknet worden. Mit ein wenig Anstrengung konnte ich sie aber durchaus entziffern. Ihnen zufolge war ich am 3. August 1978 um 17:30 Uhr mit dem «Skytrain» von Laker Airways, für 59 Pfund von London nach New York geflogen. Flugnummer GK 010, Platz E29. Zurück ging es am 31. August 1978 mit Pan American von New York nach Amsterdam.

Ich befühlte die Tickets immer wieder und hielt sie gegen das Licht. Kaum zu glauben, dass sie wirklich da waren. Doch es gab nicht zu deuten, die Tickets waren echt. Wir hatten uns also im August 1978 tatsächlich in Amerika aufgehalten.

«Von wegen: Du bist nie da gewesen», rief ich und wedelte mit den Tickets. Seit der Begegnung mit dem uralten Astronauten vor dem Huelsenbeck'schen Haus war mir dieser Satz nicht mehr aus dem Kopf gegangen, und mehr und mehr hatte ich an ihn geglaubt.

«Von wegen», rief ich noch einmal. «Natürlich waren wir in Amerika.»

Ich war erleichtert. Erstaunlich fand ich allerdings, dass wir nur vier Wochen auf der anderen Seite des Atlantiks gewesen sein sollten. Seitdem ich mich wieder mit der Reise beschäftigte, war ich von sechs ausgegangen, wenn nicht sogar von zwei Monaten. Aber die Tickets ließen auch hier keinen Zweifel mehr zu. Irre, dachte ich, dass wir in dieser kurzen Zeit mehr als – ich überschlug es schnell – 15 000 Kilometer mit dem Pontiac zurückgelegt hatten. Das machte ja 500 Kilometer pro Tag. Wenn man bedachte, dass wir an Orten wie Rockland ein paar Tage geblieben waren, dann mussten wir an anderen mehr als tausend Kilometer gefahren sein.

Ich glaubte, alle Dokumente gesichtet zu haben, da fiel mir noch ein kleiner Umschlag auf, der unten in dem Falz der Kiste hängen geblieben war. Er war mit der Werbung eines Fotogeschäfts bedruckt und enthielt für mich die größte Überraschung: echte Fotos von den Huelsenbecks. Es waren sechzehn kleinformatige Schwarz-Weiß-Aufnahmen. Ich sah sofort, dass sie alle in London gemacht worden sein mussten. Aber wer hatte auf den Auslöser gedrückt? Von uns konnte es keiner gewesen sein. Auch das Fotografieren war unter uns verpönt, wenn es nicht gerade darum ging, eine unserer Aktionen zu dokumentieren. Aber auch da war es unter unserer Würde gewesen, selbst zu fotografieren.

«Die Fotos sollen Profis machen, am besten welche von der Presse», hatte Viktor dekretiert. Das hatte aber praktisch nie geklappt. Weder vom Tod des Weihnachtsmanns noch von der Aktion in der Akademie der Künste gab es Bilder.

Ich sah aus dem Fenster, wo gerade die Krähe Lisa vorübersegelte. Einmal, fiel mir ein, hatte es doch funktioniert mit der Presse. Ein Foto einer Parole, die wir auf einen Umspannkasten gesprüht hatten, war im Lokalteil gelandet. In schwarzen, ein wenig vertropften Lettern stand da «LÜGT!», und ein Kommentator fragte in dem dazugehörigen Text: «Was will uns der unbekannte ‹Künstler› damit sagen?» Der Mann wusste natürlich nicht, dass das Graffito Teil einer Kampagne war, die wir «Weltverwirrnisplan» genannt hatten. Viktor hatte die Idee dazu gehabt und mich beauftragt, den «WIRRPLA» – so die Abkürzung – auszuformulieren. Ich schrieb also ein Flugblatt, in dem ich die Leute aufforderte, nur noch das Gegenteil von dem zu sagen, was sie wirklich dachten: «Sag ‹Ich hasse dich›, wenn du jemanden liebst. Sag ‹Ich bin schwul›, wenn du hetero bist! Sag Vater zu deiner Mutter und zu deinem Vater Omama!»

Man sollte auch das Gegenteil von dem tun, was man wollte. Und natürlich immer das Gegenteil dessen, was vorgeschrieben war. «Geh bei Rot über die Ampel! Fahr mit dem Auto auf der linken Seite!» Atheisten sollten sonntags in die Kirche gehen, Gläubige zu den Versammlungen von Kommunisten und so weiter, und so fort. «Englische Wochen», nannte ich das. Wenn die vorbei waren, hatte man sich wieder entgegengesetzt zu verhalten.

Als das Foto in der Zeitung abgedruckt wurde, war Viktor ausnahmsweise begeistert: «Vielleicht geht es jetzt wirklich los.» Wir schickten das Flugblatt an die Zeitung und hofften auf eine Reaktion. Leider passierte nichts. Auch unsere Hoffnung, die Weltverwirrnis würde schleichend auf die Nachbarstädte übergreifen, erfüllte sich nicht. Sicher hatte auch diese Enttäuschung dazu beigetragen, dass Viktor vorschlug, unser Glück in Amerika zu versuchen.

Diese Geschichte klärte allerdings nicht, wer die Bilder in London gemacht hatte. Vielleicht, überlegte ich, spiegelte er sich ja auf einem der Fotos in einer Scheibe, Brille oder Bens

Monokel? Um mir die Bilder genauer anzusehen, machte ich es mir mit ihnen im Kabuff auf dem Bett bequem. In einem ersten Schnelldurchgang identifizierte ich drei verschiedene Motivgruppen. Die ersten Fotos zeigten uns in der Schlange, in der wir an der Victoria Station vor dem Laker-Büro tage lang auf die Flugtickets gewartet hatten. Die Schlangesteher hatten sich auf dem Bürgersteig provisorische Unterkünfte gebaut, um dem Regen zu trotzen und die Nächte zu überstehen. An einer Hütte stand geschrieben: «All Welcome. Freddies Holiday Camp Lakerville.» So wirkte das ansonsten gutbürgerliche Bahnhofsviertel tatsächlich ... was hatte Chloe noch mal gesagt? Genau: «Wie ein südamerikanischer Slum.»

Auf einem Foto, auf dem alle fünf Huelsenbecks versammelt waren, hatten wir trotzdem sichtbar gute Laune. Vor unserer eigenen Hütte, die aus einem Bauzaunteil und einer Plastikplane bestand, hatten wir uns brav aufgereiht: Michi links außen, dann kam Ronny, breitbeinig auf einem Stuhl sitzend, daneben Viktor, Ben und schließlich ich, und alle waren breit am Grinsen.

Insgesamt gab es fünf dieser Gruppenfotos, die offenbar am selben Tag entstanden waren. Wir trugen die gleiche Frisur: lange Haare mit einem Mittelscheitel, der ein wenig nach rechts verschoben war. Nur Viktors Scheitel war links von der Mitte gezogen. Wir trugen auch alle verschiedene Arten von nicht allzu langen Bärten. Michi einen am Kinn, Ben und Viktor dünne Schnurrbärte, ich einen fusseligen Vollbart. Nur Ronnys Gesicht war unbehaart. Bekleidet waren wir mit klobigen Wildlederstiefeln oder halboffenen Latschen an den Füßen, dazu Jeans oder Cordhosen mit Schlag, dunkle langärmlige Sweatshirts und Jacken aus Denim oder Cord.

Grundgütiger, dachte ich, wir sehen ja genauso bescheuert

aus wie die Vollbartträger von heute. In Bens albernem Monokel spiegelte sich leider nichts, und auch auf den Fotos der nächsten Gruppe, die diverse Ansichten der Schlange zeigten, aber keinen Huelsenbeck, suchte ich vergebens nach einem spiegelnden Gegenstand. Interessant wurde es erst wieder bei den letzten vier Bildern. Sie waren eindeutig in Tent City aufgenommen worden, der «irren, großen Zeltstadt», von der ich in einem der fürchterlichen Briefe an Brigitte berichtet und die auch Ronny vor seinem Abgang erwähnt hatte. Ich wusste von meinen Recherchen: Das Backpacker- und Hippie-Camp hatte jahrzehntelang im Stadtteil East Acton den Sommer über geöffnet gehabt und war erst ganz am Ende der Neunziger geschlossen worden. Hier standen wir in verschiedenen Konstellationen vor dem Eingang eines großen Armeezeltes, das mit einem schwarzen C auf weißem Grund markiert war. Einmal posierten Ronny, Ben und Viktor zusammen, ein anderes Mal Michi, Ben und ich. Ein drittes Foto zeigte Ronny und Michi zu zweit, und ein viertes wiederum Michi und Ben.

Diese Fotos mussten ein paar Tage später entstanden sein. Die Kleidung, die wir trugen, war größtenteils dieselbe. Doch sie sah jetzt deutlich zerknitterter aus, außerdem kuckten wir alle sehr viel grimmiger, wie nach einem schweren Streit. Selbst Viktor schien das Malcolm-McDowell-Lächeln vergangen zu sein. Irgendetwas war in der Zwischenzeit vorgefallen. Aber was? Mir fiel ein, dass in der Nachtschrankschublade eine Lupe lag. Mit der ging ich die Fotos noch ein paarmal durch, fand aber keinen Hinweis. Dabei passierte etwas Seltsames: Je öfter ich ein Foto in die Hand nahm, desto fremder wurden mir diejenigen, die darauf abgebildet waren. Vor allem mich selbst konnte ich auf den Bildern immer schlechter erkennen.

Auch Viktor veränderte sich. Mit jedem Betrachten strahlte sein Blick etwas mehr Bösartigkeit aus. Das galt besonders für das letzte Foto aus der Tent-City-Reihe. Er fixierte mich regelrecht aus dem Bild heraus. Als ob er in dieser Aufnahme lebt, dachte ich. Die alte Angst stieg in mir auf. Ich wusste, dass ich meinen Blick abwenden musste, doch etwas zwang mich, weiter hinzusehen. Da. Etwas spiegelte sich in Viktors Pupille. Ein Schatten. War das der Fotograf? Angestrengt starrte ich durch die Lupe. Ausgerechnet in diesem Moment begann der Pianist von drüben wieder zu spielen. Natürlich wieder «Stairway to heaven».

Und dann sprach der Viktor auf dem Foto: «Na, Huelsi. Immer noch keinen Plan?»

Vor Schreck fiel mir das Bild aus der Hand, direkt neben das Bett. Als ich es aufheben wollte, stand genau dort, wo es gelandet war, das Mädchen. Leider war sie nicht mehr nackt, sondern trug eine Kunstlederjacke, einen Schottenrock und flache Wildlederballerinas. Ich sah ihr ins Gesicht. Es hatte die milden Züge der Madonna, die ich in der Wohnung der dementen Dame in der Kantstraße gesehen hatte.

Das Mädchen blätterte mit spitzen Fingern in meinem Irrenjournal. «Du hast deine Aufgabe gut gelöst», sagte sie schließlich von oben herab und begann, neben meinem Bett auf und ab zu stolzieren. «Ich gebe zu, dass sie ein wenig tricky war. Das war die Strafe dafür, dass du gelogen hast.»

Ich sah sie fragend an.

«Ganz recht», fuhr sie fort und blätterte weiter demonstrativ in meinen Aufzeichnungen. «Du weißt doch in Wirklichkeit immer noch nicht, wer ich bin. Aber das wirst du schon noch herausfinden. Du musst dir nur mal richtig Mühe geben.»

Bei diesen Worten löste sich das Kabuff zu einer Berglandschaft auf. Sie schien in den Tropen zu liegen. Es war tiefschwarze Nacht, nur von ein paar Bogenlaternen erhellt, die eine Serpentinenstraße säumten. Ein Tier, von dem man nur die gelben Augen sah, kam hechelnd die Straße hochgelaufen. Als es in der vorletzten Kurve war, erkannte ich die Spitz-Collie-Mischung: Viktors Hund.

Zielstrebig rannte er auf das Mädchen zu und sprang, als er sie erreicht hatte, mit wedelndem Schwanz an ihr hoch. Das Mädchen ging in die Knie, und der Hund begann, ihr Madonnengesicht abzulecken. Noch immer sah sie mich an. Nach einer Weile bemerkte ich, dass das Gesicht mit jedem Lecken bleicher wurde. Langsam begannen Augen, Nase, Haare und Konturen zu verblassen, bis die Stelle, an der sich das Gesicht befunden hatte, eine einzige glatte Fläche war – so weiß wie ein unbeschriebenes Stück Papier.

15

TOTEMMEDIZIN IN DER ERLEBNISSEKTANTE

Durch Kanäle, über die ich im Moment nicht sprechen darf, hat man mir zu verstehen gegeben, dass dieser Bericht zu ausführlich geraten sei. Er enthalte zu viele Details, nebensächliche Recherchen und fruchtlose Überlegungen. Offenbar werde ich verdächtigt, das Urteil über mein zurückliegendes Leben möglichst lange aufschieben zu wollen, ganz so, wie amerikanische Senatoren durch tagelanges Filibustern Mehrheitsentscheidungen zu verhindern suchen. Doch auch ich bin daran interessiert, diese Zwischenzone möglichst bald zu verlassen, und sehne mich nach einer definitiven Entscheidung.

Sollte ich hier tatsächlich zur Weitschweifigkeit neigen, dann liegt es wahrscheinlich daran, dass mir das Schreiben zum ersten Mal überhaupt Vergnügen bereitet – offenbar ein weiterer Vorteil der Körperlosigkeit. Ich will mich dennoch bemühen, die Ereignisse der nun folgenden drei Wochen – in Wahrheit etwas weniger, von Tag 136 bis Tag 118 vor meinem überraschenden Abgang – etwas komprimierter zu präsentieren. Tatsächlich muss man über diesen Zeitraum auch nicht viel wissen. Was sich in ihm abspielte, war noch nicht das Unwetter selbst, sondern nur seine Vorboten.

Aus Hongkong wusste ich, wie sich ein Taifun anbahnt. Wir

hatten ja auf der Sea Ranch direkt am Wasser gewohnt: Zunächst steigt der Meeresspiegel unmerklich an. Danach fällt das Barometer. Erst langsam, dann rapide. Vom Taifun spürt und sieht man da noch nichts. Allmählich erscheinen die ersten Wolken am Himmel. Es werden immer mehr, bis sie sich irgendwann regelrecht stapeln. Dann wird es sehr dunkel. Erste Regentropfen fallen. Und schließlich jagt Feng Popo, die Göttin des Windes, auf einem Tiger durch die Wolken.

Für die Vorzeichen meiner Katastrophe war ich bedauerlicherweise blind. Daraus kann ich mir keinen großen Vorwurf machen, denn zunächst schien ja alles, was nach der Entdeckung der Kiste passiert war, eine Wiederholung des Vorangegangenen zu sein. Als Erstes tauchten die Kinder wieder auf. Zwei Tage nach dem Fund der Kiste fuhr eines der Blutschwammmädchen in einem dicken SUV an mir vorbei. Sie war kaum zwölf, saß aber tatsächlich selbst am Steuer und grinste mich frech an. Nur einen Tag später versperrten mir im Lidl zwei Fischhäutige und ein Fußhändiger den Weg zum Kühlregal. Ich musste den Supermarkt ohne Joghurt und ohne meinen geliebten Blauschimmelkäse verlassen.

Danach steigerten sich die Attacken, ohne dass die Kinder sich jemals blickenließen. Ich stürzte nachts im Treppenhaus, als unerwartet das Licht ausging, über einen Turnschuh, Größe 39. Ins Futter des Schuhs hatte jemand mit blauem Kugelschreiber die Initialen «C. T.» geschrieben. Am selben Tag fuhr mir in unserem Kiez ein Lieferwagen über den Fuß. Der Fahrer scherte sich gar nicht weiter darum. Resultat war glücklicherweise nur eine Schwellung des Fußrückens. Beim nächsten Anschlag kam es noch eine Nummer härter, er hätte mich bereits das Leben kosten können. Eine aus großer Höhe geworfene Glasflasche verfehlte meinen Kopf nur um einen knappen Meter. Als ich nach oben blickte, meinte ich einen kleinen Affen über die Dächer fliehen zu sehen.

Nach alldem traute ich mich kaum mehr aus dem Haus. Ich schaffte es zwar manchmal in den Abendstunden noch zum Späti um die Ecke, aber zu Jazzrock nach Kreuzberg zu fahren war unmöglich. Das war besonders deshalb fatal, weil sich mit den Attacken auch meine psychischen Störungen verstärkten: Panikanfälle, Schwindel, Missempfindungen aller Art, Schlaflosigkeit. Und da Dr. Gautzsch immer noch in Amerika weilte, war ich auch vom Pillennachschub abgeschnitten.

Ich versuchte jetzt, die Unruhe und Schlaflosigkeit mit Alkohol zu bekämpfen. Im Schutz der Dämmerung schleppte ich Bier und Wodka aus dem Späti heran und begann schon am frühen Nachmittag zu trinken. Immerhin schlief ich so gelegentlich ein, wachte aber nach spätestens zwei Stunden wieder auf und war dann nicht nur viel aufgekratzter als zuvor, sondern auch noch entsetzlich verkatert. In den kurzen Schlafphasen träumte ich immer wieder von dem Mädchen. Meistens stand sie nur neben meinem Bett und lachte. Manchmal stellte sie auch kryptische Fragen, die ich nach dem Aufwachen meistens vergessen hatte. Zwei behielt ich: «Einmal ist keinmal. Dreimal sind viele. Wie viele bin ich?» Und: «Kannst du dir die Farbe meines Badeanzugs merken?» Ein anderes Mal versprach sie, mir ihren Namen endlich zu verraten. Sie stand an einer grünen Schultafel und schrieb etwas, nicht mit Kreide, sondern mit ihrem Zeigefinger. Ihrer Hand folgte jedoch ein schwebender Schwamm, der jeden Buchstaben, bevor ich ihn lesen konnte, sofort wieder auslöschte. Nur dass der letzte Buchstabe ein «e» war, meinte ich gerade noch so gesehen zu haben.

Tagsüber versuchte ich, mit dem endlich reparierten Laptop die Orte zu recherchieren, die auf den Belegen vom

Dachboden standen. Ich kam nicht weit, weil ich entweder zu betrunken oder zu verkatert war. Nur zu den Castaneda-Hexen brachte ich etwas in Erfahrung, das ich mir im Irrenjournal notierte. Fünf von ihnen waren nur wenige Tage nach dem Tod ihres Meisters im April 1998 spurlos verschwunden: Florinda Donner-Grau, Taisha Abelar, Kylie Lundahl, Amalia Marquez und Patricia Partin (alias Blue Scout alias Nury Alexander). Von diesen fünf tauchte nur Partin, die sowohl Castanedas Adoptivtochter als auch seine Geliebte gewesen war, vier Jahre später wieder auf – als ausgebleichtes Skelett in den Panamint-Dünen im Tal des Todes. Die Dünen waren nur knapp einhundertfünfzig Meilen von der Interstate 15 entfernt, auf der die Huelsenbecks im Sommer 1978 gefahren waren. Das war dicht dran. Vielleicht ein Hinweis darauf, dass «unser» Mädchen tatsächlich etwas mit Castaneda zu tun hatte?

Ich versuchte noch einmal herauszufinden, was die einzelen Hexen 1978 gemacht hatten. Dieses Mal scheiterte die Suche nicht am Rechner, sondern am Alkohol. Schon beim Eingeben vergaß ich, was ich eigentlich suchte, und landete immer wieder bei YouPorn. Auch äußerlich begann ich in diesen Junitagen zu verwahrlosen. Trotz steigender Temperaturen duschte ich nicht mehr und wechselte auch nicht die Kleidung. Meine Ernährung bestritt ich hauptsächlich mit Dosen aus dem Späti – abwechselnd Ravioli Diavoli und Texastopf. Bisweilen machte ich mir das Zeugs gar nicht erst warm, sondern löffelte es direkt aus der Dose. Die einzigen Wesen, mit denen ich noch gelegentlich sprach, waren die Vietnamesin im Späti und die Krähe Lisa, die mich von Tag zu Tag mitleidiger beäugte. Manchmal, wenn der Pianist von gegenüber wieder «Stairway to heaven» intonierte, sang ich auch mit; inzwischen beherrschte er das Stück ganz gut. Ich dagegen erinnerte mich nur an ein paar Zeilen, wie «cause you know sometimes words have two meanings» oder «the lady we all know». Den Rest ersetzte ich lautmalerisch durch «wirrpla, pla, pla, pla, pla, wirrpla».

Dass ich auf dem besten Weg war, völlig vor die Hunde zu gehen, störte mich nicht weiter. Eines Tages, ging es mir durch den Kopf, werde ich eben von einem Schlaganfall gefällt, oder einem Herzinfarkt. Ich werde dann einfach nicht mehr aufstehen können und mich nach ein paar Wochen in den Schlamm auflösen, der ich sowieso schon war. Doch dann, genau 118 Tage vor meinem Tod, schien für mich doch noch einmal die Sonne aufzugehen. Sie trug das Antlitz von Dr. Gautzsch. Als ich auf seiner Homepage sah, dass er wieder im Lande war, duschte ich, zog frische Kleidung an und überwand mich, mit den Öffentlichen nach Kreuzberg zu fahren.

Trotz meiner hygienischen Bemühungen muss ich furchtbar ausgesehen haben, als ich das Sprechzimmer betrat. Das hinderte den Doktor nicht daran, mich in bester Laune zu begrüßen. Unter seinem strahlenden Gesicht trug er ein schwarzes T-Shirt, auf dem die Twin-Peaks-Gipfel abgebildet waren. «Black Lodge Coffee Company» stand darauf. Auch eine neue Glasvitrine voller Twin-Peaks-Devotionalien fiel mir sofort ins Auge.

«It's Henry, isn't it», röhrte der Doktor, als hätte jemand eine Taste gedrückt. Er lachte dröhnend.

«Yes, it's Henry», gab ich matt zurück. Danach begann ich ausführlich zu schildern, was mir seit unserem letzten Termin alles zugestoßen war. Gautzsch hörte trotzdem nicht auf zu grinsen.

«Puh, Henry», unterbrach er mich irgendwann mitten im Satz. «Da schleppst du ja ganz schön was mit dir herum. Erst dieser tote Freund ... Wie hieß er noch gleich?»

«Viktor.»

«... und jetzt diese Frau. Mannomannomann.»

«Ich begreife es ja auch nicht. Mehr als fünfunddreißig Jahre lang konnte ich mich nicht daran erinnern, dass uns in Amerika überhaupt jemand begleitet hat, geschweige denn eine Frau. Und jetzt werde ich sie nicht mehr los.»

«So etwas kommt vor, mein lieber Henry. Wir sprachen ja neulich schon darüber. Und ich habe damals gesagt: Da ist was passiert in Amerika. Irgendetwas Unerfreuliches. Das kristallisiert sich immer deutlicher heraus. Wenn du herausfindest, was es ist, hast du, schätze ich, den Schlüssel zu deinem Schlamassel. Danach dürften nicht nur die Angstzustände verschwinden, sondern auch der ganze restliche Zirkus: Kinder, Affen, die sieben Zwerge, diese ganze Menagerie in deinem Kopf ...»

Nun, das war mir auch klar, zumindest im Prinzip. Aber was sollte ich denn noch machen? Mir ein Loch in den Schädel bohren, um herauszubekommen, was in Amerika passiert war? Ich zählte Gautzsch auf, was ich bereits alles unternommen hatte.

«Und das einzige Ergebnis ist», fügte ich hinzu, «dass meine Probleme noch größer geworden sind.»

«Die Probleme müssen eben erst einmal größer werden, bevor sie wieder schrumpfen können», sagte Gautzsch und lachte noch ein bisschen lauter. «Wahrscheinlich wäre in deinem Fall eine längere Hypnotherapie angebracht.»

«Habe ich doch schon versucht», erinnerte ich ihn.

«Ja, ein paar Sitzungen bei dieser Dame», Gautzsch betonte das Wort abfällig, «die ich für eine furchtbare Dilettantin halte. Aber vielleicht ist das ja auch einfach nichts für dich.»

Der Doktor hielt kurz inne, während sein Blick auf das

neue Poster in meinem Rücken fiel. Es zeigte das «Great Northern Hotel», vom Wasserfall aus gesehen.

«Nein. Ich denke, du solltest es einmal mit der Methode Cooper versuchen. Du bist der Typ dafür, Henry.»

Ich sah ihn ratlos an. Jetzt wurde er richtig eifrig: «Die dritte Folge der ersten Staffel von ‹Twin Peaks› heißt, wie du sicher weißt, ‹Zen, or the Skill to Catch a Killer›. Da schreibt der FBI-Agent, Dale Cooper, acht Namen auf eine Tafel, alles Bewohner von Twin Peaks, und stellt im Wald eine Glasflasche umgedreht auf ein Holzscheit, wacklige Sache. Dann befiehlt er Sheriff Truman, einen Namen nach dem anderen zu verlesen. Jedes Mal, wenn ein Name fällt, versucht Cooper mit einem Stein die Glasflasche zu treffen. Trifft er, steht der Genannte im Verdacht, Laura Palmer ermordet zu haben. Trifft er nicht, scheidet er aus dem Kreis der Verdächtigen aus. Auf diese genial einfache Weise grenzt er die Zahl der Mordverdächtigen schließlich auf zwei ein.»

«Wie ist Cooper denn auf diese Methode gekommen?», fragte ich irritiert.

«Sie wurde ihm im Traum offenbart», antwortete Gautzsch, ohne zu zucken.

«Und das soll wissenschaftlich sein?»

Der Doktor sah mich mitleidig an.

«Nun ja, nicht direkt, aber auf der subatomaren Ebene ist ja vieles ungeklärt. Beschäftige dich mal damit.»

«Das heißt, ich soll wirklich eine Flasche im Wald aufstellen? Und dann?» Ich war alles andere als überzeugt.

«Diese Methode lässt sich natürlich nicht direkt auf deinen Fall übertragen. Da musst du dir schon selbst was einfallen lassen. Ich denke, Cooper ist deshalb erfolgreich, weil er sich mental in jeden Verdächtigen hineinversetzt. Den Rest erledigt sein Unbewusstes.»

«Verstehe», antwortete ich, ohne wirklich zu begreifen. «Aber was bedeutet das für mich konkret?»

«Das ist doch logisch. Du musst mental nach Amerika zurück. Nicht nur für ein paar Minuten oder Stunden, sondern am besten für ein paar Tage. Wichtig ist, dass du Geduld hast. Rechne nicht sofort mit einem Ergebnis. Aber gib auch nicht auf, bevor du eins hast.»

Das war auch schon alles, was Gautzsch mir zu sagen hatte. Weil ich ihn dazu drängte, verschrieb er mir noch schnell eine Hunderterpackung Opis (100 mg) und eine Fünfziger Alpras.

«Wenn du», murmelte er dabei, «mit der Methode Cooper erfolgreich bist, brauchst du das Zeugs sowieso nicht mehr.»

Dann sprang er von seinem Stuhl auf und verabschiedete mich lachend, indem er demonstrativ zur Tür zeigte.

«Und pass auf, dass dir nicht dasselbe wie Deputy Brennan passiert.»

«Äh?»

«Dem hat Cooper versehentlich einen Stein an den Kopf geworfen. Du siehst: Die Methode Cooper ist nicht ganz ohne Risiko.»

Auf dem Weg zur Apotheke war mir noch nicht klar, was ich von dieser Sitzung halten sollte. War jetzt das eingetreten, was ich schon bei meinem letzten Besuch befürchtet hatte? Hatte Gautzsch sich so in seine Twin-Peaks-Manie hineingesteigert, dass er wirklich verrückt geworden war? Ich konnte es nicht beurteilen. Ich war ja selber nicht ganz klar im Kopf. Nachdem ich die Pillen gekauft und eine ganze Opi sowie ein Milligramm Alpra eingeworfen hatte, überlegte ich noch einmal. Was hatte ich bisher nicht schon alles versucht, um hinter das Geheimnis des Mädchens zu kommen? Bärentatzenhypnose! Ja, ich hatte mir sogar etwas davon versprochen, tote Dadaisten zu befragen. Warum sollte ich da nicht auch der Methode Cooper eine Chance geben? Man konnte ja gegen Gautzsch sagen, was man wollte, aber immerhin war er ein approbierter Psychiater.

Allerdings hatte ich nicht die geringste Ahnung, wie ich die Methode anwenden sollte. Zwanzig Minuten später war jedoch auch dieses Problem gelöst. Die Idee kam mir, als ich am U-Bahnhof Mehringdamm den großen Übersichtsplan der BVG anstarrte. Mit den Augen folgte ich den verschiedenen Linien und fuhr sie im Kopf ab. Genau, das war's!

Zu Hause angekommen, schaffte ich erst einmal Ordnung in der Wohnung. Ich schüttete die Wodkaflaschen in den Abfluss, spülte das verkrustete Geschirr, leerte die Aschenbecher und saugte einmal durch. Dann nahm ich den jüngsten Berlin-Plan zur Hand, klappte die BVG-Karte heraus und machte mich mit plötzlich neugewonnener Energie an die Ausarbeitung meines persönlichen Methode-Cooper-Experiments. Meine Absicht war, die Reise der Huelsenbecks vom August 1978 noch einmal mental nachzuvollziehen, und zwar, auch wenn das absurd klang, beim Abfahren bestimmter Strecken der Berliner U- und S-Bahn. Dazu galt es einige Vorbereitungen zu treffen: Zunächst übertrug ich die bisher recherchierten Stationen unserer Reise durch Nordamerika auf die einzelnen Stationen der U-Bahn-Linie 7, die mir schon am Bahnhof Mehringdamm am geeignetsten erschienen war. Aus Rudow, der Endstation im Osten, wurde Rockland, aus Altstadt Spandau, der vorletzten Station im Westen, Carpinteria in Kalifornien. Die Station Lipschitzallee taufte ich in New York um – da standen immerhin Hochhäuser –, und aus dem Bahnhof Yorckstraße wurde Empire in Colorado, eine Kleinstadt unweit des Berthoud-Passes in den Rocky Mountains, den wir überquert hatten.

Genauso verfuhr ich mit allen anderen Stationen der Linie.

Als ich mir nach ein paar Stunden das Ergebnis ansah, fand ich, dass wirklich alles sehr schön passte. Auch die U7 war gut gewählt. Die Strecke von Rockland nach Carpinteria, die wir 1978 gefahren waren, war ja die längste mögliche Ost-West-Strecke durch die USA – und die U7 war mit über dreißig Kilometern die längste U-Bahn-Linie Berlins, die zudem noch von Osten nach Westen verlief. Im nächsten Schritt musste ich ein Äquivalent für den Abstecher finden, den wir nach Mexiko gemacht hatten. Das war schon schwieriger. Nach längerem Überlegen entschied ich mich für die U3 nach Krumme Lanke, zumindest was den Hinweg betraf. Die Endstation benannte ich nach dem südlichsten Punkt unserer Reise, Mazatlán. Den Namen des nahe gelegenen Sees, nach dem die Haltestelle benannt worden war, strich ich auf der Karte durch und schrieb «Pazifik» darüber. Ebenso kühn löschte ich den ein paar hundert Meter entfernten Schlachtensee aus; er wurde zum Atlantik. Den gleichnamigen Bahnhof der S1 taufte ich in La Pesca um, das Fischerdorf am Golf von Mexiko, in dem Viktor unser Auto sabotiert hatte. So musste aus dem kurzen Weg zwischen beiden Seen das mexikanische Hochland werden. Das würde ich leider nur zu Fuß durchqueren können. Hier hinkten die Parallelen ziemlich, genauso wie die Tatsache, dass die S1 als Rückweg in die USA wieder nach Empire führte und nicht nach Texas oder Boston, so wie auf der echten Reise. Diese Bedenken warf ich aber über Bord, als ich entdeckte, dass die auf Mazatlán folgende Station der S1 Mexikoplatz hieß. Das konnte nur bedeuten, dass ich richtig entschieden hatte.

Ich brauchte den ganzen Nachmittag und die halbe Nacht für diese Umbennungsarbeit. Zwei Tage nahmen weitere Vorbereitungen in Anspruch. Ich studierte die Fotos aus London noch einmal ganz genau und stellte fest, dass sich am Stil meiner Kleidung in den vergangenen fünfunddreißig Jahren im Grunde nicht viel geändert hatte. Ein zerknittertes weißes Hemd, wie ich es auf den Fotos trug, fand sich sogar noch unter meinen Klamotten auf dem Dachboden. Es stank zwar etwas, war aber durchaus tragbar.

Das Einzige, was mir jetzt noch fehlte, waren Jeans mit Schlag und ein Paar heruntergelatschte, beige Wildlederboots. Beides fand ich bei Oxfam am Alexanderplatz. Hier kaufte ich mir auch einen dünnen, olivgrünen Parka. Der war zwar auf den Fotos nicht zu sehen, aber daran konnte ich mich dann doch noch erinnern: Ich war in den späten Siebzigern praktisch mit nichts anderem herumgelaufen, wenn mir der Seehundpelz zu heiß wurde. Die Idee, mir eine Langhaarperücke zuzulegen, verwarf ich. Die bei Oxfam vorrätigen Exemplare sahen furchtbar aus. Außerdem schreckte mich die Vorstellung ab, auf meiner Exkursion unter einem solchen Mopp schwitzen zu müssen.

Die größte Überwindung kostete es mich aber, das Rasieren einzustellen, um meinen fusseligen Vollbart zu rekonstruieren. Selbst in den Wochen der Verwahrlosung hatte ich mich rasiert, um mir einen Rest an Menschenwürde zu bewahren. O Mann, und jetzt würde ich bald wie diese ganzen jungen Vollkoffer aussehen, die überall in Berlin herumrannten. Doch wenn dieses Opfer notwendig war, um hinter das Geheimnis unserer Reise zu kommen, musste ich es eben bringen.

Besondere Sorgfalt verwendete ich auch auf die Präparierung meines alten iPods, den ich zum Musikhören benutzte, seit ich das Handy verloren hatte. Stundenlang lud ich Musik aus dem Netz herunter, die im Sommer 1978 herausgekommen war oder damals in den US- und UK-Charts stand. Die mentale Übertragung würde mir sicherlich leichter fallen, wenn ich dabei auch Musik aus der Zeit hören würde. Ich staunte über die Bandbreite der Stilrichtungen, die damals in den Hitparaden vertreten waren: Von Disco über klassischen Rock, Glitter, Bubblegum und Funk bis hin zum gerade aufkommenden Punk war alles vorhanden. Elvis Presley stand neben Sham 69, Bob Dylan neben Suzi Quatro, X-Ray Spex neben Barry Manilow. Ich glaube, nie wieder in der gesamten Pop-Musikgeschichte hatte so viel Disparates in den Charts koexistiert wie in diesem Monat. Und dann gab es noch ein paar Titel, die für mich so aus der Menge der Titel herausstachen, als wären sie mit Flammenschrift geschrieben: «Who Are You» von den Who, der auf Platz 20 der britischen Charts stand, dann auf Platz 26 «From East To West» von einer Band namens Voyage. Gleichzeitig schaffte es «Miss You» von den Rolling Stones in derselben Woche, in der wir in den USA gelandet waren, erstmals auf Platz 1 der Billboard-Charts.

«Das kann unmöglich ein Zufall sein», flüsterte mir meine Lisa zu, als ich am Abend über den Hof ging. «Diese Songs, Daniel, haben mit dir zu tun. Mit dir, den Huelsenbecks und dem unbekannten Mädchen.»

16

DEIN NAME TROPFT WIE WEICHES RINDERTALG

Um es vorwegzunehmen: Die ersten drei Tage, die ich in den Zügen der drei ausgewählten Linien auf der Suche nach dem Mädchen und meiner amerikanischen Vergangenheit verbrachte, erwiesen sich als recht unergiebig. Aber Dr. Gautzsch hatte ja gesagt, dass es bei der Methode Cooper durchaus länger dauern könnte. «Wichtig ist, dass du Geduld hast», «Geduld ist die Mutter der Porzellankiste», «Geduld ist das A und O», diese Sätze wiederholte ich immer wieder. Ich war mir sicher, dass sich meine Beharrlichkeit am Ende auszahlen würde.

Ich begann mit meinem Großversuch an einem Freitagmorgen (Tag 115 b.z.m.T.). In einem Kiosk kaufte ich mir eine Tageskarte und stieg gegen sieben Uhr in St. Louis (Hermannplatz) in die U7. Ich hatte beschlossen, mich am ersten Tag auf diese Linie zu beschränken. Ein zweiter Vorsatz war, die Bahn den ganzen Tag nicht zu verlassen. So würde mir der mentale Transformationsprozess leichter fallen. Außerdem waren es immerhin vierzig Stationen, die ich im Kopf umbenennen musste. Das würde eine Weile dauern, und es wäre sicher gut, wenn diese Arbeit nicht durch Außenreize unterbrochen würde.

Um zum Essen nicht aussteigen zu müssen, hatte ich mir ein paar Brote eingepackt, hart gekochte Eier, eine 180-Gramm-Fleischsalat-Packung von Homann (den leichten mit Joghurtdressing), eine Salatgurke und anderthalb Liter Wasser. Den Proviant verstaute ich in einem kleinen Rucksack. Ich hatte erst überlegt, ob ich nicht eine Plastiktüte nehmen sollte, da dies in den späten Siebzigern mein bevorzugtes Transportutensil («faltbare Aktentasche») gewesen war, aber das erschien mir dann doch zu unpraktisch.

Von St. Louis fuhr ich zunächst in Richtung Osten zur Endstation. Korrekterweise hätte ich hier in Rockland (Rudow) beginnen müssen, doch ich hatte keine Ahnung, auf welche Weise ich sonst an den Stadtrand hätte kommen sollen. In Rockland wechselte ich die Fahrtrichtung und setzte mich in die Bahn nach Los Angeles (Rathaus Spandau). So fuhr ich an diesem Tag fünfzehnmal die gesamte Strecke der U7 ab. Da jede Fahrt sechsundfünfzig Minuten dauerte und ich auch etwas Zeit brauchte, um auf die Toilette zu gehen und umzusteigen, verbrachte ich insgesamt knapp sechzehn Stunden unter der Erde.

Um mich ganz in die Vergangenheit zu versenken, setzte ich mir die Kopfhörer auf, ließ die Playlist laufen und studierte eine USA-Karte, die ich mir am Tag zuvor besorgt hatte. Der Soundtrack des Jahres achtundsiebzig schien tatsächlich beim Auswendiglernen zu helfen. Schon am frühen Nachmittag hatte ich die wirklichen Stationsnamen vergessen. Der Bahnhof Parchimer Allee war jetzt Ebensburg, aus Südstern war Jefferson City geworden, Mehringdamm hieß Topeka und Blissestraße De Beque. Dieser Name einer kleinen Stadt in Colorado gefiel mir besonders gut, genauso wie Mack für den Adenauerplatz. Eine Zeitlang sang ich leise immer wieder vor mich hin: «De Beque – Mack – Mack – De Beque – Mack

– Mack – De Beque – Mack – Mack», nach der Melodie von Chris Normans und Suzi Quatros «Stumblin' in».

Etwa vier Stunden später stellten sich vor meinem inneren Auge auch die verschiedenen Landschaften ein, die wir damals durchquert haben mussten. Aus dem Fußboden der U-Bahn wurde ein endlos langes Straßenband, das bis zum Horizont reichte. Über mir flogen Wolkenscheiben dahin, die an Ufos erinnerten. Sah ich aus dem Fenster, frästen Mähdrescher sich durch Weizenfelder, die in der Hitze vor sich hin glühten, durch die U-Bahnhöfe rollte Tumbleweed, und in meinem Kopf gingen riesige Sonnenscheiben wie im Kino auf und unter. Bald roch ich sogar die Buchenwälder Pennsylvanias, ich fror, wenn wir in die Rocky Mountains kamen, und sobald die U7 den Westen der USA durchquerte, meinte ich zu spüren, dass es deutlich heißer und trockener wurde.

Nachdem ich mich so eingegroovt hatte, holte ich das Irrenjournal – es war mittlerweile das dritte – hervor und begann, meine Umgebung zu beobachten. Wie schon auf meiner Dada-Expedition durch den Berliner Westen hoffte ich auf klare Zeichen, durch die sich das amerikanische Rätsel lösen ließe. Doch die wollten sich nicht einstellen. Nach einer Weile fiel mir auf, dass etwas die Simulation störte. Das Problem waren die Passagiere: Sie waren einfach zu sehr Berliner aus den zehner Jahren des 21. Jahrhunderts, als dass ich sie in Bewohner der siebziger Jahre des letzten Jahrhunderts transformieren konnte. Okay, die Bärte waren nicht weiter schlimm, aber die Tattoos und Piercings, die Frisuren, überhaupt dieser ganze «Sei-nur-du-selbst»-Habitus, der den Leuten in den letzten dreißig Jahren eingetrichtert worden war, irritierten außerordentlich. Außerdem fehlten die Schwarzen. Ich versuchte, mir Türken und Araber schwarz zu denken, doch es gelang mir nicht.

Der zweite Tag begann vielversprechender. Gleich auf meiner ersten Fahrt betraten in Salina (Mierendorffplatz) drei sehr junge, streng gescheitelte und breitschultrige Männer mit einfältigen Gesichtern die U-Bahn. An ihren Namensschildern und dunklen Anzügen waren sie als Missionare der «Kirche Jesu Christi der Heiligen der Letzten Tage» zu identifizieren. Mormonen also. Und das Original-Salina lag in Utah, dem Bundesstaat, in dem die Mormonen die Mehrheit bilden. Dass genau an dieser Station drei Mitglieder dieser seltenen Glaubensgemeinschaft einstiegen, nahm ich als ersten Beweis dafür, dass die Methode Cooper wirklich funktionierte.

Doch dann: wieder Fehlanzeige. Nur einmal war ich für eine Mikrosekunde elektrisiert, weil ich eine ältere Blondine für die Castaneda-Hexe Kylie Lundahl hielt. Sie hatte dasselbe spitze Kinn und hielt eine schwarze Papiertüte mit der Aufschrift «Sparate al tempo» in der Hand. Als ich die Kopfhörer abnahm, stellte ich jedoch fest, dass die Frau mit ihrem Mann fließend Russisch sprach. Weil sich auch auf Biegen und Brechen nichts in der Bahn als Zeichen deuten ließ, beschloss ich am frühen Nachmittag, die Versuchsanordnung zu ändern und die U7 an einigen ausgewählten Bahnhöfen zu verlassen. Das erste Mal ging ich in Britz Süd nach oben. Dieser Station hatte ich den Namen Summertown gegeben, der Ort in Tennessee, in dem «The Farm» lag.

An das grelle Tageslicht musste ich mich erst gewöhnen, aber sonst war hier auch nicht mehr los als unten. Vor der U-Bahn-Station hockten ein paar Penner neben einem großen Beton-Blumenkübel, aus dem vertrocknetes Unkraut ragte. Am Taxistand standen sich die Taxis die Reifen platt, und an der Bushaltestelle pappte ein Aufkleber, der «Gebt die Hess-Akten frei» forderte. Ich lief ein paarmal zwischen der Post, dem Edeka und dem Reno-Schuhcentrum hin und her und kam dann zu dem Schluss, dass dieses Summertown der genaue Gegenentwurf zu dem war, was ich in dem Landkommunenbuch über «The Farm» gelesen hatte. Auch aus der Tatsache, dass ich zwei Dohlen beobachtete, konnte ich mir keinen Reim machen. Ja, es gab in Berlin nur noch knapp einhundert Exemplare dieser Vögel, und richtig, meine Mutter hatte sie nur «des Pastors schwarze Tauben» genannt, aber was weiter?

Ich machte noch weitere Stichproben und ging auch in Pomona (Zitadelle Spandau), Topeka (Mehringdamm) und Cedar City (Jungfernheide) nach oben. Die Ergebnisse fielen ähnlich aus. Kein Ort weckte Erinnerungen. Keine versteckten Zeichen. Ich gab nicht auf und fuhr am selben Tag noch mit der Mexiko-Linie. Grenzbahnhof war der Fehrbelliner Platz, der aus Gründen der Simulationslogik gleich drei verschiedene Namen trug. Fuhr ich auf der U7 von Ost nach West und zurück, hieß die Station Grand Junction, nach dem Ort in Colorado. Stieg ich aber um, wurde der Bahnhof zur kalifornischen Grenzstadt San Diego. Auf der Treppe hinab zur U3 verlief die Grenze, und der Bahnsteig, an dem die U3 hielt, gehörte schon zur mexikanischen Grenzstadt Tijuana.

Als ich hier hinabstieg, kam Zuversicht in mir auf. Der ganze Bahnhof wirkte tatsächlich mexikanisch: Die gelben Kacheln an den Wänden symbolisierten die helle Sonne Mexikos, und auch das von zwei glatzköpfigen Keramik-Marabus eingerahmte Jugendstilschild mit dem Stationsnamen kam mir ausgesprochen südländisch vor. Einzig die vielen Zille-Fotos im Großformat, die Szenen aus dem alten Berlin zeigten, passten nicht so recht. Ich sah sie mir genauer an. Auf einem Bild war ein Panoptikum zu sehen, in dem die größten Attraktionen eine «Guillotine» und ein «wandernder Leichnam» waren. Drei Gören erinnerten mich an die behinderten Kinder, die mich verfolgt hatten. Sie spielten auf einem typischen Zille-Hinterhof. Eines von ihnen, ein weißblondes, mageres Mädchen in einem dünnen Kleid, starrte mich durch die Zeiten hindurch mit dunklen Augen an. Ich wusste sofort: Dieses Kind wollte mir etwas sagen. Ich spürte es, wie man in einem stockfinsteren Raum spürt, dass in seiner Mitte ein tiefes Loch ist. Doch mehr kam an diesem Tag nicht.

Am dritten Tag zeigte ich erste Ermüdungserscheinungen. Ich wusste inzwischen, wie der Tag verlaufen würde: Morgens saßen alle Passagiere schweigend in der U-Bahn, gegen Mittag wurden sie geschwätzig. Nach dem Mittagessen verfielen sie dann wieder in Sprachlosigkeit, man konnte die Uhr danach stellen. Interessant wurde es nur manchmal in der Nacht, wenn die meisten Leute betrunken waren und alle durcheinanderquatschten. Nach all den Jahren der Abwesenheit aus Deutschland fiel mir auch die spezifische soziale Mischung auf, die es hier unten gab. Fuhren in Hongkong nahezu alle Klassen U-Bahn, waren es in Berlin ausschließlich untere Mittelschichtler und Arme. In der Nacht war es besonders krass. Denn ab 21 Uhr trauten sich bloß noch die Jungen, die Drogensüchtigen und die alten, vom Leben verwüsteten Gestalten in die Unterwelt. Auch die Vollbartquote stieg abends ins geradezu Unermessliche.

Ich fragte mich, woran es lag, dass ich nicht weiterkam. Waren es die Opis und Alpras, die ich jetzt wieder nahm? Ich hatte das Gefühl, als hinge zwischen mir und der Realität ein trüber Vorhang. Am Nachmittag brachte mich ein Erlebnis schließlich vollends aus der Fassung. Ich beobachtete zwischen den Stationen Pomona (Zitadelle) und Vail (Kleistpark) eine junge, etwas fülligere Frau mit dunklen Locken indirekt in der Scheibe des Waggons. Etwas an ihr zog mich an, ich versenkte meinen Blick in ihren rotkehlchenroten Teint, ihren schwanenbeflaumten Nacken und ihre Amselaugen. Und plötzlich war ich verschwunden. Das heißt: Ich war fest davon überzeugt, diese Frau zu sein. Erst als sie in Vail aus der U-Bahn stieg, war ich in der Lage, wieder in mich selbst hineinzuschlüpfen.

Ich war so durcheinander, dass ich nach meiner U-Bahn-Schicht zu Jazzrock fuhr. Als ich ihm von meinen Schwierigkeiten erzählte, nickte er.

«Gut möglich, dass dein Ich durch die Pharmakacke so klein wird, dass es in einem anderen verschwinden will. Keine ungefährliche Sache. Einige sind schon auf diese Weise verlorengegangen. Aber das ist ja nicht mal das Schlimmste: Die Pillen verhindern, dass du siehst.»

«Ich kann schon sehen. Es passiert nur nichts.»

«Eben», erwiderte Jazzrock, während im Hintergrund «Birds on Fire» vom Mahavishnu Orchestra dudelte. «Castaneda sagt, dass man das Sehen erst lernen muss. Korrektes Sehen. Und das wirst du mit diesem Roten auf jeden. Ich schwöre, bei der unsterblichen Seele Charlie Marianos.»

Da ich Jazzrock vertraute, ließ ich die Pillen bleiben und gönnte mir am nächsten Morgen eine gutgestopfte Pfeife. Ich wusste zwar auch nicht genau, ob Drogen bei der Methode Cooper erlaubt waren. Die einzige Stimulanz, die der FBI-Agent in «Twin Peaks» zu sich nahm, war sehr starker Kaffee. Andererseits hatte mir Dr. Gautzsch ja erklärt, dass ich meine eigene Methode Cooper finden müsse. Offenbar hatte ich die richtige Entscheidung getroffen. Denn kaum saß ich zugedröhnt in der U7, belauschte ich ein Gespräch, das mich aufhorchen ließ.

«Ich fahr jetzt nach Gropius Passagen», sagte ein Mann, der aussah wie Harry Dean Stanton nach fünf Jahren Crystal-

Meth-Konsum, zu einem enormen Fettsack mit Melone, roter Fliege und Jackett – Vader Abraham in seinen besten Jahren. «Bei New Yorker ist heute Himmelfahrt.»

Ich weiß nicht, weshalb ich diesen Sätzen eine Bedeutung zumaß. Wahrscheinlich weil Christi Himmelfahrt bereits mehr als einen Monat zurücklag. Und auch sonst waren diese Sätze und ihre Sprecher eigentümlich. Jedenfalls beschloss ich, der Sache nachzugehen. Ich setzte mir die Kopfhörer auf, schaltete meinen iPod an und behielt das Duo scharf im Auge.

Harry Dean und Vader Abraham stiegen in Allentown (Johannisthaler Chaussee) aus. Ich war überrascht, wie flink und beweglich sie waren, und hatte Mühe, ihnen auf den Fersen zu bleiben. Superkaputt und Superdick flitzten in einem Affenzahn durch die U-Bahn-Gänge, sodass ich zunächst gar nicht mitbekam, wie diese Gänge in eine große Shopping-Mall übergingen, die sich als die Gropius Passagen entpuppte. Ich hastete den beiden weiter hinterher, bis mir ein etwa achtjähriges Kind in einem braunen Eulen-Jumpsuit den Weg versperrte. Es stand genau vor einem Teenie-Laden, in dem es Mädchen-Accessoires wie Ketten, Geldbörsen, Handtaschen und Einhorn-Broschen zu kaufen gab.

Ich wollte mich an dem Eulenkind vorbeidrängen, da lief auf meinem iPod «What goes on» an, der Weissensee-Song. Abrupt blieb ich stehen und sah, wie sich das Eulenkind leicht vor mir verbeugte, die linke Hand vor die Brust hielt und mit der rechten auf ein Schild im Laden zeigte. Ich las: «Claire's – der Ohrenpiercing-Spezialist». Im selben Moment sang Lou Reed in meinem Kopf «You know it will be alright». Das Kind drehte eine Pirouette – erstaunlicherweise genau im Rhythmus des Songs – und zeigte mit dem Finger nach oben. In grellblauer Neonschrift stand da auf einem Schild derselbe

Name: «Claire's». Und in diesem Moment wusste ich: Das ist es. Das ist ihr Name.

«Claire», rief ich, wahrscheinlich zu laut, denn einige Leute drehten sich erschrocken zu mir um. Ja, natürlich, nicht Taisha, Nury, Florinda oder Kylie, sondern Claire. Es war wie eine Erleuchtung. Sie konnte gar nicht anders heißen. Eigentlich hatte ich diesen Namen schon immer gewusst. Seit über fünfunddreißig Jahren. Er war nur verdeckt gewesen, verschüttet, verschattet, vergraben.

Ich war so aufgeregt, dass ich Harry Dean und Vader Abraham sofort vergaß und zur U-Bahn zurücklief. Plötzlich überforderte mich die Musik, und ich riss mir die Kopfhörer runter. Kaum hatte ich das getan, war ihr Name überall: «Darf Claire heute bei uns schlafen?», fragte ein kleines Mädchen im Tüllkleid seine Mutter. Ein pickliger Skateboarder erklärte seinem Kumpel: «Claire steht auf dich. Das sieht doch ein Blinder mit Krückstock.» – «Hey, Claire», schrie eine Achtzehnjährige mit schiefen Zähnen in ihr Telefon. «Wie wär's mit morgen? Gluck, gluck, glückchen?»

Die Enthüllung des Namens hatte mich nun doch überzeugt, dass die Methode Cooper funktionierte. Aber was dann am späten Nachmittag in der U7 passierte, übertraf alles, was ich zu hoffen gewagt hatte. Claire, das so lange vergeblich gesuchte Mädchen, erschien selbst: nicht im Traum, sondern in Fleisch und Blut. Gerade hatte ich auf der Treppe von Cisco (Bismarckstraße) mein THC-Level aufgefüllt und stieg wieder in die Bahn, da sah ich sie weiter hinten auf einer Bank sitzen. In einem Winkel meines Temporallappens war mir eigentlich schon klar, dass sie es nicht sein konnte. Die Claire, mit der wir 1978 durch Amerika gereist waren, musste inzwischen auch über fünfzig sein. Diese Frau hier war dagegen höchstens dreiundzwanzig. Sie sah den verschiedenen Erscheinungsformen des Mädchens aus der Trance und aus meinen Träumen auch kaum ähnlich. Statt eines Pferdeschwanzes trug sie die Haare kurz. Kein gekerbtes Kinn, dafür aber hohe Wangenknochen.

Trotzdem erkannte ich sie sofort. In ihren Augen spiegelte sich genau dieselbe Mischung aus Überheblichkeit und Schwäche, wie ich sie in den Augen der Traum-Claire gesehen hatte. Auch die zwei kleinen Grübchen an den Mundwinkeln, die ihren Zügen einen Hauch von Tragik verliehen, glaubte ich nicht zum ersten Mal zu sehen. Ganz sicher aber war ich, als Claire nach dem ersten flüchtigen Augenkontakt ein paar Minuten später noch ein zweites Mal zu mir herüberblickte und dabei wissend lächelte. Auch sie hatte mich also wiedererkannt.

Deshalb war ich auch gar nicht überrascht, als Claire in San Diego in die mexikanische Linie umstieg. Ja, ja, ja! Das war unsere Route. Ich folgte ihr in sicherem Abstand durch die U-Bahn-Gänge. Inzwischen hatte ich das Gefühl, dass dies eine Art Spiel war, bei dem mir Claire etwas zeigen wollte. Sicher war nur, dass ich sie nicht ansprechen durfte. Jetzt jedenfalls noch nicht. Ich musste geduldig sein und durfte nichts kaputt machen, auch wenn mir das Herz bis zum Hals schlug und ich von Minute zu Minute aufgeregter wurde.

Meine Erregung verdoppelte sich noch einmal, als die U-Bahn bei Guaymas (Podbielskiallee) aus dem Tunnel kam und die schon sehr tief stehende Sonne Claire direkt ins Gesicht fiel. Mein Gott, in diesem Licht hatte ich sie in der Trance bei Dr. Gulistan gesehen. Und dann auch noch Guaymas, ausgerechnet der Ort, an dem auch schon das Urereignis stattgefunden hatte. Hätte ich noch Zweifel gehabt, dass die Frau vor mir tatsächlich die war, die ich suchte, sie wären in diesem Moment in subatomare Teilchen zerfallen.

Als Claire in Mazatlán (Krumme Lanke) schließlich ausstieg, dämmerte es schon. Noch auf dem U-Bahnhof sah sie sich mehrmals nach mir um, als ob sie ganz sichergehen wollte, dass ich ihr auch wirklich folgte. Dann überquerte sie recht zügig die Argentinische Allee und bog in die Fischerhüttenstraße ein. Diese baumbestandene Straße, das wusste ich von meiner Erkundungsfahrt am Tag zuvor, führte durch eine einsame Villengegend direkt zum «Pazifik».

Ich folgte Claire weiter in sicherem Abstand und hielt mich dabei dicht an den Zäunen und Hecken, die den Bürgersteig begrenzten. Die Klingelschilder an den Gartentoren trugen nur Initialen, und ab und zu war ein Blechschild angebracht, auf dem ein grimmiger Hund behauptete: «Hier wache ich.» Auch jetzt drehte sich Claire mehrmals nach mir um und beschleunigte dann jedes Mal ihren Schritt. Ich tat es ihr gleich. Ich musste unbedingt wissen, wohin sie unterwegs war. Wenn ich das in Erfahrung gebracht hätte, wollte ich weitersehen. Vielleicht würde ich sie ansprechen. Vielleicht würde ich aber auch umkehren.

Doch ich kam nicht dazu, diese Entscheidung zu treffen. An der Ecke zur Goethestraße sah sich Claire ein weiteres Mal aufmunternd um und verfiel dann in einen schnellen Laufschritt. Auch ich wollte noch einen Zahn zulegen, da schoss etwas Schwarzes aus einer Toreinfahrt hervor. Es lief mir direkt vor die Füße, ich stolperte und ging zu Boden. Als ich mich wieder aufgerappelt hatte, war Claire nirgends mehr zu sehen, und obwohl ich in alle Ecken spähte, blieb sie wie vom Erdboden verschluckt. Dafür lief jetzt ein großer schwarzer Hund die Straße hinunter.

Das musste das Vieh sein, das mich zu Fall gebracht hatte. Voller Wut griff ich mir einen am Wegesrand liegenden Ast und lief ihm hinterher. Büßen sollst du, Drecksköter, fluchte es in mir. Der Hund schien genau den Weg zu nehmen, den Claire zuvor gegangen war. Nur musste ich jetzt richtig rennen, um den Köter nicht aus den Augen zu verlieren. Kurz nach ihm erreichte ich das Ende der Fischerhüttenstraße. Rechts schimmerte der «Pazifik» durch die Bäume. Ich glaubte, den Hund schon unten am Wasser zu sehen, doch im letzten Moment schlug er einen Haken und lief nach links in den Wald Richtung «Atlantik». Er blieb noch einmal kurz stehen und drehte sich zu mir um, als wollte er sagen: «Komm doch!»

Das machte mich noch wütender, und in meiner Raserei konnte ich noch die ersten hundert Meter mit dem Vieh mithalten. Aber irgendwann, auf halbem Weg zwischen Pazifik und Atlantik, ging mir die Puste aus, und ich verlor ihn aus den Augen. Ich untersuchte die Stelle, an der ich ihn zuletzt gesehen hatte, und stieß trotz Dunkelheit auf den Eingang eines Fuchsbaus. Weil ich vermutete, dass er sich dort verkrochen hatte, lauerte ich ihm, an einen Ahornbaum gelehnt, gut eine Stunde vor dem Loch auf. Aber der schwarze Köter blieb verschwunden. Schließlich kapitulierte ich und versuchte, aus dem Wald herauszukommen. Ich verirrte mich heillos. Erst geriet ich in ein Brombeergestrüpp, dann stürzte ich mehrmals. Später sah ich durchs Unterholz die gelben Augen eines Tieres aufblitzen, so groß wie kleine Untertassen, die ich nicht so recht zuordnen konnte. Meine Rettung war eine Kiefer, auf deren Rinde jemand mit Neonfarbe «One life – One heart – One fuck» gesprüht hatte. Dreimal fand ich mich an diesem Baum wieder und schlug jedes Mal eine andere Richtung ein. So gelangte ich am Ende zur Straße.

Es war bereits 22 Uhr, als ich den S-Bahnhof erreichte, den ich am Tag zuvor La Pesca getauft hatte und der in Wirklichkeit Schlachtensee hieß. Ich war in einem desolaten Zustand.

Von dem Sturz auf der Fischerhüttenstraße waren meine Hände wieder mal böse aufgeschürft, meine Hose war am linken Knie zerrissen. Vom Dornengestrüpp hatte ich eine Reihe blutiger Schrammen im Gesicht. Als ob das nicht reichen würde, war das Erste, was ich auf dem Bahnsteig sah, eine Gruppe von fünf männlichen Jugendlichen mit Baseballkappen, die sich am Fahrkartenautomaten herumdrückten und Bier aus Dosen tranken. Es waren die einzigen Menschen weit und breit, und sie waren offenbar ziemlich abgefüllt. Schon als ich die letzte Treppenstufe genommen hatte, begannen sie zu pöbeln.

«Hey, kiek mal den Penner», rief der Besoffenste. Sofort sahen mich alle an.

«Widerlich», bestätigte sein Kumpel, der statt einer Kappe eine schwarz glänzende Melone trug. «Wenn ich etwas nicht ausstehen kann, dann sind es alte Sabberköpfe, die sich nicht zu kleiden wissen.»

Ich wich den Blicken der Gruppe aus und starrte auf die Anzeigetafel, die die Züge ankündigte. Noch endlose fünfzehn Minuten. Um die Zeit unbehelligt zu überstehen, verzog ich mich ans äußerste Ende des Bahnsteigs. Die fünf quittierten das mit weiteren abfälligen Bemerkungen.

«So ein Stück alte feige Jammerscheiße» war noch die harmloseste. Zum Glück blieben sie, wo sie waren. Die nächste Viertelstunde kam mir dennoch wie eine Ewigkeit vor. Ich überstand sie nur, indem ich mir ausmalte, jedem einzelnen Glatzkopf eine Kugel in den Kopf zu jagen.

«Die Rache ist mein, spricht der Herr, ich will vergelten», würde ich über den Bahnsteig brüllen, und dann: peng, peng, peng, peng, peng.

Ich stellte mir gerade vor, wie sich die Blutlache um den letzten Idioten mit der der vier anderen zu einem schwarzroten Blutteich vereinigen würde, als die S-Bahn einfuhr. Jetzt war ich doch erleichtert. Aber dann passierte noch etwas Unerwartetes. Ich sah schon, wie ich gleich einen hell erleuchteten Waggon betreten würde, da traf mich von hinten ein harter Schlag. Es kann nur der Bruchteil einer Sekunde gewesen sein, in dem mein Oberkörper über den Gleisen schwebte, aber er kam mir vor wie ein ganzes Leben.

«Okay», dachte ich, wobei das Okay verzerrt klang. «Hier habe ich natürlich auch eine Antwort auf all meine Fragen. Nur blöd, dass ich keinem mehr davon erzählen kann.»

Aber dann, kurz bevor der Triebwagen mich erfasste, zog mich etwas zurück. Bis heute ist mir nicht klar, ob ich selbst die Balance wiederfand oder ob mich jemand zurückriss.

Genau erinnern kann ich mich jedoch daran, dass ich ganz am Ende dieses unendlichen Moments, in dem ich über den Schienen schwebte, zum Fahrkartenautomaten hinübersah. Die Jungs, die dort gestanden hatten, waren verschwunden. An ihrer Stelle befand sich eine Säule aus weißem Licht, die vom Bahnsteig bis zur Stratosphäre zu reichen schien. Darin stand Claire und strahlte mich mit großen Augen an. Dabei zeigte sie mit dem Finger nach oben auf die digitale Anzeigetafel, ganz so wie das Kind in den Gropius Passagen. Nur war da kein Name zu lesen, und auch keine S-Bahn-Verbindung. Auf der Tafel standen nur zwei Ziffern, ein Punkt und ein Monatsname: «19. Oktober». Der Tag, an dem ich sterben würde. Aber das wusste ich damals noch nicht.

17

MENGULALALA MENGULALA KULIBALA

Wenn ich als nunmehr Toter auf mein Leben zurückblicke, kommt es mir vor wie ein einziger, nur etwas längerer Tag. Mich selbst sehe ich dabei wie ein Wesen, das man von einem sehr hohen Wolkenkratzer aus betrachtet: Klein wie ein Pantoffeltierchen wimpert es sich durch die Straßen. Interessanterweise kann ich aus dieser Vogelperspektive alles besser erkennen. Ich sehe die großen Pläne, die ich am Morgen gemacht habe, schon im Laufe des frühen Vormittags in der Sonne schmelzen. Und ich begreife augenblicklich, dass die Sonne dieses einzigen Tages zu dem Zeitpunkt, als ich das Methode-Cooper-Experiment abgeschlossen hatte, schon längst untergegangen war. Als ich noch lebte, konnte ich das alles nicht so klar sehen. Ich ließ mich durch ein Abbild der Sonne trügen, das in meiner Einbildung fast so stark schien wie das Original.

Ich brauchte ein paar Tage, um die Ergebnisse meiner Expedition zu ordnen und zu deuten. Dazu studierte ich noch einmal akribisch alle Aufzeichnungen, die ich seit meiner Rückkehr nach Deutschland gemacht hatte. Angesichts der drei eng beschriebenen Irrenjournale war es nicht verwunderlich, dass ich nicht sofort auf alle Lösungen kam. Aber irgendwann passten die einzelnen Teile so gut zusammen, dass ich von meinem Schreibtisch aufsprang und schrie: «Es muss so sein. Es geht nicht anders.» Ich fühlte mich wie Archimedes auf Speed.

Als ich mich beruhigt hatte, öffnete ich in meinem Kabuff das Fenster und ließ frische Luft herein. Inzwischen war der Juli angebrochen, draußen schien die Sonne, und das Schöne war: Die Luft war einfach nur angenehm warm, nicht schwülheiß wie zur selben Jahreszeit in Hongkong. Ich wartete kurz ab, bis mich der warme Schwall von draußen vollkommen umhüllte, warf in der Fensterscheibe einen kurzen Blick auf meinen prächtig wachsenden Vollbart und begann, die Ergebnisse abzutippen. Ich tat das nicht nur, um meine Schlussfolgerungen zu strukturieren. Die Liste war auch eine Art Rückversicherung. So wäre, sollte mich mein Gedächtnis wieder im Stich lassen, alles zuverlässig festgehalten.

Es waren insgesamt sieben Punkte:

«Erstens: Der Name des Mädchens lautet Claire.»

Das ergab sich nicht nur aus dem deutlichen Fingerzeig des Eulenkindes in den Gropius Passagen – und man bedenke auch, dass die Eule im alten Griechenland für Weisheit und Sieg stand –, sondern auch aus einer Fülle von anderen Indizien.

a) Der Stein, den man mir bei Viktors Beerdigung an den Kopf geworfen hatte, war ja mit einem Zettel umwickelt gewesen, darauf die Buchstaben «C» und «T».

b) Auch in den Schuh, über den ich im Treppenhaus gestolpert war, hatte jemand die Initialen «C. T.» geschrieben.

c) Auf die Frage nach ihrem Namen hatte das Traummädchen ein «e» als letzten Buchstaben auf die Tafel geschrieben.

d) Die Tasten, die bei meinem Laptop blockiert gewesen waren, sodass ich es nicht mehr benutzen konnte, waren «C» und «L» sowie sämtliche Vokale gewesen. Das heißt: Vier von fünf Buchstaben, die man braucht, um den Namen Claire zu schreiben.

«Zweitens: Claire wurde in der Stadt Cisco Teil unserer kleinen Reisegruppe und blieb bis ins mexikanische Hochland bei uns.»

Das war daraus zu erschließen, dass ich Claires Doppelgängerin zum ersten Mal wahrnahm, als ich an der Haltestelle Bismarckstraße wieder in die U7 eingestiegen war, die ich in Cisco umbenannt hatte. Dann war sie weiter bis Krumme Lanke (Mazatlán) gefahren, von wo aus sie ins mexikanische Hochland (Fischerhüttenstraße) marschiert war. Vermutlich war die Original-Claire eine Tramperin gewesen, die Gefallen an uns gefunden hatte. Von Utah bis ins mexikanische Hochland um Durango waren wir rund elf Tage unterwegs gewesen. So lange musste sie uns also begleitet haben.

«Drittens: Claire verschwand auf unerklärliche Weise.»

Das war mehr als offensichtlich: Da Claires Doppelgängerin sich praktisch in Luft aufgelöst hatte, musste auch die Original-Claire auf ähnliche Weise verschwunden sein. Wahrscheinlich war das auf der «Höllenfahrt» zwischen Mazatlán und Durango passiert, die Ronny erwähnt hatte und die auch in meiner Erinnerung immer wieder aufblitzte. Je länger ich darüber nachdachte, desto sicherer war ich, dass es auf dieser Fahrt geschehen sein musste.

«Viertens: Claires Verschwinden hatte etwas mit Viktor zu tun.»

Das bewies der Hund, der mir bei der Verfolgung der Doppelgängerin vor die Füße gelaufen war. Zwei Tage lang hatte ich mich gefragt, wieso mir diese Töle so bekannt vorkam. Nachdem ich mir Hunderte von Bildern mit schwarzen Hunden angesehen hatte, fiel es mir plötzlich wie Schuppen von den Augen: Diese Spitz-Collie-Mischung war nichts anderes als ein Duplikat von Viktors altem Hund.

«Fünftens: Claire war wahrscheinlich tot.»

Das war sicher die erschreckendste Einsicht, die mir die Methode Cooper enthüllte. In meinem Traum hatte Viktors Hund das Gesicht von Claire bis zum Verschwinden abgeleckt. Ich hätte eigentlich da schon auf die Bedeutung kommen müssen: Bei den in Südchina lebenden Hakka ist das Sprichwort «Ihm lecken die Hunde das Gesicht» eine Umschreibung dafür, dass jemand gestorben ist. Ich kannte die Redewendung gut; Sandys Mutter war Hakka, weswegen auch Sandy sie immer wieder benutzt hatte. «Pass auf, dass dir die Hunde nicht das Gesicht lecken», hatte sie mich jedes Mal gewarnt, bevor ich zu einer längeren Reise aufgebrochen war.

«Sechstens: Viktor hat Claire auf dem Gewissen.»

Ich wusste nicht, weshalb und wie er es gemacht hatte, aber wer sonst sollte es gewesen sein? Es war Viktors Hund, der Claire das Gesicht abgeleckt hatte. Und genau diesen Hund hatte Viktor damals kurzerhand vergiftet. So war Viktor der Einzige von uns, der Erfahrung mit dem Töten hatte.

Es gab aber noch einen Grund, weshalb an diesem warmen Juliabend in mir die Überzeugung reifte, dass Viktor der Täter sein musste. Warum sonst war er selbst tot? Ich hatte von Anfang an daran gezweifelt, dass ihn tatsächlich ein Herzinfarkt erledigt hatte. Viktor war immer der durchtrainierteste Huelsenbeck gewesen, außerdem noch verhältnismäßig jung. Da war ein Herzinfarkt einfach unwahrscheinlich. Man musste nur eins und eins zusammenzählen, um zu dem Ergebnis zu kommen, dass auch Viktor auf unnatürliche Weise ums Leben gekommen war. Nur wie? Wahrscheinlich steckte irgendjemand dahinter, der etwas mit Claire zu tun gehabt hatte. Freunde, Verwandte, eine Organisation. Wer anders sollte über Jahrzehnte und mehrere Kontinente hinweg einen Täter mit dieser Hartnäckigkeit verfolgen? Sie hatten etwas herausbekommen und Viktor aus dem Weg geräumt. Die Frage war ja auch, was Viktor überhaupt in Israel gesucht hatte. Entweder war er bereits auf der Flucht, oder er war dorthin gelockt worden. Wenn Viktor aber umgebracht worden war, bedeutete das:

«Siebtens: Jemand ist hinter den restlichen Huelsenbecks her und will sie aus dem Weg räumen.»

Dafür hatten die Jäger gute Gründe. Jeder Einzelne von uns musste damals doch gemerkt haben, dass Claire in Mexiko «verloren» gegangen war. Trotzdem hatte keiner Fragen gestellt oder sonst irgendetwas unternommen. Stattdessen hatten wir uns schnell aus dem Staub gemacht. Ich hatte sogar nicht nur die Existenz des Opfers verdrängt, sondern auch den überwiegenden Teil der Amerikafahrt aus meinem Gedächtnis gelöscht.

Das alles schrieb ich in erstaunlicher Ruhe auf, zusammen mit den Begründungen. Und mit jedem Punkt fühlte ich mich besser. Endlich verstand ich meine Erinnerungslücken. Endlich war auch klar, wieso mir Claire anfangs so unheimlich gewesen war. Auch für die ganzen Attacken gab es nun eine Erklärung: Der Stein, der mich auf dem Friedhof am Kopf getroffen hatte, die Flasche, die der Affe geworfen hatte, das heruntergefallene Wespennest und all die anderen seltsamen Unglücksfälle der letzten Monate bis hin zu dem Stoß auf dem Bahnhof, das alles waren Anschläge auf mein Leben gewesen.

Die Tatsache, dass einer von uns vermutlich einen Mord begangen hatte, beunruhigte mich seltsamerweise nicht. Im Gegenteil. Ich war hochzufrieden, dass sich alles, was mir in den letzten Monaten zugestoßen war, vernünftig erklären ließ und ich wohl doch nicht verrückt war. Natürlich blieben auch jetzt noch ein paar Fragen offen, aber darüber sah ich an diesem Abend hinweg. In mir machte sich ein Gefühl breit, von dem ich zwar schon einiges gehört und gelesen hatte, das mir aber immer fremd geblieben war, sodass es mir auch jetzt noch schwerfiel, es zu benennen. Doch dann beugte ich mich über mein aktuelles Irrenjournal und schrieb es hin: «Innerer Frieden». Anschließend notierte ich: «Methode Cooper voller Erfolg. Gesundungsprozess kann jetzt beginnen. Nicht vergessen: Dr. Gautzsch danken (ausgefallenes Twin-Peaks-Gimmick!!!).» Ich zündete mir eine Zigarette an, legte die Füße hoch, kraulte mir – das hatte ich mir angewöhnt – den Bart unterm Kinn und sah aus dem Fenster in den Himmel, wo die Schwalben in großer Höhe umeinanderjagten.

Die nächste gute halbe Stunde war wohl die angenehmste meiner ganzen Existenz auf Erden. Hatte ich es geschafft? Hatte ich die Welt angehalten? Ich lauschte. Alle Geräusche in der Nachbarschaft – das Klappern der Töpfe aus der Küche gegenüber, der Lärm der Kinder auf dem Spielplatz, das «Stairway to heaven»-Geklimper – setzten sich zu einer großen Symphonie zusammen, die nur für mich komponiert zu sein schien.

Die Welt fuhr wieder an, als ich merkte, dass ich keine Zigaretten mehr hatte. Auf dem Weg zum Späti flog Lisa auf mich zu und krächzte dreimal lautstark. Da fiel mir der schwarze Mann wieder ein, der in Lüchow um Chloes Kinder herumscharwenzelt war. Jetzt verstand ich. Das war kein 08/15-Pädophiler gewesen. Und der Schnauzbart, der bei Ronny vor der Tür gestanden hatte? Natürlich, auch einer von den Rächern.

Ich machte sofort kehrt und stürzte die Treppen hoch. Warnen, dachte ich, du musst die anderen warnen, auch wenn sie gerade nichts von dir wissen wollen. Das ist deine Pflicht. Als Erstes rief ich Ben an. Er ging tatsächlich ans Telefon.

«Herrje, du schon wieder. Ich habe dir doch schon letztes Mal gesagt ...»

«Aber Ben, es ist wirklich ...»

«Tut mir leid. Ich bin auf dem Weg zu Chloe. Sie liegt in Uelzen im Krankenhaus.»

Und damit hatte er auch schon wieder aufgelegt.

Scheiße. War es vielleicht schon zu spät? Wenn dieser dumme Mensch doch nur mit mir reden würde. Als Nächstes versuchte ich es bei Ronny. Immer wieder tippte ich seine Nummer in das alte Tastentelefon, aber keiner nahm ab. Ich rechnete nach: Schon fast zwei Monate hatte ich nichts mehr von ihm gehört. Kein gutes Zeichen. Viktor, Chloe, Ronny, dachte ich. Ronny, Chloe, Viktor.

Sicher, es blieb immer noch eine kleine Chance, dass alles ganz anders war. Ich setzte mich wieder an den Rechner und schrieb Ronny wieder eine Mail. Darin berichtete ich Punkt für Punkt, was ich mit Hilfe der Methode Cooper in Erfahrung gebracht hatte. Ich war dabei vollkommen offen, verheimlichte nichts und schloss mit einer eindringlichen Warnung: «Nimm Dich in Acht. Trau keinem! Claires Rächer können überall sein. PS: Vielleicht wäre es wirklich gut, wenn wir uns alle treffen, um zu überlegen, was wir tun können.»

Anschließend kopierte ich den Text und schickte ihn, leicht verändert, an Ben.

Die nächste Woche verbrachte ich in großer Spannung. Ich stellte mir vor, dass Ronny und Ben zunächst skeptisch, dann aber dankbar auf meine Erkenntnisse reagieren würden. Und wenn sie erst den Ernst der Lage begreifen würden, wären sie sicher auch für ein Treffen. Dadurch würde vielleicht auch wieder die Freundschaft zwischen uns belebt. Schließlich hatten gemeinsame Gegner schon die Huelsenbecks zusammengeschweißt, wahrscheinlich mehr als alles andere.

Jeden Tag glaubte ich ein wenig mehr an diesen Zukunftsentwurf. Eigentlich ging ich in der Woche, die auf die Begegnung mit Claire folgte, nur im Volkspark spazieren und plante dabei das große Huelsenbeck-Reunion-Treffen. Sollten wir den alten Namen wieder annehmen, so wie eine Band, oder sollten wir uns einen zeitgemäßeren wählen? War so ein Etikett für eine Gruppe alter Männer nicht ein bisschen albern? Und wo sollte die Wiedervereinigung stattfinden? Am besten wohl in Bösel. Schließlich lag das für Ronny und mich auf halbem Weg. Vielleicht wäre es nach der großen Versöhnung auch ganz gut, wenn wir für eine Weile zusammenwohnen würden. So könnten wir nicht nur uns gegen die Rächer verteidigen, sondern auch Chloe und die Kinder schützen. Würde daraus am Ende sogar eine dauerhaftere Kommune entstehen? So etwas hatten wir ja bereits vor der Amerikafahrt in Erwägung gezogen.

Meine Phantastereien wurden abrupt unterbrochen, als sich am Mittwochnachmittag – es war Tag 103 b.z.m.T. – plötzlich eine unübersehbare Menge von Staren im Volkspark sammelten. Die ganze Wiese am Denkmal des polnischen Soldaten war schwarz. Ab und zu stiegen die Vögel zu großen Wolken auf und bildeten am Himmel merkwürdige Ornamente, dann pickten sie wieder im Gras, begleitet von einem ohrenbetäubenden Tschirpen und Tschilpen. Was sollte das? Es war doch erst der 8. Juli. Wollten die Vögel jetzt schon in den Süden ziehen?

Beunruhigt ging ich nach Hause und checkte meine Mails. Ich hatte geglaubt, dass die Stare mir sagen wollten, Ronny oder Ben hätten geantwortet, doch mein Postfach war leer.

Ich wollte den Rechner schon wieder zuklappen, da entdeckte ich am Skype-Logo eine kleine rote «1». Eine primitive goldene Maske mit dem Skypenamen «Monteurdada» bat mich, sie hinzuzufügen. Die kurze Message ließ über den Absender keinen Zweifel: «Aloha, Daniel. Lass uns heute Abend chatten. Rightyright?» Das musste Michi sein.

Das war nun der Letzte, mit dem ich gerechnet hatte. Nachdem ich alles Mögliche versucht hatte, um Michi ausfindig zu machen, war ich sicher gewesen, ihn nicht mehr aufzuspüren. Entweder ist er tot, oder er verrottet in irgendeiner Klapse, sagte ich mir. Dass der alte Autoschrauber überhaupt so etwas Futuristisches wie einen Rechner oder ein Smartphone bedienen konnte, überstieg mein Vorstellungsvermögen. Ich überlegte hin und her, wie ich meine Antwort formulieren sollte. Wenn es stimmte, dass Michi längere Zeit in der Psychiatrie verbracht hatte, dann könnte ihn eine einzige unbedachte Bemerkung verprellen. Am Ende entschied ich mich, auf Nummer sicher zu gehen und seine Frage einfach zu spiegeln: «Ebenfalls aloha. Rightyright. 18 Uhr?»

Als kurz nach 18 Uhr tatsächlich das Skype-Gurgeln ertönte, wollte ein Teil von mir immer noch nicht glauben, dass Michi auf der anderen Seite saß. Ich klickte auf den grünen «Annehmen»-Balken und hörte ein blechernes Pfeifen. Dann kam das Bild. Es haute mich fast vom Stuhl: Das, was ich sah, wirkte wie der Ausschnitt aus einem Tarantino-Film. Ich blickte in ein geräumiges, fensterloses Zimmer mit weiß gekalkten Wänden. Ein paar Geckos flitzten hin und her. In der hinteren linken Ecke stand ein Käfig, in dem ein Großer Beo *(Gracula religiosa religiosa)* hockte, und an der Decke hing ein Ventilator, der sich direkt über einem rot geblümten, langen Sofa drehte. Auf diesem Sofa saß Michi, mit zu breit gespreizten Beinen, und lachte amüsiert.

Anders als Ronny war er deutlich gealtert. Seine Haut wirkte ledrig, die halblangen Haare waren angegraut, und er trug einen braunen Schnäuzer. Außerdem konnte ich an seinen Oberarmen mehrere neue Tattoos ausmachen; eines schien ein brennender Löwenkopf zu sein. Sein ganzer Habitus aber war unverändert. Wie früher schien er übertrieben gesund zu sein. Wenn er in der Psychiatrie gewesen war, sah man ihm das nicht an. Noch verblüffender als das plötzliche Auftauchen des Verschollenen war der Rest des Tableaus: Links und rechts neben Michi saßen zwei jüngere, etwas fülligere Frauen in bunten Batikkleidern, an die sich auf der einen Seite noch einmal drei, auf der anderen Seite vier Kinder schmiegten. Alle hatten sie die gleiche Hautfarbe: verschiedene Schattierungen von Schwarz.

Dieser Anblick brachte mich so aus der Fassung, dass ich sofort alle Fragen vergaß, die ich mir zurechtgelegt hatte. Stattdessen überlegte ich krampfhaft, wie das langsame Soulstück hieß, das auf der anderen Seite im Hintergrund lief. Michi gab sich völlig ungeniert.

Gut gelaunt und polterig wie immer begrüßte er mich: «Aloha, alter Huelsenbeck. Ist er unter die Muselmänner gegangen?»

«Muselmänner?», stotterte ich verwirrt.

«Muselmann. Ein anderer Ausdruck für einen Anhänger des Propheten. Weil: Er trägt eine prächtige Gesichtsmatratze. Wohl nicht mehr ganz so flink im Gulliver?»

Gulliver? Herrje, er verwendete also immer noch diese Clockwork-Orange-Sprache. Ich hatte das damals schon schwer ertragen, aber wenn ein erwachsener Mensch so sprach, war es einfach nur noch peinlich.

«Man wird nicht jünger», antwortete ich halbautomatisch. «Aber sag mal, Michi, wo bist du da?» Ich hatte keine

Ahnung, ob die Frauen und Kinder Deutsch verstanden. Aber alles lachte.

«In den Kolonien, Huelsi.»

«Wo?»

«Duala. Sagt dir das was?»

«Äh, Afrika?»

«Rightyright, Huelsi. Kamerun. Duala hieß mal Kamerunstadt, ist aber schon ein Weilchen her. Ich bin hier noch nicht ganz so lange, aber doch schon lange genug.»

Beim letzten Satz holte Michi mit beiden Armen aus und deutete auf die Gesellschaft neben ihm. Dann begann er umstandslos, mir seinen Nachwuchs vorzustellen. Dazu musste jedes Kind kurz vom Sofa aufstehen und sich vor der Kamera verbeugen. Genauer gesagt: Die Jungs verbeugten sich, die Mädchen machten einen Knicks.

Danach kamen die beiden Frauen dran.

«Das ist Elke», sagte Michi und deutete mit dem Kopf links neben sich. «Und das ist Monika. Rosi ist gerade nicht da, tut mir leid. Du musst mit diesen beiden Devotchkas vorliebnehmen.»

Dabei griff er beiden Frauen an den Hinterkopf und zwang sie so zu einer Verbeugung. Denen schien diese Demütigung nichts auszumachen. Sie lachten erneut fröhlich. Die ganze Vorstellung war so bizarr, dass mir immer noch nur das Offensichtliche über die Lippen kam: «Drei Frauen!»

«Das muss hier so sein», erklärte Michi. «Ein Chelloveck mit nur einer Frau gilt als Single. Ein Veck mit zwei Frauen ist verlobt. Wirklich verheiratet ist man erst, wenn man drei Frauen hat.»

«Wie bist du denn dahin gekommen ... nach Kamerun, meine ich?»

«Mit dem Aeroplan natürlich. Was glaubst du denn?»

Michi patschte sich mit beiden Händen auf die Oberschenkel, als hätte er einen exzellenten Witz gemacht. «Nein, im Ernst. Kein Bock mehr auf good old Gee. Du kannst dich doch an unseren alten Spruch erinnern? Wie ging der noch gleich? Das mit dem Dickwanst und so ...?»

«Du meinst: Aber eins muss aufhören – der Bürger, der Dicksack ...»

«... der Fresshans, das Mastschwein», fiel Michi mit ein, wusste aber dann nicht mehr weiter. «Genau das. Ich meine, irgendwann Ende der Achtziger war doch klar, dass nicht wir, sondern die Fettsäcke das Rennen machen würden. Oder?»

Ich gab ihm recht.

Und dann sagte Michi einen Satz, den ich zunächst nicht glauben wollte, wohl weil ein Teil meines Bewusstseins meiner Wahrnehmung immer noch nicht ganz traute: «Tja. Und außerdem waren sie ja auch hinter mir her.»

«Wer ... war ... hinter ... dir ... her?»

Ich sprach wirklich so betont und abgehackt, wie es sonst nur Schauspieler in deutschen Fernsehserien tun.

«Na, diese Typen. Wegen der Devotchka, die wir in Amerika kennengelernt haben. Und die dann verschüttgegangen ist.»

Michi grinste mich noch breiter an. Er sah jetzt aus wie ein Zuhälter. Währenddessen fuhr ein pantoffeltierchengroßer Achterbahnwaggon in meinem Kopf – genauer: in der rechten Hälfte meines Hippocampus – wild auf und ab. Ich kam erst wieder zu mir, als der Beo den Refrain des unbekannten Soulstücks laut und durchdringend mitpfiff.

«Ey, Daniel. Alles horrorshow bei dir?», fragte Michi besorgt. Erst jetzt sah ich, dass er aufgestanden war, um direkt ins Mikro des Rechners zu schreien.

«Ja, doch. Alles klar», murmelte ich. «Weißt du auch den Namen von dieser Devo...?»

Als ob er nur auf diese Frage gewartet hätte, antwortete Michi wie aus der Pistole geschossen: «Die Devotchka? Ich meine, die hieß Claire. Ja, ganz sicher: Claire.»

Ich sank auf meinem Stuhl zusammen. Monatelang hatte ich nach der Frau und ihrem Namen gesucht, hatte dafür alles Mögliche probiert, und plötzlich tauchte einer auf und plauderte all diese harterrungenen Erkenntnisse aus, als würde er vom letzten Wochenendabsturz berichten. Und ohne dass ich ihn lange bitten musste, erzählte Michi weiter: von der Warteschlange in London, von den Trampversuchen in New York, vom Zelten in Rockland und von ein paar Pannen unterwegs. Irgendwann kam er wieder auf Claire zu sprechen. Die hätte in einem Kaff in Utah an der Straße gestanden und sei dann einige Zeit mit uns mitgefahren, bis sie «nach zehn Tagen oder so» einfach wieder im mexikanischen Hochland verschwunden sei.

Sein ganzer Vortrag dauerte rund zehn Minuten, zwischendurch fror die Skype-Übertragung immer wieder ein, sodass der ein oder andere Satz vom Netz geschluckt wurde. Die Verbindung blieb aber stabil genug, um das meiste mitzukriegen. Fast alles deckte sich mit dem, was ich inzwischen in Erfahrung gebracht hatte.

«Wahnsinn, was du alles weißt», schmeichelte ich Michi. «Ich hatte das alles völlig vergessen. Praktisch die ganze Amerikafahrt.»

«Pravo?», schien Michi seinerseits zu staunen. «Dass ausgerechnet du diese Claire vergessen hast ...»

«Was meinst du mit ausgerechnet ich?»

Michi legte seinen Kopf schief.

«Nun ja, wie soll ich sagen. Du fandest sie nicht schlecht. Wir haben dich immer damit aufgezogen. Der Verclairer und so. Erinnerst du dich nicht?»

«Kein bisschen.»

«Oh, oh, du hast wirklich ein paar Probleme mit deinem Gulliver. Schon mal 'nen Duda reinkucken lassen? Dabei warst du es doch, der uns die ganze Zeit vollgeflasht hat: Nie würdest du diese Frau vergessen. Noch in fünfzig Jahren würdest du dich an jedes Grübchen in diesem Alabastergesicht erinnern. An ihre rosaroten Wangen. Den Flaum im Nacken.»

Michis Stimme bekam einen spöttischen Tonfall, er verdrehte die Augen. Auf dem Sofa gluckten sie vor Lachen.

«Herrje, du hattest doch immer Probleme mit Frauen. Überhaupt war das *dein* Problem. Habe ich nie verstanden. Mann, Huelsi, das sind doch nur Devotchkas.» Dabei griff er den beiden Frauen neben sich wieder in den Nacken und schüttelte ihre Köpfe wie die von Handpuppen hin und her. Langsam wurde diese Vorführung widerlich. Ich war kurz davor, das Gespräch wegzuklicken, aber mein Drang, noch mehr zu erfahren, überwog.

«Und diese Claire, wieso war die dann wieder weg?»

Michi wiegelte ab.

«Ist doch alles Schnee von gestern. Ich sag dir, komm hier runter, Droogie. In Kamerun ist Gudrun, haha. Gut ruhn! Ponymay?»

Er lachte falsch.

«Haha, alter Witz, noch aus Puttkamers Zeiten. Aber glaub mir, alles dada hier. Devotchkas, Vellocet, Partys. Die Millicents kann man bestechen. Leute wie du und ich sind hier noch echte Kings. Mach alles flüssig, was du hast, pack es in einen schönen Lederkoffer, und dann ab dafür.»

Ich gab nicht auf und fragte noch einmal nach Claire.

Michi rollte wieder mit den Augen.

«Jetzt entspann dich mal wirklich ein bisschen.»

Er griff zum Couchtisch, wo neben einem Glasaschenbecher mehrere fertig gerollte Joints lagen. Einen nahm er zwischen zwei Finger und hielt ihn in die Kamera:

«Echtes Kongo-Gras. Kinshasa Poison ... Direkt aus dem Herzen der Finsternis.»

Mit einem Sturmfeuerzeug zündete er das wirklich eindrucksvolle Rohr an, inhalierte tief und warf anschließend den Kopf ruckartig nach hinten auf die Sofalehne. Dann richtete er sich wieder auf.

«Die Devotchka? Sagte ich das nicht schon? Die war einfach weg. Nach dieser Horrornacht, als wir stundenlang im Dustern durch die Berge gefahren sind. Am Morgen hattest du dich noch fürchterlich mit Viktor gestritten.»

«Viktor und ich? Wieso?»

Jetzt wurde Michi richtig ärgerlich, zumindest versuchte er den Eindruck zu erwecken.

«Wenn du es nicht weißt, weiß ich's auch nicht», knurrte er. «Danach jedenfalls ging's heimwärts.»

Er machte eine kurze Pause, in der er auf den Boden starrte.

«Willst du mehr wissen, musst du schon Ronny oder Viktor fragen. Ich kann dir nur sagen ...»

Mitten im Satz brach die Skype-Verbindung ab. «Nein. Nicht jetzt. Bitte, bitte», schrie ich das Laptop an und versuchte sofort, wieder eine Verbindung aufzubauen. Es klappte eine geschlagene halbe Stunde lang nicht, und ich war kurz davor aufzugeben, da erschien Michi plötzlich wieder. Im ersten Moment glaubte ich an ein Déjà-vu, denn es lief wieder das langsame Soulstück, das der Beo mitpfiff. Allerdings waren die Kinder und eine Frau verschwunden. Michi saß allein mit Elke auf dem Sofa. Den glasigen Augen nach zu urteilen, war er jetzt noch wesentlich bekiffter als eben.

Vielleicht hatte er auch noch was anderes drin. Ich wollte ihm direkt von Viktors Tod erzählen, denn offenbar wusste er nichts davon, aber ich kam nicht zu Wort.

«Was ich noch sagen wollte, Huelsi», unterbrach er mich lallend, «du musst wirklich unbedingt hier runterkommen. In old Gee zu bleiben ist einfach zu gefährlich für einen Chelloveck wie dich.»

«Wie meinst du das?»

«Also, wolln mal so sagen», er legte seinen Arm um Elke, «bei mir häuften sich damals die Unfälle, bevor ich hier runter bin. Richtig strany. Es dauerte ein bisschen, bis mein alter Gulliver begriff, dass sie dahinterstecken mussten.»

«Unfälle? Verkehrsunfälle?»

«Auch. Am schlimmsten aber waren die Kinder, die alle irgendwie voll bolnoy aussahen.»

Bei der Erwähnung der Kinder entfuhr mir ein kleiner Schrei.

«Du glaubst mir nicht?», empörte sich Michi und riss theatralisch die Augen auf.

«Doch, doch», beschwichtigte ich. «Die Kinder. Die kenne ich auch.»

«Oha», sagte Michi. «Noch ein Grund, schleunigst die Biege zu machen. Kuck mal, was ich hier habe.» Dabei griff er an seine Hüfte, zog einen kleinen schwarzen Gegenstand aus der Hosentasche und hielt ihn in die Kamera.

«Diese Pooshka ist meine Lebensversicherung. Wenn du hier runter kommst, stehst du unter meinem Schutz. Mann, Daniel, gib dir einen Ruck. Pack zusammen, und dann fangen wir hier unten noch mal von vorne an.»

Seine Augen glänzten. Ich wollte noch einmal ansetzen, um von Viktors Tod zu berichten. «Viktor ...», sagte ich.

«Den lass mal meine Sorge sein», brummte Michi, während seine Augen nervös blinzelten. «Komm! Hier rules immer noch der alte Spirit. Dada siegt! Rightyright, Elke?»

Er griff der Frau wieder in den Nacken und schob ihr Gesicht in Richtung Kamera.

«Los. Sag es, Elke! Los!»

Elke lachte leicht hysterisch, ließ sich aber nicht ein zweites Mal bitten und schrie: «Dada! Dada! Dada!»

Beim letzten Dada fror die Skypeverbindung endgültig ein. Ich sah Elke in den aufgerissenen Rachen. In diesem Moment fiel mir der Name des Soulstücks ein. Natürlich: Burt Bacharachs «Walk On By», in der Isaac-Hayes-Fassung. Tausendmal hatte ich es mit Sandy abends auf der Terrasse unserer Sea Ranch gehört. Wie war es möglich, das zu vergessen?

18

DER LETZTE GLÜHENDE FUNKE AM ZÜNDHOLZ

Was wird passieren, wenn ich mit diesem Bericht fertig bin? Wohin werde ich kommen, wo werde ich dann sein? In den alten Kulturen hat ein Mensch praktisch keine Chance, in so etwas wie einen Himmel zu gelangen. Schon für Geschwätzigkeit, mangelnden Respekt gegenüber Autoritäten oder Widerworte gegenüber dem älteren Bruder landet man nach dem chinesischen Volksglauben in einer der vielen Höllen. Im Hinduismus sieht es nicht viel besser aus. Nur die Christen haben es etwas leichter. Aber weil ich diesen Glauben schon vor langer Zeit verloren habe, wird das wohl kaum was mit dem christlichen Paradies.

Bleibt also eigentlich nur die Frage: In welche Hölle komme ich? Im Hinduismus gibt es achtundzwanzig Höllen, bei den Chinesen bis zu achtzehn. Jede ist auf bestimmte Vergehen spezialisiert. Wird man mich in die für die Schwätzer stecken? In die für Lügner, Säufer, Opiumraucher oder Dilettanten? Oder gibt es eine spezielle Hölle für Menschen, die in den Siebzigern aufgewachsen sind? Und wenn ja: Auf welche Weise wird man dort gefoltert? Ich habe da so meine Vorstellungen, versuche aber, nicht an sie zu denken. Ich will niemanden auf Ideen bringen.

In den nächsten drei Wochen drehten sich meine ganzen Überlegungen nur um Michis Einladung. Eigentlich hatte er ja bloß noch einmal das ausgesprochen, was ich selbst schon überlegt hatte. So war ich mehr als bereit, sein Angebot anzunehmen und in Afrika unbehelligt von Claires Rächern, den furchtbaren Kindern und allem anderen noch einmal ein neues Leben zu beginnen. Gleich am nächsten Tag begann ich mit den Reisevorbereitungen. Ich suchte mir die besten Flüge nach Kamerun heraus und erkundigte mich nach den Einreisebestimmungen. Alles kein Problem. Das Visum sollte dreihundert Euro für ein halbes Jahr kosten, und den günstigsten Flug mit Air France über Paris gab es für 863 Euro.

Natürlich berichtete ich auch Ronny und Ben von meinem überraschenden Kontakt zu unserem alten Monteurdada. Vor allem gegenüber Ben strich ich in meinen Mails heraus, dass Michi alle Ergebnisse meiner Recherche bestätigt hatte. Er sollte endlich begreifen, dass ich nicht unzurechnungsfähig war. Dann schilderte ich noch einmal eindringlich die Gefahr, in der wir alle schwebten, und forderte beide auf, daraus Konsequenzen zu ziehen: «Es wird wirklich höchste Zeit, dass wir das Land verlassen. Morgen ist es vielleicht schon zu spät.»

Zugleich malte ich Michis Existenz in den herrlichsten Farben. Das meiste, was ich schrieb, hatte ich mir selbst zusammenphantasiert. Michi sei ein wohlhabender Mann, der es in Kamerun zu einiger Berühmtheit gebracht hätte und sich sehr gut mit den Behörden verstünde. Die Lebensbedingungen pries ich an, als sei ich ein kamerunischer Immobilienmakler: «Mit seinen tropischen Stränden, Regenwäldern, Savannen und Wüsten ist Kamerun ein Afrika *en miniature*. Das Pro-Kopf-Einkommen gehört zu den zehn höchsten südlich der Sahara. Die Kriminalitätsrate ist im Vergleich zu anderen afrikanischen Ländern recht niedrig, siebzig Prozent der Einwohner sind Christen.» Für Ronny hob ich die lebhafte Musikszene hervor: «Prince Nico Mbarga ist in Afrika ein Superstar!» Und Ben versuchte ich mit indigener Kunst zu ködern: «Speziell bei den Skulpturen der Bamileke sehe ich ein deutliches Wertsteigerungspotenzial.»

Das alles googelte ich mir zusammen. Bei jeder interessanten Entdeckung schrieb ich Ronny und Ben die nächste kurze Nachricht: «Lasst uns mal auschecken, ob der Bismarck-Turm am Cape Nachtigal noch steht.» Oder: «Die Smoothies in Arne's Café in Limbe sollen superlecker sein.» Gleichzeitig suchte ich nach einem Ort, wo wir alle zusammenwohnen könnten. Ich entschied mich für das in den Bergen gelegene Buea als Hauptwohnsitz und ein Strandhaus in der Nähe von Arnes Smoothies.

Je mehr ich schrieb, desto klarer trat mir unser gemeinsames afrikanisches Leben vor Augen. Ich sah uns zusammen eine deutsche Gründerzeitvilla in Buea renovieren, bis sämtliche Räume ganz in Weiß erstrahlten. Ich stellte mir vor, wie wir am schwarzen Strand von Limbe liegen würden, Michi, Ronny, Ben, die Frauen und ihre Kinder, um danach in Vans mit getönten Scheiben wieder nach Buea hinaufzufahren. Besonders gefiel mir der Gedanke, Undine und Eldine aufwachsen zu sehen. Und vielleicht würde ja ab und zu etwas mit Chloe laufen; Ben war da früher auch nicht so. Auf jeden Fall würden wir endlich wieder zusammen das wunderbare Huelsenbeck-Leben führen, das durch unsere Amerikafahrt so abrupt unterbrochen worden war.

Diese Schwelgereien hatten nur einen Haken: Sie zu realisieren war ganz und gar unwahrscheinlich. Ronny und Ben antworteten einfach nicht auf mein E-Mail-Bombardement. Merkwürdigerweise meldete sich auch Michi nicht zurück, obwohl er es hoch und heilig versprochen hatte. Dabei hatte ich noch viele Fragen: zu unserer Amerikafahrt und vor allem zu Kamerun. Doch sooft ich Skype öffnete, das kleine grüne Wölkchen neben Michis goldener Maske blieb leer. Per Chat schickte ich ihm meine Mailadresse und Festnetznummer. Keine Reaktion.

Immerhin setzte ich nicht alles auf eine Karte, sondern bereitete mich gleichzeitig intensiv auf mögliche Angriffe durch die Rächer vor. Wie dringend das war, zeigte ein rot umrandeter Zettel, der am Morgen nach der Skyperei mit Michi an der Haustür klebte. Auf diesem informierte die Polizei, dass in der Nacht zuvor in einer Wohnung im Haus ein Einbruchsversuch stattgefunden hatte. «Wenn Sie verdächtige Beobachtungen gemacht haben oder Hinweise zu den Tätern geben können, rufen Sie uns werktags unter 46 64 17 21 00 an. In Notfällen wählen Sie den Notruf 110!» Für mich war sofort klar, wer hinter dieser Sache steckte.

Vorrangig schien mir, meinen lange vernachlässigten Körper wieder in Form zu bringen. Direkt nach dem Aufstehen machte ich Sit-ups, Liegestütze und ein paar Muskellockerungsübungen mit der Geckoschnur. Ich joggte wie früher durch den Volkspark und pausierte zwischendurch, um einige der Wing-Chun-Techniken zu trainieren, die ich in Thailand gelernt hatte. Nachmittags schwamm ich im Weißen See. Kurz überlegte ich, in ein Fitnessstudio zu gehen, aber dann fiel mir ein, dass das vollkommener Wahnsinn wäre. Da kannst du dich gleich auf einen Präsentierteller stellen und «Knallt mich doch bitte ab» schreien, dachte ich.

Ich begann auch, zum ersten Mal in meinem Leben, ernsthaft auf meine Ernährung zu achten. Vom einen Tag auf den anderen strich ich jegliches Fleisch von meinem Speiseplan und aß so gut wie nur noch basische Lebensmittel: Karotten, Bananen, getrocknete Zwetschgen, Spinat und schwarzen Rettich. Mit Entschlackungspräparaten wie Basenpulver, Bärlauch-Magnesium-Kapseln und Spirulina-Algen unterstützte ich die Entgiftung. Ich trank ungeheure Mengen Ling-Zhi-Tee, der aus dem «Pilz der Unsterblichkeit» gewonnen wird und den ich schon aus Hongkong kannte. Auch das Rauchen gab ich endlich wieder auf. Alkohol und andere Drogen waren ab sofort tabu.

Gleichzeitig rüstete ich meine Wohnung auf. Dabei kam mir zugute, dass ich mich in Sachen Sicherheitstechnik bereits bestens auskannte. Als Sandy und ich im Winter 2007 von Repulse Bay auf die Sea Ranch gezogen waren, hatte ich mich zwangsläufig damit beschäftigen müssen. Denn die Sea Ranch lag äußert abgelegen in einer Bucht an der Südspitze der Insel Lantau, und ein großer Teil der knapp achtzig Wohnungen und Häuser standen leer. Eigentlich hatte die ganze Anlage, die Ende der Siebziger für reiche Hongkonger gebaut worden war, nur in den Achtzigern für ein paar Jahre floriert. Danach begann der Verfall. Das lag wahrscheinlich auch an ihrer extremen Abgeschiedenheit; Leute mit Geld wollen einfach mit dem Auto vor ihrem Haus vorfahren. Die nächste Straße aber war kilometerweit von der Sea Ranch entfernt. Zu Land konnte man die Anlage nur über einen schmalen und dazu noch steilen Fußweg erreichen.

Ach ja, die Sea Ranch. Der Umzug dorthin war meine Idee gewesen. Sandy und ich hatten sie bei einem gemeinsamen Ausflug entdeckt, und ich war von ihrer morbiden Atmosphäre auf Anhieb begeistert. Das alte Clubhaus, das einst eine schicke Cocktailbar und eine richtige Bibliothek beherbergt hatte, war längst eingestürzt, die Tennisplätze von Myrten, Bambus und Bananensträuchern genauso überwuchert wie der ehemalige Hubschrauberlandeplatz. Kletterte man die

Felsen hinter der Siedlung hoch, hatte man eine prächtige Aussicht auf die dahinschießenden Schnellfähren nach Macao und die gegenüberliegenden Inseln: die dichtbesiedelte Cheung Chau, wohin ein paarmal am Tag ein kleines Boot tuckerte, und Shek Kwu Chau mit seinem Drogenrehabilitationszentrum, zu dem Unbefugten der Zutritt verboten war. Am besten gefiel mir aber ein Haus mit Terrasse, keine zwanzig Meter vom Strand entfernt. Hier, dachte ich damals, würde ich endlich ungestört schreiben können und wirklich Großes schaffen.

Mit diesem Argument setzte ich auch den Umzug bei Sandy durch. Sie war von der Siedlung alles andere als entzückt. Zu einsam sei die Siedlung, in der nur noch ein paar vereinzelte Rentner wohnten, die allesamt keinen vertrauenerweckenden Eindruck machten. Außerdem galt die Bucht seit jeher als verflucht. Es gingen Geister um, erzählten sich die Fischer auf Cheung Chau, und ein gewaltiger Fisch bewache die Gewässer. Doch mir zuliebe gab Sandy schließlich nach. Wir mieteten das kleine Haus am Strand, für Hongkonger Verhältnisse zu einem Spottpreis.

Leider schrieb ich auch auf der Sea Ranch nicht mehr als zuvor. Mir fiel einfach nichts ein, das ich nicht auch vorher schon gedacht hatte. Hinzu kamen die ganzen täglichen Erledigungen, die mehr Zeit in Anspruch nahmen als geplant. Allein für die nötigsten Einkäufe brauchte man Stunden und musste dazu das Boot nach Cheung Chau nehmen, das von den Fischern nur nach Lust und Laune betrieben wurde. Anschaffungen wie der Kauf einer Waschmaschine entpuppten sich als komplizierte logistische Operationen, die mehrere Tage in Anspruch nahmen. Auch die seltsamen Ereignisse, die sich ein paar Monate – oder waren es Wochen? – nach unserer Übersiedlung zutrugen, beförderten nicht gerade meine

Kreativität. Eines Morgens fand ich die Beete, die ich rings um das Haus angelegt hatte, völlig zerwühlt vor. Ein paar Tage später entdeckte ich hinter dem alten Clubhaus Spuren von nicht identifizierbaren Tieren. Den Abdrücken nach, die in die Berge führten, hätte es sich um eine Mischung aus einer großen Katze und einem Greifvogel handeln müssen. Einmal wachte ich in der Nacht auf und stellte fest, dass ein Haus am anderen Ende der Bucht hell erleuchtet war, als steige dort eine Party. Als ich das Gebäude am nächsten Tag untersuchte, konnte ich keine Spuren menschlicher Geselligkeit entdecken. Selbst der Strom war abgestellt.

Dann tauchte eines Tages am Strand ein Penner mit filzigen Haaren auf. Er hatte pechschwarze, starr blickende Charles-Manson-Augen und türkisschimmernde Haut. Seine dreckige Tunika wurde von einem goldfarbenen Nietengürtel zusammengehalten. Der Mann lief mit ausgebreiteten Armen auf mich zu und brabbelte laut in einer seltsamen Sprache, weder Kantonesisch noch irgendein anderer mir bekannter chinesischer Dialekt. Ich trieb ihn zurück in die Berge, indem ich angekohlte Holzscheite nach ihm warf, die von einem Lagerfeuer übriggeblieben waren. Eine Woche später formierte sich am Himmel ein Japanmöwenschwarm zu einem großen Y. Es bestand aus etwa hundert Vögeln, die minutenlang in exakt dieser Formation zwischen Lantau und Cheung Chau hin- und herflogen, bis sie plötzlich wieder in alle Himmelsrichtungen zerstoben. Einige Vögel fielen auch tot vom Himmel.

Als sich diese Vorkommnisse häuften, war Sandy mir leider keine große Hilfe. «Ich habe dir gleich gesagt, das hier ist kein guter Ort», kommentierte sie lakonisch. Sie schien sich sogar insgeheim zu freuen, dass sie recht behalten hatte, und übernachtete jetzt immer häufiger bei ihren Eltern in Mongkok. Auch das Lager und Büro ihres Survivalbedarfsversands hatte sie dorthin verlegt und redete sich damit raus, dass einer von uns schließlich Geld verdienen müsse. So blieb mir nichts anderes übrig, als mich allein um die Sicherung der Sea Ranch zu kümmern. Ich fing an, Fallgruben zwischen den Klippen und den Häusern auszuheben, erst kleinere, dann größere, die einen ausgewachsenen Menschen verschluckt hätten.

Immerhin konnte ich mich in Sandys Shop bedienen. Ich besorgte Bewegungsmelder, die ich zwischen den Häusern der Siedlung installierte. Außerdem spannte ich überall Alarmdrähte, sowohl unten in der Bucht als auch in den Bergen. Um schon frühzeitig gewarnt zu sein, zeichnete ich rund um die Uhr mit empfindlichen Mikrophonen die Geräusche in einem Umkreis von fünfhundert Metern auf. Und damit niemand unentdeckt am Strand landen konnte, stellte ich dort jeden Abend vierundfünfzig Fackeln auf, die ihn bis zum frühen Morgen illuminierten. Es musste immer genau diese Zahl sein, denn sie erfüllt bei den Chinesen eine Schutzfunktion: «Wu si» bedeutet so viel wie «nicht sterben».

Das war der Punkt, an dem Sandy ernsthaft böse wurde. Sie nannte mich «din lou», «verrückt», und erklärte: «Du bist genauso irre wie meine Prepperkunden.»

All dies fiel mir wieder ein, als ich in der Survivalecke des Dachbodens nach Sachen suchte, die ich für mein Aufrüstungsprogramm gebrauchen konnte. Zum ersten Mal seit langem konnte ich an Sandy denken, ohne sofort wieder diese dröhnenden Kopfschmerzen zu bekommen. Ich schrieb es meinem allgemeinen Ertüchtigungsprogramm zu: Mens sana in corpore sano, dachte ich wie ein dahergelaufener Fitnesstrainer. Auf dem Dachboden fand ich dann mehrere Zeitschaltuhren, die ich in der Wohnung an verschiedenen

Lampen und am Kofferradio in der Küche installierte. So konnte ich meine Anwesenheit simulieren. Ich stieß auch auf ein paar Waffen, die ich allesamt mit nach unten nahm: drei Kartons mit Pfefferspray (das gute Police RSG Pocket), zwei Teleskopschlagstöcke mit Moosgummigriff (ein fester Griff ist bei der Selbstverteidigung wichtiger, als die meisten Laien ahnen), eine Slingshot-Zwille aus Edelstahl mit mehreren Kugelsätzen und ein kleines Klappmesser.

Den Rest der Abwehr- und Überwachungsvorrichtungen ließ ich von einer Firma für Sicherheitstechnik installieren. Obwohl der Betrieb, den ich anrief, Kumpfmüller hieß, kamen zwei tätowierte Polen. Während sie mir eine neue Wohnungstür einbauten – mit Wendeschlüsselsystem, innen verstärkten Türblättern und zwei Panzerriegeln –, scannte ich ihre Tattoos nach einem O. T. O.-Lamen ab, fand aber keins. Außerdem brachten die beiden an der Haustür, im Treppenhaus und in der ganzen Wohnung cloudgesicherte Webcams an. Ab sofort würde ich endlich wissen, wer sich in meiner Abwesenheit an meinen Sachen zu schaffen machte.

Schließlich tat ich etwas, das ich schon damals auf der Sea Ranch hatte machen wollen, es aber aus Rücksicht auf Sandy am Ende doch gelassen hatte: Ich veränderte mich auch äußerlich in einen echten Kämpfer. Dafür bestellte ich im Netz tarnfarbene Hosen und eine nicht brennbare Bomberjacke, die auch zum Feuerlöschen verwendet werden konnte. Ich schaffte mir mehrere Paar dunkler Adizero-Sneaker an, denn Wendigkeit war ab sofort ein und alles. An die Hände kamen die Hatch-SP100-Defender-Handschuhe mit eingenähten Stahlkugeln, von denen ich noch ein paar auf dem Dachboden gefunden hatte. Den Schlagstock und das Pfefferspray trug ich ab sofort in Holstern am Gürtel, und das Messer versteckte ich in meiner rechten Socke. Die entscheidende Veränderung aber war, dass ich mir eine Glatze rasierte und mir meinen inzwischen schon recht üppigen Vollbart färbte – in einem leuchtenden Rotorange. Als ich in den Spiegel sah, lachte ich vor Stolz auf. «Dir», sagte ich zu meinem Abbild, «möchte ich weder im Dunkeln noch im Hellen begegnen.»

Tatsächlich trugen diese Veränderungen sehr schnell Früchte. Wenn ich mich nun durch den Kiez bewegte, erntete ich ständig ein aufmunterndes Lächeln und anerkennende Blicke. Im Café grüßte man mich herzlicher, und die Bestellungen ließen nicht mehr so lange auf sich warten. Auch die, die mich die ganze Zeit belästigt und verfolgt hatten, spürten offenbar, dass ich kein Opfer mehr war. Die Angriffe auf mich hörten vom einen auf den anderen Tag auf, und Leute, die ich schon länger im Verdacht hatte, mich im Auftrag der Rächer zu bespitzeln, waren plötzlich nicht mehr da. Auch die grässlichen Kinder verschwanden.

Nur noch einmal – ich glaube, es war am vierten oder fünften Tag meines Gesundungsprogramms – sah ich eines der verdammten Blutschwammmädchen. Es stand einige Straßenecken von mir entfernt an der Ampel und wartete darauf, dass sie grün würde. Ein paar Tage zuvor wäre ich wahrscheinlich vor Schreck erstarrt oder hätte versucht, mich unauffällig aus dem Staub zu machen. Jetzt lief ich kurz entschlossen zu dem Mädchen hin, packte es am Oberarm und stellte es zur Rede: «Jetzt hör mir mal gut zu. Es tut mir wirklich sehr, sehr leid, was mit Claire passiert ist. Aber ich konnte es nicht verhindern.»

Das Kind tat erst, als verstünde es nicht. Also schrie ich es an: «Ihr sollt mich in Ruhe lassen. Kapierst du das, du kleines Miststück?» Das schien wirklich angekommen zu sein. Es nickte heftig. Ich glaube, dass es sogar so etwas wie Reue empfand. Es hatte Tränen in den Augen.

Am Ende dieser zwei Wochen fühlte ich mich gesünder denn je. Ich weiß noch, wie ich kurz vor Ende dieser Phase bei herrlichstem Hochsommerwetter auf einer Bank im Volkspark saß und nichts weiter tat, als mich über meinen Körper zu freuen. Ich war in Form wie schon lange nicht mehr; jeder einzelne Muskel schien generalüberholt. Sollte es tatsächlich zu einer Konfrontation mit den Rächern kommen, dachte ich, würden sie den Kürzeren ziehen. Ja, damals wünschte ich mir sogar insgeheim, dass man einen Anschlag auf mich verüben würde. Ich wollte endlich zeigen, welche Kräfte in mir steckten. Dass sich keiner der Huelsenbecks bei mir gemeldet hatte, war bei aller Freude ein kleiner Wermutstropfen. Aber eigentlich brauchte ich meine alten Kumpel gar nicht. Seit ich mein Aufrüstungs- und Ertüchtigungsprogramm verfolgte, hatte ich kaum noch an die Gründung unserer Kommune in Kamerun gedacht. Warum auch? Schließlich kam ich ganz allein zurecht. Ich fühlte mich so gut, dass ich darauf brannte, mich einem Menschen mitzuteilen. Ich rief Rebekka an und erzählte ihr, wie ausgezeichnet es mir ginge, dass ich meine Pillen nicht mehr nähme und ich sie gerne zu einem längeren Spaziergang einladen würde.

«Oh, das klingt sehr gut, das klingt sehr gut», wiederholte Rebekka immer wieder, als hätte ihre Platte einen Sprung. Ich hörte dennoch, dass ihr ein großer Stein vom Herzen gefallen war und sie sich für mich freute. Wir verabredeten uns für den nächsten Sonntag am Eingang des Chinesischen Gartens in Marzahn.

Als ich an diesem Abend noch einmal über den Hof ging, hatte der Klavierspieler begonnen, ein neues Stück zu üben. Ich blieb stehen. Es dauerte, bis ich aus den dilettantisch dahingehämmerten Akkorden eine Melodie heraushörte: «Mr. Blue Sky» vom Electric Light Orchestra. Ich wollte schon weitergehen, da bemerkte ich, dass sich die Nebelkrähen auf dem Rasen zu einer Schlangenlinie formiert hatten. Zwei Vögel saßen außerhalb der Linie. «Das Taijitu», entfuhr es mir, das Yin-Yang-Symbol der Daoisten. Weil Lisa auf der weißen Yang-Seite des Symbols stand und pickte, nahm ich das als gutes Zeichen.

Aber das war es nicht. Schon am nächsten Tag entschied sich, dass der Ausflug mit Rebekka niemals stattfinden würde. Es war der 29. Juli, ein Mittwoch. An diesem Tag vor siebenunddreißig Jahre, einem Samstag, brachen die Huelsenbecks zu ihrer spektakulären Amerikareise auf. Am Abend dieses Tags wurden die 11, 20, 23, 27, 29, 49 und 40 als Lottozahlen des Deutschen Lottoblocks gezogen. Siebenunddreißig Jahre später sollte ich dann in zweiundachtzig Tagen auf tragische Weise sterben.

Jener Dienstagmorgen schien noch ganz in Ordnung. Ich war eine Dreiviertelstunde durch den Park gejoggt. Das anschließende Schwimmen hatte ich ausfallen lassen und stattdessen im Café ordentlich gefrühstückt. Gegen 8:20 Uhr hatte ich dann mein Laptop aufgeklappt und hochgefahren. Etwa fünf Minuten später entdeckte ich im Posteingang unter zig Spamnachrichten eine Mail. Sie stammte von Ronny, was mich verblüffte. In der Betreffzeile stand lakonisch: «Dringende Terminsache». Ich öffnete die Mail. Und in diesem Moment brach die Katastrophe los, die sich so quälend lange auf mich zubewegt hatte.

19

DAS ENDE DER WELT

Daniel,

tut mir leid, dass ich gleich so direkt werden muss. Beziehungsweise: Nein, tut mir gar nicht leid. Sag mal, geht's dir noch ganz gut? Was fällt dir ein, mich mit diesen ganzen schwachsinnigen Mails zuzuballern? Glaubst du etwa, ich habe nicht geantwortet, weil die Nachrichten so interessant für mich waren, dass ich sie immer wieder lesen musste? Im Übrigen hatte ich für eine Antwort bis jetzt sowieso keine Zeit. Was letztlich deine Schuld ist.
Aber erst einmal: herzlichen Glückwunsch zu deinem Gespräch mit Michi. Da haben sich ja zwei gefunden. Doch glaubst du im Ernst, dass ich mit euch da runterziehe? Nach Ticktackhausen in Afrika, zu Colonel Kurtz persönlich, ins Irrenkollektiv, womöglich auch noch mit der heißen Chloe, Ben und ihrer Brut?
Das ist so was von gaga, dass sich das nur ein Kopf wie deiner ausdenken kann. Aber eigentlich war das auch schon damals absehbar. Ah, ich vergaß, du weißt ja gar nicht, wovon ich rede. In deinem Kopf gibt es ja dieses große Schwarze Loch, n'est-ce pas? Das ist schon eine sehr praktische Sache.
Ich habe die Geschichte mit deiner Amnesie erst gar nicht

glauben wollen, als du vor ein paar Wochen bei mir aufgeschlagen bist. Ich dachte, der verstellt sich aus ganz bestimmten Gründen. Also habe ich dich bei dem Besuch ein bisschen getestet. Am Anfang bin ich nicht wirklich schlau aus dir geworden. Ich dachte: Entweder ist er mit den Jahren zum perfekten Schauspieler geworden, oder er erinnert sich wirklich nicht.

Aber fangen wir vorne an. Ganz vorne, 1976 oder 77, als wir uns zum ersten Mal getroffen haben. Ich gebe zu, ich erinnere mich auch nicht mehr an alles. Aber ich habe da ein paar unauslöschliche Eindrücke.

Doch, ich fand dich anfangs interessant. Du gefielst mir sogar, genauso wie euer prächtiges Haus in der Anstalt. Riesenzimmer, fette Veranda, großer Garten. Überhaupt die ganze Anstalt, das war schon ein besonderer Fleck Erde. Die Irren, die da überall frei rumliefen und jeden volllaberten, der nicht bei drei auf den Bäumen war. Die ganzen Epis, die ohne Vorankündigung umfielen und mit Schaum vorm Mund herumzappelten, als sei das das Normalste der Welt. Dann deine Eltern, die viel toleranter waren als meine und die Viktor im Keller wohnen ließen. Mittags oder abends konnte einfach jeder bei euch mitessen. Deine Mutter hat halt einen Teller mehr auf den Tisch gestellt. Danach noch eine schöne Blubber bei Viktor im Keller. Das war schon enorm relaxed.

Auch die ganze Dada-Sache fand ich erst mal super. Ich ziehe da heute noch was draus. Die Texte aus dem gelben Heftchen. Aber irgendwann hast du dann leider angefangen, die Sache zu übertreiben. Die Geschichte mit den Dada-Namen war ja noch ganz lustig. Aber wie du dann ausgerastet bist, wenn wir uns mit unseren echten Vornamen angeredet haben.

«Du heißt nicht Ronny Köhler», hast du mich angeschrien. «Du bist George Grosz, der Politdada.» Und plötzlich wolltest du richtige Dada-Schulungen machen. Wir sollten alles von Huelsenbeck lesen, auch diese überflüssigen Romane und Reisegeschichten. Dabei ist so ein Teil wie «Dr. Billig am Ende» doch höchstens als Zeitdokument interessant. Hat natürlich keiner mitgemacht. «Wir sind schließlich nicht bei den Maoisten oder bei der AAO», hat Viktor bloß gesagt.
Du hast aber trotzdem nicht lockergelassen. Nachdem du «Hugo Balls Weg zu Gott» von seiner Alten Emmy Hennings gelesen hattest, kamst du auch ständig mit diesem christlichen Zeugs an. Das hast du ja sowieso mit dir rumgeschleppt, von zu Hause aus. Mene mene tekel, der Mann in den leinenen Kleidern, diese ganzen Licht- und Flammengeschichten, der Ziegenbock, der von Westen kommt, der geflügelte Löwe, der gestiefelte Kater, das Äffchen aus Vanilleeis oder weiß der Teufel was.
Und dazu dann noch deine unerträgliche Erbsenzählerei und Pedanterie. Bei unserem kleinen Betriebsausflug zur Dada-Ausstellung nach Berlin hatte Viktor diese tolle Idee, dass wir als Blinde verkleidet reingehen könnten. Alle waren dafür, nur du hast rumgejammert: «Jetzt sind wir extra nach Berlin gefahren und können uns die Ausstellung nicht ankucken.» Du hattest dich wohl schon darauf gefreut, uns neben jeder Dada-Collage und jedem Flugblatt einen Vortrag zu halten. Später, als wir rausgeflogen waren, hast du dann überall behauptet, die Idee mit den Augenbinden sei von dir gewesen. Selten so was Arschlochhaftes erlebt.
Okay, und wenig später kam die Amerikafahrt, an die du dich so schlecht erinnerst. Wenn du mich fragst, hast du auch allen Grund dazu. Du warst ja von Anfang an dagegen. Wahrscheinlich, weil es Viktors Idee gewesen war. Immer

wieder hast du mit Indien angefangen. Dass eine Reise dorthin für uns jetzt wichtig wäre. Wegen was weiß ich: Siddhartha, Guru Maharishi, den Beatles, Auroville, Morgenlandfahrt, Ravi Shankar. Mit Huelsenbecks Dampferfahrten als Schiffsarzt nach Indien und China lagst du uns natürlich auch in den Ohren. Dass Amerika uns nicht weiterbringe. Dass eine USA-Reise keine Leuchtkraft habe, unserem Image nicht dienlich sei und blablabla. Nachgeholte Hippie-Kacke, wenn du mich fragst. Und Profilierungssucht, fette Profilierungssucht.
Ach, wärst du doch bloß nach Indien gefahren. Aber die Mehrheit war für Viktors Plan, sodass du am Ende doch mit in die USA gekommen bist. Natürlich nur, um alles schlechtzumachen und die Reise zu sabotieren. Dabei hattest du es eigentlich immer auf deinen Hauptkonkurrenten Viktor abgesehen. Die erste Fetzerei gab es schon in Folkestone, kaum waren wir auf der anderen Seite des Kanals. Was für eine Schreierei, noch dazu am frühen Morgen.
In London hattest du in der Schlange auch nur die ganze Zeit Ärger gemacht. Aber das war alles nichts gegen den ersten richtigen Streit in Amerika, auf dem Parkplatz in Stamford, nachdem uns der Fahrer aus dem Bus geschmissen hatte. Da hast du uns als Nazis beschimpft. Dabei hattest du dich doch selbst im Bus besoffen und in den Gang gekotzt. Wahrscheinlich hättest du nie aufgehört zu krakeelen, wenn nicht dieser Typ mit dem Auto vorbeigekommen wäre und dir fünfzig Dollar geschenkt hätte. Mein Gott, hast du damit angegeben, wie ein Sack ranziger Sülze: «Der Typ sah aus wie Phil Spector in der ersten Szene von ‹Easy Rider›. Vielleicht war er's sogar.» So ging das am laufenden Meter. Bei den Websters hast du dich um jede Arbeit gedrückt und auch nur rumgestänkert. Hätten Viktor und ich nicht ab und

zu vermittelt, wären wir da sicher auch rausgeflogen. Der Autokauf in Rockland wäre fast daran gescheitert, dass du, natürlich voll zugekifft, vor dem Gebrauchtwagenhändler dauernd irgendwelche Nixon-Witze gemacht hast. Ob er auch Tricky heiße und so'n Mist.

Ich könnte echt noch lange so weitermachen: Der dauernde Kampf darum, welche Kassetten wir unterwegs hören sollten. Du wolltest uns die ganze Zeit deinen Hippie-Prog-Rock-Scheiß aufzwingen: King Crimson, Genesis, Nektar, Novalis, diesen Kram. «Wer Schmetterlinge lachen hört, der weiß, wie Wolken schmecken.»

Sag mal, merkst du's eigentlich? Merkst du's jetzt? Das war 1978. Das Jahr, in dem die Sex Pistols ihr letztes Konzert gespielt haben, die Dead Kennedys ihr erstes und «Chairs Missing» von Wire rauskam. Oder wie du uns beinahe besoffen unter diesen Truck gefahren hast, irgendwo im Mittleren Westen, in so einer Hügellandschaft.

Alles, dein ganzes Verhalten, hat sich erst geändert, als Claire dazukam. Ich kapiere immer noch nicht, wie du diese Frau vergessen konntest. Dein Hirn muss irgendwo einen gewaltigen Webfehler haben. Claire stieg in einem Kaff in Utah bei uns ein, eine ganz kleine Tankstelle war da, sonst kaum Häuser, und sofort änderte sich alles. Beinahe harmonisch, würde ich sagen. Wir hatten alle richtig Spaß, zum Beispiel in dem Casino in Las Vegas. Claire hat da ordentlich verloren. Schien sie aber kaum zu stören. Sie machte sich nicht viel aus Geld. Außerdem war sie nicht der Typ, der schlechte Laune verbreitet. Und das hat auf uns abgefärbt. Sogar dass ich vorher in den See gesprungen war und ins Krankenhaus musste – erinnerst du dich jetzt? –, fand ich nicht weiter schlimm. Au contraire. Eben weil Claire dabei war.

Mann, was war das für eine Alte: schnell, ironisch, mit Augen, die Löcher in Granit brannten. Sie hatte auch kein Problem damit, sich über sich selbst lustig zu machen. Sogar ihr Engel-Tick, mit Schutzengeln und so, war nicht tabu. Und natürlich sah sie umwerfend aus. Sie nahm sich einfach jeden, der ihr gefiel. Du hast sie damals mit Emmy Hennings verglichen. Also Hennings in ihrer wilden Zeit. Blöd nur, dass Claire nichts von dir wollte. Sie fand Viktor besser und hat mit ihm ziemlich offen rumgemacht. Selbst für Michi und Ben hatte sie was übrig. Und soll ich dir erzählen, was Claire und ich auf dem Campingplatz in Carpinteria gemacht haben? Hinter den Waschräumen? Ich tu's mal lieber nicht. Wie gesagt: Für dich war bei Claire nichts zu holen. Höchstens mal einen spöttischen Blick von der Seite hast du abbekommen. Und das hat dich völlig verrückt gemacht.

Als du gemerkt hast, was los ist, fing alles wieder an: Du bist dauernd ausgerastet, wegen nichts, und hast Viktor von der Seite angemacht. Das ging schon an der mexikanischen Grenze los. Auf der Dschungelfahrt nach Durango warst du dann schon wieder richtig drauf. Wirklich komisch, dass du dich daran nicht erinnern kannst. Das war ja ein echt harter Trip. Wir alle komplett verkatert, weil wir die Nacht durchgesoffen hatten. Die Strecke unterschätzten wir total, weil wir vorher praktisch nur im Flachland unterwegs gewesen waren. Doch plötzlich waren da Serpentinen ohne Ende. Eigentlich wollten wir's durchziehen, direkt bis Durango, aber als es dunkel wurde, hatten wir erst die Hälfte geschafft. Dann setzte auch noch ein tropischer Regensturm ein. Das Wasser kam in Sturzbächen vom Himmel, es blitzte und donnerte alle zwei Sekunden. So etwas kannten wir nur aus Filmen. Dazu kam auch noch dichter Nebel. Michi musste

das Seitenfenster runterkurbeln – und konnte immer noch kaum weiter als bis zur Kühlerspitze sehen.
In einer besonders scharfen Kurve war dann Ende Gelände. Michi verlor die Kontrolle über das Auto. Wir drehten uns ein paarmal um die eigene Achse, so wie ein Autoscooter auf der Kirmes. Da hatten wie alle schon mit dem Leben abgeschlossen. War ja auch verdammt knapp. Die Karre kam nur einen halben Meter vor dem Abgrund zum Stehen. Wären nicht diese Sträucher gewesen, wir wären zweihundert Meter hinabgesegelt. Alle waren fix und fertig. Besonders du. Aber natürlich musstest du gleich wieder rumkrakeelen. Hast darauf bestanden, keinen Meter weiterzufahren. Ich saß hinten neben Claire. Und das Gesicht, das sie gemacht hat, werde ich nie vergessen – wie sie dich für deine Jammerei verachtet hat. Mal wieder war es Viktor, der in dieser Situation einen kühlen Kopf bewahrt hat. Er hat das Steuer übernommen, ist im Schritttempo weitergefahren und hat dann auf dem erstbesten Parkplatz angehalten, zwanzig Kilometer von einem Kaff namens El Salto entfernt.
Es war mitten in der Nacht, zwei oder drei Uhr morgens. Neben dem Parkplatz war eine kleine Lichtung im Dschungel, mit Picknicktischen aus Baumscheiben. Wir schafften es gerade noch so, die Zelte aufzubauen. Ben, Michi und Viktor haben in der Karre geschlafen, was ja bei dem Station Waggon kein Problem war. Wir beide lagen in dem einen Zelt, Claire in dem anderen. Was danach passiert ist, habe allerdings auch ich nicht mehr so richtig auf dem Schirm. Ich weiß nur, dass ich in der Nacht einmal kurz aufgewacht bin. Ich hörte dich draußen mit Claire sprechen. Verstehen konnte ich nichts. Es hat mich auch nicht interessiert, und so bin ich wieder eingeschlafen.
Am nächsten Morgen war Claire dann wie vom Erdboden

verschluckt. Wir haben sie überall gesucht, ohne Erfolg. Du warst ganz durcheinander. Aber das waren wir ja alle. Ich habe dich damals kurz gefragt, was du in der Nacht mit Claire beredet hast. Du hast gesagt, du hättest dich für deinen peinlichen Auftritt nach dem Beinahabsturz entschuldigt. Habe ich dir damals geglaubt. So nach drei, vier Stunden haben wir die Suche dann aufgegeben und sind losgefahren. Ich habe immer noch damit gerechnet, dass sie vielleicht im nächsten Ort mit frischen Brötchen an der Straße steht. Manchmal hatte sie so spontane Ideen. Aber sie tauchte nicht mehr auf.

Die Stimmung wurde jetzt richtig mies, noch schlechter als am Anfang. Wir haben kaum noch miteinander geredet. Nur du konntest es nicht lassen und hast angefangen, wieder Scheiße zu erzählen: In Indien wäre das nicht passiert. Auf jeden Fall wolltest du, dass wir jetzt sofort nach Hause zurückfliegen. Viktor hat dagegengehalten und uns noch einmal überzeugt, an die Atlantikküste zu fahren. Eigentlich ein guter Plan. Es war richtig super da. Toller Strand, Leute, kleine Bar.

Aber schon nach der ersten Nacht verabschiedete sich die Batterie unseres Pontiacs. Ich glaube, du hattest dir unbedingt noch deine Scheiß-Genesis-Kassetten reinziehen müssen, die du tagsüber nicht hören durftest. Dabei bist du dann eingepennt, es gab einen Bandsalat, und das Ergebnis war die entladene Batterie. Einen halben Tag hat es gedauert, bis wir die Karre wieder zum Laufen gebracht haben, und weil es in Mexiko keine guten Ersatzbatterien gab, sind wir halt wieder zurück in die USA gefahren, und dann, nach noch ein paar Nervereien, ganz nach Hause.

Hier zerstreuten sich die heroischen Huelsenbecks in alle Winde.

Ich schätze, wir hätten uns über kurz oder lang auch in der Stadt in die Haare gekriegt. Die Reise und die Geschichte mit Claire hat das nur beschleunigt. Du hattest es einfach nicht drauf.

Okay, c'est la vie, hab ich gedacht. Jugendfreunde streiten sich und gehen getrennte Wege. Claire habe ich zwar nie vergessen, aber dann doch irgendwie ganz gut verdrängt. Auch was sie über ihre Familie erzählt hatte, war mir entfallen. Über ihren Vater zum Beispiel. Der war irgend so ein Obermormone in Utah mit wahnsinnig viel Knete. Über den hat sie immer mal wieder einen Witz gemacht, so nach dem Motto: «Wenn Dad erfährt, was ich hier mit euch treibe, dann gibt's Saures. Dann holt er seine Winchester aus dem Schrank und jagt seine Bluthunde auf euch.»

Ich fand das damals lustig und habe es natürlich nicht wirklich geglaubt. Aber dann, mehr als fünfunddreißig Jahre später, geht plötzlich Viktor über den Jordan. Schon davor sind Dinge passiert, die ziemlich strange waren. Erst bekam ich komische Anrufe von Typen, die mit mir unbedingt persönlich reden wollten. Später standen irgendwelche Heinis in der Landschaft herum und kuckten zu mir rüber. Stundenlang, mit starrem Blick, wie Zombies. Hier im Dorf, in der Stadt, unterwegs, irgendwo am Straßenrand. Erst waren es bloß Erwachsene, später auch freakig aussehende Kinder.

Nach Viktors Beerdigung ging es richtig los. Du hast den Typen ja selbst erlebt, den «Schnauz», wie du ihn in deinen durchgeknallten Mails nennst. Der stand auch zunächst nur so rum wie alle anderen, ist mir mit der Zeit aber immer dichter auf die Pelle gerückt. Hat mich in der Eule angequatscht, wollte ein bisschen plaudern. Ich habe ihn abblitzen lassen, aber er ließ nicht locker. Stand im Super-

markt plötzlich hinter mir an der Kasse und hat mich aufgefordert, über damals auszupacken. Ich habe ihn weiter ignoriert, aber er hat rausgefunden, wo ich wohne. Übrigens genau an dem Tag, als du bei mir warst. Ich hätte dir das natürlich schon damals erzählen können, doch ich hatte den Verdacht, dass du mit diesem Heribert da unter einer Decke steckst. Inzwischen ist mir schon klar, dass du nichts mit ihm zu schaffen hast. Aber ich war schon immer ein bisschen langsam. Habe ja auch damals nicht geschnallt, was in Mexiko passiert ist.
Das wurde mir erst klar, als wir zusammen in der Eule waren. Da hat's Klick gemacht. Klickediklack. Mein Gott, wie du mit dieser Frau umgesprungen bist. «Die ist Diakonisse, die ist Diakonisse», hast du die ganze Zeit geschrien, wie so ein Bekloppter unter Strom, und dann ... weißt du ja selbst. Oder hast du das etwa auch schon wieder vergessen? Hast du mitgekriegt, dass ich dich kurz gesehen habe, als du mit ihr draußen warst, in der Ecke, da am Bahndamm? Ich war nur mal eben vor die Tür gegangen, um frische Luft zu schnappen. Das hat gereicht. Mann, du bist doch krank. Komplett kaputt und gestört.
Danach ist bei mir endlich der Groschen gefallen. Viktor hatte damals recht: Du steckst hinter Claires Verschwinden. Ich weiß nicht genau, was du gemacht hast. Aber hinter dem Parkplatz ging es ein paar hundert Meter richtig steil runter. Plötzlich hatte ich auch gerafft, wer der Schnauzbart und all die anderen Leute sind. Natürlich. Hätte einer so etwas mit meiner Tochter gemacht, würde ich auch Himmel und Hölle in Bewegung setzen, bis die Täter bezahlt haben. Michi war clever genug und hat sich nach Afrika abgesetzt. Viktor dachte offenbar, er sei in Israel sicher. Grober, grober Fehler.

Ich weiß nicht, wie das bei dir ist. Ich habe jedenfalls keinen Bock, wie ein Schaf auf den Onkel mit dem Bolzenschussgerät zu warten. Deswegen gehe ich aber bestimmt nicht mit einem so fertigen Typen wie dir nach Afrika. Ich habe mich inzwischen woandershin verdünnisiert, wo ich wirklich sicher bin und wo ich nicht Gefahr laufe, dir oder Schwachmaten wie Ben zu begegnen. Und weil du Freak schuld an dem ganzen Megafuck bist, sollst du auch bezahlen. Dafür, dass ich alles aufgegeben habe, dafür, dass ich mich wie ein Köter mit Schleppscheiße verstecken muss, dafür, dass ich so einen wie dich überhaupt einmal gekannt habe.
Machen wir es kurz: Du scheinst ja genug Asche zu haben, so wie du damit in der Eule um dich geschmissen hast. Und von diesem schönen Geld hätte ich jetzt gerne ein bisschen was ab. Deshalb schickst du mir stante pede 30 000 Steine rüber. Im Klartext, denn du bist ja immer ein bisschen schwer von Kapee: 30 000 – in Worten: dreißigtausend – Euro. Innerhalb der nächsten drei Tage. Ich schätze mal, dass MoneyGram dir vertraut ist? Hast ja doch ein paar Jährchen im Ausland zugebracht. Das Geld geht an meinen Namen (Ronald, nicht Ronny), Credins Bank, Sheshi Nënë Tereza in Sarandë, Albanien.
Das war's dann. Ich hoffe, danach nie wieder etwas von dir zu hören. Keinen Anruf, keinen Brief, keine andere Message. Das dürfte aber ohnehin schwer werden, denn ich habe diesen Account gekündigt. Und solltest du meiner irgendwo mal zufällig ansichtig werden: Sprich mich nicht an und bleib mir vom Leib! Sonst kann ich für nichts garantieren. Ich hoffe, wir haben uns verstanden.

Ronny

PS: Solltest du diese Mail nicht ernst nehmen und auch nur ein bisschen zögern – du warst ja immer ein großer Zauderer –, bedenke bitte Folgendes: Die Sache mit Claire mag vielleicht verjährt sein. Ich kenne mich mit mexikanischem Recht nicht aus. Die Geschichte mit der «Diakonisse» ist es aber sicher nicht. Sollte bei mir also am nächsten Montag kein Geld eingetrudelt sein, sehe ich mich leider gezwungen, der Polizei eine längere Mail zu schreiben. Ach was, gezwungen, ich würde dabei vermutlich ein gewisses Pläsier empfinden.

Ich schaffte es gerade noch, diesen letzten Satz zu lesen. Danach wich jeder Gedanke aus mir. Reglos starrte ich auf den Bildschirm, obwohl es dort nichts mehr zu lesen gab. Winzige Blitze zuckten vor meinen Augen auf. Ich war überzeugt, dies sei das Feuern meiner Neuronen. Plötzlich sichtbar geworden, ähnelte es dem Mündungsfeuer von Stalinorgeln in Weltkriegswochenschauen.

Nachdem ich eine Ewigkeit so dagesessen hatte, muss ich es irgendwie noch fertiggebracht haben, mich aufs Bett zu legen. Bestimmt spielte der Nachbar wieder Klavier; es war seine Zeit. Auch die Krähen lärmten wahrscheinlich auf dem Hof. Aber ich nahm davon nichts mehr wahr, hörte nur einen einzigen hohen Pfeifton von etwa zehntausend Hertz. Er erinnerte mich an den Gesang des Sichuanlaubsängers, den ich eines Morgens mal im yunnanesischem Shangri-La gehört hatte und von dem die Tibeter sagen, dass er von den Annehmlichkeiten des Wahnsinns erzählt. Dann rollte eine purpurfarbene Muräne durch mein glühendes Kleinhirn, öffnete ihr dichtbezahntes Maul und begann, mein Gehirn zu verspeisen. Sie fraß sehr langsam und mit sichtlichem Genuss. Als sie den Schädel ausgehöhlt hatte, tauchte sie durch den Hals hinab und fraß Herz, Lunge und Eingeweide.

Das Monstrum tat sich so lange gütlich, bis mein Körper eine leere Hülle war. Da ließ endlich auch das entsetzliche Pfeifen nach.

20

UMGEBEN VON DEN SCHREIEN DER KOMETEN

Die nächsten zehn Tage zerfielen in ziemlich genau vier Phasen. Im Nachhinein gab ich ihnen Namen. Phase 1: «Bedingungslose Kapitulation». Phase 2: «Orakelphase». Phase 3: «Durchbruch». Phase 4: ach, dazu später.

Die Kapitulationsphase begann damit, dass ich am Morgen des nächsten Tages, einem Donnerstag, ganz normal aufwachte. Das Fenster hatte über Nacht offen gestanden, und im Kabuff war es so kalt geworden, dass ich meinen Atem sehen konnte. Ich war völlig ruhig. Ich duschte ausgiebiger als sonst, kleidete mich an und setzte mich mit der ausgedruckten Mail von Ronny und meinen Irrenjournalen an den Schreibtisch. Bald stellte ich fest, dass sich fast alle von Ronny aufgeführten Punkte mit meinen Rechercheergebnissen deckten: von der Idee, nach Amerika zu reisen, über die einzelnen Stationen bis hin zum bitteren Ende. Es gab immer nur einen gravierenden Unterschied: Nicht Viktor war das große Arschloch, sondern ich. Ich war sogar noch mehr als das. Wahrscheinlich hatte ich eine junge Frau auf dem Gewissen.

Ich glaubte Ronny diese Geschichte ohne den leisesten Zweifel. Der Grund dafür war ein eher nebensächliches Detail: Ich war nicht nur Hard-Rock- sondern auch Prog-Rock-Fan gewesen. Mit fünfzehn hatte ich mir «Lizard» von King Crimson gekauft und kam dann einfach nicht mehr runter. Später, nach dem Aufkommen des Punk, hatte ich mich dafür fürchterlich geschämt und diese Phase völlig verdrängt. Als ich aber Ronnys Nachricht las, kam der ganze Krempel wieder zurück. «Wer Schmetterlinge lachen hört», «Requiem für einen Wicht», «Der Fuchs und der Rabe» – was für entsetzliche Geschmacksverirrungen. Diese Songs triggerten die restlichen Erinnerungen: all die Streits mit Viktor in den USA, mein verdruckstes Verhältnis zu Claire und schließlich die Szene in der Nacht auf dem Parkplatz, das furchtbare Gespräch mit ihr, nicht weit vom Abgrund, und dann ... Hier war Schluss, aber mir schien ziemlich klar, was passiert sein musste. Etwas, aus dem Konsequenzen zu ziehen waren.

Ich legte die Journale beiseite und ging in die Küche. Unter der Spüle holte ich einen dicken Vorschlaghammer hervor, nahm ihn in die Hand und machte mich daran, eine frisch installierte Kamera nach der anderen zu zerschlagen. Dann versuchte ich, das neue Schloss an der Wohnungstür zu zertrümmern, was mir aber nicht gelang, weil die Polen wirklich gute Arbeit geleistet hatten. Also sammelte ich alle Waffen in der Wohnung zusammen. Die Messer, Spraydosen und Schlagstöcke schmiss ich in die Recycling-Tonne auf dem Hof – zum Erstaunen von Lisa, die danebenstand und mich verwundert anstarrte.

Nachdem ich das erledigt hatte, verließ ich das Haus und ging zur Sparkasse an der Prenzlauer Allee. Ich brauchte mehr als eine Stunde, um den nerdigen Bankangestellten zu überzeugen, mir 40 000 Euro in bar auszuzahlen. Das Bündel im Rucksack verstaut, lief ich zur Euro-Change-Wechselstube im S-Bahnhof Alexanderplatz. Hier füllte ich ein paar Formulare aus und schickte 30 000 Euro an Ronnys Bank in Albanien. Anschließend fuhr ich zum KaDeWe und verbrachte dort den halben Nachmittag: Im vierten Stock kaufte ich ein Set dunkler Seidenbettwäsche. Dann probierte ich in der Herrenabteilung eine Reihe schwarzer Anzüge an und entschied mich schließlich für den Einreiher eines bekannten italienischen Schneiders. Dazu kaufte ich ein Paar rahmengenähte Schuhe und ein schlichtes weißes Hemd. Mein Leben lang hatte ich nichts auf Kleidung gegeben. Jetzt wollte ich wenigstens im Tod etwas hermachen.

Ich ging zu Fuß zurück in den Prenzlauer Berg. Auf dem Weg steckte ich immer wieder Zwanzig-Euro-Scheine in Hausbriefkästen. Ich wählte die aus, die mit interessanten Graffiti beschmiert waren oder deren Namen zu mir sprachen: Milkowa zum Beispiel, Gabriel, Pulvenis, Schaddrach, Wenzl, Nattermann, Abed-Negos, Trojahn, Croissier oder Wachsmann.

Zu Hause setzte ich mich wieder an den Schreibtisch und verfasste mein Testament. Ich vermachte alle meine Habseligkeiten und das restliche Geld Frank; nicht zuletzt, weil er sicher die Beerdigung am Hals haben würde. Anschließend schrieb ich ein Schuldbekenntnis, für wen auch immer. Ich wollte es kurz halten, doch am Ende waren es fünf dichtbeschriebene Seiten, auf denen ich hauptsächlich erläuterte, weshalb ein Weiterleben für mich keinen Sinn mehr machen würde. Ich betonte, dass, wer auch immer mich im Lauf der nächsten Tage töten würde, auf jeden Fall im Recht sei und wegen meines Todes nicht zur Verantwortung gezogen werden dürfe.

Dann schloss ich: «Ich bin bis zum gestrigen Tag eigentlich ganz gut durchs Leben gekommen. Es gab immer genug Leute, auf die ich herabsehen konnte. Die ganzen Feigen, die Mitmacher, die Eingebildeten, die Manierlichen, die stupiden Kreativen. Am Ende meines Daseins angelangt, muss ich jedoch zu meinem Bedauern feststellen, dass ich nicht besser bin als der gemeinste und ignoranteste Mensch auf Erden. Das ist mir vor allem in den letzten Jahren klargeworden. Ich habe mich daran geklammert, dass ich wenigstens in meiner Jugend ein anderer gewesen bin. Jetzt muss ich einsehen, dass es den Menschen, an den ich mich so gern erinnert habe, nie gegeben hat. Ich war immer ein Nichts, und es ist höchste Zeit, dass auch mein Körper diesen Zustand annimmt.»

Beide Schreiben unterzeichnete ich mit großem Schwung. Dann heftete ich sie mit einer Reißzwecke an die Zimmertür, damit sie auch auf jeden Fall gefunden würden. Bei Einbruch der Dämmerung duschte ich noch einmal. Anschließend rasierte ich mich sorgfältig und parfümierte mich sogar. Im Badezimmerschrank hatte ich weit hinten eine alte Flasche «Kouros» gefunden. Der schwere Duft, von dem man sich erzählt, er könne selbst den Gestank von Erbrochenem kaschieren, würde den Leichengeruch etwas mildern, falls mein Körper länger in der Wohnung liegen sollte. Ich holte außerdem die beiden Stehlampen aus der Küche und bezog das Bett mit der schwarzen Wäsche. Dann polierte ich meine neuen Schuhe und zog mir Hemd und Anzug an.

Zu meiner eigenen Überraschung erledigte ich selbst das alles in größter Ruhe. Die Paniksymptome, die mir so vertraut waren, stellten sich nicht ein. Mein Herz schlug nicht schneller, ich schwitzte nicht, blieb von Missempfindungen in den Beinen und Schnappatmung verschont. Mir wurde auch nicht schwindelig. Das muss daran gelegen haben, dass mir alles, was ich tat, logisch und richtig erschien. Ich fühlte mich wie ein Soldat, der einen Befehl ausführte, an dessen Umsetzung das Wohl unzähliger Menschen hing.

Als es draußen völlig dunkel war, machte ich in meinem Zimmer alle Lampen an. Dann knöpfte ich mein Jackett auf und stellte mich direkt ans offene Fenster. Ich war mir sicher, dass die Rächer diese Geste zu deuten wissen würden. Ja, ich war überzeugt, dass sie immer noch irgendwo da draußen waren. Sie hatten sich, als ich stärker und stärker geworden war, bloß verborgen und würden jetzt, da ich meine Selbstachtung endgültig verloren hatte, aus ihren Verstecken kriechen. Es würde nicht lange dauern, dann würde mich eine ihrer Kugeln oder einer ihrer Pfeile durchbohren.

Doch dann stand ich in der kalten Luft wie bestellt und nicht abgeholt. Als sich nach einer Stunde immer noch nichts getan hatte, schrie ich in die Nacht hinaus: «Los! Macht schon! Worauf wartet ihr? Ja, verdammt, ich war das mit Claire. Die anderen trifft keine Schuld. Ich bin hier. Bringt es endlich zu Ende.»

Ich krakeelte so lange, bis schließlich die tiefe Stimme eines Nachbarn zu mir heraufdröhnte: «Wenn du nicht gleich stille schweigst, du durchgeknallte Flitzpiepe, mach ich dir die Hölle heiß.» Von da an schwieg ich also stille.

Als der Morgen graute, war ich erstaunt, dass mich die Rächer verschont hatten. Monatelang hatten sie mich beschattet, verfolgt und bedroht, doch jetzt, da ich mich ergab, nahmen sie meine bedingungslose Kapitulation nicht an. Ich kam zu dem Schluss, dass ihnen die Situation zu eindeutig gewesen war. Mein Tod sollte wahrscheinlich mehr nach einem Unfall aussehen, genau wie der von Viktor. Ich musste die Situation mehrdeutiger gestalten.

Damit begann die Orakelphase, in der ich versuchte, diese Mehrdeutigkeit herzustellen. Am ersten Tag lungerte ich auf verschiedenen U- und S-Bahnhöfen herum. Kam die Bahn, trat ich ganz dicht an die Bahnsteigkante, sodass ein kurzes

Antippen genügt hätte, um mich vor den Zug zu stoßen. Obwohl es so einfach war und nach vollbrachter Tat garantiert keiner Verdacht geschöpft hätte, passierte wieder nichts. Also gab ich die Bahnhofsnummer wieder auf und fing an, in Berlin von Brückengeländer zu Brückengeländer zu touren, um auf diesen zu balancieren. Anfangs wurde ich immer wieder von aufmerksamen Passanten verscheucht – Rentnern und Müttern, sogar ein Penner regte sich auf –, bis ich die abgelegene, vierzig Meter lange Kniprodebrücke entdeckte. Dort gab es so gut wie keinen Publikumsverkehr. Auch der Wind würde einem Attentäter zu Hilfe kommen. Ein Steinwurf aus einem der vielen Büsche, und ich wäre hin.

Natürlich hätte ich auch direkt vor die U-Bahn oder von der Brücke springen können, doch erstens fehlte mir dazu dann doch der Mut, und zweitens schien es mir verkehrt. Um der Gerechtigkeit zu genügen, mussten die Rächer zumindest eine Hand im Spiel haben. Doch sie rührten sich weiterhin nicht. Ich lief rund dreißigmal auf dem Geländer der Kniprodebrücke hin und her, am Ende sogar mit geschlossenen Augen. Es hatte keinen Zweck.

Ich musste das Risiko also weiter erhöhen. Als ich sah, wie sich auf der Kniprodestraße von Norden her ein Auto mit hoher Geschwindigkeit näherte, sprang ich vom Geländer und rannte auf die Straße. Dabei war es nicht mein Ziel, mich einfach überfahren zu lassen, sondern noch kurz vor dem Auto die Straße zu überqueren. So würde das, was ich tat, nicht als Selbstmordversuch gelten. Schaffte ich es aber nicht, bestand zumindest die theoretische Möglichkeit, dass mich ein Rächer erledigt hatte.

Mir fiel ein, dass ich dieses Spiel schon in meiner Kindheit gespielt hatte. Damals diente es mir als Klassenarbeitsorakel. Wenn ich es schaffte, vor einem herannahenden Auto über die Straße zu kommen, würde ich in der anstehenden Klassenarbeit eine gute Note schreiben. Schaffte ich es nicht, würde ich versagen. In der Vergangenheit war ich allerdings nie auf volles Risiko gegangen. Wenn es knapp wurde, hielt ich an und ließ das Auto passieren. Jetzt aber stoppte ich kein einziges Mal, und trotzdem schien ich unverwundbar. Ich konnte mir das nur so erklären, dass dies ein günstiges Orakel war. Irgendjemand oder irgendetwas wollte, dass ich weiterlebe. Aber warum nur?

Ratlos brach ich auch diesen Versuch am späten Nachmittag ab und fuhr mit der Straßenbahn ins Zentrum. Als ich am Dom vorbeischlenderte, sah ich, wie eine Ringeltaube durch das Portal ins Innere flog. Ich folgte ihr und stellte fest, dass gerade der Abendgottesdienst abgehalten wurde. Eine fesche, dauergewellte Pastorin predigte im schwarzen Talar über das Gleichnis von den anvertrauten Talenten. Sie tat es mit dem mir wohlbekannten aufgesetzten Optimismus, den auch die Prediger in der Anstalt aus dem Effeff beherrscht hatten.

Um kein Aufsehen zu erregen, setzte ich mich auf eine der hinteren, fast leeren Bänke. Hier zwang mich plötzlich etwas auf die Knie, und ich begann, leise vor mich hin zu beten. Ich bekannte alle Sünden aus Ronnys Mail und flehte Gott an, mir zu helfen.

«Ich bin's, Daniel. Erinnerst du dich am mich? Ich bin der, dem du versprochen hattest, dass ihm nie etwas passieren würde. Trage ich nicht deshalb diesen Namen?»

Ich betete, bis die Pastorin mit der Predigt fertig war. Die Orgel setzte ein. Ich wünschte, es käme «Heut schleußt er wieder auf die Tür». Stattdessen spielte der Organist «O komm, du Geist der Wahrheit». Wo hatte ich das Lied neulich erst gehört? Der Choral wurde im Wechsel zwischen der Gemeinde und einer Sängerin vorgetragen, die ihre entsetzlich bebende Stimme auf der Gitarre selbst begleitete, weshalb es mir schwerfiel, mich auf ihren Vortrag zu konzentrieren.

Als die Zeile «O wahrlich, wir verdienen solch strenges Strafgericht» von der Gemeinde gesungen wurde, hörte ich hinter mir eine flüsternde Männerstimme: «Na, du Schwächling. Was hast du hier zu suchen? Jesus ist dir doch wurst. Aber anscheinend glaubst du jedem alles. Hast du überhaupt einen eigenen Kopf?»

Ich drehte mich vorsichtig um und sah den Mann gerade noch davonschleichen. Er hatte eine fliehende Stirn, pechschwarze Haare, einen ebenso schwarzen Vollbart und einen stechenden Blick.

Auf dem Nachhauseweg grübelte ich, woher ich den Schwarzen kannte. In der Esmarchstraße wurde mein Gedankenfluss unterbrochen, als ich hörte, wie jemand durchdringend den Anfang des «March from the River Kwai» piff. Ich sah auf und erkannte einen Großen Beo, der auf einem Balkon im zweiten Stock in einem Käfig auf der Stange saß. Als er merkte, dass ich ihn ansah, krächzte er sofort: «Knallkopp! Knallkopp! Knallkopp!» Da fiel mir der pfeifende Beo wieder ein, den ich in Michis Wohnzimmer gesehen hatte. Schlagartig wurde mir klar, dass irgendetwas an der Situation damals faul gewesen war.

Zu Hause kuckte ich bei Wikipedia nach. Und tatsächlich: Das Verbreitungsgebiet der verschiedenen Beo-Arten lag «in Sri Lanka, Südwestindien, Ostindien, dem Himalayagebiet, Hinterindien, Borneo, Java und den Kleinen Sunda-Inseln». In Afrika aber kamen Beos gar nicht vor, und es war mehr als unwahrscheinlich, dass ein Vogel, dessen Handel durch das Artenschutzabkommen kontrolliert wurde, es ausgerechnet nach Kamerun geschafft haben sollte. Michi hatte also bei unserem Skypegespräch mit ziemlicher Sicherheit gar nicht in Duala gesessen.

Weil ich jetzt skeptisch geworden war, nahm ich mir noch einmal Ronnys Mail vor. Auch hier kam mir beim zweiten Lesen einiges seltsam vor. War dieser aufgesetzte Jugendjargon – fett, megafuck – gemischt mit Altertümlichkeiten – au contraire, Zinnober, Heribert – tatsächlich das Vokabular, das Ronny benutzte? Und seine Behauptung, er hätte mir bei meinem Besuch nichts über die Reise erzählen können, weil er vermutet hatte, dass ich zu den Rächern gehörte, klang auch verdammt konstruiert. Nachdem ich die Mail wieder und wieder gelesen hatte, war ich – mit derselben Entschiedenheit, mit der ich zuvor jedes Wort geglaubt hatte – davon überzeugt, auf einen Betrüger hereingefallen zu sein. Ich schloss daraus, dass auch das Geld an eine andere Person gegangen war, eventuell sogar an die Rächer. Das störte mich weniger. Viel entscheidender: Wenn weder Ronnys noch Michis Geschichte stimmte, was war dann wirklich in Amerika passiert?

Mein Vorrat an Ideen, wie das herauszufinden sei, war inzwischen aufgebraucht. Hatte ich nicht schon alles versucht und war dabei durch Himmel und Hölle gegangen? Ich war die ganze Sucherei und Nachforscherei einfach leid. Das Einzige, was mir einfiel, war, wieder zu Jazzrock runterzutuckern. Bei ihm angekommen, klagte ich ihm ohne jede Umschweife mein Leid.

«Hm», meinte der Dealer und zog an einer Wasserpfeife. Im Hintergrund lief ein endlos langes Stück mit Bläsern, elektrischer Geige und spacigem Getrommel. «Manchmal, in seltenen Fällen, hilft das Gegenteil.»

Ich kapierte nicht.

«Das Gegenteil wovon?»

«Von dem, was ich normalerweise empfehle, also die Welt anzuhalten. Manche Menschen müssen die Welt auch beschleunigen, damit sie besser sehen. Sehr wenige, aber es gibt sie.»

«Und wie soll das gehen?»

«Man muss schneller denken.»

«Und wie das?»

«Mit Speed natürlich. Einer ordentlichen Dosis Vitamin A.» Dann kramte er aus einer der vielen Schubladen seines Opiumtischs ein Tütchen mit rund dreißig Kapseln hervor.

«Das ist richtig cleanes Zeug, mein Lieber. Kein gepanschter Mist, sondern Siebziger-Jahre-Vintage-Qualität. Gab es jahrzehntelang überhaupt nicht mehr. Heutzutage produzieren sie das wieder für Kinder, zur Behandlung von ADHS. Aber friss davon bitte nicht zu viel, sonst ...»

Er zeigte auf die Boxen, aus denen weiter der Jazzrock dröhnte.

«Kennste nicht, das Stück? ‹Apocalypse›, Mahavishnu Orchestra. Produziert von George Martin übrigens. Du verstehst, was ich meine?»

Ich verstand. Mich schreckte allerdings der Untergang nicht. Sollte nicht klappen, was mir Jazzrock empfohlen hatte, würde ich ihn sogar freudig umarmen. Ich kaufte ihm die dreißig Kapseln ab und hatte schon auf dem Heimweg die ersten Ideen, was ich damit anstellen würde: Ich würde eine Huelsenbeck-Party feiern, so wie wir sie in meinem Elternhaus veranstaltet hatten, nur ganz alleine. Ich würde die ganzen Pillen und große Mengen Alkohol zu mir nehmen und so einen Bewusstseinszustand heraufbeschwören, wie ich ihn in der zweiten Hälfte der Siebziger hatte. «Die Methode Cooper auf Speed», wiederholte ich noch in der Straßenbahn immer wieder. «Das ist es. Ich werde mich so lange an mein Unbewusstes ausliefern, bis ich hundertprozentig weiß, was in Amerika passiert ist.» Sollte sich dabei das bestätigen, was Ronny mir geschrieben hatte, würde ich die Pillen überdosieren, und das wäre es dann.

Für diesen letzten Versuch, den ich «Durchbruch auf die andere Seite» taufte, gab ich mir genau fünf Tage. Ich trat ihn am Montagmorgen mit einem Gang zu Rewe und Lidl an. Dort besorgte ich unter anderem fünf Flaschen Dimple – der Lieblingswhisky der Huelsenbecks –, zehn Kiloboxen vorgebratene Buletten, einen Fünf-Kilo-Eimer Krautsalat, ordentlich Erdnussflips, Sticks und Salzletten. Außerdem orderte ich im Rewe vier Kisten Cola und eine Kiste Mezzo Mix. Anschließend kaufte ich in meinem Tabakladen den ganzen Vorrat an halbschwarzem Javaanse-Jongens-Drehtabak auf, insgesamt fünf Päckchen, für jeden Tages eines. Wieder zu Hause, riss ich Testament und Schuldbekenntnis von der Tür und zerfetzte es zu kleinen Schnipseln. Ich holte meinen alten Plattenspieler sowie einen Teil der Plattensammlung vom Dachboden und verteilte in der ganzen Wohnung Teelichter, entzündete sie, wartete noch ab, bis das Bier und die Cola geliefert wurden, zog die Vorhänge zu, warf die ersten drei Kapseln ein und legte los.

Tatsächlich förderte die Cooper-Party sehr schnell handfeste Ergebnisse zutage, sicher auch, weil ich mir das Schlafen verbot. Wurde ich müde und drohte wegzunicken, legte ich sofort Speed und Alk nach. So hoffte ich, den Zustand des Schnellerdenkens und somit das Ausgeliefertsein an das Unbewusste früher zu erreichen. Bereits am Dienstag, dem zweiten Tag der Party, hatte ich den Eindruck, etwa doppelt so schnell zu denken wie zuvor. Ich konnte auch viel schneller lesen, und in meinen Aufzeichnungen fielen mir plötzlich

Verbindungen auf, die ich vorher nicht gesehen hatte. Besonders bemerkenswert war, dass mir jetzt laufend Zahlen ins Auge sprangen. Ich hatte mich zeit meines Lebens nicht für Mathematik und alles damit Verbundene interessiert, hatte mir nicht einmal Telefonnummern merken können, doch plötzlich schienen alle Zahlen, die in den Journalen standen, in grellen Farben zu leuchten und mit Bedeutung aufgeladen zu sein.

Ich begann deshalb, diese Zahlen herauszuschreiben und sie unter anderem nach ihren Farben und ihrem Klang zu sortieren. Dann addierte, dividierte, multiplizierte ich sie und zog aus den Ergebnissen die Quersumme. Unter anderem benutzte ich die Lottozahlen vom Tag unseres Aufbruchs in die USA (11, 20, 23, 27, 29, 49 und 40) und ermittelte für die Vornamen aller Frauen, mit denen ich jemals etwas gehabt hatte, die jeweilige Namenszahl. Diese ganzen Operationen ergaben zunächst nichts Greifbares, bis ich im zweiten Journal auf die Zahlen stieß, die ich von den Nummernschildern der dreiundzwanzig Autos abgeschrieben hatte, die auf dem Parkplatz am Lützowufer gestanden hatten, dem Gelände des ehemaligen Dada-Messen-Hauses. Da ging es los.

Ich zog die Quersumme aus ihnen und kam auf die Zahl dreiunddreißig. Genau dasselbe ergab sich, als ich die Hausnummern der Dada-Wohnhäuser mit der Seitenzahl des gelben Heftchens addierte und das Ergebnis durch die Anzahl der Adressen dividierte, die ich aufgesucht hatte. Danach stieß ich nur noch auf die Dreiunddreißig. Unsere Reise nach Amerika hatte vom Mittag des 29. Juli bis zum frühen Morgen des 31. August gedauert – vierunddreißig Tage nach dem Kalender also, doch wenn man es genau nahm, waren es nur dreiunddreißig Tage und ein paar Stunden gewesen. Und hatte nicht Hannah Höch noch kurz vor ihrem Tod erklärt, es hätte auf der ganzen Welt nur dreiunddreißig ernstzunehmende Dadaisten gegeben? Die Dreiunddreißig hatte, so viel war sicher, etwas mit unserer Reise zu tun. Aber was?

Um das zu klären, sprühte ich in der Nacht von Dienstag auf Mittwoch eine große «33» mit schwarzer Lackfarbe an die Tür meines Kabuffs. Dann malte ich diese Zahl mit einem alten Lippenstift auf meine Stirn, meine beiden Handrücken und die nackte Brust. Ich schmiss genau dreieindrittel Kapseln Speed ein und setzte mich an den Rechner. Nur ein paar Stunden später wusste ich alles, was ein Mensch über diese Zahl wissen konnte. Christus vollbrachte nicht nur dreiunddreißig Wunder, sondern starb auch mit dreiunddreißig Jahren, genauso wie der Schauspieler John Belushi, der Comedian Chris Farley und der japanische Rockmusiker Hideto Matsumoto, erhängt am Knauf seiner Wohnungstür. Genau zwei Wochen hintereinander stand im August 1978 «No One Is Innocent / My Way» von den Sex Pistols auf Platz dreiunddreißig der UK-Charts. «Die Göttliche Komödie» besteht aus dreimal dreiunddreißig Gesängen, die jeweils das Inferno, das Purgatorium und das Paradies behandeln. Dreiunddreißig ist die Atomzahl von Arsen und das numerische Äquivalent des Wortes «Amen». Auf Japanisch heißt dreiunddreißig «sanjusan», was «Unglück ohne Ausweg» bedeutet. Und schließlich waren auf Seite dreiunddreißig meines Kosmos-Vogelführers der Kormoran, die Zwerg- und die Krähenscharbe abgebildet. «Die Wasserraben des Aristoteles», flüsterte ich.

Am Mittwochnachmittag kam ich von der Dreiunddreißig ab, als ich auf YouTube zufällig auf den Film «Vanishing Point» stieß. Dieses Roadmovie war 1971 in Cisco gedreht worden, der Geisterstadt, in der Claire am 14. August 1978 in unseren Pontiac gestiegen war. Ich vermutete, dass der Film etwas zur Lösung meines Problems beitragen könnte. Und natürlich tat er das: Am Ende hält nämlich der benzedrinsüchtige Protagonist Kowalski mit seinem weißen Ford Mustang auf eine winzige Lücke in einer Straßensperre zu, die aus den Schaufeln zweier Planierraupen besteht. Der Wagen explodiert beim Aufprall. Doch anstatt in Flammen aufzugehen, scheint Kowalski verschwunden. Er hat sich, so legt der Film nahe, durch einen Spalt im Raum-Zeit-Kontinuum davongemacht.

«Ein Dimensionsloch, natürlich», schrie ich völlig außer mir. «Ja, das muss es sein. Ich kann Claire nicht umgebracht haben. Sie war ja gar kein Mensch, sondern etwas ganz anderes. Sie ist in Cisco durch ein Dimensionsloch geschlüpft und in El Salto wieder ins All zurückgekehrt. Schließlich heißt es ja El Salto – der Sprung.»

Sofort befasste ich mich eingehender mit dem 26. August 1978, dem Tag von Claires Verschwinden. Als ich erfuhr, dass an diesem Datum Johannes Paul I. zum Papst gewählt worden war, von einem Konklave, an dem einhundertelf Kardinäle teilnahmen, und zwar mit neunundneunzig Stimmen, kam ich zurück auf den Zahlentrip.

«Neunundneunzig Stimmen», raunte ich ergriffen. «So viele Gesänge hat auch die ‹Göttliche Komödie›. Hundertelf Kardinäle, ein Drittel von dreihundertdreiunddreißig. Und ein Papst, der nach seiner Wahl noch genau dreiunddreißig Tage zu leben hatte.»

Ich riss das Fenster auf und rief wie von Sinnen: «Lisa, Lisa, hörst du mich? Ich hab's. Methode Cooper auf Speed rules okay!» Ich ramenterte so lange, bis draußen auf der Straße ein Streifenwagen vorfuhr, ein Beamter ausstieg und demonstrativ zu mir hochsah.

Was am Donnerstag, dem Tag vier des MC-Speed-Experiments, tagsüber passierte, weiß ich nicht mehr. Mag sein, dass ich trotz des hohen Speedkonsums doch ab und zu einschlief. Am Abend sah ich mir einen Haufen Videos an, die sich mit der Theorie beschäftigten, der Dreiunddreißig-Tage-Papst Johannes Paul I. sei ermordet worden. Das leuchtete mir ein. Ich sprang immer wieder auf, ballte die Faust und wiederholte soeben gelernte Namen und Informationen: «Paul Casimir Marcinkus, Roberto Calvi, keine Autopsie, Propaganda Due, John Cody, Banco Ambrosiano, haha, der Papst war gar kein Raucher, Emanuela Orlandi, Enrico de Pedis.» Zwischendurch tanzte ich mit mir selbst und zerschlug in der Küche Porzellan.

Am Morgen des Freitags glaubte ich tatsächlich, die Antwort auf alle meine Fragen zu haben. Wie ich auf sie gekommen bin, entzieht sich meiner Kenntnis. Die Lösung geht lediglich aus einem schmutzigen, von mir bekrakelten Zettel hervor, der später in der Wohnung gefunden wurde. Soweit man aus den wirren Sätzen klug werden kann, war ich wohl zu dem Schluss gekommen, dass es einen Zusammenhang zwischen der Ermordung des Papstes und dem Verschwinden von Claire geben musste:

«Beweise:

Claire verschwindet am 26. August (Tag der Papstwahl) in einem katholischen Land (Mexiko).

Papst war für sein Lächeln berühmt. Genauso Viktor.

Paul Casimir Marcinkus + John Cody (verwickelte Bischöfe) sind US-Amerikaner.

John Cody = Kardinal, geb. in St. Louis (!), lag auf der Route.

Ergo: Papstmörder = Mafia = Rächer.»

Ich schätze, dass ich wirklich von dieser Theorie überzeugt gewesen bin. Und davon, dass somit meine Unschuld erwiesen sei. Ich erinnere mich nämlich wieder daran, dass ich kurz vor Mittag meine restlichen Pillen zählte. Es waren noch zwölf Stück, so viel, wie Jesus Apostel hatte. Ich warf drei davon ein, um vor Ablauf meiner selbstgesetzten Frist noch einige Details zu klären.

Das Nächste, von dem ich weiß, ist eine Szene, in der ich das Küchenmobiliar zerschlage. In diesem Moment schrillte überraschend die Klingel an der Wohnungstür. Es war Rebekka.

«Daniel, ich weiß, dass du da bist. Mach auf.»

Erst in diesem Moment fiel mir ein, dass ich nicht zum verabredeten Spaziergang nach Pankow erschienen war. Trotz meines schlechten Gewissens verhielt ich mich mucksmäuschenstill.

«Daniel, die Nachbarn haben mir erzählt, dass du jede Nacht Amok läufst. Wir müssen miteinander reden.»

Ich überlegte kurz, ob ich nicht öffnen sollte. Aber dann fiel mein Blick in die Spiegelscherbe über dem Gasherd. Ich sah entsetzlich aus. Unter meinem linken Auge war eine große, weiße Brandblase – ach ja, ich hatte versucht, mir mit einer glühenden Gabel und einer Tintenpatrone eine Knastträne zu tätowieren. Anstelle meiner Pupillen blickte ich in zwei dunkle Teller inmitten eines roten Meeres, überall auf der Haut stand mir der kalte Schweiß, und obendrein trug ich einen vielfach angesengten, feuerroten Störtebeker-Bart, in dem Krautsalatreste hingen. So konnte ich unmöglich einem Menschen unter die Augen treten.

Rebekka versuchte es noch eine Weile und gab dann auf. Sie klang wütend und resigniert zugleich: «Das wird nicht mehr lange gutgehen, Daniel. Denk bitte, bitte drüber nach. Ich komme morgen auf jeden Fall wieder.»

Regungslos harrte ich aus, bis sie tatsächlich gegangen war. Dann stellte ich mich unter die Dusche. Eine halbe Stunde lang ließ ich kaltes Wasser über meinen Körper laufen, um wieder zur Besinnung zu kommen. Anschließend setzte ich mich mit dem Laptop aufs Bett und arbeitete weiter. Keine fünf Minuten später schlief ich ein.

Ich begann sofort zu träumen. Viktor ritt auf einem weißen Pferd und verwandelte sich im Sattel in Johannes Baader. Der trug eine Mitra und eine Soutane wie Hugo Ball auf dem berühmten Foto, das Marcel Janco von ihm gemacht hat. Um Viktor / Baader herum saßen einige Dadaisten, hockten besser gesagt auf ihren Unterschenkeln und stützten ihre Oberkörper auf die Arme, was sie wie Tiere wirken ließ. Ich erkannte Grosz, Hausmann, Heartfield und Emmy Hennings.

Im Hintergrund spielte leise Musik, eine Orgel, immer wieder unterbrochen vom harten Hieb eines Schlagzeugs. Ich kannte das Stück, konnte es aber im Traum nicht identifizieren. Das Pferd, auf dem Baader saß, verwandelte sich in das lebende Abbild des Spielzeugziegenbocks mit dem abgebrochenen Horn, den ich am Lützowufer gefunden hatte. Als diese Metamorphose beendet war, setzte Baader – er selbst glich jetzt bis aufs Haar dem Mann, der mich im Dom beschimpft hatte – zu einer Rede an. Doch statt hörbarer Worte kamen nur papierne Comic-Sprechblasen aus seinem Mund. Auf ihnen stand nur ein einziges Wort: «Wirrpla! Wirrpla! Wirrpla! Wirrpla! Wirrpla!» Schließlich fielen Baader gleichzeitig beide Ohren ab. Sie blieben nebeneinander auf einem knallgrünen Rasen liegen. Ein langer Zug von Ameisen rückte an, der sie in Windeseile auffraß. Übrig blieben nur einige Knorpelreste, und wenn man genau hinsah, konnte man erkennen, dass sie die Zahl «87» bildeten.

Als ich wenig später aufwachte, war mir klar, dass diese Zahl das letzte Stück meiner Beweiskette war. Nach etwas Rumprobieren entdeckte ich, dass der addierte Buchstabenwert des Namens «Sigmund» siebenundachtzig ist. Bei

Google stand Sigmund Freud an erster Stelle der Autovervollständigungsliste, an zweiter der Komponist Sigmund Romberg, an dritter der DDR-Kosmonaut Sigmund Jähn. Erst glaubte ich, Romberg sei gemeint – wegen seines «Drinking Song». Als ich aber herausfand, dass Sigmund Jähn am 26. August 1978 an Bord der Sojus 31 als erster Deutscher ins All gestartet war, war mir klar, dass es nur um ihn gehen konnte.

«Das ist kein Zufall», schrie ich den Bildschirm an, aus dem heraus mir Jähn im Raumanzug zuwinkte, «das wurde alles von langer Hand eingefädelt. Dahinter steckt ein allumfassender Masterplan.»

«Genauso ist es», flötete das Blutschwammmädchen, das plötzlich direkt neben mir stand. «Gleich hast du's! Ruf nur noch eine Seite auf. Dann wird dir alles offenbart.»

Angefeuert von dem Kind, das mich jetzt überhaupt nicht mehr erschreckte, gab ich alle Namen und Begriffe, die ich in den letzten Tagen benutzt und zusammengetragen hatte, in die Google-Maske ein: «Claire – Cisco – Vanishing Point – Huelsenbeck – Baader – Grosz – Heartfield – Hausmann – Paul Casimir Marcinkus – Johannes Paul I. – Propaganda Due – Sex Pistols – Banco Ambrosiano», außerdem die Lottozahlen vom 29. Juli 1978. Dann klickte ich auf Suchen.

Der Browser stürzte ab. Als ich ihn wieder öffnete, erschienen die Resultate einer Bildersuche. Mit meiner Eingabe schienen sie allerdings nichts zu tun zu haben; es waren vielmehr Fotos eines historischen Musikfestivals. Eines fiel mir wegen seines ausgeprägten Braunstichs ins Auge, ich klickte es an: eine zugewucherte Kiesgrube, an deren Rand zwei, drei Gründerzeithäuser standen. Am Grubenhang waren einige verstreute Zelte aufgebaut. Ansonsten bevölkerten Langhaarige das Areal, die hier und da auf Steinen hockten. All dies wirkte ein bisschen wie ein Zoogehege, nur für Menschen.

Der Fokus des Bildes aber lag auf zwei Männern, die weiter vorne am Hang standen. Der Linke schien nur ein Abziehbildhippie mit Matte, blauer Latzhose und Anti-AKW-Button zu sein. Doch der andere fesselte meine Aufmerksamkeit. Er saß auf dem Boden und umschlang seine Beine mit beiden Armen. Auch er hatte lange Haare. Dazu trug er ein Flanellhemd und eine Stoffhose. Auffällig an ihm war eigentlich nur das triumphierende Grinsen, mit dem er in die Kamera blickte. Es gehörte Michi.

Das Bild war, so die Unterschrift, 1978 auf dem «Umsonst & Draußen»-Festival in Porta Westfalica gemacht worden, in einem kaum vierzig Kilometer von der Stadt entfernten Kaff. Das Festival hatte dort vom 25. bis zum 27. August stattgefunden. Zunächst glaubte ich, dass dem Betreiber der Seite ein Fehler unterlaufen war. Ich wusste, dass es das Festival am selben Ort auch 1977 und 1979 gegeben hatte. In beiden Jahren war ich selbst da gewesen. Dann aber sah ich, dass auf dem Boden direkt zu Michis Füßen so etwas wie ein Programmheft lag. Ich vergrößerte den Ausschnitt: Unter dem Sonne-Mond-Gestirn-Logo war eindeutig die Jahreszahl 1978 zu lesen.

Mit einem Schlag war ich vollkommen klar und begriff, dass dieses Foto kein speedinduziertes Gespinst sein konnte. Trotzdem sträubte sich in mir alles, das zu akzeptieren, was auf ihm zu sehen war. Hastig durchwühlte ich alle Dokumente, die ich auf dem Dachboden gefunden hatte, und fand schließlich, was ich suchte. Nein, meine Erinnerung hatte mich nicht getrogen: Das Rückflugticket von New York nach Amsterdam war auf den 31. August 1978 ausgestellt. Da stand es schwarz auf weiß.

Ich starrte noch einmal auf das Foto von Michi in der Grube. Auch das war keine Einbildung. Dann fiel mein Blick auf die Uhr des Laptops. Es war jetzt 0:10 Uhr, Samstag, den 8. August 2015.

«Hihi», kicherte das Blutschwammmädchen neben mir, «zu spät.»

Ich griff zur Schachtel mit den Speed-Kapseln, schüttete mir alle zehn in die hohle Hand und schaufelte sie mit einer entschlossenen Bewegung in meinen weit geöffneten Mund. Anschließend spülte ich mit einer halben Flasche Dimple-Whisky ohne Cola nach.

Und damit begann Phase 4.

21

DIE MENSCHEN SIND ENGEL UND LEBEN IM HIMMEL

Langsam komme ich zum Ende meines Berichts. Ein eigenartiges Gefühl. Mir ist, als hätte ich schon immer an ihm geschrieben – mein ganzes Leben lang und vielleicht auch schon vorher. Seit ich aber das Ende vor mir sehe, verspüre ich so etwas wie neue Zuversicht. Ich bin mir jedenfalls nicht mehr sicher, dass ich verdammt sein werde. Auch der Raum, in dem ich schreibe, verändert sich zum Besseren. Er ist spürbar größer geworden, der feine Nebel lichtet sich, es wird stetig heller. Und wenn ich meine Ohren ordentlich spitze, höre ich in weiter Ferne sogar eine Art Musik. Sie klingt wie eine Mischung aus Stampfen und Lachen.

An dem Tag, den ich für den nächsten hielt, wurde ich von einem Sonnenstrahl geweckt, der direkt auf mein Gesicht fiel. Obwohl ich meine Augen nicht öffnete, meinte ich sofort zu wissen, wo ich war. Nur an einem einzigen Ort hatte mich morgens ein Sonnenstrahl in genau diesem Winkel geweckt: im Dachgaubenkinderzimmer meines Elternhauses, in das mich Dr. Gulistan während unserer Hypnosesitzung ganz kurz zurückversetzt hatte. Jetzt aber war ich wirklich wieder zurück.

Um das Gefühl auszukosten, ließ ich meine Augen noch eine Weile geschlossen. Aus der Küche kam der Geruch von frischgekochtem Kaffee und altem Kohlrabi herauf und vermischte sich mit Ausdünstungen von abgestandenem Urin und Putzmitteln aus dem Badezimmer. Ich stellte mir vor, wie gleich alles erscheinen würde: Die weiß gestrichene Tür mit den Pril- und Kellogg's-Cornflakes-Aufklebern, der resopalbeschichtete Schreibtisch, die von den Eltern ausrangierte Musiktruhe neben meinem Bett, der schon halb zerrissene Löwenbettvorleger mit den sanften, braunen Glasaugen, die selbstfabrizierte Hitparade und die ausgeschnittenen Hermann-Hesse-Landschaftsbildchen über dem Schreibtisch.

Noch wollte ich mich der gleißenden Helligkeit nicht stellen und kroch tiefer unter meine Biber-Bettwäsche. Ich würde einfach so lange darunter liegen bleiben, bis meine Mutter hereinkommt und schimpft: «Jetzt mach endlich, sonst kommst du schon wieder zu spät zur Schule.» Ein wohliges Gefühl breitete sich in mir aus.

So lag ich eine gute halbe Stunde da, aber die Mutter wollte einfach nicht erscheinen. Schließlich schlug ich doch die Bettdecke zurück und öffnete die Augen. Das Zimmer, in dem ich lag, hatte ich noch nie gesehen. Es war grün und beige gestrichen und sehr schlicht mit ein paar Kiefernholzmöbeln eingerichtet. Wo war ich? Nirgends war ein Hinweis zu entdecken. Schließlich kam ich auf die Idee, die Schublade des Nachtschranks zu öffnen. Sie enthielt eine Bibel, auf ihrem Deckblatt der Stempel: «Krankenhaus des Maßregelvollzugs Berlin – Wilhelm-Sander-Haus –, Olbendorfer Weg 70, 13403 Berlin». Kein Zweifel, ich war an dem Ort gelandet, der in Berlin nur «Bonnies Ranch» genannt wurde, die Anstalt für geisteskranke Verbrecher.

Bevor ich mir weitere Fragen stellen konnte, ging die Tür

auf. Herein kam ein etwa fünfunddreißig Jahre alter Mann in einem bunten Hemd und Jeans, mit weißen Leinenschuhen an den Füßen. Er trug einen sorgfältig getrimmten blonden Vollbart. Automatisch fasste ich mir ins Gesicht. Mein Störtebeker-Bart war verschwunden. Der Typ lächelte mich milde an, sprach aber schnell und nervös wie jemand, der etwas schon hundertmal erzählt hat: «Guten Morgen, schön, dass Sie wach sind, mein Name ist Dr. Hans. Das ist mein Vorname. Weiter heiße ich hier nicht. Sie brauchen gar nicht erst zu fragen.»

Später fand ich heraus, dass das ganze Personal im Maßregelvollzug aus Sicherheitsgründen nur Vornamen preisgab. Ich bedauerte das ein wenig, genauso wie die Tatsache, dass der Doktor keinen weißen Kittel anhatte. Ärzte müssen Kittel tragen, damit ich ihnen vertrauen kann.

«Wissen Sie, weshalb Sie unser Gast sind?», fragte Dr. Hans am Ende des Eröffnungssermons.

«Äh», stammelte ich, weil ich mir nicht sicher war, welche Antwort ich geben sollte.

«Dann wollen wir Sie mal nicht im Dunkeln tappen lassen», sagte der Doktor jovial, holte einen Schnellhefter aus seiner DJ-Tasche. Immer wieder in diesen Hefter blickend – offenbar die Kopie eines Polizeiprotokolls –, referierte er: «Sie wurden gestern Abend an der U-Bahn-Station Mehringdamm im Bezirk Friedrichshain-Kreuzberg von der Polizei aufgegriffen und anschließend hierher verbracht. Mehrere Anwohner hatten die Polizei gerufen. Ein Augenzeuge schilderte den Vorgang so, dass Sie zunächst im Kreuzungsbereich Mehringdamm / Gneisenau- / Yorckstraße laute Reden gehalten hätten. Sie behaupteten dabei unter anderem, die Tulpe aus Valparaiso zu sein, das Tier mit den zehn Hörnern und so weiter, und so fort.

Weil die Passanten Sie aber offenbar ignorierten, sind Sie nach etwa einer Stunde dazu übergegangen, sich einzelnen Leuten in den Weg zu stellen und diese zu bedrängen. Dabei fuchtelten Sie mit einer abgebrochenen Whiskyflasche herum. Manche Passanten haben Sie dann inquisitorisch befragt, was sie an einem bestimmten Augusttag im Jahr 1978 gemacht hätten, und sich nur zufriedengegeben, wenn diese ausführlich antworteten. Diejenigen, die 1978 noch gar nicht geboren waren, haben Sie bedroht und aufgefordert, Ihnen Sätze nachzusprechen wie – ich zitiere mal: ‹Die siebziger Jahre gab es nicht!›, ‹Die siebziger Jahre sind ein Schwindel!› oder ‹Ich bin ein krankes Opfer, weil ich an die Siebziger glaube.›»

Dunkel, ganz dunkel hörte ich meine Stimme solche Sätze sagen.

«Auch daran haben Sie keine Erinnerung?», fragte der Doktor und sah kurz von dem Protokoll auf. Er wartete meine Antwort aber nicht ab, sondern kam ohne Umschweife zum Höhepunkt der Geschichte. «Nach einer weiteren halben Stunde hat Ihnen dann ein bedrängter Passant einen Faustschlag ins Gesicht versetzt, woraufhin Sie aus einer mitgeführten Plastiktüte eine Flasche mit brennbarer Flüssigkeit geholt und sich damit übergossen haben – wie die Analyse später ergab, handelte es sich um Testbenzin, also Terpentinersatz. Anschließend haben Sie sich mitten auf die vielbefahrene Mehringdammkreuzung gesetzt und aus einer Taschenbibel rezitiert. Eine Zeugin gab an, es sei um einen alten Mann gegangen, in einem Kleid so weiß wie Schnee, auf einem Thron von Feuerflammen sitzend. Dass jetzt die Bücher aufgetan würden und Gericht gehalten. Kurz bevor Sie sich dann tatsächlich anzünden konnten, griff die Polizei ein. Bei Ihrer Festnahme sollen Sie noch gerufen haben, dass Sie der Präsident des Erdballs seien und deshalb Immunität genössen.»

Dr. Hans sah mich an und konnte sich ein Grinsen nicht verkneifen: «Darauf konnte die Polizei leider keine Rücksicht nehmen und hat Sie direkt hierhin verbracht. Sie hatten bei Ihrer Performance übrigens einen toll geschnittenen Anzug an», fuhr er fort. «Der ist bei dem Einsatz leider draufgegangen. Wirklich schade.»

Dann schaute er noch einmal in den Hefter. «Ach so: Sie liegen in beziehungsweise auf diesem Bett aufgrund von Paragraph 126a StPO. Da der Verdacht besteht, dass Sie im Zustand der Schuldunfähigkeit oder verminderten Schuldfähigkeit nach den Paragraphen 20 beziehungsweise 21 StGB eine rechtswidrige Tat begangen haben, hat das Gericht Ihre einstweilige Unterbringung durch einen Unterbringungsbefehl angeordnet.»

«Was heißt einstweilig?», war das Einzige, was mir zu dem ganzen Vortrag einfiel.

«Sie müssen auf jeden Fall bis zur Verhandlung bleiben. Da wird dann entschieden, ob die Einweisung aufrechterhalten wird oder nicht.»

«Und wie lange dauert das?»

«Kommt auf das Gericht an. Und darauf, wann der Gutachter mit Ihnen fertig ist. Ich würde mich mal auf mindestens zwei Monate einstellen. Wahrscheinlich länger.»

Ich fasste mich irritiert ans Kinn.

«Ach, ganz vergessen. Den Bart haben wir Ihnen abnehmen müssen. Aus hygienischen Gründen.»

Damit empfahl sich der smarte Dr. Hans.

Ich ließ mich auf das Kopfkissen zurückfallen und überlegte angestrengt. Zwei Gedanken kämpften dabei gegeneinander: «Mein Gott, wenn das alles stimmt, was der Typ da gerade erzählt hat, dann war es höchste Zeit, mich aus dem Verkehr zu ziehen. Nur hier habe ich eine Chance zu genesen», lautete der eine. Der andere dagegen: «Ich muss hier weg. Meine ganze Existenz hängt davon ab herauszufinden, wie Michi gleichzeitig auf diesem Festival in Deutschland und mit uns in Amerika sein konnte. Die nötigen Nachforschungen werde ich mit Sicherheit nicht hier drinnen anstellen können.»

Der Kampf war noch nicht entschieden, da blieb mein Blick an der Datumsanzeige des Digitalweckers auf dem Nachtschrank hängen. Es war Dienstag, der 11. August. Mir fehlten ganze drei Tage seit dem fatalen Ende meiner Methode-Cooper-Party. Das konnte nur bedeuten, dass man mich nach meiner Einlieferung erst einmal richtig weggespritzt hatte. So hatten wir das damals in der Anstalt auch immer mit den hochgradig erregten Neuankömmlingen gemacht. Erst jetzt wurde mir meine Lage voll bewusst. «Ich werde wahnsinnig, wenn ich hier nicht sofort wieder rauskomme», rief ich in meiner Verzweiflung laut. In diesem Moment steckte eine rundliche Kugel mit Halbglatze und Vollbart seinen Kopf durch die Tür.

«Der ist gut, Mann, der ist gut. Den merk ich mir», prustete die Kugel und brach vor Lachen fast zusammen. Das brachte mich wieder etwas runter. Kooperieren, sagte ich mir, du musst einfach alles machen, was man von dir verlangt. Du musst zu allem ja und amen sagen, dann werden sie dich bald wieder entlassen. Das hatte ich mir bei meinem Job im Nebo schon so eingeprägt, für den Fall, dass ich einmal auf der anderen Seite landen sollte.

So begann also mein letzter Lebensabschnitt damit, dass ich so tat, als sei ich ein nützlicher Teil der Gesellschaft. Schon eine Stunde später spielte ich diese Rolle, als man mich zu einer ersten Untersuchung abholte, auf die in den nächsten Tagen noch etliche folgten. Sagte ein Arzt zu mir: «Zieh dich aus», zog ich mich aus, und wenn er mir befahl: «Zieh dich an», tat ich auch das. Ich ließ mich widerspruchslos x-mal von oben bis unten betatschen und begrabschen, führte meinen Zeigefinger zur Nasenspitze, bis ich diese nicht mehr spürte, und balancierte kilometerweit auf imaginären und realen Linien. Brav beantwortete ich auch jede noch so unsinnige Frage: Was fällt Ihnen zu Ihrem Vornamen ein? Wann hatten Sie zum ersten Mal Sex? Fühlten Sie sich fremd in China? Ich absolvierte diverse Psychotests, vom Freiburger Persönlichkeitsinventar bis hin zum Diagnostikum für Zerebralschädigung, und schluckte jede verschriebene Pille.

Dass ich bei diesem harten Programm nicht gleich wieder die Nerven verlor, lag nicht nur an den recht effektiven Medikamenten, sondern war wohl noch viel mehr der lachenden Kugel mit Halbglatze zu verdanken, der ich am ersten Tag begegnet war. Am zweiten lernte ich sie besser kennen. Es war vor der Korkpinnwand der Station, an der jeden Morgen der Speiseplan für den nächsten Tag ausgehängt wurde. Ich stand eigentlich nur da, weil es Punkte brachte, wenn sich der Patient fürs Essen interessierte. Kurze Zeit später wollte ich dann aber wirklich wissen, was es gab. Das Klinikessen schmeckte mir langsam.

Das war die zweite große Veränderung, die ich nach den ersten Tagen im Wilhelm-Sander-Haus – Bonnies Ranch sagten nur wir Irren – an mir feststellte. Das Essen war mir in den Jahren zuvor immer gleichgültiger geworden. Eine lästige Pflicht, um gegen das vegetative Hungergefühl anzugehen und mich am Leben zu erhalten. Die meisten Speisen hatte ich nur noch so nebenbei heruntergeschlungen, oft auch im Gehen. Jetzt konnte ich mich an den einzelnen Gerichten gar nicht mehr satt lesen. Mit großer Genugtuung stellte ich fest, dass sich die Menüs in solchen Einrichtungen trotz Outsourcing des Caterers im Laufe der Jahrzehnte kaum verändert hatten. Fast alles, was auf dem Plan stand, war genauso schon damals in Nebo serviert worden: Königsberger Klopse, Kohlrouladen mit Kartoffelbrei, Gulasch an Dosenerbsen, dazu Parboiled-Reis. Jeden Freitag kam natürlich paniertes Fischfilet mit Remouladensauce auf den Tisch und sonntags als absolute Krönung: Ragout fin. Ich konnte mir nicht helfen: Je öfter ich vor der Pinnwand stand, desto mehr freute ich mich auf genau dieses Essen.

Der Kugel ging es ähnlich. Ihr Name war Hübner, und sie hatte einen Doktortitel in theoretischer Physik. Schon mehrmals war der Mann entlassen worden, aber meistens nicht für lange Zeit. Auch jetzt war er gerade wieder frisch eingefahren, wollte mir aber nicht sagen, weswegen.

«Ich bin der lebende Drehtüreffekt», ließ er nur verlauten. «Aber eigentlich, haha, komme ich nur wegen des Essens wieder.» Vermutlich mochte ich Hübner deswegen gleich so gerne, weil er mich an Herrn Fischer erinnerte, meinen Lieblingspatienten aus alten Tagen. So wie Fischer war auch Hübner bipolar, gerade aber richtig «eingestellt». Deshalb konnte man sich gut mit ihm unterhalten.

Erstaunlich war sicherlich, wie schnell wir uns anfreundeten – als wären wir im Sandkastenalter. Anfangs begegneten wir uns hauptsächlich nach dem Abendbrot im Gemeinschaftsraum. Die meisten Insassen kuckten nur wenig Fernsehen, ihre Aufmerksamkeitsspanne betrug nur eine halbe Stunde. Hübner dagegen konnte sich stundenlang Filme ansehen. Besonders mochte er Dokus über die Nazizeit – Guido Knopp war eine Art Heiliger für ihn. Noch mehr liebte er nur Klinikserien. Bei «In aller Freundschaft – die jungen Ärzte» betete er mir mehrmals das gesamte Personal herunter. Fielen Sätze wie «Bringen Sie ihn auf die Zwei und melden Sie ihn zum Röntgen an» oder «Jemand müsste sich noch um die Schmerzmedikation auf der Inneren kümmern», geriet er völlig außer sich.

Ich kuckte Hübners Sendungen einfach mit, auch wenn sie mich kaum interessierten. Am dritten Abend stellte sich dann zufällig heraus, dass wir denselben Literaturgeschmack hatten. Weil ich auf der Station vollständig vom Internet abgeschnitten war, hatte ich wieder begonnen zu lesen. Leider war die Bibliothek des Sander-Hauses nur mittelprächtig bestückt. Ein zynischer Bibliothekar hatte gleich dreimal Hape Kerkelings «Ich bin dann mal weg» in die Regale gestellt. Ansonsten dominierten Schinken wie Dan Browns «Inferno» oder David Baldaccis «Die Wächter». Ich suchte nach Büchern, die ich während meiner Arbeit als Pfleger in Nebo gelesen hatte. Ich dachte, sie könnten mir zu einer schnelleren Entlassung nützen. «Die Nachtwachen des Bonaventura», die ich bei meinen Nachtschichten durchgeackert hatte, gab es leider nicht. Schließlich fand ich unter den englischsprachigen Büchern die gesammelten Kurzgeschichten von Edgar Allan Poe. Noch in der Bibliothek las ich «The System of Doctor Tarr and Professor Fether».

Als Hübner mich am Abend mit dem Band im Aufenthaltsraum sah, sprach er mich darauf an: «Ah, man liest also den guten alten ‹Tomahawk Man›. Sehr löblich, sehr löblich ist das.»

So erfuhr ich, dass Hübner ebenfalls ein großer Liebhaber von Poe war und darüber hinaus ein ausgezeichnetes Englisch sprach, mit leichtem Oxford-Einschlag. Er überredete mich, beim Abendessen Dialoge aus der Poe-Geschichte nachzuspielen. Mich verblüfft jetzt noch, wie schnell ich auf seinen Vorschlag einging, hatte ich doch Auftritte vor einer wie auch immer gearteten Öffentlichkeit mein Leben lang vermieden. Aber Hübner begann einfach am nächsten Abend, und ich machte mit: «I surely do not hear aright! You did not intend to say, eh?, that you had never heard either of the learned Doctor Tarr, or of the celebrated Professor Fether?»

«I am forced to acknowledge my ignorance», antwortete ich und schlürfte dabei roten Tee, während ich den kleinen Finger abspreizte, «but the truth should be held inviolate above all things. Nevertheless, I feel humbled to the dust, not to be acquainted with the works of these, no doubt, extraordinary men.» Weiter kamen wir nicht, weil uns ein Lachanfall überwältigte. Die restlichen Personen im Speisesaal sahen uns einfach zu entgeistert an: als ob wir sie nicht mehr alle hätten.

Nach ein paar Tagen war ich mit Hübner so vertraut, dass ich begann, auch Persönliches mit ihm zu besprechen. Ich erzählte ihm in groben Zügen, was mich ins Sander-Haus gebracht hatte, sprach von Viktor und den Huelsenbecks, von der Amerikareise und der mysteriösen Claire, von Dr. Gautzsch und den behinderten Kindern, vom Blutschwammmädchen und den sich nicht rächenden Rächern. Hübner war ein wirklich guter Zuhörer. Er stellte immer wieder interessierte Nachfragen. Als ich schließlich von meinem großen Zusammenbruch berichtete – beziehungsweise das, was man mir über ihn erzählt hatte –, wollte er es zunächst gar nicht glauben: «Wie? Man hat öffentlich den Veitstanz aufgeführt, weil man einen kennt, der an zwei Orten gleichzeitig war?»

«Ja, sogar auf zwei Kontinenten. Bis heute kann ich mir das nicht erklären.»

«Aber ich bitte Sie, mein bester Daniel», sagte Hübner, «Bilokation ist ein seit langer Zeit bekanntes Phänomen.»

Ich muss den Doktor ziemlich irritiert angesehen haben, doch Hübner war sich seiner Sache ziemlich sicher: «Für dieses Phänomen gibt es in der Literatur genügend Beispiele. Nehmen wir nur Maria, die angebliche Mutter Gottes. Die taucht im Jahre 40 nach der Geburt ihres Sohnes in Spanien auf, als Jakobus der Ältere – Sie wissen schon, der Sohn des Zebedäus – gerade beim Missionieren das Handtuch zu werfen droht. Gleichzeitig aber lebt sie fröhlich weiter irgendwo in Palästina.»

«Nun ja», wandte ich zögernd ein, «das ist eine Heiligenlegende. Maria selbst ist ja keine historische Figur.»

«Ist sie das nicht? Sind Sie sich da sicher? Und was ist mit Maria de Ágreda?»

«Wer, bitte?»

«Die Lady in Blue, wohl nicht so bekannt unter euch Protestanten. Ihr seid eben doch halbe Heiden. Die Frau war Äbtissin eines Franziskanerinnenklosters in Ágreda, Nordspanien. Sie hat nachweislich existiert, denn sie war eine Beraterin des spanischen Königs Philipp IV., mit dem sie eifrig korrespondierte. Ihren Heimatort hat sie dabei nie verlassen. Doch jetzt kommt's. Im Juli 1629 taucht eine Delegation von fünfzig Jumano-Indianern vor einem Kloster der Franziskaner auf, das im heutigen New Mexico liegt, südlich von Albuquerque. Das Verblüffende: Diese Indianer verfügen über rudimentäre Kenntnisse der Bibel und verlangen, getauft zu werden. Auf die Frage, woher sie diese Kenntnisse denn hätten, erklären sie, eine Frau in Blau hätte ihnen alles beigebracht.

Tja, und die Beschreibung dieser Frau trifft dann ziemlich genau auf Maria de Ágreda zu, die als Nonne nicht nur ein blaues Habit trug, sondern die, in Spanien befragt, auch ihrerseits behauptete, mehr als fünfhundertmal bei den Indianern in New Mexico und Texas gewesen zu sein, während sie in ihrem spanischen Kloster in Trance gefallen sei. Da hätten wir zum Beispiel jemanden, der auf zwei Kontinenten gleichzeitig anwesend war.»

Ich tat weiter, als hätte ich starke Zweifel, wartete aber eigentlich nur darauf, dass Hübner mich vollends überzeugte. «Das ist aber eine ziemlich abenteuerliche Geschichte, die dazu noch ziemlich lange zurückliegt. Und Sie glauben das?»

«Ich glaube prinzipiell gar nichts. Ich zähle hier nur ein paar wohldokumentierte Fälle auf. Aber können Sie mir denn erklären, warum Ihr Freund ... wie hieß er noch mal?»

«Michi.»

«Weshalb nun dieser Michi 1978 an zwei Orten gleichzeitig war?»

Das konnte ich natürlich nicht, und so fuhr Hübner mit seiner Aufzählung von katholischen Heiligen fort, für die es offenbar überhaupt nicht schwierig war, sich an mehreren Orten zugleich aufzuhalten. Je länger Hübner erzählte, desto mehr war ich geneigt, ihm zu glauben, besonders als er auch auf meine letzte Frage eine überzeugende Antwort lieferte.

«Haben Sie denn auch eine wissenschaftliche Erklärung für diese Phänomene? Ich meine, Sie sind immerhin Doktor der theoretischen Physik ...»

«Selbstverständlich. Ohne Physik funktioniert gar nichts. Der Quantentheorie zufolge kann etwas ohne Probleme an zwei Orten zugleich sein. Im März 2010 haben das Cleland und Martinis von der University of California auch experimentell bewiesen. Im Prinzip jedenfalls. Die Einzelheiten erspare ich Ihnen. Sie würden sie sowieso nicht verstehen.»

«Und das stand in der Zeitung?»

«Das stand in der Zeitung. Die Zeitschrift ‹Science› hat diese Entdeckung sogar zum Durchbruch des Jahres erklärt. Dabei war es in Wirklichkeit mindestens der Durchbruch des

Jahrzehnts. Aber um Sie nicht ganz dumm sterben zu lassen: Entscheidend ist letztlich die Doppelnatur des Lichts. Einerseits ist Licht Materie, es hat eine bestimmte Masse und ist konkret erfahrbar. Andererseits haben die Photonen, aus denen sich das Licht zusammensetzt, keine Masse, und die Lichtgeschwindigkeit ist immer dieselbe im Verhältnis zur Geschwindigkeit des Beobachters. Das bedeutet, dass Licht zugleich auch keine Materie ist, sondern etwas Metaphysisches.»

«Das kapiere ich nicht.»

«Natürlich nicht. Wichtig ist für Sie eigentlich nur: Aufgrund der Doppelnatur des Lichts ist Bilokation im Prinzip möglich. Ich kann es auch, wenn ich mich nur richtig anstrenge. Und wer weiß, vielleicht bin ich ja, während ich hier mit Ihnen parliere, gleichzeitig auch woanders? Zum Beispiel im OP eines kleinen, gemütlichen Kreiskrankenhauses irgendwo im Westfälischen?»

Da schüttete sich der Doktor wieder aus vor Lachen, und ich lachte mit.

Es war wirklich erstaunlich, wie ich mich bereits nach einer einzigen Woche im Sander-Haus verändert hatte, besonders wenn man bedenkt, dass ich kurz zuvor noch ein drogenkonsumierender Irrer gewesen war, der schreiend durch seine Wohnung gesprungen war und das Mobiliar zerstört hatte. Meine Verwandlung war – ich kann es nicht oft genug sagen – hauptsächlich Hübners Verdienst. Er zählte mir einfach so lange ein Bilokationsbeispiel nach dem anderen auf, bis ich mir irgendwann keine Gedanken mehr über den doppelten Michi machte. Wahrscheinlich trugen aber auch die vielen Untersuchungen zu meinem wachsenden Wohlbefinden bei. Arztbesuche hatten mich schon immer beruhigt, vor allem, wenn man mir am Ende beste Gesundheit bescheinigte. Und genau das taten auch die Ärzte im Sander-Haus: «prima», «sehr schön» oder «alles bestens», hieß es nach jedem Check. Deshalb war ich mir auch ziemlich sicher, dass ich die anstehende Gerichtsverhandlung mit Bravour meistern würde. «Gleich nach dem Termin bin ich wieder draußen», versprach ich Hübner. Der grinste nur.

Vielleicht wäre ja auch alles nach Plan verlaufen, wenn es nicht noch einen anderen Mitinsassen gegeben hätte, der mir das Leben auf der Station schwermachte. Er selbst nannte sich nur der «Protektor» und wurde von allen Patienten so angeredet. Ein großer Kerl mit Flammentattoos am Hals, mehreren Knasttränen unter den Augen und Totenköpfen auf den Händen, etwa Mitte dreißig, natürlich Vollbartträger. Der Typ war mir sofort aufgefallen, nicht nur, weil er unübersehbar war. Seltsamerweise erinnerte mich sein McDowell-Lächeln, ja sein ganzer Habitus bis hin zu einzelnen Bewegungen an Viktor.

Der Mann hieß Bernd. Hübner briefte mich zu ihm: «Tja, unser guter alter Freund, der Protektor. Weshalb ist der hier? Man hat es für eine gute Idee gehalten, der blutjungen Freundin sechsmal in den Kopf zu schießen. Und weil das nicht reichte, auch noch sechsmal in den Rücken und sechsmal in den Unterleib. Danach hat man die achtzehn Patronenhülsen zusammen mit sechs Kerzen akkurat um die Leiche verteilt und ein Schreiben dazugelegt, in dem in Flammenschrift zu lesen war: ‹Heil der Zerstörung! Heil dem Tod! Heil dem Protektorat!›, wo auch immer das liegen mag. Auf jeden Fall ist der Protektor ein nicht ganz angenehmer Zeitgenosse.»

Dieser Zeitgenosse hatte mich von Anfang an auf dem Kieker. Zunächst zog er mich nur mit Äußerlichkeiten auf. Meiner Glatze, meiner Brille, meiner Statur. Nach ein paar Tagen wurde er konkreter. Er verpasste mir den Spitznamen

«Achtundsiebzig» und brachte auch seine ganze Entourage dazu, mich so anzusprechen. Als ich versuchte, das zu ignorieren, begann der Protektor, mir kleine Geschichten zu erzählen, die sich genau in dem besagten Jahr ereignet haben sollten. Auf dem Flur packte er mich und raunte mir zu: «Hey, Achtundsiebzig. Was hältst du eigentlich davon, dass am 25. Mai 1978 in Chicago die erste Sendung des Unabombers explodierte? Du hast nicht zufällig was damit zu tun?»

Oder: «Mann, du weißt doch: Am 26. Juni dieses hochinteressanten Jahres explodierte um 14 Uhr im Spiegelsaal von Versailles ein Sprengsatz. Drei militante Gruppen bekannten sich dazu, aber bis heute weiß niemand, wer es wirklich war. Hast du nicht ein paar Hinweise?»

Ich hatte keine Ahnung, woher er das alles wusste. Internet war im Sander-Haus ja wie gesagt verboten, also konnte er nicht googeln. Vielleicht hatte er ein Smartphone reingeschmuggelt, trotz der hohen Sicherheitsvorkehrungen? Auf jeden Fall schöpfte der Protektor aus einem unermesslichen Vorrat an 1978er-Geschichten. Sie handelten von Attentaten, Atombombentests, spektakulären Katastrophen, Tornados, Kältewellen und Erdbeben. Immer ging es um irgendwelche Seltsamkeiten. Schließlich begann er auch, Anspielungen auf meinen Kollaps auf dem Mehringdamm zu machen.

«Pssst, Achtundsiebzig. Wusstest du eigentlich, dass John Peel am 25. September 1978 auf Radio 1 zweimal hintereinander ‹Teenage Kicks› von den Undertones gespielt hat? Sag mal, Achtundsiebzig, ist das nicht Grund genug, sich etwas Spiritus über die Birne zu kippen? Nee? Dachte, du bist so leicht entflammbar.»

Glücklicherweise war Hübner jedes Mal in meiner Nähe und beruhigte mich: «Das ist seine Masche. Das macht er mit jedem. Man stelle einfach seine Lauscher auf Durchzug.»

«Ja, aber woher weiß er denn überhaupt, dass ich ein Problem mit diesem Jahr habe? Und wie hat er von meinem Kollaps auf dem Mehringdamm erfahren?»

«Das entzieht sich meiner Kenntnis. Aber im Vertrauen, mein Lieber: Schweigepflicht hin oder her, hier im Sander-Haus spricht sich alles rum.»

Und schließlich passierte es dann doch. An meinem zwölften Tag auf der Station, Tag 60 b.z.m.T., kam Hübner zu spät zum Abendessen. Der Protektor nutzte die Gunst der Stunde und setzte sich zu mir. Erst grinste er mich eine Weile mit seinem Viktor-Lächeln an. Dann flüsterte er: «Huhu, Achtundsiebig. Mir ist gerade eingefallen: Das Beste weißt du ja noch gar nicht. Rate mal, wann ich geboren bin.»

Ich schwieg und sah mich vorsichtig nach allen Seiten um. Von Hübner keine Spur.

«Tja, du brauchst gar nicht so doof zu kucken. Dein Doktorchen weiß das nämlich auch nicht. Aber ich will mal nicht so sein. Ich sage es dir. Du kannst es ja in deinen Terminkalender eintragen: am 29. August 1978, so um vier Uhr nachts. Und jetzt frage ich dich: Wenn es das Jahr 1978 nie gegeben hat, was mache ich dann hier?»

Damit hatte es der Protektor geschafft. Ein kleines Karussell fing an, sich in meinem Kopf zu drehen, mit Pferden, die Vogel- und Ziegenköpfe trugen. Es drehte sich immer schneller und schneller, bis ich vom Stuhl aufsprang und den Tisch umwarf. Teller mit Bierschinken und Schmelzkäse gingen zu Boden, roter Tee überall. Dann stand ich einfach nur noch da, mit geöffnetem Mund, und schrie. Es war ein Schreien, das ich überhaupt nicht unter Kontrolle hatte. Irgendetwas Halbbewusstes wiederholte immer nur: Dieses Schreien tut dir gut. Du musst schreien. Schrei lauter. Es ist das Einzige, was dir jetzt noch helfen kann. Das Schreien wird dich erlösen.

Kurze Zeit später hielten mich zwei muskulöse Pfleger fest und verpassten mir eine Spritze in den Oberarm.

«Jetzt entspannen wir uns aber mal», sagte einer von ihnen.

Sekunden später fühlte sich meine ganze Muskulatur wie Pudding an.

22

IMMERHIN IST WAHNSINN SCHÖNER ALS BLASSE VERNUNFT

Zu meiner Verblüffung habe ich den Schrei eines Vogels gehört. Ich bin mir ziemlich sicher, dass es eine Graugans war. Der Schrei kam aus sehr großer Höhe, wie von einem Vogel, der im Schwarm nach Süden fliegt. Er lässt mich nicht mehr in Ruhe. Sollte es im Jenseits Tiere geben? Thomas von Aquin sagt nein. Aber was ist mit Jesaja? Wölfe werden bei den Lämmern wohnen, Kühe und Bären zusammen weiden, ein Säugling wird seine Lust haben am Loch der Otter? Werde ich also Lisa wiedersehen? Andere Frage: Wo ist im Jenseits Süden?

Marion war die letzte Frau in meinem Leben. Um genau zu sein: die letzte Frau, die ich kennenlernte. Wahrscheinlich war sie auch die schönste, jetzt einmal von Sandy abgesehen. Sie war meine Psychotherapeutin, und ich traf sie an einem Montagmorgen, vier Tage nach meinem Schreianfall, zwei Tage nach meiner ersten Depotspritze und sechsundfünfzig Tage vor meinem Tod. Sie erinnerte mich entfernt an Delphine Seyrig als Madame Tabard in «Geraubte Küsse» von Truffaut. Über einem Gesicht, dessen Teint mir wie von innen erhellt entgegenstrahlte, trug sie eine leichte goldblonde Dauerwelle, in der ein dunkler Reifen steckte; von ihren Augen gingen kleine strahlenförmige Fältchen aus. Ihre ganze Haltung zeugte von einem solchen Selbstbewusstsein, dass ich als junger Mann garantiert Angst vor ihr gehabt hätte. Doch da ich mir aus Sex nichts mehr machte, war auch meine Scheu verschwunden.

Zur selben Zeit wie die schöne Marion tauchte eine zweite Frau auf, bei der es sich allerdings um eine alte Bekannte handelte: Claire. Sie war plötzlich wieder überall, überall im Sander-Haus, obwohl ich diese Depotspritze und damit einen ganzen Cocktail starker Psychopharmaka intus hatte. Während ich zu Marion freiwillig und gerne ging, erschien mir Claire gegen meinen Willen.

Ich konnte sie allerdings nicht mehr so deutlich wahrnehmen, wie ich sie einst in der U-Bahn oder in der Hypnose gesehen hatte. Mehr wie ein Schatten oder Abbild, das ich nicht fixieren konnte. Ging ich über den Stationsflur, verschwand Claire im selben Moment in einem Zimmer. Kontrollierte ich anschließend das Zimmer, war keiner dort. Manchmal saß sie auch im Speisesaal, genau am unscharfen Rand meines Gesichtsfeldes. Wandte ich mich ihr zu, hatte sie sich in nichts aufgelöst. Nur während der Sitzungen mit Marion verhielt sich Claire statischer. Fast jedes Mal saß sie auf einem Stuhl schräg hinter mir, auf dem ich sie nicht direkt sehen konnte. Ihr Schatten aber spiegelte sich in der von feinen Drähten durchzogenen Panzerglastür.

Mir war klar, dass ich Claire gegenüber Marion nicht erwähnen durfte, sonst hätte ich meine Entlassung vergessen können. Um von vornherein auszuschließen, dass mir ihr Name über die Lippen kommen würde, beschloss ich, die Amerikafahrt bei den Therapiegesprächen gar nicht anzusprechen. Auch die Rächer und die Kinder waren tabu. Zu leicht hätte man mir sonst einen ausgewachsenen Verfolgungswahn attestieren können. Dr. Hübner stimmte mir zu. Außerdem gab er mir vor der ersten Therapiestunde noch einen Rat: «Mein Lieber, wenn Sie hier wieder rauswollen, dann müssen Sie natürlich diese Therapie machen. Da geht kein Weg dran vorbei. Aber seien Sie nicht zu vertrauensselig. Denken Sie immer daran: Wir Menschen können in der Regel über fünf Stufen wechselseitige Vermutungen dazu anstellen, was unser Gegenüber gerade denkt. Das unterscheidet uns von den Affen, die maximal zwei Stufen schaffen. Das dürfen Sie nie vergessen. Sie sollten also immer mindestens einen Schritt weiter sein als Ihr Konterpart.»

In Wirklichkeit geriet ich in den ersten Sitzungen nicht mal in die Nähe der Gefahr, mich zu verplappern. So wie das Psychotherapeuten gerne machen, fing auch Marion bei Adam und Eva an. Wir sprachen fast nur über meine frühe und früheste Kindheit, dann über die Pubertät. Nach der zweiten Sitzung bekam ich die Hausaufgabe, meinen Lebenslauf zu schreiben, den ich jedoch sehr stichwortartig gestaltete. Ich zählte nur meine wichtigsten Ausbildungs- und Berufsdaten auf, die ganzen Umzüge, meine Beziehungen und schließlich die Heirat mit Sandy. Dass in diesem großen Abriss vier Wochen fehlten, fiel Marion nicht auf.

Überhaupt schien sie andere Prioritäten zu haben, als sich mit meinem Kollaps auf dem Mehringdamm zu befassen. Das Jahr 1978 spielte deswegen keine besondere Rolle. Nur wenn ich auf das Thema Anstalt und Religion zu sprechen kam, wurde sie hellhörig und hakte nach, mit fröhlich-einschmeichelnder Stimme: «Ach, das würde ich jetzt doch zu gerne genauer wissen.»

Ich tat ihr den Gefallen. Ausführlich berichtete ich über Kinder- und Erwachsenengottesdienste, Taufen, Bibelstunden und Katechumenenunterricht, Konfirmation und die Nachkonfirmandengruppe, Einkehrwochenenden und Ausflüge, Sommerfeste und Weihnachtsoratorien. Von diesen Geschichten konnte Marion gar nicht genug bekommen: «Das ist eine so fremde, unbekannte Welt für mich.» So angefeuert, plapperte ich immer munterer drauflos. Ich beschrieb ihr alle meine Kindheitsnarben (vier im Gesicht, drei an den Beinen, die hufeisenförmige am linken Handgelenk) und berichtete ausführlich, wie ich sie mir zugezogen hatte. Doch irgendwann fragte Marion ziemlich unvermittelt: «Hattest du eigentlich damals schon so etwas wie Halluzinationen, Absencen oder Trancezustände?»

Darauf wollte sie also hinaus. Mir fiel sofort der Engel ein. Es war ein richtig ausgewachsener Engel gewesen, keines dieser pausbäckigen Puttchen, die man von Barockgemälden oder Kitschpostkarten kennt. Ein großer Mann in einem schneeweißen Gewand, mit fast zwei Meter langen, dichtgefiederten Flügeln an den Schulterblättern. Jeden Abend schwebte er unter der Zimmerdecke meines Mansardenzimmers – ja, er schwebte wie an einem Faden aufgehängt über mir, er schlug nicht mit den Flügeln – und sah mich mit gütigen Augen an. Währenddessen saß Mutter neben meinem Bett und sang mit gefalteten Händen: «Breit aus die Flügel beide.» Immer mehr Episoden blitzten auf. Die Brücke, die über eine tiefe Straßenschlucht zur Kindergottesdienstkirche führte und die nach dem Gottesdienst in Flammen stand, so sehr hatte der Pfarrer zuvor von der ewigen Verdammnis gepredigt. Natürlich musste ich auch an die Nacht denken, als mich die Löwen in der Grube vorm Erfrieren bewahrten.

Trotzdem sah ich Marion entschlossen in die Augen und sagte mit fester Stimme: «Halluzinationen als Kind? Nein, ich kann mich nicht erinnern.» Sie nahm mir das offenbar ab. Kommentarlos und in bewundernswert aufrechter Haltung notierte sie meine Antwort in ihrer großen Kladde.

In der vierten Sitzung kam der Dadaismus auf den Tisch. Marion erwies sich dabei als echter Profi. Sie hatte mich vorher gefragt, wie sie sich vorbereiten sollte, und ich hatte ihr eine Reihe einschlägiger Bücher empfohlen. Bei den folgenden Gesprächen stellte ich fest, dass sie tatsächlich alle besorgt und gelesen hatte: Nicht nur das gelbe Reclam-Heftchen – so makellos, wie es auf ihrem Schreibtisch lag, wurde es offenbar immer noch neu aufgelegt –, sondern auch ein paar dicke Schwarten wie den Katalog zu der Ausstellung, aus der wir Huelsenbecks im Oktober 1977 rausgeflogen waren.

Kaum hatte ich mich auf meinen Stuhl gesetzt, legte sie schon los: «Kannst du dir erklären, wieso du in der zweiten Hälfte der Siebziger den Dadaismus für dich entdeckt hast?»

Dazu gab ich wieder bereitwillig Auskunft: «Ich glaube, mich hat das angezogen, was alle jungen Menschen am Dadaismus anzieht: dass Dada Tabula rasa macht. Dass Dada die ganze vorangegangene Kunst verhöhnt. Dass man ein Dilettant sein kann und trotzdem Dadaist. Dass es sogar von Vorteil ist, ein Dilettant zu sein. Und dass man praktisch alles, was man macht, als Dadaismus verkaufen kann. Partys aufmischen beispielsweise ...»

«Man muss sich also nicht besonders anstrengen?»

«Ja, man muss nicht viel lernen. Man kann sofort loslegen. Das ist wichtig, wenn man jung ist. Das ist auch der Grund, weshalb Dada alle zwanzig Jahre wiederkommt. Jede neue Generation entdeckt diese Geschichte für sich und glaubt, sie sei die erste. Es dauert dann ein bisschen, bis die Leute merken, dass das eigentlich ein alter Hut ist. Aber besser ein alter Hut als gar keiner, nicht wahr?»

Über den Dadaismus kamen wir dann automatisch zur Gründung der Huelsenbecks. Ich erzählte Marion ausführlich, wie ich die anderen kennengelernt hatte, von den Aktionen in der Stadt, von den Abenden in Viktors Keller, als wir eine Wasserpfeife nach der anderen geraucht hatten, vom Herumcruisen von Party zu Party. Marion notierte auch das alles fein säuberlich und machte nur ab und zu mal eine Bemerkung wie: «Dieser Viktor war ja eine leicht unheimliche Figur.» Ganz selten fragte sie auch mal nach: «Wieso hast du dir selbst ausgerechnet den Namen Richard Huelsenbeck gegeben?»

Ich muss gestehen, dass mir solche Fragen besonders gut gefielen, gaben sie mir doch die Möglichkeit zu längeren Vorträgen über die Person, für die ich mich eigentlich schon immer am meisten interessiert hatte: mich selbst. Damit wurde mir die Psychologin bald ein fast ebenso guter Gesprächspartner wie Dr. Hübner. Es gab sogar Tage, da zog ich sie vor, denn während mich Hübner zwischendurch immer wieder belehrte, nahm sie mir alles ab. Nie äußerte sie auch nur ein Wort des Zweifels. Als sie mich später dann doch fragte, wie ich mir selbst meinen Kollaps auf dem Mehringdamm erklärte, gab ich ganz ruhig zu Protokoll: «Da kam ja kurz vorher einiges zusammen. Die Trennung von meiner Frau. Der harte Bruch zwischen dem Leben in Hongkong und Deutschland. Der Tod von Viktor. Nicht zu vergessen der Stein, der mich auf dem Friedhof getroffen hat. Haben Sie sich eigentlich schon meine Akten aus dem Sinai-Krankenhaus kommen lassen? Vielleicht sind die ja ganz aufschlussreich.»

«Guter Punkt», kommentierte Marion nur. «Ich glaube, so langsam kommen wir der Sache näher.»

Auf Hübners Urteil wollte ich trotzdem nicht verzichten. Jeden Abend lobte er mich dafür, wie ich es schaffte, immer wieder die entscheidenden Klippen zu umschiffen.

«Mein lieber Daniel, ich muss schon sagen: Das machen Sie wirklich wie ein Profi. Sie als Freund zu haben – ich hoffe doch, dass ich Sie so nennen darf – erfüllt mich mit einigem Stolz.»

Und so ging zunächst alles gut. Doch dann kam die siebte Sitzung. «Du bist ja», setzte mir Marion gleich die Pistole auf die Brust, «mit deinen Huelsenbecks im August 1978 nach Amerika gefahren. Davon hast du mir bisher noch nichts erzählt. Wir wollen uns heute einmal mit dieser Reise beschäftigen.» Mein Puls begann sofort zu rasen, der Schweiß trat mir auf die Stirn. Woher wusste sie das? Aus dem Polizeiprotokoll? Hatte ich bei meinem Kollaps etwa was von Amerika erzählt? Oder hatte Hübner recht, dass sich auf der Station letztlich alles herumsprach? Wer war die Quelle? Panisch schaute ich in das Glas der Tür. Aber Claire zuckte nur mit den Schultern.

Ich riss mich zusammen und versuchte, so entspannt wie nur irgend möglich zu tun.

«Ach so, diese Reise. Kaum der Rede wert, vielleicht ein wenig peinlich. Deshalb habe ich sie wahrscheinlich ausgelassen. Wir wollten einfach was Großes tun. Die Huelsenbecks nach vorne bringen. Dazu war uns die Stadt zu klein. Wir dachten, wir seien für die Weltbühne geschaffen. Wir haben tatsächlich geglaubt, dass uns da in den USA jemand über den Weg laufen würde, der uns entdeckt. Als Schauspieler zum Beispiel. Oder als deutsche Dada-Literaten. Die neuen Kraftwerk. Was weiß ich.»

Ich berichtete Marion so kurz wie möglich von den vier Wochen: von unseren verschiedenen Stationen, von unserem Aufenthalt bei den Websters, vom Autokauf, vom sinnlosen Rumgurken quer durch den Kontinent. Von unserem Abstecher nach Mexiko und davon, wie sich die Schrottkarre allmählich zerlegte. Wie wir schließlich aufgaben und nach Europa zurückkehrten. Ich gab mir alle Mühe, die kritischen

Punkte auszulassen, und verlor mich in nebensächlichen Details: die langen, staubigen Straßen, die tollen Sonnenuntergänge im Mittleren Westen, ein überfahrener Mungo in Mexiko, malerische Palmenstrände. Zwischendurch redete ich mich immer wieder darauf hinaus, mich kaum erinnern zu können, was schließlich nicht wirklich gelogen war, und sprang von einem Ort zum anderen. So lief meine ganze Erzählung auf eine Reise von fünf einfältigen Jungs hinaus, die mit einem dicken Auto, aber ohne einen wirklichen Plan durch Amerika gefahren waren.

«Und ihr seid wirklich nur mit dem Auto unterwegs gewesen? Ohne eine längere Pause zu machen? Ohne euch was anzusehen? Klingt für mich ein bisschen komisch.»

«Das lag daran, dass wir uns dauernd gestritten haben. Die Streitereien hörten erst auf, als Claire ...»

«Claire? Ein Mädchen?»

«Äh», stammelte ich.

«Daniel, du hast jetzt ungefähr vierzig Minuten von dieser Reise erzählt. Die ganze Zeit war nur von fünf Jungs die Rede. Und jetzt ist da plötzlich ein Mädchen? Aus welchem Grund hast du die verschwiegen?»

Verdammt, jetzt hatte sie mich. Hilfesuchend blickte ich zur Tür. Die Schatten-Claire hob ihre Hand, presste Daumen, Mittel- und Ringfinger aufeinander, streckte den Zeige- und den kleinen Finger aus: das Karanamudra der Hindus und Buddhisten, das Dämonen und Böses abwehrt. Ja, bitte, bitte, hilf mir, Claire!

Mein Stoßgebet wurde erhört. Marion kritzelte nur etwas in ihre Kladde, sah dann auf die Uhr und lächelte. «Okay, Daniel, lassen wir es für heute dabei.»

Mit einem mulmigen Gefühl schlurfte ich auf die Station zurück.

23

UNSERE HIEBE GEHEN DURCH DIE DICKSTE HAUT

Die Sorgen, die ich mir gemacht hatte, waren überflüssig gewesen. Am 3. September, einem Donnerstag, wurde ich ganz regulär von der Aufnahme- auf die Langzeitstation verlegt. Der offiziellen Bezeichnung nach diente sie recht redundant der «Behandlung männlicher Patienten mit Persönlichkeitsstörung und Schwerstdelinquenz in intensiver Therapie». Ich bekam ein nettes Einzelzimmer, das sich kaum von dem in der Aufnahme unterschied. Nur gab es jetzt Gardinen vor den schmalen Fenstern, die ich selbst zuziehen konnte. Außerdem war es erlaubt, Topfpflanzen auf die Fensterbank zu stellen und das Zimmer mit «persönlichem Wandschmuck (keine Pin-ups)» zu dekorieren. Noch entscheidender war, dass der Protektor in ein anderes Haus verlegt wurde. Damit war ich diesen Quälgeist für den Rest meines Lebens los. Da wir ungefähr zur selben Zeit eingeliefert worden waren, kam Dr. Hübner glücklicherweise mit auf meine Station. Er wohnte im Zimmer direkt neben mir.

Das Beste aber war, dass ich ab sofort in meiner Freizeit in den Garten durfte. Der lag in der Mitte des Sander-Haus-Komplexes, umgeben von den Stationsgebäuden und fast übertrieben hohen Betonmauern. Er war etwa so groß wie ein kleines Fußballfeld. Wenn man in seiner Mitte stand, konnte man glauben, es habe einen in ein Fort irgendwo im Wilden Westen verschlagen, das von einer Übermacht wilder Indianer umzingelt war. Links von meiner Station standen etwa zehn hohe Laubbäume (Eiche, Linde und ein Ahorn), die schon älter als das Haus selbst sein mussten. Auf der rechten Seite lag ein kleiner Teich. An ihm saß ich in den nächsten Wochen, sooft es ging, auf einer Bank und sah einem einzigen Mandarinentenpaar dabei zu, wie es auf dem Tümpel stoisch seine Runden drehte.

«Einer der schönsten Orte, an denen ich je in meinem Leben gewesen bin!!!», schrieb ich in die Sander-Haus-Ausgabe des Irrenjournals. Vielleicht lag meine Begeisterung daran, dass mir bei dem Blick auf das Entenpärchen jedes Mal die Teekanne einfiel, die Sandy und ich zur Hochzeit bekommen hatten und auf der zwei Mandarinenten abgebildet waren. Sie gelten als Symbol der ehelichen Treue und des ewigen gemeinsamen Glücks, weshalb es auf chinesischen Hochzeitsgeschenken vor Mandarinentenpaaren nur so wimmelt.

Die Spaziergänge im Garten trugen mindestens genauso viel zu meiner Beruhigung bei wie die Therapiesitzungen mit Marion, die nach der Verlegung weitergingen. Dazu kamen die Termine mit Dr. Hübner, die langsam die Form eines festen Rituals annahmen. So lebte ich mich sehr schnell in meine neue Umgebung ein. Im Einleben war ich sowieso zeit meines Lebens gut gewesen. Auch bei der Bundeswehr hatte ich mich sehr schnell an die Routinen gewöhnt, als ich dort ein paar Monate nach der Amerikareise meinen Wehrdienst ableistete. Genauso flugs hatte ich mich im Survivalcamp in Thailand und nach meinem Umzug nach Hongkong an die veränderten Bedingungen angepasst.

Gut für mich war sicher auch, dass ich mich zum ersten

Mal seit Jahren wieder an festgelegte Zeiten halten musste. Morgens um sechs hatte ich wie alle anderen aufzustehen. Punkt sieben gab es Frühstück, um zwölf Mittagessen und um halb sieben Abendbrot. Um zehn wurde das Licht gelöscht, und es galt, strikte Nachtruhe zu halten. Dazu gab es noch andere Regeln. Kam ich zu einem Termin zu spät, kostete mich das Punkte, die mir, in Euro umgerechnet, von meinem Taschengeld abgezogen wurden. Ich wurde auch laufend kontrolliert: ob ich mich gewaschen hatte, die Zähne geputzt, die Fuß- und Fingernägel geschnitten oder ob ich irgendwelche Sachen im Zimmer versteckt hatte – Schere, Messer, Drogen, Pornos.

Kaum vorstellbar, aber all das, die Disziplin, die Kontrolle, die Stetigkeit, der Garten, die Gesellschaft und die Gespräche bewirkten, dass der Drang nachließ, wieder möglichst bald aus dem Sander-Haus herauszuwollen. Es gab sogar Tage, da hatte ich die Gründe für meine Anwesenheit hier schlicht vergessen. Dann saß ich an meinem Teich und versuchte, mich zu erinnern: Warum war diese Molotow-Cocktail-Geschichte am Mehringdamm überhaupt passiert? Wieso konnte mich etwas so aus der Ruhe bringen, dass ich auf andere Menschen losging?

Bei einer unserer Plauderstunden berichtete ich Dr. Hübner von diesem Phänomen. Am Ende meines kleinen Vortrags aber bekannte ich: «Es ist mir eigentlich auch egal, wieso ich hier gelandet bin. Letztlich hat sich mein Leben doch folgerichtig entwickelt. Ich bin in einer Anstalt aufgewachsen, und jetzt, im Alter, bin ich in eine zurückgekehrt.»

«In der Tat, Verehrtester. Ein Kreis hat sich geschlossen. Das kann nicht jeder von sich sagen.»

«Ja, ich glaube, jetzt ist alles gut. Wahrscheinlich wäre es sogar besser gewesen, wenn ich nie von zu Hause weggegangen wäre. Das hätte mir einiges erspart. Früher sind die Leute doch auch ein Leben lang dortgeblieben, wo sie geboren wurden. Was war daran schlecht?»

«Nichts, gar nichts. Sie kennen ja den berühmten Satz von Blaise Pascal. Und es ist auch vollkommen legitim, hier eine kleine Auszeit von unbestimmter Dauer zu nehmen. Aber denken Sie immer daran: Der Mensch von heute soll dem Menschen von morgen keine Möglichkeiten verbauen. Deshalb: Auch wenn es Ihnen hier noch so gut gefällt, halten Sie dicht gegenüber den Vertretern der anderen Seite, mögen sie Ihnen auch noch so honorig erscheinen.»

Obwohl ich dieser Empfehlung Hübners nicht allzu viel Gewicht beimaß, hörte ich doch auf ihn und erzählte Marion weiterhin nichts, was ich für brisant hielt. Zum Glück schien sie meine unglückliche Erwähnung Claires vergessen zu haben. Kein Wunder, sie hatte ja außer mir noch eine ganze Reihe anderer komplizierter Klienten und klagte immer wieder über die hohe Arbeitsbelastung: «Du machst dir keine Vorstellung, wie eingespannt ich hier bin.» Zwar wurde ich den Eindruck nicht los, dass sie mich mit vorsichtigen Nachfragen zu unserer Amerikafahrt immer mal wieder aufs Glatteis führen wollte, doch hatte ich inzwischen Routine darin auszuweichen. Wenn alles nichts mehr half, irritierte ich sie, indem ich ungeschickte Komplimente machte: «Wo haben Sie bloß gelernt, so bezaubernd dazusitzen?», sagte ich oder: «Sie verfügen über die Grazie eines Silberreihers.»

Nach knapp vier Wochen schien ich tatsächlich mein Gleichgewicht gefunden zu haben. Upekkha, wie es auf Pali heißt, den Geisteszustand des Gleichmuts, der nach den kanonischen Schriften des Buddhismus die Voraussetzung dafür ist, die fünf Hindernisse zu überwinden. Und ich tat alles, um diese Balance zu erhalten. Deshalb ließ ich auch keinen

Besuch zu. Rebekka hatte ich schon direkt nach meiner Einlieferung abgewiesen, als sie versucht hatte, eine Genehmigung zu bekommen. Nur bei Frank konnte ich schlecht nein sagen. Er war immerhin ein Familienangehöriger und außerdem ein paar hundert Kilometer weit gereist. Hätte ich ihm den Besuch verweigert, hätte das einen dicken Punktabzug gebracht. Ich redete aber nicht mit ihm, bis auf ein paar Floskeln zur Begrüßung und zum Abschied, die ich müde und mit allen Anzeichen des Widerwillens aus mir herauspresste. «Alles gut, ja, alles bestens.» Nachdem wir zweimal so im Besuchszimmer zusammengesessen hatten, gab er frustriert auf. Er richtete den Ärzten aus, dass er erst wiederkommen würde, wenn die Therapie bei mir wirklich angeschlagen hätte. Als Marion mich wegen meiner Verweigerungshaltung zur Rede stellte, sagte ich einfach: «Ich glaube, ich bin noch nicht so weit.» Auch diese Stellungnahme akzeptierte sie, ohne mit ihren schönen langen Wimpern zu zucken.

Es war nach diesem Gespräch mit Marion, dass ich den Entschluss fasste, nicht mehr auf eine Entlassung hinzuarbeiten, sondern mich auf ein Leben hinter den Mauern des Sander-Hauses einzustellen. Als ich das Hübner vortrug, protestierte er zu meiner Überraschung nicht: «Des Menschen Wille ist sein Himmelreich. Dann sollten Sie sich aber auch eine Beschäftigung suchen. Der Mensch braucht die Illusion, irgendwie nützlich zu sein, auch hier, hinter unseren gebenedeiten Klostermauern.»

Das sah ich ein. Die Frage war bloß, was ich tun sollte. Ich hatte bis auf das bisschen Schreiben nichts gelernt. Gut, meine ornithologischen Kenntnisse waren nicht von Pappe, doch blieb dies letztlich eine brotlose Kunst, wie meine Mutter zu sagen pflegte. Am Ende hatte ich den entscheidenden Hinweis aber doch einmal mehr den treuen Vögeln zu verdanken, zumindest indirekt. Ich war hinausgegangen, um die Mandarinenten zu betrachten, als ich einen Trupp Gärtner in oranger Arbeitskleidung bemerkte, die die Beete hinter der Baumgruppe bearbeiteten. Am Abend fragte ich Hübner, was das für Leute seien. «Na, Logiergäste, Zimmerherren, Insassen. So wie Sie und ich. Beziehungsweise nicht ganz. In die Gartenkolonne kommt man nur bei sehr guter Führung.» Mir fiel das Beet ein, das mir mein Vater als Kind überlassen hatte und das ich selbst bestellen durfte. Weil mir die Maiglöckchen im Wald so gut gefielen, grub ich sie aus und pflanzte sie in unseren Garten. Mein Vater prophezeite, dass sie jämmerlich eingehen würden. Als Waldpflanzen vertrügen sie die grelle Sonne einfach nicht, die das Beet täglich für ein paar Stunden beschien. Doch die Maiglöckchen gediehen prächtig. So wie die Geschichte mit den Löwen nahm ich auch das als Zeichen meines Auserwähltseins.

Jedenfalls war mir plötzlich klar, dass ich doch noch etwas anderes konnte. Am nächsten Vormittag bat ich Marion, sich für meine Aufnahme in die Gärtnertruppe einzusetzen. «Das ist eine ausgezeichnete Idee», fand sie, wies aber ebenfalls darauf hin, dass es nicht einfach werden würde. Sie sicherte mir aber zu, mich zu empfehlen. «Voraussetzung ist allerdings, dass du bei der Therapie weiter kräftig mitziehst.» Ich versprach es hoch und heilig.

An einem Montagnachmittag kündigte sich dann aber doch das Ende dieser ungewöhnlich harmonischen Wochen im Sander-Haus an. Der Tag hatte nicht schlecht begonnen, das Frühherbstwetter war perfekt. Die Sonne hatte bereits diesen Bronzeschimmer angenommen, den es im Oktober nur in Norddeutschland gibt – eines der wenigen Phänomene, die ich in Hongkong vermisst hatte –, die Temperatur lag so um die zwanzig Grad, und es roch nach Harz, Waldboden und Pilzen. Ich wollte mich gerade auf meine Bank im Garten setzen, um meine täglichen Notizen zu machen, als ich spürte, dass etwas fehlte. Erst nach ein paar Sekunden realisierte ich, was es war: Die Mandarinenten waren weg. Das war in den ganzen sieben Wochen, die ich jetzt im Sander-Haus war, nicht ein einziges Mal vorgekommen. Waren sie über die Mauer geflogen? Ich war davon ausgegangen, dass man ihnen die Flügel gestutzt hatte, und wartete, solange es ging. Als der Garten um 18:15 Uhr geschlossen wurde, waren die Enten immer noch nicht zurück. Da ahnte ich, dass es mit der Ruhe und Harmonie im Sander-Haus vorbei sein würde.

Und tatsächlich brach das Unheil gleich am nächsten Vormittag über mich herein. Ich hatte gerade die Tür zu Marions Behandlungszimmer hinter mir geschlossen, da sagte sie: «Kuck mal, Daniel, wer hier ist.» Marion kiekste den Satz ganz undamenhaft, als sei sie zu einer Kindergartentante mutiert und ich zu einem Kleinkind. Dabei deutete sie mit amüsiertem Gesicht auf eine dicke Frau, die an der linken Ecke ihres Schreibtischs saß. Das war völlig überflüssig, weil die Frau in ihrer Fülligkeit ohnehin nicht zu übersehen war. Eigentlich hätte ich auch keine Probleme haben dürfen, sie zu identifizieren. Aber ich war so wütend, dass da jemand saß, mit dem ich nicht gerechnet hatte, dass ich gar nicht richtig hinsah. «Wer soll das sein?», fragte ich aggressiv. Marion hörte nicht auf zu zwitschern und starrte mich weiter mit großen Augen an. «Ach, komm schon, Daniel. Streng dich mal ein bisschen an.» Da schob sich tatsächlich ein Erinnerungsbild über das Gesicht der Frau. Ja, natürlich. Die Ähnlichkeit war unverkennbar: dieselben dunklen Augen, dieselben kastanienbraunen Haare, dieselben Frida-Kahlo-Augenbrauen. Die Füllige musste meine Ex Brigitte sein. Verdammt, was wollte die denn hier?

Der Blick, den sich Marion und Brigitte jetzt zuwarfen, ließ erkennen, dass sich die beiden schon vorher einmal getroffen hatten. Eine Frauenverschwörung also. Das war nun wirklich das Letzte, was ich gebrauchen konnte.

«So geht das nicht», rief ich aufgebracht. «Diese Frau bringt alles durcheinander. Sie soll weggehen.»

«Sie wird nicht weggehen», antwortete Marion, und das Kieksende war aus ihrer Stimme verschwunden. «Glaubst du, ich merke nicht, dass du mir seit Wochen Märchen erzählst? Glaubst du, ich habe Lust, mich hier weiter an der Nase herumführen zu lassen?»

Ich sah sie erstaunt an.

«Nein, deine alte Freundin wird sich jetzt ein wenig mit dir unterhalten. Sie ist ja auch vom Fach. Das geht also auch vom Professionellen her in Ordnung. Und du wirst ihr aufmerksam zuhören.»

«Das werde ich auf keinen Fall.»

Marion stand auf und sah mir tief in die Augen.

«Wenn du nicht mindestens eine halbe Stunde mit Brigitte in diesem Raum verbringst, kannst du dir morgen eine neue Therapeutin suchen. Und deinen Gärtnerjob, den kannst du auch vergessen.»

Dann drehte sie sich auf den Absätzen ihrer hohen Schuhe um und ging aus dem Zimmer.

Zunächst herrschte eisige Stille, die Brigitte schließlich durchbrach, indem sie sich von ihrem Stuhl erhob und sich auf den von Marion setzte. Ich betrachtete sie verstohlen. So wahnsinnig hatte sie sich gar nicht verändert. Sie war halt nur viel dicker geworden, dick wie Frauen, die ihre Kleidung in Übergrößenläden kaufen müssen. Brigitte faltete die Hände auf dem Tisch und sah mich lange an. In ihrem Blick lag ein Bedauern, das nicht auszuhalten war. Ich schlug die Augen nieder. Im selben Moment hörte ich sie «Honey» sagen. «Honey», wiederholte sie, «was machst du bloß für Sachen? Wäre ich doch nur da gewesen, als du mich besuchen wolltest. Dann wärst du jetzt bestimmt nicht hier. Mein Gott, dieser ganze Amerikaquatsch.»

Verflucht, jetzt kam sie auch noch mit diesem Thema. Hilfesuchend sah ich zur Panzerglastür, doch da war keine Claire. Ich beschloss, wie bei Franks Besuchen zu verfahren und schlichtweg nichts zu sagen.

«Herrje», fuhr Brigitte fort, «hätte mir Rebekka doch damals schon gesagt, unter was für Wahnvorstellungen du leidest. Ich hätte es wirklich irgendwie eingerichtet, in der Stadt zu sein. Was für ein monströser Unsinn: Du hast ein Mädchen auf dem Gewissen? Duuuu?» Sie machte eine Kunstpause. «In Mexiko? Sie ist in eine Schlucht gefallen, als du sie küssen wolltest? Sag mal, hast du sie noch alle? Und dann auch noch dieser Name: Claire!»

Jetzt sah ich wieder hoch. Woher wusste sie das alles? Woher kannte sie meine geheimsten Gedanken? Ich hatte doch keinem etwas von dieser Geschichte erzählt ... Oder?

«Ja, da machst du große Augen. Aber das ist noch längst nicht alles. Ich weiß zum Beispiel auch, dass es deine mysteriöse Claire gar nicht gegeben hat. Die ist nur ausgedacht. So wie sich Flaubert Madame Bovary ausgedacht hat oder Dostojewski – wie hieß die noch mal, du hast mir doch mit der früher immer in den Ohren gelegen –, ach ja, Sofja, Sofja Marmeladowa. Ausgedacht. Begreifst du das? Claaaiire», sie zog den Namen ironisch in die Länge, «hat es auch deshalb nie gegeben, weil ihr – und jetzt hör mir mal ganz genau zu –, die formidablen Huelsenbecks, ja, jetzt halt dich ruhig an der Tischkante fest, jetzt wird's nämlich wichtig ... überhaupt nicht in Amerika wart. 1978 nicht, und auch später nicht.

Nicht in den USA, nicht in Mexiko. Niemals. Keinen Tag, keine Minute, keine Sekunde.»

Sie machte eine kleine Pause und schob dann noch einmal aufgeregter und lauter hinterher: «Kapierst du das? Geht das in deinen kleinen dummen Schädel?»

Die Frage war berechtigt. Ich verstand wirklich nicht, was Brigitte da erzählte. Ich dachte, es sei ein Witz. Irgendeine raffinierte Schockbehandlung, der letzte Schrei auf dem Therapiemarkt. Konfrontieren Sie den Irren mit etwas noch Irrerem, und, schwupp, ist er geheilt. Marion und Brigitte hatten sich zusammengetan, um das an mir zu erproben. Ich war mir sicher, dass Brigitte mir gleich erklären würde, sie habe mir diesen Unsinn nur erzählt, um meine Reaktion auszutesten. Doch das passierte nicht.

«Glaubst du nicht? Klar», sagt sie stattdessen, und ihre Stimme bekam einen immer spöttischeren Unterton. «Aber du willst doch wissen, vom wem ich meine Informationen habe, richtig? Irgendeine Vermutung?»

Mein Kopf war völlig leer.

«Ich gebe dir einen Tipp: Sie stammen von jemandem, den du sehr gut kennst.»

Immer noch ein Vakuum.

«Oh, er ist sogar zufällig anwesend. Genauer gesagt sitzt er mir direkt gegenüber und starrt wie blöde auf den Tisch.»

Jetzt wurde es wirklich komplett verrückt. Was redete diese Alte? Ich schüttelte nur mechanisch den Kopf, ein bisschen so wie ein Parkinsonkranker, und wollte mir die Ohren zuhalten, doch da hatte Brigitte schon angefangen.

«Ich kann mir gut vorstellen, dass du nicht mehr weißt, was du mir damals alles verraten hast. Wie so oft warst du auch in dieser Nacht hoffnungslos besoffen und bekifft. Das war, kurz bevor du die Stadt für immer verlassen hast. Fünfundachtzig oder sechsundachtzig. Ich wohnte da schon in diesem Haus am Berg, in der Nähe des Lukas-Friedhofs. Wir waren längst nicht mehr zusammen, was dich aber nicht davon abgehalten hat, ab und zu doch noch bei mir vorbeizustolpern und mit mir zu schlafen. Nach dem Vögeln warst du ja immer sehr redselig. Und hast mir dann mit einem Mal aus heiterem Himmel alles erzählt: ‹Weißt du eigentlich, Biggsi, dass ich dich nach der Amerikafahrt total angelogen habe?› Du hast richtig damit geprahlt: ‹Wir haben damals alle verarscht. Aber so richtig. Wir waren gar nicht in Amerika. Alles nur ausgedacht.›»

Brigitte machte eine Pause. Ich spürte, wie ihr Blick auf mir lag, weshalb ich weiter angestrengt versuchte, nichts von dem Gesagten zu verstehen.

«Jetzt staunst du, nicht wahr? Um ehrlich zu sein: ich auch. Darüber, dass du das alles nicht mehr weißt. Aber es wird schon seinen Grund haben, weshalb du hier bist. Nun gut, dann erzähle ich dir eben jetzt die ganze Geschichte. Es war so: Ihr Huelsenbecks kamt Anfang August 1978 tatsächlich bis London. Da habt ihr euch dann auch gleich schön brav in diese große Schlange am Bahnhof eingereiht, um die Flugtickets nach New York zu kaufen. So weit stimmt es also, was ihr zu Hause überall rumerzählt habt. Nur danach, danach ist alles ganz anders gelaufen. Denn natürlich habt ihr Huelsenbeck-Deppen euch gleich in der ersten Nacht in London volllaufen lassen, mit eurem Leib- und Magengetränk, Whisky Cola. Und so ist es passiert. Kaum wart ihr eingeschlafen, hat man euch alles geklaut: die Reiseschecks und das ganze Bargeld. War ja auch ganz einfach, ihr habt praktisch auf dem Bürgersteig gepennt. Nur Michi, der hatte aufgepasst und sein Geld in der Unterhose versteckt. Ausgerechnet Michi, den ihr immer so verachtet habt, weil er angeblich ein Trottel war.»

Brigitte schüttelte missbilligend den Kopf.

«Tja, was macht man in so einer Situation, wenn man vorher große Reden geschwungen hat? Schließlich hast du mir vor der Fahrt wochenlang Vorträge gehalten, was für große Abenteuer ihr da drüben erleben werdet: ‹Ich komme bestimmt als ein ganz anderer Mann wieder. Viel reifer, und was unsere Beziehung angeht, kann ich dir, Bigsi, nichts versprechen. Ich weiß ja gar nicht, wie lange das da drüben dauert.› Ihr rechnetet damit, Film- oder Popstars zu werden oder was weiß ich für Zampanos. Schon wegen dieser großmäuligen Ankündigungen konntet ihr nicht einfach so in die Stadt zurück. Das wäre ein Desaster gewesen. In der Szene hättet ihr Angeber-Clowns nie wieder ein Bein an den Boden gekriegt. Also seid ihr kurzerhand in London geblieben. Ihr seid in diese Tent City gezogen – das war ja ohnehin so was wie eine bessere Obdachlosenunterkunft – und habt da die Zeit totgeschlagen. Habt mehr schlecht als recht vom Klauen und vom Betteln gelebt. Ah, und vom Geld des armen Michi, nicht zu vergessen, der euch freihalten musste. In Tent City hast du mir dann die ganzen schönen Briefe aus ‹Amerika› geschrieben. Du hattest ja Zeit genug, dir alles auszumalen. Und angeflötet hast du mich auch wieder ordentlich – Ami-Girls waren schließlich nicht mehr zu erwarten. ‹Liebste Bigsi, Kalifornien ist gar nicht so übel ... Süßeste Kleine, jetzt haben wir gerade den Wendekreis des Krebses überquert.› Du hast in die Briefe auch ein paar saftige Streits reingeschrieben. So hattet ihr dann später eine Begründung, weshalb ihr viel früher als geplant zurückgekehrt seid. Sonst hättet ihr euch ein halbes Jahr in diesem Zeltlager rumdrücken müssen.»

Eigentlich war ich fest entschlossen, Brigittes Gerede einfach zu überhören und mich nicht zu mucksen. Doch jetzt glaubte ich, sie erwischt zu haben, und brach mein Schweigegelübde: «Du bist doch diejenige, die in eine Anstalt gehört. Wie du sicher weißt, habe ich mir die Briefe erst neulich noch mal angesehen. Also nicht nur oberflächlich ...»

«Huch», Brigitte tat erschrocken, «hier kann ja plötzlich einer reden.»

«Einige Umschläge tragen eindeutig amerikanische Poststempel, und zwar von Städten, in denen wir Station gemacht haben. Ich mag zwar im Moment ein wenig durch den Wind sein, aber das habe ich mir nicht eingebildet.»

«O ja», lachte Brigitte, «das mit den Poststempeln habe ich dir damals auch entgegengehalten. Und weißt du, was du daraufhin gesagt hast? ‹Das ist genial, nicht? Briefmarken, Poststempel, das sind handfeste Beweise. Amtliche Dokumente gewissermaßen.›»

«Ja und, sind sie das etwa nicht?»

«Ich muss schon zugeben: Du warst damals ein richtig schlaues Kerlchen. Wirklich nicht schlecht, wie du das eingefädelt hast. Deine ganzen Briefe hast du nämlich in London amerikanischen Hippies mitgegeben. Von denen liefen in Tent City genug herum. Du hast sie gebeten, sie in ihren Heimatstädten einzuwerfen. Für die Briefmarken hast du ihnen in London ein paar Dosen Bier ausgegeben. Eure angebliche Route, das waren die Städte, aus denen die Hippies kamen.»

«Hippies?», wiederholte ich höhnisch. «Ich habe mich auf vollbärtige Drogenfreaks verlassen, und die haben alle mitgespielt?»

«Nicht alle. Aber damit hattest du auch gerechnet und deshalb insgesamt fünfzehn Briefe geschrieben. Fünf sind immerhin durchgekommen. Die hast du dir dann nach deiner Rückkunft von mir zeigen lassen. Und deine Erzählung entsprechend angepasst.»

Ich dachte kurz nach. «Und was ist mit den ganzen anderen Dokumenten? Den Busfahrkarten, Gepäckscheinen, Supermarktflyern?»

«Die hast du alle bei den Amis in Tent City eingesammelt oder aus den Papierkörben geklaubt.»

«Wie bitte?», rief ich und sprang von meinem Stuhl auf. «Es gibt Tickets und Bordkarten, da steht mein Name drauf. Habe ich die etwa auch aus den Papierkörben?»

«Tja», grinste Brigitte wieder, «das war in der Tat dein Meisterstück. Aber eigentlich hast du auch das Michi zu verdanken. Er kannte da einen Typen in einer Landkommune. Der hatte Erfahrung mit Papieren und machte so was für ein gutes Piece. Aus den Tickets, die du in London eingesammelt hattest, hat er die Namen rausgekratzt und sie durch eure eingesetzt. Als du mir das Mitte der Achtziger erzählt hast, fiel mir wieder ein, dass ich ein paar Wochen hatte warten müssen, bis du mir mal die Flugtickets gezeigt hast.»

Brigitte hatte wirklich auf jeden Einwand von mir eine stichhaltige Antwort, und so zertrümmerte sie meine gerade erst rekonstruierten Erinnerungen an unsere berühmte Amerikareise gründlich. Irgendwann kam ich dann einfach nicht mehr umhin zu akzeptieren, dass ihre Version der Ereignisse sinnvoller war als alles, was ich mir zusammengereimt hatte. Ja, ich konnte direkt dabei zusehen, wie das, was ich für meine Erinnerungen hielt, dahinschmolz wie Eis in tropischer Sonne. Trotzdem kämpfte ich noch eine Weile, so wie man manchmal rein mechanisch weiterargumentiert, auch wenn man längst weiß, dass man verloren hat.

«Gut», räumte ich ein, «mag sein, dass ich mir da eine Vergangenheit zusammengebastelt habe, die nicht ganz hinhaut. Es muss ja einen Grund dafür geben, weshalb ich hier bin. Aber was ist mit den anderen Huelsenbecks? Von denen erinnert sich nun jeder, dass wir im Sommer 1978 in Amerika waren.»

Jetzt wurde Brigitte richtig ärgerlich: «Es gibt offenbar noch mehr Gründe, weshalb du hier bist. Du merkst nämlich anscheinend gar nichts mehr. Noch nicht einmal das Offensichtliche.»

Wieder sah ich sie verständnislos an.

«Zunächst einmal gab es da diese Fibel. Mein Gott, auch davon weißt du nichts mehr? Die hast du zusammengestellt und geschrieben: alle Stationen der Reise, wann und wo alles passiert ist, ja sogar die ganzen superschlanken kalifornischen Beachgirls hast du aufgezählt, die ihr in ‹Amerika› getroffen haben wolltet, bis hin zur Farbe der Badeanzüge, die sie trugen. Wer weiß, vielleicht war sogar eine Claire dabei? Kann aber keiner mehr überprüfen, weil du das Ding vernichtet hast, nachdem alle seinen Inhalt im Schlaf aufsagen konnten.»

«Aber wieso hat mir keiner von so einer Fibel erzählt? Stattdessen erinnern sich alle wirklich sehr lebhaft an bestimmte Details. Wieso das denn, hm?»

«Alle Huelsenbecks erinnern sich? Und was ist mit Viktor?»

«Sei bitte nicht albern.»

«Und Ben? Hast du Ben persönlich getroffen?»

«Nein, aber Chloe. Und ich habe mit Ben telefoniert. Mehrmals. Kein Wort von einer Fibel, kein Wort davon, dass wir nicht drüben waren. Außerdem sind da immer noch Ronny und Michi. Beide haben nichts von Auswendiglernen gesagt, dafür aber eine Reihe von Einzelheiten aufgezählt. Und sie haben Claire erwähnt. Ronny hat mir sogar eine lange Mail geschrieben, in der sie vorkommt. Eine sehr unangenehme Mail. Egal. Aber in der beschreibt er die Reise ganz genau.»

Brigitte grinste nur.

«Wirklich? Es fällt mir immer schwerer zu glauben, dass

wir mal zusammen waren. Was in Ronnys Mail gestanden hat, kann ich mir bis in die Formulierungen hinein zusammenreimen. Ich bin mir sogar ziemlich sicher, dass ich weiß, wie das Treffen zwischen dir und Ronny abgelaufen ist.»

«Hat er dir etwa davon erzählt?»

«Ach was. Er ist mir in den letzten Monaten gar nicht über den Weg gelaufen. Ich weiß es trotzdem, weil ich Ronny kenne – und dich. Du dagegen kennst offenbar weder den einen noch den anderen.»

«Wie bitte?», warf ich ein, doch Brigitte ließ sich nicht unterbrechen.

«Ja, du Einfaltspinsel. Es war in etwa folgendermaßen: Ronny empfängt dich überraschend freundlich. Er sagt aber erst mal nicht viel, sondern lässt dich kommen. Rund eine halbe Stunde später hat er dann geschnallt, was mit dir los ist. Er weiß zwar auch nicht mehr genau, was passiert ist, kapiert aber, dass du dich nicht an die Lügengeschichte erinnerst, die ihr damals zusammen erfunden und verbreitet habt. Ronny wittert eine Chance, mit diesem Wissen ein bisschen Geld zu machen. Er zieht dir so viele Infos wie möglich aus der Nase, dann lässt er dich laufen. Kaum bist du weg, sagt er Michi Bescheid. Und beide schmieden zusammen einen Plan, wie sie dich am besten ausnehmen können.»

Ich begriff immer noch nicht. «Ronny wusste, wo Michi steckt?»

«Das wusste jeder in der Stadt. Du hättest einfach mal jemanden fragen müssen. Michi hat in den Neunzigern längere Zeit in Afrika gelebt. Anfang der nuller Jahre ist er aber mit seiner afrikanischen Frau und seinen Kindern zurückgekehrt. Die wohnen jetzt recht spartanisch in einem Industriegebiet bei Frankfurt. Ginnheim oder so was. Er kommt aber auch dauernd in der Stadt vorbei. Und hängt dann die meiste Zeit bei Ronny ab. Das sind zwei Huelsenbecks, die wirklich noch zusammenhalten.»

«In Frankfurt?» Mir dämmerte was. «Deshalb der Beo.»

«Das ist das eine. Das andere: Seit ein paar Tagen läuft der ewig abgebrannte Ronny von morgens bis tief in die Nacht durch die Clubs der Stadt und schmeißt mit dem Geld nur so um sich. Kannst du dir das vielleicht erklären?»

Das war der Punkt, an dem ich meine Waffen endgültig streckte. Nur eine Sache wollte ich noch wissen: «Und was ist mit Ben? Ist der auch in diese ... ich weiß noch nicht mal, wie man das nennen soll ... verwickelt?»

Als ich Bens Namen erwähnte, verfinsterte sich Brigittes Miene weiter. «Erpressung nennt man das. Schlicht und einfach Erpressung. Und Ben ... eine Riesenenttäuschung, wenn du mich fragst. Ronny und Michi, geschenkt, das waren schon immer kleine Gauner. Aber Ben ... Ich habe mit ihm telefoniert. Selbstverständlich hat er mit der Sache nichts zu tun. Und er bereut auch ehrlich, dass er dich immer wieder abgewimmelt hat.»

«Ja, und?»

«Ich hatte ihn gebeten, heute mitzukommen. Als zweiter Zeuge quasi. Damit er mir beisteht. Aber er hat sich strikt geweigert.»

«Wegen Chloe?»

Brigitte schwieg. Ihr Blick verriet mir allerdings, dass ich richtiglag. Natürlich. Auch Ben hatte Chloe das Amerikamärchen erzählt. Und die Wahrheit durfte nicht rauskommen.

Ich schwieg jetzt auch, denn ich war mal wieder völlig durcheinander. Noch eine neue Version meiner Vergangenheit. Oder vielmehr die alte, ursprüngliche Version, von der ich offenbar nichts mehr wusste. War es besser, dass ich sie jetzt kannte? Im Prinzip schon. Schließlich hatte ich – wie hieß die Frau? Ach ja, Claire. Schließlich hatte ich Claire nicht umgebracht. Und doch spürte ich, dass die Wahrheit mich nicht besonders glücklich machte. Ich hatte mich immer noch nicht entschieden, was ich mit Brigittes Enthüllungen anfangen sollte, da kam Marion zurück.

«Na, ihr beiden Hübschen», sagte sie und lächelte entzückt, «alles klar bei euch?»

Brigitte warf mir einen fragenden Blick zu.

«Ich glaube, schon», murmelte ich aus Mangel an Ideen.

«Na also», rief Marion und klatschte in die Hände. Als wäre dies ein Signal gewesen, stand Brigitte auf und wollte sich von mir verabschieden. Da fiel mir noch etwas ein: «Bleibt der Tod von Viktor in Israel, auf dem heiligen Berg Tabor?»

Brigitte zog die Stirn in Falten, sodass sich ihre Frida-Kahlo-Brauen berührten.

«Was hat der Tod von Viktor denn mit eurer ausgedachten Amerikafahrt zu tun? Außer, dass er auch *nicht* da war?»

«Ist Viktor nicht ein bisschen seltsam gestorben?»

«Seltsam? Da war nichts seltsam. Ich habe erst neulich seine Witwe getroffen. Was für eine Schlampe. Die läuft freudestrahlend durch die Straßen und erzählt jedem, der es gar nicht wissen will, dass die Versicherung zahlen muss. Und zwar ordentlich. Weil Viktor die Tour bei einem Reisebüro für teure Individualreisen gebucht hatte. Und da so eine Versicherung ungern zahlt, hat sie seinen Tod besonders akribisch untersuchen lassen. Das Ergebnis war eindeutig: Herzinfarkt aufgrund von Hitze und Überanstrengung. Der Infarkt konnte oben auf dem Berg nicht sofort behandelt werden, und deshalb musste Viktor dran glauben. Ich gebe zu, er hat sich einen dramatischen Ort zum Sterben ausgesucht. Aber das war ...»

«Upapata», brummte ich, das Sanskritwort für Zufall.

«Selber. Noch einmal, und schreib's dir bitte auf, für den Fall, dass du es wieder vergessen solltest: Du hast kein Mädchen umgebracht. Es ist auch niemand aus Versehen in eine Schlucht gestürzt. Es gab überhaupt kein Mädchen. Du warst noch nicht einmal in Amerika. Ich habe nicht den geringsten Schimmer, wie du auf diese verrückte Geschichte gekommen bist. Aber jetzt, wo du weißt, dass alles Einbildung war, kannst du auch wieder gesund werden.»

Sie gab mir die Hand. Ich schüttelte sie mechanisch. Gesund, dachte ich, wenn ich nur wüsste, was das ist. Anschließend verabschiedete sich Brigitte von Marion. «Tausend Dank, dass du gekommen bist», sagte die Psychologin. «Es war ein Genuss, mit dir zu arbeiten.»

Kurz vor der Tür drehte sich Brigitte noch einmal zu mir um: «Und gewöhn dir bei Gelegenheit diesen einfältigen Gesichtsausdruck wieder ab. Sonst haben sie wirklich einen Grund, dich hierzubehalten.»

24

ICH STECKE BIS ZUM HEFT IN LICHT

Kaum hatte Brigitte das Sprechzimmer verlassen, passierte etwas Wunderbares: Amerika löste sich auf. Es gab keine Ankunft der Huelsenbecks in New York mehr, keine Trampversuche nahe der Bronx. Familie Webster verschwand ebenso aus meinem Kopf wie der Autohändler in Rockland, und keine zwei Minuten später hatte ich vergessen, wie ein Pontiac Catalina 400 Station Waggon überhaupt aussah. Ronny verletzte sich nicht mehr in einem See, die Sechserformation, die in der Bucht von Guaymas der untergehenden Sonne entgegenwatete, verwandelte sich in schwarzen Rauch, und das Auto, das die Serpentinen von Mazatlán nach Durango hochfuhr, verschmolz mit dem weißen Nebel.

Als aber wirklich jedes Detail der Huelsenbeck'schen Amerikareise verschwunden war, erhob sich aus ihren Trümmern etwas viel Phantastischeres: ein Gebäude, das ich in Anlehnung an den heiligen Augustinus – der einst das Gedächtnis ein «Heiligtum von unvorstellbarer Größe und Weite» genannt hatte – den «Tempel der vollkommenen Erinnerung» taufte. Plötzlich meinte ich, mich an jeden einzelnen Tag meines Lebens zu erinnern. Und das Erstaunliche: Die Erinnerung war kein kurzer Stroboskopblitz wie damals, als ich im Weißen See geschwommen war. Sie verflüchtigte sich nicht. Sie blieb. Es war eine große, stabile Anlage, so wie der Tempel von Angkor oder das Po-Lin-Kloster auf Lantau. Ich konnte sie jederzeit betreten.

Das Auftauchen dieses Tempels aus den Fluten der Vergangenheit war dann auch der Grund dafür, dass ich mich vor meinem nächsten Termin bei Marion entschuldigte. Ich schob starke Kopfschmerzen und allgemeines Unwohlsein vor und kündigte an, für längere Zeit nicht kommen zu können. Als ich ihr diese Absicht vortrug, sah ich ihr an, dass sie protestieren wollte. Aber dann legte sie doch nur ihr frischgewelltes Haar schief und erklärte sanft: «Vielleicht ist es ganz gut, wenn du das alles erst mal für dich alleine verarbeitest. Zeit haben wir ja genug.»

Die nächsten Tage verbrachte ich damit, in meinem Zimmer auf meinem Bett zu liegen und den Erinnerungstempel zu durchstreifen. Alles war vollständig abrufbar, wie bei jemandem, bei dem ein hyperthymestisches Syndrom diagnostiziert wird. Mir erging es wie dem Amerikaner Orlando Serrell, dem am 17. August 1979 im Alter von zehn Jahren ein Baseball an den Kopf geflogen war und der sich seitdem an die Ereignisse jedes einzelnen Tages seines Lebens erinnern kann. Jedes Gesicht, das ich einmal gesehen hatte, war wieder da, jeder Blick, jeder Kuss, jedes Musikstück im Radio, jeder Satz, den ich gesagt und gehört hatte. Jeder Gottesdienst, jede Schulstunde, jeder Filmbesuch, jeder Krankenhausaufenthalt, jedes Rockkonzert, jeder Flugzeugstart, jeder Strand, an dem ich gelegen hatte, jedes Stück Landschaft, selbst wenn es nur am Zugfenster an mir vorbeigeflogen war, jede Zigarette, jedes Bier, jedes Stück Pizza, jeder Joint und jede Pille, jeder Döner, ob mit oder ohne Zwiebeln.

Bis heute kann ich nicht erklären, warum das passiert

ist, genauso wenig, wie die Forscher wissen, wie das hyperthymestische Syndrom zustande kommt. Wahrscheinlich waren Brigittes Enthüllungen der Auslöser. Ich vermute aber, dass es mit der Kombination der Pillen zu tun hatte, die man mir verabreichte. Denn ich erinnerte mich nicht nur präzise, sondern konnte auch klarer denken. Zunächst wusste ich nicht so recht, wie ich mit der Fülle von Erinnerungen, die gleichzeitig in mir aufploppten, fertig werden sollte. Doch dann stellte ich dank meiner gesteigerten Auffassungsgabe schnell fest, dass die Räumlichkeiten des Tempels chronologisch angeordnet waren. Wenn ich sie auch der Reihe nach betrat, ließ sich eine Reizüberflutung vermeiden. Ich begann also mit dem ersten Raum und sah, wie ich geboren wurde. Ein befremdliches Gefühl, wie ja überhaupt die ganze Geburt ein bizarrer Vorgang ist. Danach war mir klar, weshalb diese Prozedur, die auch aus einem Horrorfilm stammen könnte, bei einem normalen Menschen nicht abgespeichert wird. Ich sah mich selbst als Baby auf meiner schweißgebadeten Mutter liegen, die mich kritisch beäugte. In dem weißen Zimmer hing – ich registrierte wirklich jedes noch so nebensächliche Detail – ein Stiebel-Eltron-Glasboiler über dem Waschbecken. Und ich hörte die Krankenschwester sagen: «Ach, das kleine Blutschwämmchen am Hals. Das wächst sich aus. Ist doch auch ganz niedlich. Wie eine kleine Schwalbe.»

Von meiner Geburt aus arbeitete ich mich systematisch vor, von einem Raum zum anderen. Bald bemerkte ich, dass zumindest die frühen Kindheitserinnerungen nicht ganz so lückenlos vorhanden waren, wie ich in der ersten Euphorie angenommen hatte. Im übernächsten Raum sitze ich bereits das erste Mal auf einem Stuhl, zwei Räume weiter lerne ich laufen und sprechen. Den Gang etwas weiter hinunter bin ich zweieinhalb und mache mit der Mutter einen Ausflug in den Park. Es ist Christi Himmelfahrt, und ein Trupp besoffener Burschenschaftler torkelt über eine Wiese. Sie tragen rote Uniformen, dazu die passenden Kappen, und sind so betrunken, dass sie dauernd auf den Rasen fallen. Das macht ihnen aber nichts aus, denn sie lachen schallend. «Das sind Besoffene», sagt meine Mutter voller Verachtung und zerrt mich schnell weiter. Mir gefallen die Besoffenen sehr, und ich nehme mir vor, wenn ich einmal groß bin, auch einer zu werden. Aha, das war also der erste Vorsatz meines Lebens.

Ich sah mich wachsen und eingeschult werden. Später komme ich von der Schule nach Hause, den ledernen Tornister mit den zwei Schnappschlössern über der Schulter. Die Schlösser schmecken sauer, wenn ich an ihnen lecke. Der schöne Siegfried, ein Epileptiker aus dem Haus Arafna, zuckelt mit seinem Mauleselfuhrwerk durch die Anstalt, um Essensreste für die Schweine einzusammeln. Er grüßt mich lässig vom Bock, indem er mit dem Zeigefinger an den Schirm seiner grauen Mütze tippt. Vom Berg her ist die helle Glocke des Scherenschleifers zu hören. Er wird gleich den Wellenschliff von Mutters Brotmessern erneuern. Und aus einem geöffneten Mansardenzimmer unseres Hauses dringt der Anfang des Hits «Eloise», gesungen von Barry Ryan. Eine enthusiastische Knabenstimme singt falsch mit. Stimmt ja – meine erste Single.

Herrje, jetzt bin ich schon vierzehn und sitze im Gemeindehaus der Anstalt mit der Nachkonfirmandengruppe: acht Jungen und Mädchen, Pfarrer Karmann spricht zu uns mit eindringlicher Stimme: «Wer sexuellen Verkehr vor der Ehe hat, wird nie zu echter Liebe fähig sein.» Ich schwöre still einen Eid, dass ich auf den Pfarrer hören werde. Gleichzeitig kann ich meinen Blick nicht von Cornelia Gruber wenden, kann nicht aufhören, mir vorzustellen, wie ich ihre kleinen

Brüste, die durch das gebatikte T-Shirt stechen, streicheln werde. Auf dem Weg nach Hause ist es schon dunkel. Durch den Wald geht mir eine Säule aus weißem Licht voran und weist mir den Weg.

Weil ich gar nicht mehr genug bekommen konnte von diesen Exkursionen, verließ ich mein Zimmer nur noch zu den Mahlzeiten. Auch die bedeuteten mir nicht mehr viel, denn Dr. Hübner war seit Brigittes Besuch von der Station verschwunden. «Verlegt», erklärte kurz angebunden Pfleger Dirk. Wohin, wollte oder durfte er mir nicht sagen.

Unter anderen Umständen hätte ich dem Doktor wohl intensiver nachgetrauert und eventuell sogar Nachforschungen angestellt. Jetzt ließ mich die Nachricht ziemlich kalt. Die Mahlzeiten schaufelte ich nur noch mechanisch in mich hinein. War die Essenszeit beendet, gab ich als Erster mein Tablett ab und stürzte auf mein Zimmer. Dort überließ ich mich sofort wieder meinen Tagträumen in HD-Qualität. Einem Beobachter wäre ich wahrscheinlich wie ein Opiumraucher in seiner Höhle vorgekommen. Das war gar nicht so weit hergeholt, nur dass ich meinen Stoff eben nicht rauchte, sondern injiziert bekam.

Nach ein paar Tagen auf dem Klinikbett dämmerte mir, dass es Jahre dauern könnte, bis ich die Stationen in meinem Leben erreichen würde, auf die ich besonders neugierig war. Ich experimentierte eine Weile und stellte fest, dass ich mit ein wenig Konzentration in der Zeit springen konnte. Weil ich weitere unliebsame Überraschungen fürchtete, zögerte ich zunächst, den August 1978 zu betreten. Als ich mich schließlich überwand, fand ich all das bestätigt, was mir Brigitte schon erzählt hatte.

Am Ende des Monats klärte sich dann sogar das große Rätsel um Michis Bilokation auf. Es ist Donnerstag, der

24. August 1978, ungefähr zehn Uhr morgens, als Michi beim Frühstück in Tent City erklärt: «Meine Droogs und Brüder, ich mach mich jetzt vom Acker. Propadiwitzka, ihr versteht? Heimwärts geht's.» Anschließend hält er noch eine kleine Rede, in der er erklärt, dass er genug von den Huelsenbecks habe. «Und hört auf, mich Monteurdada zu nennen. Das ist nur lächerlich. Mein Name ist Michi.» In seinem schlimmen Kauderwelsch verspricht er jedoch, sich an die «Story» zu halten. Das sei ein «Chestding», Ehrensache. «Ich werde noch ein bisschen in der Weltgeschichte rumslörpen und barbern und reite dann mit euch zusammen in der Stadt ein. Rightyright?»

Notgedrungen erklären wir uns einverstanden. Und dann gibt Michi mir das gelbe Heftchen zurück, nimmt seinen Rucksack und trottet von dannen.

Okay, dachte ich auf meinem Bett: Wenn man sich an alles erinnern kann, ist das Leben eine bloße Abfolge von Banalitäten. Vielleicht ist das der Grund dafür, dass ein normaler Mensch das meiste vergisst? Trotzdem oder besser gerade deshalb wollte ich auch die restlichen Rätsel lösen, die mich in den vergangenen Monaten gequält hatten: Was stand auf dem um den Stein gewickelten Zettel, der mich am Kopf getroffen hatte? Und wie war das mit der «Diakonisse»? Ich versuchte, die entsprechenden Räume anzusteuern, doch es funktionierte nicht. Je kürzer ein Ereignis in der Zeit zurücklag, desto schlechter war es offenbar zu erreichen.

Bei dem Versuch, die Nacht mit der Diakonisse ausfindig zu machen, landete ich immer wieder im falschen Raum. Ich blieb dann jedes Mal eine Weile hängen: beim ersten Zungenkuss auf einer Wiese über der Stadt mit der blond gelockten Heike – wenn ich dieses Gefühl bloß patentieren und nachbauen könnte, wäre ich gewiss bald Millionär –, beim Verzehren meiner ersten Olive in einem Dachterrassenrestaurant in Athen – wie widerlich, ich hatte einen kirschähnlichen Geschmack erwartet –, bei meinem ersten Joint in Amsterdam – ich kann durch die Pupillen der Frau mir gegenüber hindurch auf die Straße sehen, wo eine Nutte mit ihrer Handtasche einen Freier schlägt. Und immer wieder bin ich beim Hausaufgabenmachen. Hausaufgaben in meinem Zimmer. Hausaufgaben ohne Ende.

Trotzdem wiederholte ich meine Versuche beharrlich, und dann war ich mit einem Mal doch an dem Ort, den ich gesucht hatte: in der Stadt, im Club, mit der Diakonisse. Ich tanze mit ihr, aber nur zwei Songs. Beim zweiten wird mir entsetzlich schlecht. Ich lasse die Frau auf der Tanzfläche stehen und haste am Türsteher vorbei nach draußen. Das muss die Pille sein, die mir Ronny vorhin verabreicht hat. Hallo, das ist doch kein Speed. Ich torkle mehr zum Bahndamm, als dass ich gehe. Hier hocke ich mich hin, atme immer schneller und versuche, mich auf die Kiesel auf dem Boden zu konzentrieren. Am Ende kotze ich dann doch. Als ich endlich wieder gehen kann, weiß ich nicht mehr, wo ich bin. Ich irre durch die Stadt, die mir jetzt vollkommen fremd vorkommt, bis irgendwann das Hotel vor meinen Augen auftaucht und ich gerettet bin. Das waren also die «Abscheulichkeiten», die ich Ronny zufolge in dieser Nacht begangen hatte.

Den Zettel vom Friedhof fand ich leider nicht, ich verfehlte immer wieder den Tag von Viktors Beerdigung. Doch wahrscheinlich würde seine Botschaft ähnlich banal sein wie die Geschichte mit der Diakonisse, weshalb ich mir nach einer Weile keine besondere Mühe mehr gab, ihn aufzutreiben. Allmählich akzeptierte ich, dass es für all das Mysteriöse, das mir nach meiner Rückkehr nach Deutschland zugestoßen war, eine vernünftige Erklärung gab. Irgendwann kam ich zu dem Schluss, dass ich vielleicht ein paar Macken haben mochte. Ansonsten war ich aber der normalste Mensch der Welt, normaler jedenfalls als die meisten anderen.

Der legere Dr. Hans sah das anders. Eine Woche nach Brigittes Enthüllungen präsentierte er mir bei der wöchentlichen Stationsvisite das vorläufige Ergebnis meiner Aufnahmeuntersuchungen.

«Wenn es so etwas wie ‹Deutschland sucht den Superpsychopathen› gäbe», sagte er und sah mich dabei ironisch an, «wären Sie mein klarer Favorit.» Anschließend zählte er mir eine ganze Reihe von Störungen auf, die man bei mir festgestellt hatte.

«In der Reihenfolge des ICD-Schlüssels sind das ...»

«ICD-Schlüssel?»

«Das wichtigste und weltweit anerkannte Diagnoseklassifikationssystem der Medizin.»

«Klingt wichtig. Meinetwegen», antwortete ich ebenso launig wie der Doktor. «Schießen Sie los.»

«Gerne. Da hätten wir zum Beispiel F12 und F15, psychische Störungen durch Cannabinoide oder andere Stimulanzien. Dazu F20, Schizophrenie, und F22, anhaltende wahnhafte Störungen, hier speziell religiöser Wahn und Beziehungswahn.»

«Beziehungswahn?»

«Ja, Sie beziehen alles, was auf der Welt passiert, zwanghaft auf sich. Das nennen wir Psychiater Beziehungswahn.»

«Ah. Ich hatte an was anderes gedacht.»

«Weiter geht's: F41, die klassische Panikstörung, und F60, spezifische Persönlichkeitsstörung, in Ihrem Fall ein extremer Narzissmus. Oh, F31 hätte ich fast vergessen: eine bipolare affektive Störung.»

«Bipolar bin ich auch?»

«Aber hallo», sagte der Doktor.

Nach dieser trotz des jovialen Tons doch recht harschen Eröffnung machte mir Dr. Hans eine Mitteilung, die schon etwas besser klang: «Sie sollten das aber nicht zu ernst nehmen. Nicht, dass es nicht ernst *ist*. Deshalb sind Sie ja hier. Aber was ich da gerade vorgelesen habe, das gilt für den Moment. Vielleicht ist das alles auch nur eine Episode in Ihrem Leben, die dadurch verstärkt wurde, dass man Sie falsch behandelt hat.»

«Falsch behandelt?», echote ich erstaunt.

«Ich habe Ihrer Akte entnommen, dass Sie Patient bei einem gewissen Dr. Gautzsch gewesen sind.»

«Ja, richtig.»

«Tja, diesem Mann wurde vor zwei Wochen die Approbation entzogen. Beziehungsweise: Es ist zweifelhaft, ob er je eine besessen hat. Das wird zurzeit geprüft.»

«Oh», entfuhr es mir. «Ich fand, er war wirklich ein guter … Wie ist man ihm denn auf die Schliche gekommen?»

«Tolle Geschichte. Erst wurde bekannt, dass er mal was mit einem minderjährigen Schulmädchen gehabt hat. Dann stellte man fest, dass seine Sprechstundenhilfe überhaupt keine Qualifikation besaß und obendrein selbst erst fünfzehn war. So kam eines zum anderen. Gautzsch und die Sprechstundenhilfe waren bei so einer Art Kult, der sich um eine amerikanische Fernsehserie dreht. Man sagt, er habe auch versucht, Patienten für diese Sekte zu rekrutieren.»

«Oh», entfuhr es mir, und ich schluckte vor Aufregung Luft herunter.

«Ich hoffe nur, der Mann hat nicht allzu viel Verrücktes mit Ihnen angestellt. Wir haben jedenfalls bei der Staatsanwaltschaft beantragt, die Akte, die er über Sie geführt hat, einsehen zu dürfen. Das könnte ein paar Dinge erklären. Aber eigentlich reagieren Sie bisher ganz gut auf die Medikamente und die Therapie. Tja, wie gesagt: Vielleicht sind Ihre ganzen Störungen ja tatsächlich nur eine stressbedingte Episode. Kommt häufiger vor, als man so denkt ... Haben Sie denn vor Ihrem, äh, Zusammenbruch unter mehr als gewöhnlichem Stress gelitten?»

«Das kann man wohl sagen.»

«Wir werden sehen. Sie bekommen von mir erst mal weiter das Depot-Präparat. Und gehen Sie unbedingt wieder zu Ihren Einzelgesprächen. Ich sehe hier in den Unterlagen, dass Sie da in den letzten Tagen pausiert haben. Das ist nicht gut.»

Ich nickte schuldbewusst und versuchte, einen geknickten Eindruck zu machen. Der guten Laune des Doktors tat das keinen Abbruch.

«Wenn dann alles gutgeht, können Sie unser gastfreundliches Haus auch in absehbarer Zeit wieder verlassen. Die wenigsten bleiben für immer. Das ist Vater Staat einfach zu teuer. Oder Mutter Staat, wie man heute wohl korrekterweise sagen muss. Hahaha.»

Ich versprach Dr. Hans in die Hand, mich wieder bei Marion blickenzulassen. Und tatsächlich versäumte ich in den letzten dreizehn Tagen meines Lebens keine Sitzung mehr. Bereits am nächsten Morgen saß ich in ihrem Behandlungszimmer. Eigentlich hätte ich schon vorher kommen können, denn wegen der Geschichte mit Brigitte war ich ihr längst nicht mehr böse. Der hatte ich schließlich meine totale Erinnerung zu verdanken. Ich hoffte inständig, sie würde mir ebenfalls nichts nachtragen. Vorsichtshalber startete ich mit einer demütigen Entschuldigung: «Es tut mir wirklich leid, dass ich nicht mit offenen Karten gespielt habe. Das wäre besser gewesen.»

«Danke, das ist nett», sagte Marion und hob die langbewimperten Lider. «Aber du musst dich nicht entschuldigen. Alles, was hier passiert, ist Teil des Therapie- und Genesungsprozesses.»

«Ich finde es trotzdem nicht gut, dass ich bestimmte Dinge bewusst ausgelassen habe. Wäre ich ehrlich gewesen, wären wir bestimmt schon früher darauf gekommen, dass die Amerikafahrt nur eine Projektion war.»

«Was du gemacht hast, ist üblicher, als du denkst. Jeder Mensch erfindet seine Biographie. Nur den wenigsten ist das bewusst. Selbst wenn ihre Erfindungen noch haarsträubender sind als in deinem Fall.»

«Noch haarsträubender als vier Wochen in Amerika zu erfinden?»

«Kennst du die Anekdote von Ronald Reagan?»

Ich kannte sie nicht.

«Dann wird es höchste Zeit, dass du sie erfährst», sagte Marion und klatschte in die Hände. «An einem bestimmten Punkt erzähle ich diese Geschichte allen meinen Patienten. Also. Anfang der Achtziger bekam Reagan Besuch vom damaligen israelischen Premierminister Schamir. Reagan erzählte ihm bei dieser Gelegenheit, er habe als Mitglied des Filmcorps der US-Armee Filmaufnahmen von der Befreiung verschiedener Konzentrationslager gemacht. Diese Geschichte erzählte Reagan dann auch zu späteren Anlässen immer wieder. In Wirklichkeit war er aber bei überhaupt keiner KZ-Befreiung dabei gewesen. Reagan war während des Zweiten Weltkriegs nicht ein Mal in Europa. Er hat sich die ganze Zeit in Kalifornien aufgehalten.»

«Aber da ist das Motiv doch klar», gab ich zu bedenken. «Reagan wird die Geschichte einfach erfunden haben, um vor Schamir besser dazustehen.»

«Siehst du», erwiderte Marion, «das glaube ich eben nicht. Ich glaube, Reagan hat während seiner Zeit als Captain des Filmcorps – der war er ja tatsächlich, nur eben an der Heimatfront – so viel Filmmaterial von KZ-Befreiungen gesehen, dass er irgendwann überzeugt war, tatsächlich dort gewesen zu sein. Und je öfter er diese Geschichte erzählt hat, desto wahrer wurde sie für ihn.»

«Dann bin ich also ganz normal?», fragte ich.

Marion sah mich wieder so an, dass mir heiß, lauwarm und kalt wurde.

«Normal gibt es nicht. Das schmink dir bitte ab. Ich weiß nur, dass du da noch ein paar andere Probleme hast. Gewaltige Probleme. Denn die Frage bleibt ja: Weshalb hast du diese Amerikafahrt und diese Frau erfunden?»

Ja, weshalb? Daran dachte ich in meinen letzten Tagen immer wieder. Ich hatte keine Antwort. Ich fragte mich auch, was die Anekdote, die mir Marion erzählt hatte, für meinen Erinnerungspalast bedeutete. Hatte ich die Szenen, in die ich eintauchte, wirklich erlebt? Oder hatte ich auch sie nur aus Zusammengelesenem, Gehörtem und Geträumtem konstruiert? Ich nahm mir vor, die Therapeutin bei Gelegenheit zu fragen, schob es dann aber immer wieder vor mir her. Wahrscheinlich wollte ich gar keine Erklärung, weil ich insgeheim fürchtete, Marion könnte meinen herrlichen Tempel zum Einsturz bringen.

Neun Tage vor meinem tragischen Tod hatte ich dann ein Erlebnis, das mir noch einmal den therapeutischen Nutzen meiner Ausflüge in die Vergangenheit bestätigte. Es war ein Sonntagabend, und die Glocken der Kapelle neben dem Sander-Haus läuteten. Es war also kurz nach sechs. Ich saß beim Abendessen im Speisesaal und blickte, während ich eine Ochsenschwanzsuppe löffelte, durchs Fenster auf den Garten. Zur

Essenszeit hielt sich hier eigentlich niemand auf. Umso mehr staunte ich, dass jetzt eine Gruppe von vielleicht fünfzehn Menschen im Gänsemarsch vom Teich zur Baumgruppe marschierte. Die Leute sahen mich offenbar auch, denn sie winkten mir mit bunten Fähnchen, Taschentüchern und Ballons.

An der Spitze der Kolonne stapfte der tote Viktor. Er lächelte wie immer sein Malcolm-McDowell-Lächeln. Ihm folgte die dicke Frau Webster, die im Zug nach Berlin verschwunden war, in der Uniform des DB-Servicepersonals. Sie schwenkte ihr rotes Halstuch. Dann kam das Mädchen im Eulenkostüm aus den Gropius Passagen, vier Blutschwammkinder – sie machten das Victoryzeichen und alberten auch sonst herum – sowie mehrere Passanten aus Berlin, die ich für Rächer gehalten hatte. Sogar der kleine Affe, den ich verdächtigt hatte, die Flasche nach mir geworfen zu haben, hüpfte am Ende des Trupps mit und winkte mir mit einem Regenbogenfähnchen.

Ich verstand sofort, was diese Prozession zu bedeuten hatte: Meine Halluzinationen nahmen von mir Abschied. Das kam sicher auch nicht alle Tage vor. Ich lächelte in mich hinein. Dann sah ich mich im Speisesaal um. Als klar war, dass mich niemand beobachtete, hob ich langsam meine rechte Hand und winkte zaghaft dem kleinen Zug zurück, bis er verschwunden war.

25

ERNSTHAFT, ERNSTHAFT, ERNSTHAFT BIS ZUM TOD

Mit diesem versöhnlichen Bild hätte alles enden können. Man hätte meinen Kopf im Sander-Haus in Ordnung gebracht, und ich wäre nach ein paar Jahren entlassen worden. Ich hätte ein völlig neues Leben anfangen können, wäre irgendwo im Wedding oder in Friedenau in eine betreute Wohngemeinschaft gezogen. Dort hätte ich in Ruhe und Frieden gelebt, hätte nichts mehr getrunken und keine Drogen mehr genommen. Auch die Frauen hätte ich ignoriert. Sie interessierten sich ja sowieso nicht mehr für mich. Mittlerweile war mir auch klargeworden, dass das Desinteresse auf Gegenseitigkeit beruhen musste.

Ich hätte auch endlich aufgehört, mir einzubilden, dass ich etwas Besonderes sei. Zu kapieren, dass man eben auch nur ein kleines Würstchen ist, ist ja überhaupt erst die Voraussetzung für ein halbwegs zufriedenes Leben. Ich hätte als genügsamer, langsam schrumpfender Sozialrentner unauffällig in meiner WG gewohnt und mich die ganze Woche darauf gefreut, am Sonntag Spiegeleier zu braten. Mein kleines Taschengeld hätte ich mit Flaschensammeln aufgebessert, und die Monatskarte der BVG, die alle Entlassenen bekamen, dazu benutzt, bei schönem Wetter ins Grüne zu fahren.

Vielleicht hätte ich auch mal längere Reisen gemacht, in den Harz zum Beispiel, nach Bad Sachsa, auf den Harzfalkenhof. Dort sollen sie Raufußkäuzchen und sibirische Uhus aus eigener Zucht haben.

Wäre Dr. Hübner noch da gewesen, hätte er mich sicher davon abgehalten, mir derartige Hoffnungen zu machen. Er glaubte nicht an die Idee von Heilung. Immer wenn ich gemeint hatte, dass einer auf dem besten Wege sei, normal zu werden, hatte er nur gelacht. Einmal wurde er sogar richtig ärgerlich: «Haben Sie denn nicht Ihren Poe gelesen? ‹When a madman appears thoroughly sane, indeed, it is high time to put him in a straitjacket.› So sieht's aus.»

Ach, Hübner. Seit seinem Verschwinden gingen auf der Station Gerüchte um, dass er in Wirklichkeit eine Art Spitzel der Anstaltsleitung sei, der sich nur ab und zu einweisen ließ, um schwierige Insassen auszuhorchen. Eine Art Undercover-Psychiater also, der im Sander-Haus ein und aus gehen konnte, wie er wollte. Es waren aber nur hochgradig Verwirrte, die diese Geschichte verbreiteten. Ich glaubte ihnen nicht. Ich vermisste Dr. Hübner, weil ich mich durch ihn im Sander-Haus wirklich heimisch gefühlt hatte. Marion konnte mir das trotz ihrer Ausstrahlung nicht geben. Sie bestärkte mich zwar immer wieder in dem Glauben, dass ich Fortschritte machte. Mit der Zeit gewann ich allerdings den Eindruck, dass sie mich aufgrund meiner Gedächtnisleistungen als Versuchskaninchen betrachtete, wahrscheinlich für eine Studie oder einen Aufsatz, den sie heimlich plante. In den Sitzungen fragte sie mir Löcher in den Bauch, vor allem zu Dingen, die sich in den Siebzigern ereignet hatten. Meine Antworten notierte sie eifrig, als wolle sie die Informationen noch auf ihren Wahrheitsgehalt überprüfen.

«Was? Man durfte damals überall rauchen, auch in Zügen

und Flugzeugen?» Oder: «Wie? Du hast bloß hundert Mark Miete für zwei Zimmer in einem großen Gründerzeithaus mit Garten bezahlt? Fünfzig Euro? Im Monat? In einer westdeutschen Großstadt?»

«Genauso war's», bestätigte ich und nannte ihr im Überschwang sogar die Kontonummer der Vermieterin, der ich den Betrag monatlich überwiesen hatte. War ich nicht bei Marion, gab ich mich weiter ausgiebig meinen Erinnerungen hin. Nach wie vor von meinen mnemotechnischen Fähigkeiten begeistert, fiel mir gar nicht auf, dass es in meinem prächtigen Erinnerungspalast immer noch ein paar wirklich wichtige Räume gab, die ich nicht betreten konnte. Mir schien nichts Wesentliches aus meiner Vergangenheit zu fehlen. Aber wie sollte man auch etwas suchen, von dessen Existenz man gar nichts weiß?

Wahrscheinlich wäre ich nie von allein auf das fehlende Stück gestoßen. Doch dann kam der zweiundsiebzigste Tag nach meiner Einlieferung. Es war der Tag, an dem ich sterben musste. «Dein Antrag ist genehmigt», hatte mir Marion tags zuvor gesagt, ganz am Ende unserer Sitzung. «Du darfst ab morgen im Garten arbeiten.» In der Nacht vor meinem Tod hatte ich einen Traum. Den ersten seit Wochen, ja ich konnte mich nicht erinnern, zuvor überhaupt im Sander-Haus geträumt zu haben. Auch das lag vermutlich an den Medikamenten. Vielleicht war diese Traumlosigkeit der Preis für meine totale Erinnerung. Und auch der letzte Traum war nur sehr kurz. Eigentlich bestand er bloß aus einem bewegten Bild: Ein schwarzer Hund saß in stockfinsterer Nacht im Kegel eines Scheinwerfers und leckte sich immer wieder mit der Zunge genüsslich über die Schnauze. Es war Viktors Hund, die Spitz-Collie-Mischung.

Am nächsten Morgen, um zehn Uhr, rückte ich nach der

Therapiesitzung mit der Gartenkolonne aus. Es herrschte das beste Herbstwetter. Die Sonne fiel in gefächerten Strahlen, in denen Staubpartikel tanzten, durch das Geäst der Baumgruppe. Die Temperaturen lagen immer noch bei knapp zwanzig Grad, und ich sog den feinen Modergeruch ein, den ich seit meiner Kindheit liebte.

Pfleger Dirk leitete unsere Gruppe von sechs Leuten durch die Gänge. «Heute machen wir Atriumgarten A», erklärte er beim Öffnen einer Panzerglastür. Der Atriumgarten A lag zwischen den Stationen A und B; er gehörte zu den drei Hofgärten des Sander-Haus-Komplexes, die normalerweise niemand betreten konnte, weil sie vollkommen umschlossen zwischen den Gebäudezähnen lagen. Für die Freiluftstunden der Insassen war nur der große Garten vorgesehen, der besser überblickt werden konnte.

Als Dirk die Tür aufschloss, bemerkte ich, dass an diesem Tag dennoch ein paar Leute im Garten waren. Die meisten harkten Laub zusammen.

«Wer sind die denn?», fragte ich Dirk.

«Von Station 10A. Sexualdevianz.»

«Was? Wie bitte?»

«Ich dachte, du seist ein Intellektueller. Na, Kinderficker halt, Vergewaltiger, Frauenmörder. Die ganze bunte Palette.»

«Der auch?», fragte ich perplex.

Dabei zeigte ich auf einen großen Mann mit asiatischen Gesichtszügen, der gerade unter ein Rhododendron kroch.

«Weil er Rosen im Park geklaut hat, ist er bestimmt nicht hier», gab Dirk zurück.

Mir war, als hätte mir einer mit dem Bleirohr auf den Kopf geschlagen. Ich kannte diesen Asiaten nämlich, ich kannte ihn sogar sehr gut. Ich hatte mit dem Kerl x-mal Hot Pot oder Dim Sum gegessen, nächtelang Baijiu und Bier mit ihm getrunken. Oft hatten wir am Wochenende zusammen vor der Sea-Ranch-Bucht geangelt. An unseren Geburtstagen hatten wir Hongbaos ausgetauscht, mit Geld gefüllte rote Umschläge, ja, er war sogar auf meiner Hochzeit gewesen, als Trauzeuge. Es war Jason. Der kleine Bruder von Sandy. Ich konnte mir beim besten Willen nicht vorstellen, wie er in den festummauerten Garten einer deutschen Maßregelvollzugsklinik gekommen war. Ausgerechnet dieser Typ, der Reisen mehr als alles andere hasste und deshalb nie über die New Territories hinausgekommen war.

Als ich zu Jason hinübersah, unterbrach er seine Arbeit und fixierte mich mit seinen schwarzen Augen. In diesem Moment explodierte etwas in meinen Mandelkernen. Es war, als würde ein Schalter umgelegt, als würde ich zurück in meinen Erinnerungstempel geschleudert. Ich sah einen großen schwarzen Raum, der nur von der schmalen, auf dem Rücken liegenden Sichel des Mondes erleuchtet wird. So hatte ich den Mond oft von den Klippen über der Sea Ranch aus gesehen. Aber heute ist ein besonderer Abend. Zum ersten Mal seit langer Zeit geht Sandy wieder mit mir hier oben spazieren. Sie ist ein paar Meter vor mir, und ihr weißes Sommerkleid mit den roten Punkten – die in der Dunkelheit schwarz wirken – flattert im aufkommenden Wind. Ich bin so froh, dass wir uns endlich wieder vertragen. Aber irgendetwas ist da, ein Gefühl, dass etwas nicht stimmt. Und während ich noch darüber nachdenke, was dahinterstecken könnte, verstehe ich plötzlich auf einer anderen Bewusstseinsebene, weshalb Jason gekommen war.

Dirks Stimme holte mich wieder ganz in die Gegenwart zurück.

«So, Männer», er deutete auf die bunten Plastikeimer, die in einer Ecke des Hofes ineinandergestapelt standen. «Jeder schnappt sich einen von denen. Und dann zeigt ihr Kaputtniks mir mal, wie gut ihr Unkraut jäten könnt.»

Ich holte mir einen Eimer, ging in die Hocke und nahm mir die Rasenkanten vor. Während ich Quecke und Knöterich herausrupfte, schielte ich immer wieder misstrauisch zu Jason hinüber. Er harkte einfach weiter und tat so, als würde ich nicht existieren. Bewundernswert, wie er sich im Griff hatte.

Ich überlegte kurz, hinüberzugehen, ihm alles zu erklären und ihn um Entschuldigung zu bitten. Aber was sollte ich schon sagen? «Tut mir leid, das mit deiner Schwester? Ich konnte wirklich nichts dafür. Es war ein tragischer Unfall.» Nein, das wäre lächerlich, dummes Geschwätz. Aber was vermochte ich sonst zu tun? Mir fiel nichts ein. In meinem Kopf wiederholte sich immer nur ein einziger Gedanke: Müde, ich bin müde, müde und ausgelaugt, entsetzlich erschöpft von dem dauernden Auf und Ab, Hin und Her, vom Hoffnungschöpfen und Enttäuschtwerden. Es musste endlich ein Ende haben. Alles. Ein für alle Mal.

Ich sah auf meine Armbanduhr. Es war der 19. Oktober. Mein Gott, das Datum, das mir diese Claire oder wer auch immer auf dem S-Bahnhof Schlachtensee gezeigt hatte. Jetzt begriff ich alles. Ich richtete mich ruhig auf und ging langsam zu Jason hinüber. Keiner achtete auf mich. Auch Dirk nicht, der damit beschäftigt war, sich an einem kleinen Klappresopaltischchen Billigzigaretten zu drehen. Ich stellte mich vor Sandys Bruder auf.

«Hey, Jason», sagte ich dann so gelassen wie möglich auf Englisch – mein Kantonesisch war nie besonders gewesen. «Come on. Let's finish it.»

«Wovon redest du Spast?», zischte Jason leise.

Ich war schockiert, Jason plötzlich Deutsch sprechen zu

hören. Wie hatte er das so schnell gelernt? Oder konnte er es schon immer? Auch ich wechselte die Sprache.

«Keine Panik, Jason. Ich bin mit allem einverstanden. Ich will nur, dass es schnell geht.»

Jason tat weiter ahnungslos.

«Was willste? Lass mich in Ruhe. Ist besser für dich.»

Ich vermutete, dass er die Zeugen fürchtete. Ja, das war's. Er wartete auf einen Moment, in dem wir unbeobachtet waren. Doch ich wollte das alles nicht mehr ertragen. Jetzt, wo ich mich entschieden hatte, sollte es auch passieren.

Jason wandte sich wieder seiner Arbeit zu. Da legte ich ihm die rechte Hand auf die Schulter, ganz sanft. Als hätte ihn ein Schlag getroffen, ließ er die Harke fallen, drehte sich um und stieß mich mit beiden Armen von sich. Zornig brüllte er: «Keiner fasst mich an. Keiner. Merk dir das, du Opfer.»

Das brachte mich auf die entscheidende Idee.

«Pssst, Jason.» Ich legte meinen Zeigefinger demonstrativ auf die Lippen. «Ganz ruhig.»

Zärtlich streichelte ich seine rechte Wange, hauchte ihm einen Kuss auf die linke. Einen Wimpernschlag später lag ich zwischen einem Rhododendron und einem Rosenstrauch mit welken Blüten. Jason saß auf meinem Becken und drückte meine Arme in den Mulch. Er starrte mich für zwei, drei Sekunden hasserfüllt an. Dann legten sich seine Hände um meinen Hals.

«Du Arschopfer», stieß er immer wieder hervor, «du schwules Arschopfer.»

Ich kann nicht sagen, wie lange es gedauert hat, bis mein Tod eintrat. Ich kann nur bestätigen, dass alle Vermutungen über die letzten Minuten richtig sind. Das Leben scheint sich für den Sterbenden tatsächlich noch einmal ins Unendliche zu dehnen. Ja, wirklich. Während ich langsam erstickte, war ich fest davon überzeugt, ein weiteres Leben zu führen. Ein *hidden track* gewissermaßen, ein Bonusleben. Und in dieser – tatsächlich nur sehr kurzen Zeit – tat sich auch die Tür zum allerletzten Raum meines Erinnerungstempels auf, die sich zuvor bereits einen Spaltbreit geöffnet hatte.

Ich sehe Sandy im Licht des liegenden Sichelmondes auf die Klippe zulaufen, und plötzlich begreife ich, was hier nicht stimmt. Mein Gott, die Alarmdrähte überall, die Fallen, die ich ausgehoben habe. Ich rufe Sandy zu, dass sie sich nicht bewegen soll. «What?», schreit sie zurück, macht noch einen letzten Schritt, und plötzlich ist sie ohne den geringsten Laut verschwunden. Ich stürze Richtung Klippenrand, die Drähte und Gruben sind mir egal, und dann sehe ich Sandys Körper unten in der Bucht. Verrenkt und leblos liegt sie da. Wie ein Automat renne ich hinunter zu unserer Wohnung, das Blut pocht, ich denke gar nichts, stopfe nur die wichtigsten Sachen in den kleinen Rucksack, die Bankkarten, das ganze Geld, Papiere und alles. Dann klettere ich die Klippen wieder hoch, haste durch den Buschwald, torkele die Stufen zur Mong-Tung-Bucht hinunter, renne am Jockey Club vorbei, lasse die Urnengräber rechts liegen und passiere an der Mündung des Flusses ein letztes Mal den Tin Hau-Miao, den Tempel der Meeresgöttin und Himmelskönigin. Am Taxistand von Pui O steht trotz der vorgerückten Stunde tatsächlich noch ein Auto, das mich zum Flughafen bringt. In letzter Minute schaffe ich es, ein Ticket für den Cathay-Pacific-Nachtflug nach London zu bekommen. Am nächsten Nachmittag um halb drei bin ich in Berlin. In dem Moment, als meine Maschine in Tegel landet – kehrte ich wieder in den Atriumgarten des Sander-Hauses zurück.

Ich war nicht überrascht, mich hier sterben zu sehen. Ich hatte auch keine Angst. Ich blickte nur erstaunt in das Gesicht des Menschen, der gerade dabei war, mich zu erwürgen. Er trug jetzt keine asiatischen Gesichtszüge mehr. Stattdessen sah ich – Claire. Sie hatte noch immer diesen mitleidigen Blick, mit dem sie mich schon betrachtet hatte, als ich ihr zum ersten Mal begegnet war: bei Viktors Beerdigung, unter dem Engel.

Kurz darauf veränderte sich das Gesicht noch einmal. Aus Claires Zügen wurden die von Marion, aus Marions die von Dr. Gulistan, aus Gulistans Brigittes, aus Brigittes Sandys, aus Sandys Heikes, das blond gelockte Mädchen, mit dem ich mich zum ersten Mal geküsst hatte, damals auf der Wiese über der Stadt. Immer schneller wechselten die Gesichter. Bald waren es nicht mehr nur Frauen, mit denen ich längere Zeit zusammen gewesen war. Auch die Flirts sah ich, die One-Night-Stands, die platonischen Beziehungen und selbst die, mit denen ich nur einen flüchtigen Blick auf der Straße getauscht hatte. Die Gesichter wechselten so schnell, dass die Züge bald nicht mehr zu unterscheiden waren. Ein Allgesicht.

Jetzt begann auch eine Musik zu spielen. Ich erkannte den sich immer wiederholenden, schrebbelnden Lauf einer elektrischen Gitarre, begleitet von einer Orgel, die auch ununterbrochen dasselbe spielte. Für das Wesen über mir schien die Musik das Signal, noch fester zuzudrücken. Mein Kehlkopf zerbrach mit einem trockenen Knacken. Dann öffnete das Wesen seinen Mund und deklamierte mit lauter, polyphoner Stimme, die klang, als würde sie rückwärts abgespielt:

«Alles soll leben – aber eins muss aufhören – der Bürger, der Dicksack, der Fresshans, das Mastschwein der Geistigkeit, der Türhüter aller Jämmerlichkeiten.»

Und endlich verstand ich, wer mit diesem Satz gemeint war.

EPILOG

EWIG WÄHRT AM LÄNGSTEN

Prof. Dr. Hans Przygodda:

Fallbeispiel einer Cotard-Syndrom-Erkrankung im Maßregelvollzug.

Zeitschrift für forensische Psychiatrie und Psychotherapie, 27. Jahrgang, Heft 1, 2019, S. 74–82.

EINFÜHRUNG

Das Cotard-Syndrom ist eine relativ seltene Krankheit, die erstmals 1880 von Jules Cotard (Paris) beschrieben wurde und von ihm zunächst «délire des négations» genannt wurde. Die unter dieser Krankheit leidenden Patienten sind typischerweise davon überzeugt, ihre Organe, ihr gesamtes Blut oder bestimmte Körperteile verloren zu haben. Im äußersten Fall glaubt der Cotard-Patient, tot zu sein (vgl. *Pearn/Gardner-Thorpe* 2002).

In den letzten dreißig Jahren scheint die Häufigkeit der vom Cotard-Syndrom Betroffenen zuzunehmen. Eines der bekanntesten Beispiele ist das des achtundzwanzigjährigen Schotten WI, der sich bei einem Motorradunfall in der algerischen Wüste eine Hirnverletzung zuzog. WI wurde in eine Edinburgher Klinik gebracht, wo er zunächst wegen seiner

Hirnverletzung und anschließend wegen einer posttraumatischen Amnesie behandelt wurde, die drei bis vier Wochen anhielt. Bei der Versorgung der Wunde kam es zu Komplikationen (Septikämie), was WI trotz vollständiger Genesung den Anlass bot zu glauben, er sei an diesen Komplikationen verstorben. Als er nach seiner Entlassung im Januar 1990 zusammen mit seiner Mutter nach Südafrika reiste, war er folgerichtig davon überzeugt, in der Hölle gelandet zu sein. Er sah sich durch die in dem Land vorherrschende Hitze in seiner Annahme bestätigt.

Auch etliche andere beschriebene Fälle gingen mit einer Hirnverletzung einher, speziell einer Läsion des Parietallappens (siehe z. B. *Bhatia* 1993). Begleiterscheinungen des Syndroms sind psychotische Störungen und extreme Stimmungsschwankungen.

DER FALL DANIEL S.

Daniel S., ein neunundfünfzigjähriger Deutscher, wurde am 8. August 2015 aufgrund Paragraph 126 StPO vorläufig in den Maßregelvollzug des Landes Berlin (Maßregelvollzugsklinik, Wilhelm-Sander-Haus, Station 10B) eingewiesen. Zuvor hatte DS im Bezirk Friedrichshain-Kreuzberg eine nicht unerhebliche Anzahl von Passanten massiv gefährdet, indem er u. a. damit drohte, sie mittels einer mit Terpentinersatz gefüllten Flasche («Molotow-Cocktail») anzuzünden. Zudem war DS mit mehreren Messern und einer mit Batteriesäure gefüllten Wasserpistole bewaffnet, die allerdings nicht zum Einsatz kamen.

Bei der Überstellung von DS durch die Polizei erwies sich der Patient als hochgradig erregt und psychotisch, sodass er nur durch intramuskuläre Verabreichung von Flupentixol Depot 10 % (100 mg) ruhiggestellt werden konnte (siehe *Mahapatra et al.* 2014). Bis auf eine alterstypische, leichte, benigne Prostatahyperplasie blieben die Aufnahmeuntersuchungen ohne Befund; ebenso neurologische Tests (EEG, EMG, diverse Standardtests). Allerdings räumte der Patient einen jahrzehntelangen, zeitweise nicht unerheblichen Cannabis-, Alkohol-, Metamphetamin- und Nikotinabusus ein.

Während der Aufnahmeuntersuchungen kam es zu einem erneuten psychotischen Schub. Daraufhin wurde dem Patienten zusätzlich zum Depotpräparat Haloperidol (10 mg) injiziert. Diese Gabe wurde eine Woche lang täglich beibehalten und am achten Tag auf 5 mg reduziert. Die Medikation schlug so gut an, dass zwei Wochen nach der Aufnahme erste Vorbesprechungen zur Gesprächs- und Verhaltenstherapie durch die Stationspsychologin geführt werden konnten. Dabei gab sich DS kooperativ und zumindest teilweise krankheitseinsichtig.

Im Verlauf der Therapie stellte sich jedoch heraus, dass DS in erster Linie bestrebt war, über seinen Wahn hinwegzutäuschen, um bei der Therapeutin den Eindruck schneller Genesung zu erwecken. Der Wahn bestand darin, dass DS nach langwierigen Recherchen herausgefunden zu haben meinte, in seiner Jugend auf einer Reise durch die USA und Mexiko eine junge Frau getötet zu haben. Diese «Erkenntnis» führte zu einem psychischen Zusammenbruch, der offenbar auch Auslöser für die versuchte Molotow-Cocktail-Attacke gewesen ist.

Während der Therapie wich DS diesem Themenkomplex immer wieder aus und griff im Therapiegespräch auf andere Erzählungen zurück, die er zum Teil sehr schnell konfabulierte. Im Zuge dieser Gespräche wurde eine frühe religiös grundierte Tendenz zur Wahnhaftigkeit erkennbar (vgl. *Galdos et al.* 1993 und *Remschmidt* 2001), die später in einer dogmatisch anmutenden Verehrung des Dadaismus, verschiedener esoterischer Lehren (z. B. des vorgeblichen Anthropologen Carlos Castaneda) sowie fernöstlicher Religionen (Hinduismus, Buddhismus) ihren Ausdruck fanden. Schließlich wurde der Patient auf Initiative seiner Therapeutin mit einer Ex-Freundin konfrontiert, die ihm überzeugend auseinandersetzte, dass er noch nie in seinem Leben auf dem amerikanischen Kontinent gewesen ist (vgl. *Neudeck/Wittchen* 2004). Zur Überraschung der Therapeutin akzeptierte der Patient die Argumente und Beweisführung seiner Bekannten.

Von diesem Moment an schien DS auf dem Weg der Besserung. Allerdings gab es nach wie vor Hinweise, dass der Patient nicht völlig genesen war. So setzte DS seine obsessive Beschäftigung mit den neunzehnhundertsiebziger Jahren unter veränderten Vorzeichen fort. Hatte er zuvor behauptet, die siebziger Jahre hätte es nicht gegeben, sie seien «einfach ausgefallen», erklärte er jetzt, dass er sich an buchstäblich jedes persönliche Ereignis aus besagtem Jahrzehnt erinnern könne. Er sei ein «mnemotechnisches Wunder» – ähnlich der erst in jüngster Zeit dokumentierten Fälle von Personen mit HSAM (Highly Superior Autobiographical Memory, siehe dazu *LePort et al.* 2012 sowie *Parker et al.* 2006). DS beteuerte, dass er es noch weit bringen könne, wenn man ihm nur die Chance dazu gebe.

Um seine Rekonvaleszenz zu unterstützen, genehmigte die Klinikleitung den Antrag des Patienten auf Aufnahme in die Gartenkolonne des Sander-Hauses. In dieser Gruppe arbeiten Patienten aller drei Langzeitstationen der forensischen Klinik zusammen. Der Patient trat seinen Dienst am

19. Oktober 2015 an. Nachdem die ersten Arbeitsstunden ohne Zwischenfall verlaufen waren, geriet DS gegen Mittag aus unbekanntem Grund mit einem Patienten der Station 10A in Streit, worauf sich eine Schlägerei entwickelte. Dabei erlitten beide Beteiligten lediglich geringfügige Verletzungen. Da nicht abschließend geklärt werden konnte, wie der Streit zustande gekommen war, wurde beiden Patienten die Arbeitserlaubnis entzogen.

Seit diesem Zwischenfall weist DS Symptome des Cotard-Syndroms auf. Schon als er vom Pflegepersonal zurück auf seine Station verbracht wurde, machte der Patient geltend, dort am falschen Platz zu sein. Vielmehr gehöre er in ein Leichenschauhaus. Auf der Station gestaltete DS sein Einzelzimmer um, indem er die Fenster mit schwarzem Krepppapier aus der Werktherapie abklebte. Zur Begründung erklärte der Patient, dass er sich von nun an im Totenreich befände und zu viel Licht für ihn «eher schädlich» sei. Seit dem Zwischenfall bei seinem Arbeitseinsatz vernachlässigte der Patient seine körperliche Hygiene, aß aber nach wie vor. Hierin unterscheidet sich DS in einem wesentlichen Detail von anderen Cotard-Fällen, in denen die Patienten die Nahrungsaufnahme mit dem Hinweis verweigerten, dass sie ihrer als Tote nicht mehr bedürften (vgl. z. B. *Bhatia* 1993).

Da das Verhalten von DS ein Zusammenleben mit anderen Patienten zusehends erschwerte, wurde er zwei Tage nach dem Zwischenfall in einem Isolierraum (IR) untergebracht, der normalerweise für hochgradig agitierte Patienten vorgesehen ist. Nach außen hin verfügt der Raum lediglich über ein kleines Fenster, das für den Patienten undurchsichtig ist (Milchglas). Die Unterbringung in einem IR war auch deshalb indiziert, weil dort eine Vierundzwanzig-Stunden-Überwachung per Kamera gewährleistet werden kann, die aufgrund der starken Suizidgefährdung von Cotard-Patienten dringend anzuraten ist.

Die Kommunikation mit dem Klinikpersonal stellte der Patient nach der Unterbringung im IR nahezu vollständig ein (zeitweiliger Mutismus). Gelegentlich fragte er Angehörige des Personals jedoch, ob sie nicht in Wahrheit «Engel» seien. Mehrmals forderte er auch, endlich «Gott zu sehen», da er jetzt wirklich genug gewartet habe. Der Therapie verweigerte er sich vollständig. Bemerkenswert ist auch, dass DS von Zeit zu Zeit behauptete, nicht DS, sondern «Claire» zu heißen. Dies weist auf eine erweiterte schizoide Psychose mit Genderspezifik hin (vgl. *Campo et al.* 2001).

Inzwischen verbringt der Patient seinen Tag im Wesentlichen damit, einen von ihm so genannten «Untersuchungsbericht» zu schreiben, mit dem er aufklären möchte, auf welche Weise er zu Tode gekommen sei. Unter anderem glaubt DS, dass ein bestimmter «Zettel» in diesem Zusammenhang eine entscheidende Rolle spiele, und befragt das Klinikpersonal immer wieder nach dessen Verbleib. Von Zeit zu Zeit übergibt DS auch einige Kapitel seines Berichts mit der Bitte, sie an «den da oben» weiterzuleiten. Diese Unterlagen seien wichtig für die Beurteilung seiner Person beim «Jüngsten Gericht».

Im Gegensatz zu vergleichbaren Hervorbringungen psychotischer Patienten machen die Aufzeichnungen von DS einen relativ organisierten Eindruck, auch wenn sie an logischer Konsistenz zu wünschen übrig lassen. Dies scheint auch der Patient zu bemerken, weshalb er sein «Werk» immer wieder umschreibt.

Zum Zeitpunkt seiner Einlieferung in den Maßregelvollzug litt der Patient unter einer Psychose des schizophrenen Formenkreises, die mit einer bipolaren Störung und einer abgemilderten Form des religiösen Wahns einherging. Zudem waren Anzeichen eines hochgradigen Beziehungswahns auszumachen.

Seit dem Zwischenfall im Garten leidet DS zudem an einem vollentwickelten Cotard-Syndrom. Dieser Befund wurde durch die neurologische Untersuchung erhärtet. Die Verletzung, die sich DS bei der erwähnten Schlägerei zugezogen hatte, war offenbar gravierender als zunächst angenommen. Eine Magnetresonanztomographie (MRT) des Gehirns vom Oktober 2015 zeigte eine Läsion im Bereich des linken *Lobus parietalis*. Ein Zusammenhang zwischen dem Cotard-Syndrom und Verletzungen in diesem Bereich des Gehirns wurden bereits wiederholt bei Patienten nachgewiesen (siehe z. B. *Bhatia* 1993 sowie *Caliyurt et al.* 2004). Ein zweites MRT im Januar 2016 ergab, dass auch im Bereich des rechten *Lobus parietalis* eine bei der Aufnahmeuntersuchung nicht erkannte Hypoperfusion vorhanden war, die auf eine ältere Verletzung zurückzuführen ist. Wahrscheinlich führte erst die Kombination von Hirnverletzung 1 und Hirnverletzung 2 dazu, dass sich das Cotard-Syndrom entwickeln konnte.

Aufgrund einer negativen Therapieprognose des Gutachters wurde DS im Februar 2016 nach Paragraph 63 StGB durch das Amtsgericht dauerhaft im Maßregelvollzug untergebracht. In den folgenden sechs Monaten wurde er mit einer Kombination verschiedener Neuroleptika und Antidepressiva in unterschiedlichen Dosierungen (Olanzapin, Fluoxetin sowie Biperiden zur Linderung der extrapyramidalen Nebenwirkungen) behandelt.

Da die medikamentöse Behandlung nicht anschlug, wurde im Dezember 2016 mit einer Elektrokrampftherapie begonnen (vgl. *Caliyurt et al.* 2004). Der Patient erhielt insgesamt zwölf bilaterale EKT-Behandlungen im Zeitraum von vier Wochen. Die EKT-Dosierung war dabei wie folgt: Frequenz 50 Hz; Stimulusdauer 1,7 Sekunden; Zahl der Impulse 165; angewendete Dosis 149,8 mC. Alle Behandlungen wurden unter Vollnarkose vollzogen, herbeigeführt durch Infusion von Propofol und Suxamethonium.

Nach der siebten Behandlung zeigte der Patient eine leichte Besserung, nach der zwölften waren deutliche Fortschritte erkennbar. DS erklärte, er habe selbst herausgefunden, noch am Leben zu sein. Dies sei «eindeutig bewiesen». Er wünsche deswegen, wieder am Gemeinschaftsleben teilzunehmen. Daraufhin wurde DS aus dem Isolierraum in ein Doppelzimmer verlegt.

Da sich der Patient in der Folgezeit weiter positiv entwickelte, wurde im Juni 2018 damit begonnen, ihn auf den ersten beaufsichtigten Ausgang vorzubereiten. Unmittelbar nachdem die Therapeutin ihm diese Entscheidung mitgeteilt hatte, verschlechterte sich der Zustand des Patienten jedoch erneut, und die Cotard-Symptomatik trat unvermittelt wieder auf.

Momentan befindet sich DS wieder in Isolation, wo er von neuem an seinem «Bericht» schreibt. Die behandelnden Ärzte erwägen eine erneute Elektrokrampftherapie.

Berrios, G. E., Luque, R. (1995): Cotard's delusion or syndrome? A conceptual history. In: Comprehensive Psychiatry 36 (3), S. 218–223.

Berrios, G. E., Luque, R. (1995): Cotard's syndrome. Analysis of 100 cases. In: Acta Psychiatrica Scandinavica 91 (3), S. 185–188.

Bhatia, M. S. (1993): Cotard's syndrome in parietal lobe tumor. In: Indian pediatrics (8), S. 1019–1021.

Caliyurt, O., Vardar, E., Tuglu, C. (2004): Cotard's syndrome with schizophreniform disorder can be successfully treated with electroconvulsive therapy. Case report. In: Journal of Psychiatry & Neuroscience 29 (2), S. 138–141.

Campo, J. M., Nijman, H., Evers, C., Merckelbach, H. L., Decker, I. (2001): Gender identity disorders as a symptom of psychosis, schizophrenia in particular. In: Nederlands tijdschrift voor geneeskunde 145 (39), S. 1876–1880.

Galdos, P. M., Os, J. J. v., Murray, R. M. (1993): Puberty and the onset of psychosis. In: Schizophrenia Research 10 (1), S. 7–14.

Grover, S., Aneja, J., Mahajan, S., Varma, S. (2014): Cotard's syndrome. Two case reports and a brief review of literature. In: Journal of Neuroscience Rural Practice 5 (Suppl. 1), S. 59–62.

LePort, A. K., Mattfeld, A. T., Dickinson-Anson, H., Fallon, J. H., Stark, C. E., Kruggel, F., Cahill, L., McGaugh, J. L. (2012): Behavioral and neuroanatomical investigation of Highly Superior Autobiographical Memory (HSAM). In: Neurobiology of Learning and Memory 98 (1), S. 78–92.

Mahapatra, J., Quraishi, S. N., David, A., Sampson, S., Adams, C. E. (2014): Flupenthixol decanoate (depot) for schizophrenia or other similar psychotic disorders. In: Cochrane Database of Systematic Reviews 2014. *Issue* 6. *Art. No.* CD001470.

Mizukami, K., Yamakawa, Y., Yokoyama, H., Shiraishi, H., Kobayashi, S. (1999): A case of psychotic disorder associated with a right temporal lesion. A special reference to magnetic resonance imaging and single photon emission computed tomography findings. In: Journal of Neuropsychiatry & Clinical Neurosciences 53, S. 603–606.

Neudeck, P., Wittchen, H.-U. (Hg.): Konfrontationstherapie bei psychischen Störungen. Theorie und Praxis. Göttingen: Hofgreve 2004.

Parker, E. S., Cahill, L., McGaugh, J. L. (2006): A case of unusual autobiographical remembering. In: Neurocase 12 (1), S. 35–49.

Pearn, J., Gardner-Thorpe, C. (2002): Jules Cotard (1840–1889). His life and the unique syndrome which bears his name. In: *Neurology* 58 (9), S. 1400–1403.

Remschmidt, H.: Schizophrenia in Children and Adolescents (Cambridge Child and Adolescent Psychiatry). Cambridge: Cambridge University Press 2001.

DANK

Es ist unmöglich, allen zu danken, die in irgendeiner Weise dazu beigetragen und mir dabei geholfen haben, dieses Buch zu schreiben, und selbst wenn ich den Versuch unternehmen würde, dürfte ich sicher einige vergessen, die es nicht verdient haben. Deshalb sollen an dieser Stelle nur die namentlich erwähnt werden, die sich ganz unmittelbar um das Buch verdient gemacht haben: Gedankt sei Kirsten Ellerbrake, Heiner Senfft und meiner Schwester Marie für einen Schreibaufenthalt im Wendland, Martin Raasch dafür, dass ich die Sea-Ranch-Wohnanlage auf der Insel Lantau (Hongkong) selbst in Augenschein nehmen konnte, Karin Schwenker für ihre Vermittlungsbemühungen und das Catering, Burkhard Glockmann vom Verbund für Integrative Angebote Berlin für den Einblick in seine Arbeit und Herrn X. dafür, dass er mir erzählt hat, wie der Alltag im Maßregelvollzug des Wilhelm-Sander-Hauses aussieht.

Ich danke auch den Original-Huelsenbecks, die natürlich gar keine waren, für ihre Freundschaft und die langen Gespräche, die wir zusammen über unsere Vergangenheit geführt haben. Ich werde ihre Namen hier nicht nennen, damit keiner auf die Idee kommt, sie könnten mit den Romanfiguren identisch sein. Wichtig für dieses Buch war auch Martin Keune, denn ohne ihn wäre damals nicht der Weihnachtsmann vom Horten geflogen. Leider wird er es nicht mehr lesen können. Auch allen anderen alten Freundinnen und Freunden, die mir Rede und Antwort gestanden haben, sei gedankt, sowie allen Bewohnern der Anstalt und der Stadt, in der ich aufgewachsen bin, zudem ganz herzlich meinen Eltern und Geschwistern. Sollte aufgrund des vorliegenden Buches vermutet werden, dass es anders gewesen sein könnte, möchte ich hier versichern: Nein, ich hatte eine großartige Kindheit und Jugend.

Außergewöhnlichen Dank schulde ich auch Rayk Wieland und Hans Zippert sowie meinem Lektor Wilhelm Trapp, die das Manuskript gegengelesen, Verbesserungsvorschläge gemacht und mich ermutigt haben. Ohne sie sähe dieses Buch gewiss anders aus. Ohne die Unterstützung durch meine Frau Gong Yingxin aber wäre es gar nicht erst entstanden. Ihr verdanke ich alles.

Beim Schreiben des Buches habe ich natürlich auch immer wieder auf Literatur zurückgegriffen. Wichtige Quellen waren für mich neben diversen Wikipedia-Artikeln unter anderem:

Bertel Bruun, Hakan Delin, Lars Svensson: *Der Kosmos Vogelführer. Die Vögel Deutschlands und Europas.* Stuttgart, Franckh-Kosmos 1993.

Richard Huelsenbeck: *Reise bis ans Ende der Freiheit. Autobiographische Fragmente.* Heidelberg, Lambert Schneider 1984.

Georg Minois: *Die Hölle. Zur Geschichte einer Fiktion.* München, Diederichs 1994.

Theo R. Payk: *Psychopathologie. Vom Symptom zur Diagnose.* Heidelberg, Springer 2007.

Karl Riha (zusammen mit Hanne Bergius): *Dada Berlin. Texte, Manifeste, Aktionen*. Stuttgart, Reclam 1977.

Julia Shaw: Das trügerische Gedächtnis. Wie unser Gehirn Erinnerungen fälscht. München, Hanser 2016.

Werner Siefer, Christian Weben: *Ich – Wie wir uns selbst erfinden*. Zürich, Piper 2008.

Dick Swaab: We Are Our Brains. From The Womb To Alzheimer's. London, Penguin 2014.

Tendenzen der zwanziger Jahre. 15. Europäische Kunstausstellung. Berlin, Dietrich Reimer 1977.

Klaus-B. Vollmar: *Landkommunen in Nordamerika*. Berlin, Eduard Jacobsohn 1975.

Zum Schluss sei hier noch einmal betont, dass die Geschichte, die in diesem Buch erzählt wird, eine fiktive ist. Und auch wenn ich hier und da Anleihen bei der Wirklichkeit genommen habe, so sind doch die Personen und alles hier nichts anderes als meine Erfindungen. Ansonsten ist bis heute nicht geklärt, ob eine USA-Reise ähnlich der der Huelsenbecks im August 1978 stattgefunden hat.

Weitere Titel

MIX
Papier aus verantwortungsvollen Quellen
FSC www.fsc.org
FSC® C083411

Das für dieses Buch verwendete Papier ist FSC®-zertifiziert.